DAS LIED DES RANCHERS

DIE STONES AUS HEART FALLS #2

VIVIAN AREND

PROLOG

Walker hakte seinen Handschuh fester unter dem Seil ein, verlagerte das Gewicht auf dem Rücken des Bullen. Konzentrierte sich ganz auf das, was er tat, ließ alles um sich herum verblassen. Die lärmende Menge auf der Tribüne und der Bulle unter ihm waren laut, aber noch lauter war das raue Keuchen seiner Atmung. Blut rauschte in seinen Ohren wie ein Trommelwirbel, während sein Herz hämmerte.

Ein ruhiger Atemzug. Noch einer. Das Tier unter ihm spüren und versuchen, mit der wilden Energie der Bestie zu arbeiten. Er brauchte hervorragende Zahlen, und die würde er nicht bekommen, wenn sie nicht beide bereit waren, eine Show hinzulegen.

Sein Bein knallte an das Metallgeländer, als der Bulle einen heftigen Satz nach rechts machte, die Cowboys am Zugang ließen sie entweder rasch zurückfallen, um außerhalb der Gefahrenzone zu bleiben, oder beugten sich vor, um das Tier unter Kontrolle zu bringen.

Es war an der Zeit. Walker hob seine freie Hand und nickte. Das Tor ging ruckelnd auf, und einen Sekundenbruchteil später raste er in die Arena, sein Körper wurde herumgeschleudert, während der Bulle sich aufs Äußerste anstrengte, dieses menschliche Ärgernis auf seinem Rücken loszuwerden. Jedes Mal, wenn die Hinterbeine des Tieres wieder auf dem Boden aufkamen, wurde Schmerz wie mit einem Schmiedehammer Walkers Wirbelsäule hinaufgetrieben. Er biss die Zähne fest auf den Mundschutz, saß alle Sprünge aus, so heftig und schnell sie auch waren, als wäre er auf einer Welle im Meer und würde sich durch die gewaltigste Dünung aller Zeiten schlängeln.

Aber der Ritt hatte einen Rhythmus und ein Tempo, und trotz der Schmerzen und der Angst und des Adrenalins, das durch ihn hindurchraste, stellte Walker fest, dass er sich konzentrieren konnte. Er war an diesem perfekten Ort, wo es nichts gab, außer die seltsame Verbindung zwischen ihm und dem Tier. Es war ihm egal, dass er etwas unfassbar Gefährliches tat, oder dass er die ganzen acht Sekunden lang durchhalten musste. Das Gefühl war wunderschön und herrlich.

Bis es vorbei war.

Die Angst hätte sich aufbäumen sollen wie eine rasende Bestie, aber nein, sie machte sich langsam breit. So schien es zumindest, als er aus seinem perfekten Ort herausgezogen wurde, und stattdessen etwas empfand, das er schon einmal gespürt hatte.

Tod.

Walker würde sterben.

Es ging nun nicht mehr um die Poesie der Bewegung, irgendwie ging es darum, herauszubringen, wie man überlebte. Schmerz war das eine, aber die eiskalten Finger der Angst, die sich um ihn geschlungen hatten, waren übergriffig und unaufhaltsam. Walker tat sein Bestes, das Gefühl zu ignorieren, aber wie bei einem Wagen, der schon über den Gipfel eines steilen Hügels geschoben worden war, baute sich Schwung auf, und die Anspannung nahm zu.

Knorrige Finger schlangen sich um seinen Nacken und klammerten sich fest. Der Tod war da, mit einem unlösbaren Griff, und Walker wollte wirklich nicht so denken, aber sobald der Gedanke sich einmal festgesetzt hatte, konnte er ihn nicht mehr abschütteln. Wie ein tiefes Summen, das sich langsam schneller und lauter aufbaute, bis er merkte, dass er nicht mehr von der Gewalt des Bullen herumgeschleudert wurde, sondern täuschend reibungslos durch die Luft flog, in Richtung Boden.

Walker war geistesgegenwärtig genug, um sich abzurollen, als der Boden ihm entgegensprang, baute mit der Schulter und dem Unterarm Schwung ab, traf nur kurz mit dem Kopf auf, während er sich herumrollte und auf die Knie kam, sich rasch umschaute, um zu sehen, wo der Bulle war.

Nur beim Rodeo war man auf dem Rücken eines wilden Tieres sicherer als auf dem Boden.

Er hob den Blick und stellte fest, dass er sich der Menge gegenüber sah, das Publikum beugte sich mit Gesichtern voller Furcht und Adrenalin nach vorne. Eine Frau wandte den Kopf, ihr langes Haar wirbelte, die silberweißen Strähnen waren wie gesponnenes Mondlicht, und in diesem Moment zog sich alles zurück, auf das Walker sich hätte konzentrieren sollen.

Ivy?

Er sah in ihre Richtung, wartete darauf, dass sie sich zurückdrehte, damit er ihr Gesicht sehen konnte. Es war so lange her, dass er sie gesehen hatte, aber er wusste, wie sie aussehen würde. Blasse Haut, leuchtende Augen. So helles Grau, dass sie manchmal silbern wirkten und aufblitzten, wenn er ihr neckend einen Kuss stahl ...

„Los!" Der Befehl kam in dem Augenblick, als eine Hand ihn am bereits angeschlagenen Arm traf, sodass er das Gleichgewicht verlor.

Walkers Arme schossen nach vorne, um seinen Fall zu bremsen, seine Hände trafen auf den harten Stahl der Arena-

Absperrung. Ein Aufblitzen heller Farben raste an seinem Augenwinkel vorbei. Ein pechschwarzer Schatten.

O Gott, der Bulle.

Ein lauter Ruf kam auf, als der Stierkämpfer mit den Armen wedelte und die Aufmerksamkeit des Tieres auf sich zog, sodass sich die Bestie von Walker abwandte, der immer noch herauszufinden versuchte, was mit ihm los war. Ein weiterer der drei Stierkämpfer stellte sich auf die Schutzgeländer und packte Walker am Rückenteil seiner Weste, zerrte ihn oben auf den Zaun, bevor er sie beide darüber schob. Einen Sekundenbruchteil später lagen sie auf der anderen Seite des Geländers auf dem Boden.

Der wütende Bulle war draußen in der Arena und schleuderte ein Fass aus der Absperrung herum, der Stierkämpfer darin war sicher, obwohl er wohl durchgeschüttelt wurde wie Rührei.

„Du gibst ein gutes Ziel ab, Dynamite, aber vielleicht könntest du dich nächstes Mal verdammt noch mal etwas schneller aus der Arena wegbewegen." Der Cowboy packte ihn am Handgelenk und zog ihn auf die Beine, hin- und hergerissen zwischen wohlwollendem Humor und Ärger, während er Walker auf die Schulter klopfte. „Ich weiß, du sollst furchtlos sein und so, aber ich empfehle es manchmal sehr, sich zu fürchten. Da bleibt man länger am Leben."

Der Rodeo-Stierkämpfer hob seinen Hut vom Boden auf, ehe er das Kinn neigte und über das Geländer kletterte, um sich dem Rest seines Teams anzuschließen.

Walker sah dem Mann nach. Er war nicht sicher, wovon der Stierkämpfer da redete.

Er warf einen Blick hinab auf den Staub und Schmutz auf seiner Weste und seinen Cowboystiefeln, dann auf die Uhr: 6 Sekunden 96. Er war wohl abgeworfen worden, aber er konnte sich nach dem Augenblick der Panik, die sein Rückgrat emporgeglitten war, an nichts mehr erinnern.

Die letzten Minuten fehlten in seiner Erinnerung, und wenn er am Leben bleiben wollte, war das nicht gut.

Er wartete, bis seine Punktzahl von null auf dem Zähler neben seiner Zeit für den Ritt angezeigt wurde, nahm ohne Groll die Hohnrufe der anderen Cowboys zur Kenntnis. Dann packte er seine Tasche und ging zu seinem Truck.

Wenn die Dinge schlecht liefen, hatte er einen Ort, an den er gehen konnte. Es war ein bisschen, als würde er zugeben, geschlagen worden zu sein. Aber in diesem Augenblick, als ihm klar wurde, dass er ernsthaft verletzt oder getötet hätte werden können, oder veranlasst haben könnte, dass das jemand anderem passierte, war seine einzige Wahl, zur Kenntnis zu nehmen, dass er geschlagen war.

1

———

„Du liebe Güte, wann hat Bradley Ford denn seine Haare verloren?"

Ivy Fields schlug ihrer Schwester eine Hand über den Mund und schaute sich um, um zu sehen, ob bei dieser unhöflichen Bemerkung jemand in Hörweite gewesen war. „Willst du dir das Mikrofon leihen, um ihn zu fragen? Vielleicht sollten wir auch mal etwas leiser reden."

Tansy verdrehte die Augen, doch sie lächelte, als Ivy ihre Hand ein kleines bisschen zurücknahm. „Also gut, ich bin mucksmäuschenstill." Tansy warf den Kopf zurück, ihre blonden Haare flossen ihr um die Schultern. „Ich schwöre, der Mann hatte wallende Jesuslocken, als er letzte Woche ins Café gekommen ist. Jetzt ist er kahl wie der Hintern eines Babys."

Sie drehten sich beide um, um die Menge zu mustern, die sich im Gemeindezentrum von Heart Falls zu den nachmittäglichen Ereignissen des Canada Days versammelt hatte. Wo immer sie hinschaute, entdeckte Ivy vertraute Gesichter, auch wenn sich die meisten seit dem letzten Mal, als sie sie gesehen hatte, verändert hatten, ein paar dramatisch wie Brad, der ...

Okay, der rasierte Kopf sah gar nicht so schlecht an ihm

aus, es war nur ein Schock. „In der Highschool hatte er noch einem Pferdeschwanz oder nicht?"

„Genau." Tansy legte den Kopf auf eine Seite. „Okay, ist schon irgendwie sexy, schätze ich. Nur dass man sich an nichts festhalten kann."

Ihre jüngere Schwester war in Gedanken. Ivy runzelte die Stirn. „Warum solltest du ihn denn an den Haaren packen wollen?"

Tansy hob eine Augenbraue, dann wackelte sie damit.

Du lieber Gott. Wie ihre Schwester es nur schaffte, neunundneunzig Prozent der Zeit alles um Sex gehen zu lassen, war unfassbar.

„Weg mit dir", murmelte Ivy.

Tansy beäugte sie mit einem Grinsen. „Mit anderen Worten ... du bist immer noch eine Unschuld. Auf jeden Fall sind die kurzen Haare vermutlich sicherer. Brad ist inzwischen Feuerwehrmann. Er braucht nichts Brennbares neben seinem Gesicht."

„Feuerwehrmann. Das ist gut."

„Ja, der neue Brandmeister für den Bezirk. Er ist ein echt guter Fang, wenn man der hiesigen Gerüchteküche glaubt. Vielleicht solltest du dich auf ihn stürzen." Ihre Schwester verkniff das Gesicht, dann schüttelte sie den Kopf, während sie ihr Handy herausholte und auf ihre Nachrichten schaute. „Nö. Ich glaube, der derzeitige Plan ist immer noch der Beste."

Ivy war sich nicht mehr so sicher, nicht, während immer mehr Einheimische den Raum füllten. Lärmig, laut – es war nicht zu spät, die Sache abzublasen.

Nur als sie den Mund öffnete, um Tansy zu sagen, dass sie es sich anders überlegt hatte, war ihre Schwester bereits ein halbes Dutzend Schritte entfernt. „Rose hat mich gerufen", warf sie über die Schulter. „Genieß die Show."

Lange hatte Ivy schon nicht mehr im örtlichen Gemeindezentrum gestanden, aber der Kalender log nicht. Es war elf

Jahre her, dass sie in Heart Falls gewohnt hatte, und obwohl sie froh war, dass sie die Zeit woanders verbracht hatte, war es schön, zu Hause zu sein.

Dass sie nun Anfang Juli zurückkam, hieß, dass sie einen ganzen Sommer hatte, auf den sie sich freuen konnte, während sie sich wieder einlebte und sich einrichtete, ehe sie sich auf ihre neue Stelle an der Grundschule von Heart Falls stürzte.

Irgendwo in ihrer Brust kam glühende Wärme auf, als sie ihre Eltern im Gang zwischen den Tischen umeinander tänzeln sah, ihre Mutter jonglierte Tabletts aus der Küche, ihr Vater war unterwegs zur Bühne, wo er für das letzte Event des Tages als Auktionator auftreten würde. Die beiden lächelten einander freundlich an. Das war auch etwas, auf das Ivy sich freute – mehr Zeit mit ihrer Familie.

Sie hatte sie schrecklich vermisst. Sie waren keine Blutsverwandten, doch sie waren trotzdem ihre Familie. Sie und ihre drei Schwestern waren vor Jahren von Sophie und Malachi Fields adoptiert worden.

Tansy hatte sich auf der gegenüberliegenden Seite des Raumes zu Rose gesellt, stand hinter einem langen Tisch, auf dem vor einer Stunde noch eine Reihe Kuchenstücke nach der anderen gestanden hatten. Neunzig Prozent davon waren in Tansys Café gebacken worden. Vermutlich mit der Hilfe von Rose, wenn sie nicht gerade mit den Tischdekorationen beschäftigt gewesen war. Sie betrieb den Laden mit Blumen und Kinkerlitzchen direkt neben dem von Tansy. *Buns and Roses* – Ivy musste auch noch herausfinden, wie die Dinge dort liefen.

Noch etwas, das sie genießen konnte: Zeit mit ihren jüngeren Schwestern verbringen, darunter auch, sich mit der jüngsten, Fern, hinzusetzen und herauszufinden, was die Zukunftspläne der Achtzehnjährigen waren.

Aber heute ging es um mehr als nur Familie. Ivy ließ den Blick über den Raum wandern, brachte Gesichter und Namen zusammen und versuchte zu erraten, wie sich die Beziehungen verändert hatten, die sich lautlos vor ihr abspielten.

Es war verzeihlich, dass der erste Ort, an den ihre Neugier sie führte, die Familie Stone war. Der älteste Bruder Caleb hatte einen Arm um die Schulter einer dunkelhaarigen Frau gelegt, und zwei kleine Mädchen tänzelten um sie herum.

Und als die Glocke auf der Bühne erklang, damit alle aufpassten, erspähte sie Luke Stone, der für eine blonde Frau einen Stuhl herauszog, während sie sich auf den Plätzen neben Caleb niederließen. Offensichtlich waren auch sie ein Paar.

Sie war so lange weg gewesen.

Veränderungen waren unausweichlich, nicht nur hier, sondern auch in ihrem Inneren. Sie hatte lange gewartet, um den nächsten Schritt zu gehen, aber es schien, als würden ihr ihre Nerven die Hölle heißmachen, während sie darauf wartete, dass Tansys schlauer Plan zum Tragen kam.

Ach, na ja. Die Nerven würden sie nicht umbringen.

„Vielen Dank, ihr alle, dass ihr an diesem schönen Fest zum Canada Day bei uns seid." Ihr Vater lächelte mit seiner leutseligen Art über die Menge hinweg. „Ich bin mir ziemlich sicher, ihr hattet vorhin alle genug zu essen, obwohl ich mir vorstellen kann, ein paar der Gentlemen hier oben auf der Bühne waren so nervös, dass sie den Nachtisch ausgelassen haben. Aber keine Sorge. Ich habe meine Töchter angewiesen, ein paar Kuchenstücke zurückzuhalten." Er wandte sich der Schar aus etwas über einem Dutzend Männern zu, die rechts von ihm in einer unordentlichen Reihe standen.

„Ihr solltet den Kuchen versteigern", spottete jemand aus der Menge.

„Charlie Miller, du hast bereits einen ganzen Kuchen allein verdrückt." Das war natürlich Tansy, die durch den Raum rief, während sich die Leute ihr mit einem Grinsen zuwandten. „Wenn du noch einen Kuchen haben willst, dann leg ruhig los und biete. Ich mache dir deinen Lieblingskuchen."

„Kriege ich auch diejenige, die den Kuchen backt?", neckte Charlie.

Tansy hob eine Augenbraue, dann wies sie auf die Bühne. „Wenn man bedenkt, dass das eine *Junggesellen*-Auktion ist, solltest du das vermutlich mit meinem Dad ausmachen."

Köpfe wirbelten zurück dorthin, wo Malachi Fields nicht mehr ganz so jovial wirkte, während er Charlie anfunkelte. „Vielleicht sollten wir mit dem Hauptereignis weitermachen."

Charlie ließ sich auf seinem Stuhl nieder und schloss verdammt schnell den Mund, sehr zur Erheiterung der Leute um ihn herum.

„Alle Erlöse aus der heutigen Versteigerung gehen an das Gesundheitszentrum der Gemeinde. Ich glaube, dort haben sie schon ein paar Finanzen eingeplant, um den Spielplatz zu erneuern und etwas Betreuung nach der Schule anzubieten. Es lohnt sich sehr, darum hoffe ich, dass ihr alle beitragt, was auch immer ihr euch leisten könnt."

Er wandte sich an die Reihe junger Männer vom Ort und rief einen vor.

Während ihr Dad das erste Opfer vorstellte, dessen Ohren tiefrot geworden waren, stellte Ivy fest, dass ihre Aufmerksamkeit abglitt. Sie war nicht an einem Jungen interessiert, der fast noch ein Teenager war.

Nein, es war der größte Mann in der Aufstellung, bei dem sich alles in ihr zusammenzog. Er stand da, die Arme vor der Brust verschränkt, die feste Wölbung seines Bizeps dehnte sein ordentliches weißes Jeanshemd. Er trug eine schwarze Jeans, deren grober Stoff kaum mit seinen muskulösen Oberschenkeln fertig wurde, und einen schwarzen Cowboyhut auf dem Kopf, sodass Walker Stone von oben bis unten der Cowboy war, an den Ivy sich erinnerte.

Er brauchte einen Friseurtermin. Der untere Rand ringelte sich auf eine unbändige Art nach oben, bei der es Ivy in den Fingern juckte. Sie war nicht ganz so unschuldig, wie ihre

Schwester dachte. Sie würde ihm seinen Hut jederzeit abnehmen und ihn zur Seite legen, damit sie mit den Fingern durch die dichten Strähnen streichen und beobachten konnte, wie seine Pupillen sich weiteten.

Zumindest behaupteten ihre Erinnerungen, dass es so geschehen würde. Sie rückte unbehaglich herum und fragte sich, warum sie sich so quälte. Es war elf Jahre her. Bei einer Junggesellenversteigerung aufzutauchen und sich dadurch beim ersten Mal auf ihn zu stürzen, wenn sie sich wieder begegneten, war eine schreckliche Idee.

Sie hatte natürlich genial geklungen, als Tansy und Rose am vorigen Abend den Plan vorgeschlagen hatten, während sie alle drei sich in Ivys vorübergehende Unterkunft gekuschelt hatten, zurück zu Hause im gleichen Zimmer, das sie auch während der Highschool bewohnt hatte.

Der Ahornbaum draußen vor dem Fenster war höher als früher, aber der gleiche Ast führte praktischerweise noch zu ihrem Fenster ...

Erinnerungen ließen Ivys Gesicht warm werden, und sie zwang sich dazu, die Aufmerksamkeit wieder auf die Bühne zu richten, wo mit einer Runde Applaus ihr Vater den letzten Teil aus dem Umschlag vorlas, in dem die Einzelheiten zu dem Date standen, das angeboten wurde, und ihn der Gewinnerin des zweiten verfügbaren Junggesellen überreichte.

Malachi wedelte mit dem nächsten Umschlag in der Luft. „Wir sind erfreut, einen Mann zu Hause willkommen zu heißen, der in Heart Falls geboren wurde und aufwuchs. Obwohl er entschlossen scheint, in mehreren Teilen zurückzukommen. Walker *Dynamite* Stone. Komm hier rauf."

Ivy stellte fest, dass sie sich vorbeugte, als Walker aus der Schar der jungen Männer vortrat und sich ihrem Vater anschloss.

Sie schüttelten einander rasch die Hand, ehe Walker sich dem Raum zuwandte und ein strahlendes Lächeln bot, es ohne

Zweifel für seine bewundernden weiblichen Fans übertrieb, eine Gruppe, die sich an einem langen Tisch in der Ecke vorne rechts versammelt hatte. Sie waren keine Einheimischen, die Ivy kannte, aber es war möglich, dass sie aus den Bezirken der Umgebung stammten.

Die Auktion war eine Möglichkeit, Männer zu finden, die Single waren, und jemand wie Walker war es wert, weiter zu fahren. Eine Frau wirkte, als wolle sie ihre Freundinnen überzeugen, ihr ein wenig mehr Bares zu leihen.

Ivy war plötzlich sehr froh, dass sie ihre Schwestern im Rücken hatte, denn das Einzige, was noch peinlicher war, als auf ein Date mit Walker zu bieten, wäre es, zu bieten und dann zu verlieren.

„Du planst, lange genug in der Gegend zu bleiben, um eine dieser Damen einen Abend lang in der Stadt auszuführen?", fragte ihr Vater Walker, hielt das Mikrofon in seine Richtung.

„Ein Date mit einer dieser wunderbaren Damen? Ein wildes Pferd könnte mich nicht davon abhalten." Walker zwinkerte der Frau zu, die ihm von einer Seite des Raumes aus zuwinkte.

Ivy legte sich eine Hand über den Mund, damit sie nicht kicherte. Es war so typisch für Walker, so etwas zu sagen.

Ihr Vater wandte sich zum Raum und eröffnete die Auktion. Er plapperte nicht so schnell und ergiebig wie ein echter Auktionator. Er nahm sich die Zeit, die Bietenden beim Namen zu nennen, wenn er sie kannte, und mit ein paar Scherzen die Aufregung um das Ereignis zu erhöhen. Aber es war alles nur Spaß und für den guten Zweck, und es war genau das, was Ivy brauchte, um ihre Sommerpläne mit einem Knall starten zu lassen.

Wenn die Dinge gut liefen.

Die erste Minute ging vorüber, und die Gebote kamen anfangs nur langsam. Ivy sah interessiert zu, wie zwei Frauen in derselben Gruppe gleichzeitig boten und dann in Gelächter ausbrachen.

Ihr Vater ging darauf ein. „Also, Ladys. Das müsst ihr schon besser hinkriegen. Zweihundert Dollar ist kaum genug, um einen neuen Sandkasten zu bauen. Dieser großartige Bullenreiter verdient ein paar höhere Zahlen als das. Höre ich zweihundertfünfzig?"

„Zweihundertfünfzig", rief es hinter dem Kuchentisch hervor, Tansy wedelte mit der Hand in der Luft.

Beide Männer auf der Bühne zuckten schockiert zusammen.

Sorge trat auf Walkers Gesicht, ehe er seine Miene zu einem Lächeln zügelte, aber Malachi schaute weiter finster drein, noch während er das Gebot annahm. „Zweihundertfünfzig von der jungen Dame hinter der Kuchentheke, die vielleicht ein bisschen zu viele von ihren eigenen Waren verdrückt hat, sodass sie jetzt im Zuckerrausch ist."

„Zweihundertfünfundsiebzig", rief jemand, diesmal die Frau am Tisch vorne.

„Jetzt wird es. Das ist ein gutes, solides Gebot." Malachi wandte den Körper der Gruppe in der Nähe zu, als würde er Tansy aus allen zukünftigen Bietgelegenheiten ausschließen.

Ihr armer Vater. Er würde seine Tochter umbringen, bevor der Tag zu Ende war.

„Dreihundert", schoss Tansy zurück. „Und ich lege noch einen Kirschkuchen drauf."

Walkers Lippen krümmten sich, doch er sah immer noch aus, als hätte er eine Fliege verschluckt.

„Das Gebot steht, dreihundert und ein Kirschkuchen." Ihr Vater drehte sich zurück zum Tisch vorne und breitete die Arme aus. „Der Ball liegt wieder in eurer Ecke, meine Damen. Darf ich euch daran erinnern, dass wir hier vom Besten aus Heart Falls reden. Ein wahrer Rodeo-Champion."

„Das heißt, er ist sattelfest", scherzte eine der Frauen.

„Halten wir das hier doch familienfreundlich", rief ihnen Malachi über das Gelächter hinweg in Erinnerung. „Bekomme ich ein weiteres Gebot? Ich habe mir auch glaubwürdig versichern lassen, dass er eine Stimme hat wie ein Engel."

„Sing für uns", kam ein Ruf in der Menge auf.

Walker hielt widerstrebend eine Hand nach oben und schüttelte den Kopf. „Jetzt ist nicht der richtige Zeitpunkt."

„Dreihundertfünfzig für ein Date, und der Tisch nebenan sagt, wenn er jetzt gleich etwas für uns singt, spenden sie hundert für den guten Zweck." Die Frau vorne deutete über die Schulter, wo eine Gruppe älterer Männer Walker erheitert angrinste.

Walker zuckte mit den Schultern, warf einen Blick nach hinten auf die Junggesellen, die noch warteten. „Tut mir leid, Jungs, ihr müsst noch ein wenig länger durchhalten. Leicht verdientes Geld ist leicht verdientes Geld."

Er übernahm das Mikrofon von Malachi, schaute die Senioren einen Augenblick lang an, während er sich mit der Hand aufs Bein schlug, mit der Ferse einen Rhythmus stampfte. Dann öffnete er den Mund und ließ die Worte herausströmen, stark und einladend, sodass ein Lächeln auf die Gesichter um sie trat, während er vom Ende eines langen Tages auf der Ranch sang, vom Abschluss der Arbeit, und davon, sich aufzumachen und eine gute Zeit zu haben.

Eine Strophe und der Refrain, nicht viel mehr als ein halbes Dutzend Zeilen, die er a capella darbot – und es klang toll. Walkers Stimme war vielschichtig und stark, und Ivy stellte fest, dass sie sich mit den einfachen Worten wiegte.

Er hielt die letzte Note, bevor er das Lied mit einer Verbeugung beendete, den Hut in der Hand. Walker deutete mit dem Finger auf die Alten, winkte sie nach vorne. Gelächter und Applaus kamen auf, als er es zu ihren Gunsten in die Länge zog.

Einer der Männer kam nach vorne und reichte einen Stapel

Zwanziger herüber. Walker schüttelte ihm begeistert die Hand, bevor er Malachi das Geld reichte.

Im Raum war es immer noch laut, als Tansys Stimme durch das Chaos drang. „Eintausend Dollar, und du musst versprechen, beim Date zu singen."

Das war die Art, wie man einen Haufen wilder, begeisterter Leute beruhigte – nicht.

Der Lärm verdreifachte sich, und abermals wirkte Walker, als wäre ihm leicht übel, er konnte sein Lächeln kaum aufrechterhalten.

Malachi wirkte, als würde er sich entweder Walker anschließen oder seine Tochter erschießen wollen. Besonders, wenn keine noch so große Ermutigung jemanden dazu bringen konnte, das Gebot zu erhöhen.

„Zum Ersten. Zum Zweiten ... Wir reden hier von Walker Stone, meine Damen."

„Sag es, Papa. Du schaffst das. *Zum dritten*", ermutigte ihn Tansy.

Ein weiteres Lachen erfasste die Menge.

„Zum Dritten ..." Malachi schaute sich vergebens im Raum um. Er schlug sich etwas weniger begeistert als bei den vorherigen Auktionsgewinnern aufs Bein, aber trotzdem machte er entschlossen weiter. „*Verkauft*. An Tansy Fields, für eintausend Dollar."

DIE GANZE SACHE war von Anfang an eine schlechte Idee gewesen. Aber nun, als er beobachtete, wie Tansy Fields hinter dem Kuchentisch hervorkam und nach vorne in den Raum hüpfte, war Walker nicht sicher, ob er sein Lächeln noch sehr viel länger aufrechterhalten konnte.

Sein jüngerer Bruder Dustin, der immer noch in der Schlange wartete, um gekauft und bezahlt zu werden, kam an seine Seite und beugte sich zu ihm, um leise zu murmeln: „Das ist unangenehm."

Es war unangenehm, mehr als das, es war in vielerlei Hinsicht falsch. Tansy Fields war für ihn wie eine kleine Schwester, und zu sehen, wie sie nach vorne hüpfte wie ein weiblicher Tigger, war nicht gerade dazu angetan, seine Meinung zu ändern.

Sie mochte ja einem guten Zweck dienen, diese Junggesellenversteigerung, und er mochte ja in Heart Falls zu Hause sein, was bedeutete, dass er entweder mitmachen oder sich eine verdammt gute Ausrede einfallen lassen musste, weshalb er nicht konnte, aber auf keinen Fall würde er irgendetwas mit Tansy Fields anfangen.

Es würde kein Date werden, auch nicht mit einer Menge Vorstellungskraft. *Auf keinen Fall.* Nicht mal annähernd wie ein Date und ganz besonders nicht mit einem Gute-Nacht-Kuss. Es war schon schlimm genug, dass er hatte singen müssen – obwohl er zum Glück durchgekommen war, ohne dass etwas Schreckliches passiert war.

Etwas Schreckliches war passiert. Er sollte mit Tansy auf ein Date.

Sie stellte sich vor ihm auf die Bühne, grinste ihn kurz an, ehe sie ihr Lächeln ihrem Vater zuwandte. „Junge, du siehst aber schlecht gelaunt aus."

Malachi schaltete das Mikrofon ab und verschränkte die Arme vor der Brust. Er senkte die Stimme, während er sich bückte, um mit seiner Tochter zu reden. „Ich bin mir sicher, du hast eine vernünftige Erklärung für dein Verhalten, oder?"

Sie reichte ihm ein gefaltetes Blatt Papier. „Ich habe eine wunderbare Erklärung. Ist alles da drin."

Walker war sich nicht sicher, wie irgendeine Erklärung es besser machen sollte. Teufel, wenn es hart auf hart kam, würde er das Geld zurückzahlen, und sie konnten Pizza mit ihrer ganzen Familie oder irgendwas in der Art essen, und das als ihr „Date" bezeichnen.

Nur dass, als Malachi das Blatt las, das sie ihm gereicht hatte, die Anspannung aus seinem Gesicht wich wie ein Korken, den man gezogen hatte. Der Mann warf Walker ein breites Lächeln zu, dann hielt er das Blatt hoch, als wäre es ein Gewinnerlos in der Lotterie.

„Ich glaube, im Interesse dessen, alles offen und transparent zu halten, lese ich euch das vor."

Walker versuchte sich nicht anzuspannen, aber irgendetwas war seltsam.

„Geboten wurde von Tansy Fields, mit dem Zweck, ein Date mit Walker Dynamite Stone zu gewinnen, zu einem Zeitpunkt etc., den sie bestimmen, gekauft von – Moment, es liegt eine kleine Nachricht bei, auf der steht, dass zu der Bezahlung auch ein Kirschkuchen gehört."

Noch einmal wurde gelacht, aber die Leute beugten sich vor und hörten genau hin.

„Gekauft von ..." Malachi zögerte, und Walker fragte sich, ob schon einmal jemand einen Auktionator so sehr hatte erwürgen wollen, wie er es genau in diesem Moment tat.

Malachi hob den Blick und schaute durch den Raum, seine Stimme ziemlich amüsiert. „... *Ivy* Fields."

Erleichterung schoss durch Walker hindurch, so sehr, dass seine Beine bebten, und während Applaus in der Menge aufkam, schwenkte sein Kopf von einer Seite zur anderen. Plötzlich hoben sich Hände, deuteten in eine bestimmte Richtung, als Ivy vortrat.

Es war alles geplant gewesen, und einen Augenblick lang war Walker außer sich vor Freude. Aber dann meldete sich die Wirklichkeit heftig zu Wort, und ihm wurde klar, dass es nicht mehr vor elf Jahren war, und nichts würde einfach sein. Trotzdem konnte er nicht verhindern, dass er ihren Anblick in sich aufsog, als sie sich durch die Menge nach vorne begab.

Ihre Wangen waren rosig, vermutlich vor Verlegenheit wegen der Pfiffe und des Johlens gerötet. Ihr silberweißes Haar hing in einem Zopf nach vorn über ihre rechte Schulter, die zarte Haut ihrer Unterarme und Hände bildeten einen harten Kontrast zu der pastellblauen Bluse, die sie trug.

Ihre Augen schauten allerdings zu ihm, und sie hatte ein Lächeln auf, das leuchtender war als alles, woran er sich in letzter Zeit erinnerte. Selbstsicher, und auch wieder nicht. Dreist, doch mit einer Verletzlichkeit im Innersten, die sie auch schon vor so vielen Jahren besessen hatte.

Sie hatte sich verändert. Na ja, er auch, aber eines war noch wie immer. Dieselbe Anziehungskraft stand zwischen ihnen, sogar einen halben Raum voneinander entfernt.

Walker trat an die Vorderseite der Bühne und sprang nach unten, landete fest auf dem leeren Platz vor dem Gang, der sie zusammen bringen würde.

Eine weitere Runde Jubel kam auf, und dann änderten sich die Worte der Rufe.

Küss sie. Küss sie. Küss sie.

Die Einheimischen kannten ihre Geschichte – wussten, dass sie damals verliebt gewesen waren. Es war naheliegend, dass sie aufgeregt waren und sie necken wollten. Die Menge half mit, Ivy nach vorne zu ziehen, und auch an Walker wurde Hand angelegt, um ihn zu führen.

Als ob sie eine Ermutigung gebraucht hätten.

Sie trafen sich mitten im Raum, und der Lärmpegel wurde ohrenbetäubend, als der Gesang sich fortpflanzte.

Küss sie. Küss sie.

Walker hob eine Hand, und sie legte ohne Zögern ihre Finger hinein. Es war nicht die Ermutigung der Menge, die ihn dazu brachte. Es war sein Bedürfnis, tief in den Eingeweiden, das ihn drängte, weiterzumachen und mal zu kosten.

Er zog sie an sich, ließ eine Hand ihren Rücken hinaufgleiten, während er ihre Körper aneinanderdrängte, drehte sie und ließ sie nach unten, beugte sich vor, bis sie sich nach hinten legen musste, sich auf ihn verlassen, um sicher gehalten zu werden.

Sie wehrte sich nicht, kein bisschen. Sie bewegte sich einfach mit ihm, als wäre es erst gestern gewesen und nicht vor vielen Jahren, dass sie einander in den Armen gelegen hatten. Und als er sich über sie beugte und die Lippen auf ihre drückte, war es, als würde er nach Hause kommen.

Süße Hitze. Schwelende Leidenschaft. Damals waren sie Kinder gewesen, die Liebe spielten und ihre körperlichen Grenzen ausloteten. Er war kein Kind mehr und genauso wenig sie. Und als er ihre Lippen nahm, wurde klar, wenn er es zuließ, würde das Feuer zwischen ihnen sehr viel heißer und wilder aufflammen als jemals zuvor.

Die Pfiffe im Raum waren ohrenbetäubend, aber das Lauteste war das zustimmende Summen von Ivys Lippen, als er sie wieder aufrichtete und sie im Kreis wirbelte, als würden sie eine Runde auf der Tanzfläche abschließen.

Ja, es war, als würde er nach Hause kommen, wenn er Ivy küsste – was verdammt ärgerlich war, wenn man bedachte, dass seine Rückkehr nach Heart Falls nicht von Dauer war.

2

Walker sah ihr ins Gesicht, als sie sich weit genug voneinander lösten, um für keinen Skandal zu sorgen. „Du bist zurück", sagte er etwas dümmlich.

„Ich bin zurück", stimmte Ivy zu, warf über seine Schulter einen Blick auf die Bühne. „Ist das für dich in Ordnung?"

Er war sich nicht sicher, was er im Augenblick empfand, bis auf die pure Erleichterung, dass er sich nicht mit Tansy befassen musste. „Natürlich."

Ivy nickte fest, dann warf sie einen Blick auf die Leute, die interessiert beobachteten, wie Malachi die Auktion für den nächsten Junggesellen eröffnete. „Ich glaube, du solltest zurückgehen und deine Kollegen anfeuern, damit sie sich nicht komisch vorkommen."

Mein Gott. Zurück auf die Bühne zu gehen, war das letzte, was Walker wollte, aber sie hatte recht. „Schon klar. Hast du eine Nummer, bei der ich anrufen kann? Damit wir unser Date vereinbaren können?"

Sie reichte ihm eine Visitenkarte, dann ging sie zurück,

folgte den Rufen ihrer Schwestern von der Seite des Raumes. „Wir reden dann später."

„Später."

Ivy tänzelte leichtfüßig den offenen Gang entlang. Ihre Hüfte schwankte von einer Seite zur anderen, und es war unmöglich, den Blick zu lösen oder sich davon abzuhalten, sie sich nackt vorzustellen, ihre langen Glieder ...

Er schüttelte sich, vergewisserte sich, ob irgendjemand bemerkt hatte, dass er sie angaffte. Niemand war in der Nähe – alle Aufmerksamkeit war auf die Bühne gerichtet. Zu seinem Bedauern grinsten ihn Tansy und Rose wie bekloppt an, als er den Blick auf den Kuchentisch richtete.

Er wackelte mit dem Finger in ihre Richtung.

Rose streckte ihm die Zunge heraus. Tansy klimperte mit den Wimpern in seine Richtung, dann wandte sie sich zur Bühne, wo Dustin nach vorne gezerrt wurde, um versteigert zu werden.

Die fröhlichen Neckereien gingen weiter, während Walker sich wieder seinen Kollegen vorne anschloss.

Selbst sein Bruder Caleb hatte eine zufriedene Miene auf, als sie auf dem Weg aus dem Gang ineinander liefen.

„Ich verstehe nicht, warum sie die Versteigerung mitten am verdammten Nachmittag durchführen müssen", murmelte Walker leise, während Caleb ihm mit der Hand auf die Schulter schlug und ihn zur Seite schob, damit seine Frau und die Mädchen schon vor ihnen zum Truck gehen konnten. „Wirkt irgendwie nicht richtig, Kinder sehen zu lassen, wie Kerle verkauft werden, als wären sie Zuchttiere."

„Oh, machst du dir Sorgen um deinen Ruf? Ist das der Grund, weshalb du und – Ivy, oder? – euch in der Mitte einer jugendfreien Versammlung wie der Teufel abgeknutscht habt?", merkte seine Schwägerin Tamara trocken an.

Walker glaubte nicht, dass er rot wurde, aber ...

Er warf einen Blick auf Tamara. „Das war doch alles nur Spaß."

„Genau. Das ist auch der Grund, weshalb die Versteigerung zu den Familienereignissen gehört, damit sie nicht in Gefilde abdriftet, die der Gemeinderat meiden will." Tamara öffnete die Schiebetür und half dann ihrer jüngsten Tochter Emma, auf das Trittbrett zu steigen und dann auf den Rücksitz.

Tamara musterte Walker mit großer Neugier, während Emma sich setzte. „Trotzdem habe ich noch eine Menge Fragen an dich."

„Ivy und Walker waren in der Highschool verliebt." Diese nebensächlich ausgeplauderten Fakten kamen von seiner zweiten Nichte, die von der anderen Seite in den Truck gestiegen war und sich anschnallte. Sasha beugte sich vor und setzte Tamara schlau in Kenntnis: „Kelli sagt, Highschool-Paare, die für immer zusammen bleiben, sind Filmmaterial und nicht echt."

„Wann hast du denn so viel Zeit, mit Kelli zu reden?", fragte Tamara, die offensichtlich vor einem Rätsel stand. „Sie arbeitet in den Scheunen, und du bist den ganzen Tag in der Schule."

„Nicht mehr", erklärte Sasha, die die Frage ignorierte. „Die Sommerferien haben angefangen. Kelli sagt …"

„Wir werden auf das warten, was Kelli sagt, bis wir auf dem Heimweg sind, okay, Schatz?" Caleb schüttelte vor Tamara den Kopf, ehe er sich an Walker wandte. „Komm mit zum Abendessen."

„Kann nicht. Hab was zu tun."

Caleb hob eine Augenbraue, und Walker gab nach. Er war erst vor einem Tag zurück auf die Ranch gekommen, und er hatte noch nicht viel Zeit mit irgendwem verbracht. „Also gut. Ich mach mich frisch, dann komme ich zu euch."

„Ich lade Dustin ein", bot Tamara an. „Wenn das für dich in Ordnung ist."

„Wen fragst du denn, mich oder Walker?" Caleb schaute

Tamara betont an. „Weil es nämlich so aussieht, dass Dustin derzeit öfter bei uns ist als ich.“

Auch sie hob eine Augenbraue. „Ich sage ihm nicht, dass er sich fernhalten soll, Caleb. Er gehört zur Familie.“

Walker fragte sich, was zum Teufel los war, aber bevor er sich nach Einzelheiten erkundigen konnte, waren sie schon unterwegs und auf dem Weg zurück nach Silver Stone.

Er folgte dem Truck seines Bruders mit etwas Abstand, sein Blick blieb an den vertrauten wogenden Hügeln hängen, die sich langsam nach oben zogen, um das lange, niedrige Ranch-Haus zu enthüllen, das zwischen Scheunen und der glitzernden Fläche des Big Sky Lake thronte.

Heimat. Hier war er geboren worden und beim Aufwachsen durch diese Hügel gestreift, hatte seine Pflichten nach der Schule erledigt, und dann Vollzeit gearbeitet, seit er seinen Abschluss hatte. Hier hatte er gelernt, zu reiten und sich um das Vieh zu kümmern.

Hier hatte er seinen ersten Kuss gestohlen – ausgerechnet von Ivy Fields. Von der *Schneeprinzessin*, die sie damals gewesen war, und die Erinnerungen wirbelten um ihn herum, heftig und schnell.

Er schob sie zur Seite und konzentrierte sich auf das Hier und Jetzt, bog zur Ranch ab und parkte an der Schlafbaracke.

Er zog sich von seinen Ausgehsachen in saubere Arbeitskleidung um und begab sich zum Ranchhaus, das er durch die Hintertür betrat. Köstliche Gerüche hingen in der Luft, und während er den Hut an einen der Haken in der Garderobe hängte, wurde ihm klar, dass der Ort noch derselbe war, sich allerdings unterschwellig verändert hatte, seit er früher in diesem Jahr weggegangen war.

Neue Vorhänge hingen an den Fenstern, und ihm fielen neue Regale in der Garderobe auf. Das war ohne Zweifel Tamaras Werk. Über den Regalen waren handgemalte Namensschilder für Emma und Sasha, in Rosa und Violett mit

Glitzer. Tamaras weiblicher Einfluss und die Anwesenheit seiner Nichten waren überall im Haus merklich, mehr als je zuvor.

Aus dem Wohnzimmer erklang Gelächter, und Walker ging begierig darauf zu. Deswegen war er zurückgekommen. Ein Hauch von Heimat – vielleicht würde das heilen, was ihn befallen hatte.

Sasha sah ihn und hüpfte auf und ab. „Onkel Walker sitzt neben mir", rief sie.

Doch Emma hatte sich an seine Seite geschlichen und eine Hand in seine geschoben, an der sie leicht zerrte, um seine Aufmerksamkeit auf sich zu ziehen. „Ich habe dir einen Platz freigehalten", sagte sie leise zu ihm.

Seine Kehle wurde eng. Seine kleinste Nichte hatte niemals viel gesprochen, darum war es gut, dass sie so viel müheloser redete, als er noch im Kopf hatte. „Wie wäre es, wenn ich mich zwischen euch beide setze? Oder klaut ihr mir was von meinem Teller? Ich hoffe nicht, denn ich habe Hunger."

„Mama hat eine Menge gekocht", versicherte ihm Emma, zog ihn zum Tisch, ihre Worte so viel bedeutender, weil sie ihr so leicht von den Lippen gingen.

Tamara hatte definitiv genug gekocht, und das Essen schmeckte richtig gut. Dustin war auch aufgetaucht, wuschelte Sasha durch die Haare, ehe er rasch half, ein Tablett zum Tisch zu bringen. Dann bekam er seine Dosis Scherze wegen der Frau ab, die ihn bei der Junggesellenversteigerung gekauft hatte.

„Ich führe sie nächsten Freitag aus", sagte er, seine Wangen röteten sich, aber er war glücklich.

„Es ist nicht dieselbe wie letztes Jahr, oder?", fragte Walker. „Denn ist die nicht ein wenig zu sehr hinter dir her gewesen?"

„Dustins frühere Bewunderin war dieses Jahr bei der Versteigerung nicht anwesend", informierte ihn Tamara, während sie Emma half, mit ihrem Teller fertig zu werden.

Dustin grinste. „Ich weiß nicht, wie du das geschafft hast, aber danke."

„Kein Problem. Ich bin sicher, sie hat viel Spaß dabei, dieses Wochenende in Calgary Vieh zu kaufen." Tamara wirkte nachdenklich, warf einen Blick zu Walker. „Dieses Wochenende fängt auch die Calgary Stampede an. Ich dachte, du hättest dich qualifiziert."

Er hatte sich qualifiziert, aber dort anzutreten stand nicht zur Debatte. „Ich nehme mir ein wenig frei", erklärte er ihr. „Ich muss etwas trainieren, bevor ich wieder in die Arena gehe."

Zum Glück stellte niemand weitere Fragen, darum lehnte er sich zurück und genoss die Familienzeit und das Essen.

Als das Essen beendet war, gingen Dustin und die Mädchen zur Spüle, um sauber zu machen. Emma schlich sich zurück und schaltete den *Zauberer von Oz* ein, Musik und Gesang füllten das Zimmer.

Dustin stöhnte in gespielten Schmerzen. „Emma, nein. Das haben wir im letzten Monat eine Million Mal gehört."

„Die Mädchen treten am Ende dieses Sommers in einer Vorführung auf. Gewöhn dich dran, Onkel Dustin, denn wenn du dich hier rumtreibst, wirst du eine Menge mehr davon hören." Tamara tätschelte ihm die Schulter, dann ging sie los, um die Reste zu verstauen.

Caleb wies mit dem Kopf auf die Tür, und Walker nickte und blieb nur stehen, um sich seine Jacke zu schnappen.

„Wir sind bald zurück", sagte Caleb zu Tamara.

„*Du* bist bald zurück", sagte Walker. „Ich gehe ins Bett, nachdem die Pflichten erledigt sind. Nochmals danke für das Abendessen", sagte er zu seiner Schwägerin.

„Jederzeit", erwiderte sie. „Komm mal in der Früh auf einen Kaffee vorbei, wenn du magst. Du weißt, wo du mich findest. Nimm nur einfach die Veranda, *Dynamite*. Wir müssen das Dach neu decken, bevor jemand da oben herumstapfen kann."

Er grinste. „Der Zugang vom Dach ist für Santa reserviert. Verstanden." Während sie auf dem ausgetretenen Pfad zu den Scheunen gingen, Caleb an seiner Seite, war das Gefühl dabei Walker so vertraut wie das Atmen, doch ... *seltsam*. Etwas fühlte sich anders an. Caleb schien mehr bei sich zu sein. Vollständiger.

Und er ...

Er war anders, aber Walker sollte verdammt sein, wenn er herausbrachte, was ihm für eine Laus über die Leber gelaufen war, bis auf die Tatsache, dass seine Füße ruhelos waren und seine Wurzeln sich irgendwie aufgestört anfühlten. Er kam sich vor wie ein rollender Busch, der sich wünschte, es wäre an der Zeit, sich richtig festzukrallen, doch der Wind war noch nicht mit ihm fertig.

Eine Weile arbeiteten sie schweigend, Walker, weil er nicht ganz sicher war, was er sagen wollte, und Caleb, weil der Mann die Geduld eines Felsens besaß. Walker war sich nicht sicher, ob es möglich war, seinen Bruder darin zu übertrumpfen.

Wenn es darum ging, etwas abzuwarten, war Caleb immer der beste von ihnen gewesen.

Aber offensichtlich hatte Tamaras Anwesenheit eine weitere Veränderung herbeigeführt, denn bevor Walker eine Möglichkeit suchen konnte, das Thema zur Sprache zu bringen, tat es Caleb.

„Tamara hat es kurz erwähnt, aber ich schätze, ich sollte dir geradeheraus sagen, dass wir nicht erwartet haben, dass du hier auftauchst. Nicht vor der Stampede."

Walker strich mit der Hand über Hannibals Nase. „Habe eine Pause gebraucht."

„Für uns kein Problem." Caleb wirkte nachdenklich, ehe er hinzufügte: „Gibt's bei dir Probleme?"

Caleb hatte bestimmt Walkers beinahe katastrophalen letzten Auftritt gesehen oder davon gehört. „Ich wurde nicht verletzt, falls du danach fragst. Ein bisschen durchgerüttelt allerdings. Ich schätze, ich brauche mal etwas Zeit, um herauszufinden, ob ich das wirklich noch länger durchziehen will, oder ob es an der Zeit ist, das Rodeo an den Nagel zu hängen."

Sein Bruder hörte auf zu arbeiten, wandte Walker seine volle Aufmerksamkeit zu. Ja, dass er beinahe zugegeben hatte, dass er kurz davor stand, mit dem Rodeo Schluss zu machen, war ein leichter Schock gewesen.

Doch wenn er keine Möglichkeit fand, mit seinem Problem umzugehen, war es genau das, was passieren musste. Und wenn er eine Möglichkeit fand, mit *diesem* Problem umzugehen, gab es da noch die ganz andere Möglichkeit, die er vor seiner Familie noch überhaupt nicht erwähnt hatte.

Die Geheimnisse bauten sich auf, schnell und vielschichtig.

Calebs Blick verfestigte sich, genau wie seine Antwort. „Komm auf die Beine. Wir sind für dich da. Was immer du brauchst."

Noch während Erleichterung über ihn hinwegströmte, fühlte sich Walker, als wäre er die ganze Schar der Begleiter auf Emmas gelbem Ziegelsteinweg nach Oz. Er war nicht klug genug, um die Sache zu lösen. Einst hatte er ein Herz gehabt, aber das hatte man ihm weggenommen. Sein Mut war im Arsch. Und nach Hause zu kommen, war das Einzige, was er hatte – doch irgendwas fühlte sich falsch an.

Er würde mehr Zeit damit verbringen, darüber nachzudenken, wenn er nicht den Feierabend seines Bruders hinauszögerte. „Ich weiß, dass ihr mich unterstützt, und das freut mich. Danke." Er beäugte Caleb argwöhnisch. „Was ist mit Dustin los?"

Ein schweres Seufzen kam von Caleb. „Bis auf die Tatsache, dass er von meiner Frau besessen scheint?"

Walker versuchte, ein Lachen zu unterdrücken, und scheiterte elendig. „O mein Gott, bist du eifersüchtig, weil unser kleiner Bruder Aufmerksamkeit von Tamara bekommt?"

„Nicht eifersüchtig, nicht wirklich. Es ist nur ... es ist nicht *richtig.*" Caleb wirkte so mürrisch und düster wie vor einem Jahr, bevor Tamara in sein Leben getreten war. „Sie ist ... ich meine, nichts läuft falsch. Und sie würde nie ... Und *Dustin* würde nie. Aber ... sie gehört *mir*, verdammt."

Ach du liebe Zeit. Auf der Liste von Dingen, von denen Walker niemals erwartet hatte, dass er sich damit herumschlagen musste ...

Er entspannte seine Züge, um nicht loszulachen und ernst zu bleiben, soweit es ihm möglich war. „Ich hab kein Problem damit gesehen, wie der Kleine sich heute Abend beim Essen benommen hat, wenn er sich also nicht zu anderen Zeiten daneben benimmt ...?"

Caleb wirkte verlegen. „Nein. Ich bin nur ein Griesgram, schätze ich."

„Das hast du gesagt, nicht ich", neckte Walker ihn leise. „Es sieht aus, als würde Dustin dieses Mal deinen Geschmack bei der Wahl einer Partnerin fürs Leben bewundern. Tamara wird mit ein wenig Heldenverehrung fertig, ohne dass es ihr zu Kopf steigt."

„Natürlich wird sie das. Und der Kleine macht nichts falsch – damit hast du recht. Er ist aber immer irgendwo in der Nähe. Ich schwöre, Dustin ist wieder eingezogen, als ich nicht hingeschaut habe."

„Es ist nicht nur Tamara, Bruder. Er will auch bei dir sein. Das ist nichts Schlechtes. Du bist für ihn länger ein Vater gewesen, als es unser Vater war, solange er noch gelebt hat."

Caleb wurde reglos. „Du hast recht. Mein Gott, daran habe ich noch gar nicht gedacht."

Und die meiste Zeit über hätte Walker das auch nicht, aber in Wahrheit lasteten die Jahre seit dem Unfall seiner Eltern schwer auf seinen Gedanken.

Dass er Ivy gesehen hatte, hatte mehr als nur die guten Erinnerungen an die Highschoolzeit zurückgebracht.

Eines schneereichen Februartages hatte sich das Leben in

der Familie Stone unwiederbringlich verändert. Der stechende Schmerz der Schuld brach über ihn herein, und Walker musste sich abwenden, damit er sich nicht auf seinem Gesicht zeigte.

Zum Glück hatte Caleb sich auf das Lösen von Problemen verlegt. „Vielleicht ist es an der Zeit, dass ich es so mache, wie Dad es mit mir gemacht hat, als ich anfing. Dass ich Dustin ein paar längere Viehtriebe erledigen lasse. Ihm ein wenig mehr Verantwortung übertrage."

„Dinge, die ihn ein wenig weiter von zu Hause wegführen?"

„Immer noch mit Ashton oder ein paar von den Helfern, die er am besten kennt." Caleb nickte langsam. „Das könnte funktionieren."

„Klingt für mich nach keiner schlechten Idee." Walker lehnte sich an den nächstbesten Zaunpfosten. „Wenn es neues Vieh gibt, das man in Montana oder Dakota abholen muss, ist er alt genug, um das zu übernehmen."

„Erst mal werden wir nichts kaufen, Walker. Das Budget wurde geschrumpft und wird ganz genau im Auge behalten." Als er das zugegeben hatte, versteifte sich Calebs Körperhaltung.

Diese Beichte sah nach einem richtig großen Problem aus. „In wie vielen Schwierigkeiten steckt Silver Stone denn?"

Calebs Zögern war zu offensichtlich. „Ist noch nicht klar. Die Überschwemmungen vor ein paar Jahren haben mehr Schäden angerichtet, als uns bewusst war. Und ich wollte dich nicht damit belasten, nachdem du gerade aufgebrochen bist, aber wir mussten im späten Februar einen Teil der Herde aufgeben. Obwohl wir weniger brauchten, mussten wir Futter zukaufen – ich sollte dich mit Tamara reden lassen, denn sie macht die Buchhaltung, aber ja. Es sieht nicht gut aus. Wir haben mit diesem Öl-Vermessungsding angefangen, aber bisher gibt es sehr wenig Fortschritt. Vorerst müssen wir den Gürtel ein wenig enger schnallen."

Das war überhaupt nicht das, was Walker zu hören erwartet

hatte. Der Silver Stone Ranch hatte es immer gut gegangen. Vielleicht nicht unfassbar erfolgreich im Verlauf der Jahre, aber sie hatten immer mehr als genug verdient, um über die Runden zu kommen. Oder zumindest hatte er das gedacht, obwohl es Caleb und Luke gewesen waren, die die Entscheidungen getroffen hatten.

„Na, ich bin mir sicher, ihr könnt das hinbiegen", versicherte Walker seinem Bruder.

„Wir werden unser verdammt noch mal Bestes geben."

Sie arbeiteten zusammen, bis es Zeit war, dass Caleb zurück ins Haus ging, wo seine Familie auf ihn wartete – zu seinen kleinen Mädchen und der Frau, die zu ihnen gekommen war und den Ort mit Liebe gefüllt hatte.

Wo vermutlich ihr kleiner Bruder herumhing, und zugleich Caleb auf die Nerven ging und ihn an alles erinnerte, was er geschafft hatte und worauf er hingearbeitet hatte, als er vor so vielen Jahren die Verantwortung zugeschustert bekommen hatte.

Walker drehte sich um, kam sich sehr allein und nutzlos vor.

Es schien unvermeidlich, dass er auf dem Hügel enden würde, wo die Gräber seiner Eltern waren, die über die beiden Seen hinausblickten. Er glitt von Hannibals Rücken und ließ die Zügel zu Boden fallen, während er auf die einfachen steinernen Grabsteine zuging.

Eine hartnäckige Böe fegte über ihn hinweg, eiskalt, weil sie über die immer noch schneebedeckten Berge im Westen gezogen war. Mehr als das war es nicht, aber es fühlte sich an, als würde der Tod vorbeistreichen, die Erinnerung an den Schmerz und das Trauma dieser frühen Tage mit sich bringen. Den Gram und die Schuldgefühle.

Walker sah auf die beiden Grabsteine hinab, Seite an Seite. „Ich verabscheue es, dass wir niemals die Zeit hatten, die Dinge zu ändern, Dad", gab er zu. „Dass ich ausgerechnet an diesem beschissenen Tag einen Streit anfing."

Obwohl es weniger um Walker gegangen war, der sich wie ein Arsch verhalten hatte, als eher darum, dass sein Vater ihm eine Tatsache klargemacht hatte ...

WALKER HATTE GEWUSST, dass er wieder spät zu seinen Pflichten kommen würde, aber dieses Mal war es keine Absicht gewesen. Er hatte bei den Heart Falls herumgealbert, hatte Steine auf die gefrorene Oberfläche geworfen und von Ivy geträumt, als sein Pferd plötzlich davongestürmt war.

Er war auf halbem Weg zu Fuß nach Hause gewesen, als sein Vater herbeigeritten kam und ihm eine Hand hinhielt.

Walker nahm sie, schwang sich hinter seinem Vater in den Sattel. Sie ritten schweigend, bis sie zurück zu den Scheunen kamen.

In dem Augenblick, in dem sie in Reichweite waren, versuchte er abzuhauen, doch sein Dad rief ihn zurück. „Dein Pferd ist in seiner Box. Striegle es, bevor du deine Pflichten erledigst."

„Ja."

Walter Stone musterte ihn. „Ist das alles, was du zu sagen hast?"

„Ich habe es angebunden, ich weiß nicht, weshalb es weggelaufen ist. Ist nicht meine Schuld."

Sein Dad hob eine Augenbraue. „Unfälle passieren, aber vielleicht hättest du nicht ausreiten sollen, wenn du doch wusstest, dass du deine Pflichten gleich angehen musst."

„Ich wäre nur ein kleines bisschen zu spät gekommen, selbst wenn ich die ganze Strecke zu Fuß gelaufen wäre", grollte Walker. „Keine große Sache."

„Komm schon. Das hätte ich mir vielleicht erzählen lassen, als du vierzehn warst, aber es ist nur noch ein Monat, bis du im

Großteil der Welt als Erwachsener giltst. Achtzehn ist alt genug, um zu wissen, wie spät es ist, und deinen Hintern hier herzuschwingen und deine Aufgaben zu erledigen."

„Ich werde länger arbeiten", fuhr Walker ihn an.

„Manchmal funktioniert das, aber nicht, wenn man mit den Arbeitern raus muss. Ich weiß nicht, weshalb ich dir das erklären muss, denn es ist nicht das erste Mal. Du musst dich zusammenreißen und deinen Teil beitragen. Du bist kein Kind mehr. Du kannst nicht erwarten, dass deine älteren Brüder deine Ausfälle weiterhin übernehmen. Sie haben genug zu tun. Sie müssen nicht auch noch für dich verantwortlich sein."

Walter Stone hatte die Arme vor der Brust verschränkt, Enttäuschung stand ihm ins Gesicht geschrieben, und verdammt sollte er sein, wenn das nicht das Allerschlimmste war.

Walker hatte es verabscheut, dass sein Dad so verärgert war. Noch schlimmer, er hatte gewusst, dass er im Unrecht war, doch er hatte diese Worte nicht über die Lippen gebracht.

Was ihn nur dazu getrieben hatte, sich sogar noch dümmer zu benehmen, denn so machten es Siebzehnjährige eben. „Wenn ich so verdammt schrecklich bin, dann wirf mich doch raus. Ich finde was anderes und geh dir aus den Augen und runter von deinem Land, sobald ich kann."

„Jetzt bist du einfach nur dumm und versuchst, mich aufzubringen. Du weißt doch, dass wir nicht wollen, dass du gehst. Das hier ist dein Zuhause ..."

„Muss es aber nicht sein", murmelte Walker.

Das hatte seinen Dad zum Schweigen gebracht, die beiden hatten einander beäugt, während irgendeine Art Macht um sie herum durch die Luft gefegt war. Schließlich hatte sein Dad sich aufgerichtet, die Arme verschränkt und einmal genickt. „Überleg dir, was dir wichtig ist. Deine Mom und ich fahren mit an diesem Wochenende mit der Familie Hayes nach Calgary. Wenn du dich faul herumdrücken willst, sei es so, aber denk daran, dass es Caleb und Luke sind, die du damit im Stich lässt. Es sind die anderen Leute, die sich auf dich verlassen, aber letztlich bist es auch du. Wir reden weiter, wenn ich zurückkomme."

Er war niemals zurückgekommen.

Nicht der liebevolle Mann, der versucht hatte, Walker etwas über Verantwortung beizubringen, nur sein Leichnam, der zusammen mit Walkers Mutter und den Freunden ihrer Familie aus dem Auto geborgen worden war.

Walter und Deb Stone waren zur Ruhe gebettet worden, sodass sie über die Ranch hinwegblickten, die sie mit eigenen Händen errichtet hatten. Mit Schweiß und harter Arbeit aufgebaut, und nun sagte Caleb, dass die Ranch womöglich verloren sein könnte.

Walker hatte viel Erfahrung damit, wie es sich anfühlte, nicht die Kontrolle zu haben, aber es wurde niemals einfacher, sich dem zu stellen.

Er setzte sich auf die kalte Bank neben ihren Gräbern, die Holzbretter waren von den rauen Wintern abgeschmirgelt und mit der Zeit verwittert.

Schließlich kam es ihm – deshalb fühlte er sich so seltsam, so wurzellos und verloren. Weil er bis jetzt nichts Wertvolles getan hatte, sondern sich nur herumgetrieben hatte. Er konnte niemandem etwas von Wert bieten.

Es war an der Zeit, das zu verändern. Auch wenn er sich immer noch nicht sicher war, dass es ihm möglich war, wusste er nun zumindest, wonach er streben sollte.

„Du hattest recht, Dad. Caleb und Luke haben mehr als genug Verantwortung zu stemmen, und es ist an mir, meinen Teil beizutragen und mich der Verantwortung zu stellen. Es tut mir leid, dass ich elf Jahre gebraucht habe, um diese Lektion wirklich zu lernen, aber ich glaube, jetzt verstehe ich sie."

Er war nach Hause gekommen, weil zu Hause der Ort war, an den man ging, wenn alles andere auseinanderfiel. Er musste aber mit seinen Ängsten fertig werden, damit er helfen konnte.

Die Ranch brauchte Geld? Nun, er konnte nicht viel tun, indem er nur Helfer war, der bei den täglichen Pflichten Unterstützung bot. Dort draußen beim Rodeo ließ sich allerdings richtig Geld verdienen. Und die andere Möglichkeit, diejenige, an die er sich kaum zu denken traute, weil sie so unglaublich schien – dort konnte man ebenfalls Geld scheffeln. Jede Menge sogar.

Da sollte doch noch mal jemand sagen, man könne sich mit dem Singen keine Mahlzeit verdienen.

Aber er konnte kein Geld mit dem Bullenreiten verdienen, und er konnte kein Geld mit dem Singen verdienen, wenn er vor Angst zu einem wippenden Etwas zusammenklappte, wenn er es am wenigsten erwartete. Er musste eine Möglichkeit finden, mit diesen Panikattacken fertig zu werden, und vielleicht war das etwas, das er hier zu Hause schaffen konnte.

Aber sobald er sie im Griff hatte – und sobald er eine Möglichkeit fand, damit umzugehen –, würde er wegmüssen. Wenn er an der Reihe war, ein Opfer zu bringen, dann sollte es so sein.

Das war das Bittere. Um sein Zuhause zu retten, musste er es verlassen.

3

Ivy schloss sich ihren Schwestern an, lehnte sich an die Seite ihres Autos, das sie am Rand des Bürgersteigs geparkt hatte, und beäugte den kleinen Bungalow vor ihnen.

Er war niedlich.

Okay, es war eine von den Buden, bei denen die gefürchteten Worte „tolle Gelegenheit für Bastler" in der Anzeige standen, doch Ivy hatte den Kauf bereits abgeschlossen, bevor sie zurückgezogen war.

Obwohl es für sie das perfekte Haus war, musste sie zugeben, dass es noch nicht viel hermachte. „Ich weiß, dass man es streichen muss ..."

„Ach, meine Liebe, man muss so viel mehr als nur streichen." Rose schüttelte den Kopf, während sie nach vorne trat, beugte sich herab, um mit dem Finger im größtenteils abgestorbenen Gras zu stochern. Ihre dunkelbraunen Haare fielen ihr über die Wangen, und sie schob sie sich hinter die Ohren, als sie aufstand und vor Ivy das Gesicht verzog. „Bitte sag mir, dass sie dich bezahlt haben, damit du das übernimmst."

„Eigentlich", unterbrach Tansy, „habe ich gehört, dass das

Häuschen solide ist. Die Reparaturen sind zum größten Teil kosmetischer Natur, und es gibt keinen Grund, warum wir das nicht alles in den nächsten paar Monaten hinkriegen sollten."

Zum Glück hatte wenigstens eine ihrer Schwestern eine Vision. „Es ist klein, ich weiß, aber der Preis hat gestimmt, und wie Tansy sagte, alle wichtigen Dinge sind in gutem Zustand. Was gut ist, denn man braucht keine teuren Reparaturen, nur eine Menge liebevolle Zuwendung. Aber ich glaube, ich werde mir wahrscheinlich neue Küchengeräte anschaffen, denn auch wenn Avocadogrün gerade wieder modern wird, entspricht es nicht meiner Vorstellung von guter Laune."

„Farbe, Geräte, neue Deko?", listete Tansy auf, während sie an das Haus trat. Sie stellte einen Fuß auf die unterste Stufe, aber als diese Unheil kündend quietschte, zog sie sich rasch zurück. „Neue Stufen."

„Neue Stufen", stimmte Ivy zu. „Vorerst gehen wir mal zur Hintertür. Aber die Veranda ist sicher, und sie haben vor weniger als fünf Jahren das Dach neu gedeckt. Im Haus waren auch einige Möbel, was gut ist, da ich selbst nicht viele besitze. Ich kann die Dinge langsam ersetzen und Zeug kaufen, das richtig gut zu dem Haus passt."

Sie führte sie an die Seite des Gebäudes, wo eine zweite Treppe hinauf zu einem Eingang gleich neben der Küche ging.

„Die Aussicht ist spektakulär", gab Rose zu, die sich zu den Bergen drehte, damit die Sonne ihr voll ins Gesicht schien. „Gut allerdings, dass du nicht abergläubisch bist, da es gleich neben dem Friedhof steht und so."

„Da stellt man normalerweise das Haus des Friedhofswärters hin", scherzte Tansy.

„Ach du liebe Zeit. Heißt das, dass du als Totengräber auftrittst?", fragte Rose.

„Nur am zweiten Dienstag in geraden Monaten", gab Ivy zurück. „Kommt schon, ich kann es nicht erwarten, euch das

Innere zu zeigen. Ich brauche Vorschläge, welche Farben man nehmen könnte, damit die Räume größer wirken."

Es fühlte sich seltsam an, aber richtig, ihre Schwestern durch das winzige Haus zu führen. Im Augenblick war es gerade schmutzig und unordentlich, aber es besaß so viel Potenzial. Das war Teil dessen, was Ivy auch in ihrem Beruf als Lehrerin tat. Sie schaute sich nicht nur an, wo die Schüler im Augenblick standen, sondern wo sie sein könnten, und brachte heraus, was nötig war, um sie dorthin zu bringen. Sie liebte diese Entdeckungsreisen. Es waren nicht nur die Schüler, die dabei etwas lernten, sondern auch sie.

Das Haus von seinem derzeitigen traurigen und verkommenen Zustand an den Punkt zu bringen, an dem es eine echte Heimat wurde, würde ein Abenteuer sein, und sie konnte es kaum erwarten, damit anzufangen.

„Okay, das ist süß." Tansy deutete auf das Wohnzimmer.

Zwischen die Eingangstür und den Wohnraum hatte jemand eine Trennwand mit vielen Regalen gebaut. Die Regale bildeten einen Eingang, indem sie die Tür vom Rest des Raumes separierten.

„Streich das weiß, und es macht den Raum nicht nur heller, sondern du kannst auch Kleinkram überall drauf stellen, und Bilder. Könnte hübsch sein", schlug Rose vor.

„Das habe ich mir auch gedacht", stimmte Ivy zu. „Tansy, füge es auf der Liste an. Ich muss alle Lampen austauschen. Nichts Schickes, aber ich will LEDs, und einige von ihnen sollten gerichtet sein, damit indirektes Licht in die Ecken fällt."

Tansy schrieb geflissentlich auf den Block, den sie dabei hatte. „Beleuchtung und große Teppiche." Sie schaute die beiden an. „Der Dielenboden ist hübsch, aber vertraue mir, an ein paar Stellen willst du etwas Weiches unter den Füßen."

„Und *das* muss weg." Rose deutete auf ein Sofa, das definitiv schon bessere Zeiten erlebt hatte. „Obwohl der Küchentisch und die nicht zusammenpassenden Stühle süß sind."

„Die gefallen mir auch", gab Ivy zu, auch wenn sie sich davon abhielt, zu erwähnen, dass sie sie an die Zeiten erinnerten, als sie sich zum Abendessen der Familie Stone angeschlossen hatte. Deren Tisch und Stühle waren genauso – nicht zusammenpassend, beinahe schon antik, sahen aber zusammen stimmig aus. Obwohl sie zugegebenermaßen einen fünfmal so großen Tisch hatten wie sie.

Alles in diesem Haus war winzig.

Sie warfen einen Blick in das Bad, machten weitere Vorschläge, und dann schauten sie sich die beiden winzigen Zimmer vorne im Haus an. „Ich werde eins davon als Büro nutzen, aber ich schätze, ich könnte ins andere ein Bett stellen, damit ihr, wenn ihr mal übernachten wollt, hier bleiben könnt."

„Du planst mit Gästen. Das ist toll." Roses Grinsen verblasste, als sie in das große Schlafzimmer trat. „Echt jetzt?"

Ivy schaute sich um und schaffte es nicht, das Problem zu erkennen. „Schau mal, da drüben ist ein Bad, was bei einem Haus dieser Größe ein Wunder ist. Es hat nur eine Dusche, aber für mich reicht das."

„Na, das ist gut. Passt da tatsächlich ein Bett rein?", fragte Tansy, die mit dem Knie in der Matratze stocherte, ehe sie versuchte, den Raum mit Schritten zu vermessen. „Hier drin ist nicht viel Platz."

„Überhaupt nicht viel Platz. Wie groß soll die Matratze sein?", fragte Rose. „Du wirst die ganze Zeit gegen die Wand stoßen."

Ivy verdrehte die Augen. „Ich bin mir nicht sicher, wie aktiv ihr so im Bett seid, aber wenn man sich so sehr herumwirft, dass die Matratze sich bewegt, dann beschädigt man die Wände sowieso."

Rose kicherte, ehe sie es mit einem Husten überspielte.

Ivy warf ihr einen schiefen Blick zu. „Was?"

Ihre Schwester hob die Hände. „Du bist so eine Unschuld.

Wie um Himmelswillen hast du es in deinem Alter geschafft, dass du immer noch solche Sachen fragen kannst, ohne dass sie zweideutig sind? Wie aktiv wir im Bett sind?"

„Sei doch fair, Rose. Wenn sie nach dir fragt, nicht sonderlich aktiv", neckte Tansy.

Rose wirbelte zu ihrer Schwester herum, die Hände in die Hüften gestemmt. „Willst du mir irgendwas mitteilen?"

O mein Gott, sie redeten von Sex. Ivy spürte, wie ihre Wangen heiß wurden, während Blut nach oben strömte. „Ich stehe nicht so auf sexuelle Gymnastik, vielen Dank. Und das Bett ist für mich, nicht für mich und noch jemanden."

Obwohl sie hoffte, dass das gelogen war.

Sie wusste genau, wen sie bei sich im Bett haben wollte, und wenn sie den kleinen Raum beäugte, in den sie vorgehabt hatte, ein Doppelbett zu stellen, war an dem, was ihre Schwestern gesagt hatten, vielleicht etwas dran. Wenn sie Walker auf einem Bett dieser Größe platzieren sollte ...

„Woran denkst du denn jetzt, denn du siehst aus, als würdest du gleich umkippen?" Tansy stellte sich ganz dicht vor sie. „Da drinnen gehen doch gerade irgendwelche schmutzigen Tagträume vor."

„Ihr seid so nervig", setzte Ivy sie hochnäsig in Kenntnis.

„Klar. Du musst uns trotzdem erzählen, worüber du nachgedacht hast."

Walker. Auf ihrem Bett, nackt ausgezogen.

Sie hatte ihn nur während gestohlener und überhaupt hastiger Augenblicke nackt gesehen, und das war die siebzehnjährige Version von Walker gewesen, nicht der unfassbare, gereifte Mann, zu dem er geworden war. Der Bullenreiter war einfach famos. Von Kopf bis Fuß feste Muskeln und harte Kanten, so akzentuiert und unnachgiebig, dass sie sie an sich spüren konnte ...

Ivy lächelte so nett wie möglich. „Das darf nur ich wissen, und ihr werdet es niemals herausfinden."

Rose und Tansy wechselten einen Blick, ehe sie sich Kissen von der Matratze schnappten und sie nach vorne schwangen, sodass Ivy in der Mitte gefangen war. Es folgte Chaos.

Und einen Augenblick lang ließ Ivy all ihre *was-wäre-wenns* und *weshalb-nurs* fallen, die sie im Laufe der Jahre gequält hatten.

Es war richtig gewesen, an die Universität gehen. Ihr Traum, eine Lehrerin zu werden, war da gewesen, solange sie sich erinnern konnte. Während ihrer frühen Jahre, als sie zerbrechlich und kränklich gewesen war, waren Bücher ihre Freunde gewesen, und ihre Art, die Welt zu erkunden.

Aber sobald die Fields' sie adoptiert hatten, hatte sie allmählich mehr erlebt und unternommen. Sie hatten ihr beigebracht, wie man sich um sich kümmerte, und dass es etwas Gutes war, Fragen zu stellen. Sie hatten ihre Tochter in Liebe und Akzeptanz unterrichtet – und so viel mehr. Diese Gabe war etwas, was sie anderen zurückgeben wollte.

So sehr sie sich auch danach gesehnt hatte, mit ihrem High-school-Liebsten in Heart Falls zu bleiben und einen Menschen glücklich zu machen im Gegensatz zur Möglichkeit, das Leben vieler anderer zu verändern – es hatte zu diesem Zeitpunkt nicht wie ein großes Opfer gewirkt. Besonders, da es nur ein paar Jahre hätte dauern sollen.

Aber es gab riesige Unterschiede zwischen Träumen und dem echten Leben, das sich abspielte. Nicht nur Träume, sondern auch wohlbedachte und vorausgeplante Lebensvorstellungen musste man anpassen. Sie war nicht stark genug gewesen, um die Ausbildung zur Lehrerin in vier Jahren abzuschließen, ohne zusätzlich Zeit zu bekommen. Wenn man dazu noch das Praktikum und die Referendariatszeit nahm – auch dort musste man die Zeit verdoppeln, da sie sich jede einzelne Erkältung und jedes Virus einfing und Mühe hatte, gesund zu bleiben – bedeutete das, dass ihre Ausbildung sehr viel länger gedauert hatte als erwartet.

Und dann war da noch der Aufenthalt im Krankenhaus gewesen, der sich ewig hingezogen hatte ...

Erst in den letzten paar Jahren hatte ihr Körper schließlich angefangen zu kooperieren. Inzwischen war sie stark genug, um sich den meisten alltäglichen Krankheiten ohne weitere Probleme zu stellen, genau wie ihre Schwestern.

Sie würde ihre neugewonnene Gesundheit niemals als gegeben betrachten – die Fähigkeit, sich von einer Sommergrippe oder einem Fieber rasch zu erholen, hatte in jüngeren Jahren unerreichbar gewirkt. Dass sie nur noch ein paar Tage freinehmen musste, war ein großer Unterschied im Vergleich dazu, einen Monat lang flachzuliegen.

„Wirst du wirklich dauerhaft in Heart Falls bleiben?" Rose schlang ihr einen Arm um die Schultern, und Ivy merkte, dass sie in Tagträume abgeglitten war, während sie über die Rocky Mountains im Westen schaute. Die Verandastühle standen alle um einen kleinen Tisch, und das war der perfekte Ort für eine Pause gewesen, während Tansy sich weitere Notizen machte und Rose wieder hineinlief, um Dinge abzumessen.

Und Ivy hatte sich offensichtlich in ihren Gedanken verloren und nichts getan.

„Es ist besser für mich", sagte Ivy mit einem Nicken, „aber das ist so eine Art Bonus bei dem Ganzen. Je weniger ich reise, und je mehr ich mit denselben Leuten herumhänge, umso besser ist es für mein Immunsystem."

„Du könntest online unterrichten. Du könntest in einer großen Stadt leben und dir deine Lebensmittel an die Tür liefern lassen", erklärte Tansy.

„Sie könnte Einsiedlerin werden und niemals wieder einen anderen Menschen in ihrem Leben treffen", sagte Rose mit gespielter Begeisterung. „O mein Gott, *natürlich*. Das ist die allerperfekteste Idee der Welt."

„Hör auf. So habe ich das nicht gemeint ..." Tansy rümpfte die Nase. „Okay, so hat es sich irgendwie angehört, aber was ich gemeint habe, war, dass ich weiß, dass dir das Unterrichten Spaß macht, aber ist es das Allerbeste, in einem Zimmer voller Zweitklässler zu sein?"

„In einer kleinen Stadt wie Heart Falls? Eigentlich ja. Für mich ist es in Ordnung, mit ein paar Bazillen in Berührung zu kommen, aber die gewöhnlichen sind für mich besser. Mein Immunsystem kann ganz normal Resistenzen aufbauen, solange ich nicht immer wieder jede Menge neue Variablen einführe."

Rose war diejenige, die langsam nickte, allerdings ein wenig traurig. „Also wirst du nie die Welt bereisen."

„Ich werde niemals reisen, Punkt. Aber wie gesagt, ich habe nicht das Gefühl, dass das etwas Schlimmes ist. Oma ist hier in Heart Falls, und Mom und Dad bleiben auch gerne hier." Ivy beäugte ihren Schwestern. „Ihr beiden scheint auch glücklich damit, *Buns and Roses* zu betreiben."

Sie warfen einander einen Blick zu und wandten sich zurück, nickten gleichzeitig, als hätten sie es eingeübt. „Uns gefällt es hier auch", gab Tansy zu.

„Obwohl ich ein bisschen mehr von der Welt sehen möchte", fügte Rose an. „Wusstest du, dass Ginny Stone gerade in Italien ist?"

„Wusste ich nicht. Wohnt sie dort?"

„Sie macht irgendwas auf einem Bio-Bauernhof. Sie war in Frankreich, England und sie muss noch ein paar weitere Länder besuchen. Tamara Coleman – ich meine Tamara Stone – sagte, Ginny wird irgendwann mal für einen Monat zurückkommen. Ihre Pflegeschwester Dare heiratet, und natürlich muss Ginny dafür hier sein."

Es war gut, mit den Gerüchten auf den neuesten Stand zu kommen. Es schien, dass es jeden Tag etwas Neues über ihre Familie und über ihre Schwestern zu erfahren gab.

Über sich selbst.

Ihr Telefon läutete, und sie entschuldigte sich, ehe sie dran ging.

„Ivy Fields."

„Hey, Schneeflocke."

Sie versuchte, nicht darauf zu reagieren, aber es war offensichtlich, dass ihr das völlig misslungen war, denn ihre beiden Schwestern drehten sofort die Köpfe, als wären sie magnetisch angezogen, den Blick auf ihr Gesicht gerichtet. „Hi, Walker."

Rose reckte zwei Daumen, während Tansy den Kopf schief legte, als würde sie lauschen und erwarten, dass Ivy das Telefon so einstellte, dass sie leichter mithören konnten.

Das kam gar nicht in die Tüte.

„Ich dachte, wir sollten einen offiziellen Zeitpunkt und Ort für unser Date ausmachen. Hast du heute Abend Zeit?"

Ihre Schwestern machten weiterhin nervige Gesten, und Ivy schloss die Augen, damit sie sie leichter ignorieren konnte. „Könnte ich einrichten. Ich muss meiner Mom sagen, dass ich nicht da bin. Denkst du an ein Abendessen?"

„Ich bin um fünf Uhr fertig. Ich könnte dich um sechs abholen."

Angenehme Wärme breitete sich langsam in ihrem Körper aus. „Sechs Uhr funktioniert für mich. Ich wohne bei meinen Eltern."

Er lachte leise, und das Geräusch ließ ein weiteres Mal eine Gänsehaut auf ihren Armen entstehen. „Dann weiß ich, wo ich dich finde. Bis später."

„Bis später."

Sie schaute auf ihren Schoß hinab, um das Telefon abzuschalten, holte tief Luft und riss sich zusammen, ehe sie den Blick hob und so tat, als wäre nichts Außergewöhnliches geschehen. „Also, wenn ihr genug Zeit hattet, um …"

„Ach, auf gar keinen Fall." Tansy legte die Finger aneinander und bettelte. „Bitte. Du musst uns das gute Zeug erzählen."

„Der sexy Bullenreiter holt dich um sechs Uhr ab. Wohin führt er dich aus?", wollte Rose unbedingt wissen.

Ivy öffnete den Mund und merkte, dass sie sich nicht mal die Mühe gemacht hatte, danach zu fragen. „Raus."

Tansy und Rose schauten einander an und kicherten. „Du bist in diesen Mann ganz schön verschossen", sagte Rose leise. „Und ich hoffe, dass alles funktioniert, aber falls nicht, denk dran, dass wir für dich da sind."

„Du bist so ein fröhlicher Sonnenschein, Fields. Natürlich wird es funktionieren. Weißt du nicht mehr, wie er sie angehimmelt hat?", wollte Tansy wissen.

„Das war vor langer Zeit, und wir waren beide jung", erklärte Ivy.

„Nicht vor *so* langer Zeit", neckte Tansy. „Ich habe dir doch erzählt, dass er jedes Mal, wenn ich die letzten Jahre in ihn hineingelaufen bin, immer gefragt hat: ‚Wie geht's der Familie', und es ist doch wohl glasklar, dass er sich nicht nach Dads Gesundheit erkundigt hat."

Diese angenehme Wärme schlang sich etwas fester um sie. „Das ist gut zu wissen."

„Wir müssen ihn einfach nur in die richtige Richtung schubsen ..."

Nö. Das kam nicht in die Tüte. Sie brauchte nicht die Hilfe ihrer Schwestern. Ivy sagte es unverblümt. „Mir ist Walker sehr wichtig, und ich bin äußerst interessiert daran, zu sehen, wohin sich das entwickeln könnte. Deshalb habe ich mich von euch zu dieser Junggesellenversteigerung überreden lassen, was, wie ich hinzufügen möchte, überhaupt nichts war, mit dem ich mich wohlgefühlt habe."

Tansy hatte den Anstand, beschämt zu wirken. „Du hast das so gut gemacht, dass ich vergessen habe, wie schüchtern du früher warst."

Ivy glaubte nicht, dass Schüchternheit etwas war, was jemals weggehen würde. „Ich habe mehr Methoden als früher, um damit umzugehen, aber ich sage das jetzt zu euch, weil ich euch liebe: Mischt euch nicht ein. Danke, dass ihr mir bei der Auktion geholfen habt, aber ich will das auf eigene Faust schaffen.“

Tansy stieß einen tiefen Seufzer aus und lehnte sich dramatisch in ihrem Stuhl zurück. „Also gut. Wir werden dir nicht zu deinem Date folgen.“

„Das wollten wir nur tun, weil es schon sehr lange her ist, dass wir auswärts gegessen haben“, behauptete Rose.

Die Verlockung war zu groß. Ivy hob eine Augenbraue. „Vielleicht seid ihr diejenigen, die sich bemühen müssen, um mal ein bisschen Action zu bekommen, hmm?“

Rose streckte ihr die Zunge heraus, und Tansy kicherte, die Aufmerksamkeit der beiden war von Ivys ausstehendem Date abgelenkt und richtete sich erneut darauf, einander liebevoll aufzuziehen.

Was Ivy ganz gut in den Kram passte, denn ihr Kopf war im Augenblick so voll, dass sie nicht die Kraft hatte, Energie dafür zu opfern, mit ihrem endlosen Enthusiasmus fertig zu werden. Sie freute sich auf heute Abend und die Gelegenheit, die vor ihr und Walker lag.

Sie warf einen Blick nach rechts und in das Fenster des großen Schlafzimmers. Die obere Glasscheibe war von Staub bedeckt, und die untere ließ eine gute Sicht auf ein Zimmer zu, an dem man auf jeden Fall einiges ändern musste.

Vielleicht sogar ein größeres Bett ...

Aber erst musste sie etwas anderes in die Wege leiten. Es gab einen gewissen Herrn, an den sie schrecklich oft dachte, ohne ihre Hoffnungen allzu sehr darauf zu richten.

Als nächstes stand auf dem Plan: ein Date mit Walker Stone.

4

Ivy schaute aus ihrem Schlafzimmerfenster, spielte nervös an den Knöpfen ihre Bluse. Sie war in einer Zeitschleife gefangen, wartete ungeduldig auf Walker, dass er auftauchte und sie zu ihrem Date abholte.

Damals in der Highschool war die Anspannung süß und aufregend gewesen, und jede Menge Nerven hatten hineingespielt, während sie sich gefragt hatte, ob sie überhaupt aus der Tür kommen würden. In diesen Jahren war ihre Gesundheit so zerbrechlich gewesen, dass es Gelegenheiten gegeben hatte, zu denen ihre Mom oder ihr Dad von oben entschieden hatten, den Ausflug in letzter Minute abzublasen.

Oh, ihre Eltern hatten immer versucht, das Zuhausebleiben irgendwie zu etwas besonderem zu machen, aber einen Film zu schauen, während ihre Schwestern sich hereinschlichen, um Popcorn zu klauen, war nicht dasselbe, wie allein mit Walker in ein richtiges Kino zu gehen.

Als ein großer Truck vorne am Bürgersteig hielt, konnte Ivy nicht zurücktreten. Sie hätte nach unten eilen sollen, so schnell wie möglich die Stufen hinab, aber in diesem Augenblick waren die Erinnerungen zu überwältigend schön, um vom Fenster wegzutreten.

Er hatte sie an dem Tag, an dem sie sechzehn geworden war, zu ihrem ersten Date gebeten. Davor hatte sie nicht die Erlaubnis bekommen, auf Dates zu gehen, aber sie hatten gewusst, dass sie einander mochten. Sie hatten in der Schule und darum herum Zeit miteinander verbracht, aber offiziell war nichts zwischen ihnen gewesen. Diese strenge Regel ihrer Eltern hatte bedeutet, dass sie und Walker zunächst Freunde geworden waren, trotz der aufkommenden Anziehung zwischen dem Jungen und dem Mädchen.

Als Walker aus dem Truck stieg und zur Vorderseite des Hauses kam, sog sie ihn in sich auf, als wäre sie schon jahrelang am Verdursten. Seine langen Glieder bewegten sich geschmeidig, während er sich umschaute und den Cowboyhut richtete, und als er den Kopf schief legte und instinktiv zu ihrem Fenster aufsah, machte sich nicht die Mühe, sich zu verstecken.

Sein Grinsen wurde breiter. Er tippte sich an den Hut, ehe er aus ihrem Blickfeld verschwand.

Es läutete an der Tür, und Ivy beeilte sich, sich ganz fertigzumachen, war sich plötzlich der Tatsache bewusst, dass anders als in den letzten Jahren, als sie ein Zimmer bei Freunden gehabt oder allein gelebt hatte, ihre Familie an die Tür gehen würde.

Sie fuhr sich mit der Bürste durch die Haare, schnappte sich ihre Handtasche und ging zur Tür, als die Stimme ihres Vaters bereits einen Gruß rief.

„Aha. So treffen wir uns wieder", neckte Malachi Walker. „Schön, dich zu sehen."

„Vielen Dank. Sie sehen richtig fit aus." Walkers Stimme grollte die Stufen herauf, während sie ihr Zimmer verließ und dann auf dem Absatz kehrtmachen musste, um zurückzugehen und sich ihren Inhalator zu holen.

„Hab genug, was mich beschäftigt hält. Und ich bin die

ganze Zeit über gleich hier in Heart Falls gewesen. Du kommst nicht mehr annähernd so oft vorbei wie früher, besonders nicht in den letzten Jahren."

Du liebe Güte. Ivy versuchte gar nicht, die Stufen mit damenhafter Anmut hinabzusteigen, stattdessen stapfte sie nach unten, weil sie hoffte, die Aufmerksamkeit ihres Vaters auf sich zu ziehen, ehe er irgendeinen allzu durchsichtigen Kommentar abgab. „Danke, Daddy. Du kannst jetzt aufhören, Walker zu grillen. Es ist doch nicht Highschool-Abschlussball."

Ihr Vater hob eine Augenbraue. „Ich hoffe nicht. Irgendwie kann ich mich erinnern, dass du erst kurz vor drei Uhr früh heimgekommen bist."

Sie konnte nicht verhindern, dass ihre Wangen heiß wurden, aber sie weigerte sich, wegzuschauen. „Du weißt doch, dass wir Probleme mit dem Auto hatten."

Walker fing ihren Blick auf und grinste, sodass sie sogar noch schuldiger wirkten. Das Traurige daran war, dass sie wirklich eine Panne gehabt hatten und an den Straßenrand hatten fahren müssen. Und nicht einmal auf eine Nebenstraße, wo sie ein wenig Unfug hätten treiben können. Nein, es war direkt auf der 22X passiert, draußen mitten zwischen allen anderen, aber ohne Handyempfang. Walker war ein Stück zu Fuß gegangen, um Empfang zu bekommen und Hilfe zu rufen. Und mit ihren zarten Schuhen hatte er darauf beharrt, dass sie im Truck blieb, darum hatten sie letztlich an diesem Abend viel Zeit getrennt verbracht, anstatt ein paar gestohlene Küsse zu genießen, während sie auf den Abschleppwagen warteten.

Ihr Vater hob eine Augenbraue, während sie die Erinnerungen durchlebte. „Drei Uhr früh. Mehr sage ich nicht."

Walker fand seine Stimme wieder, ein leises Lachen entwich ihm. „Ich kann nicht glauben, dass Sie uns das immer noch vorhalten."

Malachi lenkte ein, klopfte Walker auf die Schulter. „Na ja, wir haben dir offensichtlich vergeben, denn du bist ja hier, wieder in der Stadt und führst Ivy aus. Wir haben deinen Werdegang im Auge behalten. Du hast beim Rodeo dieses Jahr ein paar ganz gute Ergebnisse eingefahren. Sieht so aus, als wärst du bereits hoch genug im Rang, um im Herbst zum PBR zu gehen."

Malachi schaffte es, das katastrophale Abschlussevent nicht zu erwähnen, an dem Walker beteiligt gewesen war, vor allem, weil Ivy ihn inzwischen betont ansah und ihn warnte, sich zu benehmen.

Natürlich war eine Warnung an ihren Vater, sich zu benehmen, als würde man einen zwei Tonnen schweren Elefanten zügeln wollen.

„Mit wem redest du da, Liebling?", fragte ihre Mutter aus dem nächsten Zimmer.

Ivy hatte den Blick gerade zu Walkers Gesicht gehoben, und seine Lippen zuckten erheitert, was dazu führte, dass auch sie loskichern wollte.

„Hier ist Walker Stone, Mrs. Fields", rief er. „Ich bin gekommen, um Ivy zu unserem Date abzuholen."

Ihre Mom kam um die Ecke, eine Weinflasche in einer Hand, ein iPad Air in der anderen. „Walker. Wie schön, dich zu sehen. Ivy, muss ich für dieses Rezept Wein aufmachen, oder kann ich den Traubensaft nehmen, den wir im Kühlschrank haben?"

Sie trat zwischen sie, erwischte Walker beinahe mit der Weinflasche am Kopf, während sie vorbeiging und abgelenkt in dem Rezept las.

Walker wich geschmeidig aus, ehe er sich mit der Hand über die Lippen fuhr, um sein Lächeln zu verbergen.

Ivy griff nach dem iPad, um zu sehen, von welchem Rezept ihre Mutter redete. „Was machst du denn?"

„Irgendwas, um diese Büffel-Steaks zu verwenden, die die Simpsons uns gegeben haben. Ich weiß ihre Großzügigkeit zu schätzen, aber ich glaube, das arme Tier war seit der letzten

Jahrhundertwende unterwegs. Der erste Braten, den ich gemacht habe, war zäh wie Schuhleder."

„Büffel von den Simpsons?" Walker verzog das Gesicht. „Wann haben die denn mit den Büffeln angefangen?"

„Laut Sophie damals im frühen zwanzigsten Jahrhundert, aber ich glaube, die haben sie letzten Herbst bekommen", setzte ihn Malachi in Kenntnis. „Es ist keine schlechte Idee, und sie haben den Platz."

Walker nickte langsam, und Ivy wurde klar, dass sie ihn wieder beobachtete, anstatt sich das Rezept anzuschauen, damit sie ihrer Mutter eine Antwort geben konnte.

„Nun, da du wieder da bist, wirst du mit dem Ganzen Hin und Her von Heart Falls schnell auf den neuesten Stand kommen", versicherte ihm Sophie. „Wie geht es deinem ältesten Bruder? Ihm und seiner neuen Frau natürlich – ich war so aufgeregt, als Malachi mir von ihrer geheimen Überraschungshochzeit erzählt hat, bei der nur sie und ihre zwei kleinen Mädchen waren. Und haben Luke und seine Verlobte schon ein Datum festgelegt?"

Ivy musterte rasch das Rezept, während sie sich Walkers Antwort anhörte.

„Von Luke weiß ich noch nichts. Unsere Schwester Dare heiratet nächsten Monat in Rocky Mountain House, das ist also im Augenblick genug Aufregung für die Familie."

„Und wirst ...?"

Ivy trat dazwischen, bevor sie ihn weiter löchern konnten. „Wir müssen es rechtzeitig zu unserer Reservierung schaffen. Mom, nimm den Saft. Du musst den Wein nicht öffnen, außer du willst ihn trinken. Aber es würde besser funktionieren, wenn du das Rezept jetzt für morgen anfängst – wenn du nur eine Stunde lang marinierst, wird das Fleisch dadurch nicht weniger zäh."

Sophie schlug sich mit der freien Hand auf die Stirn, als hätte Ivy die genialste Ansage aller Zeiten gemacht. „Natürlich.

Du hast völlig recht. Walker, würdest du morgen gern zu uns kommen und mal Büffel probieren?"

Ivy war versucht, nach oben zu greifen und sich vor Frust in den Nasenrücken zu kneifen, aber zum Glück hielt Walker ihr ihre Jacke hin, damit sie sie anziehen konnte.

„Danke für die Einladung, aber ich habe morgen Abend eine Verpflichtung bei der Familie." Walker nahm Ivy am Arm und zog sie an sich, bewegte sich zur Tür. Sie entfernten sich, wie sie es schon vor Jahren getan hatten, mit einer langsamen, steten Fluchtbewegung, bevor sie von ihren Eltern eine weitere halbe Stunde lang in Beschlag genommen wurden.

„Aber natürlich. Wenn es jedoch einen anderen Zeitpunkt gibt, der für dich funktioniert, hätten wir dich gerne da."

Malachi nickte ebenfalls begierig. „Hey, ich habe ein paar Artikel da, die dich bestimmt interessieren. Sophie, wo habe ich diese Schachtel mit Artikeln über die Geschichte des Rodeos hingetan?"

„Hinter meinen Sessel?"

„Auf das neue Regal, dass ich für dich gemacht habe?"

„Vielleicht ist sie dort. Oder auf dem Tisch. Natürlich könnte ich auch ..."

Walker schloss fest die Tür hinter ihnen, und die Worte ihrer Eltern wurden mitten im Satz unterbrochen.

Sie standen nur einen Augenblick lang auf der vorderen Veranda, ehe sein höfliches Lächeln einem leisen, grollenden Lachen wich. „Manche Dinge ändern sich nie."

Ivy nickte zustimmend. „Kannst du dir vorstellen, was wäre, wenn sie es darauf *anlegen* würden, nervig zu sein?"

„Bist du dir sicher, dass sie das nicht tun?" Er richtete sich den Hut, dann neigte er den Kopf zu seinem Truck. „Hungrig?"

Das sollte sie sein, aber anscheinend gab es eine ganze Menge Schmetterlinge, die in ihrem Bauch herumflatterten, wo eigentlich das Abendessen hingehört hätte. „Ich könnte schon was essen. Ich wette, du verhungerst bereits."

Er zog die Tür auf und bot ihr eine Hand, während sie auf das Trittbrett stieg, um einzusteigen. „Auf Silver Stone muss niemand Hunger leiden. JP hat in der Kantine den ganzen Tag lang für alle Mitarbeiter was zu essen. Er weiß ja nie, wann die Leute mit ihrer Schicht fertig werden. Ich hab mir einen Bissen geholt, bevor ich mich fertiggemacht habe."

Er schloss die Tür auf ihrer Seite, dann ging er um den Wagen herum zur Fahrerseite. Sie dachte immer noch über seine Anmerkung nach. „Ist das was, was alle Kerle machen, oder nur Rancher? Was zu essen, bevor sie zum Essen ausgehen?"

„Ja." Er grinste sie an, bevor er losfuhr und sich zur Hauptstraße aufmachte. Die kurze Fahrt, nur ein paar Blöcke weit, verging rasch, während Ivy aus dem Fenster schaute, und sie an vertrauten Gebäuden vorbeifuhren. Das Handelshaus. Ein Fotostudio. Der Bücherladen ihrer Eltern. Walker nickte zu dem Laden hin. „Es war schön, deine Eltern zu treffen, so nervig sie auch sind."

„Es tut mir leid, dass Dad dich damit genervt hat, dass du nicht mehr vorbeikommst", sagte Ivy. „Ich weiß nicht, was in seinem Kopf vorgeht."

Walker zögerte einen Augenblick, vielleicht, weil er versuchte, einen Parkplatz vor Longhorns Steakhaus zu finden, aber es schien, als ginge es dabei auch noch um etwas anderes. „Nein, er hat recht. Ich bin früher sehr viel öfter vorbeigekommen."

Ivy zögerte. „Du meinst, nachdem ich schon zur Uni gegangen bin?"

„Ja."

Er war schon ausgestiegen, ehe sie weitere Fragen stellen konnte, und Ivy schob es zur Seite als ein „Ding, über das ich mehr nachdenken und meine Schwestern nach Antworten löchern muss"-Thema, aber derzeit hatte sie genug, auf das sie sich konzentrieren musste.

„Wegen der Versteigerung hättest du mich nicht in den teuersten Laden der Stadt ausführen müssen." Ivy ließ die Hand unter seinen Ellbogen gleiten, den er ihr anbot, bevor er sie die Eingangsstufen zu dem niedrigen Gebäude empor führte.

Ein altmodisches Western-Thema zog sich durch diesen ganzen Teil von Heart Falls, mit einem hölzernen Gehweg und falschen Läden vor den Fenstern der meisten Geschäfte. Glitzernde Lichter lagen auf winzigen Fichten, die in Töpfen vor der Tür standen.

Er zögerte, bevor er die Eingangstür öffnete. „Du bist aber nicht irgendwie Vegetarierin geworden, seit du weggegangen bist, oder?"

„Mein Gott, nein. Ich bin immer noch im Herzen Fleischfresserin, obwohl ich derzeit ein bisschen mehr Grünzeug zu mir nehme."

Er lud sie mit einer Geste nach drinnen ein, lachte über die Erinnerung, die sie wohl ausgelöst hatte. Die Tage, als ihre Mutter sie gebeten hatte, mal irgendwas aus der Obst- oder Gemüsefamilie zu essen. Walkers Mutter hatte damals noch gelebt, und Deb und Sophie hatten sich zusammen verschworen, um ihre Familien dazu zu bringen, sich gesünder zu ernähren.

Sie ließen sich am Tisch nieder, und Walker schüttelte den Kopf. „Ich erinnere mich noch an die Zeit, als du vorgeschlagen hast, dass wir einen Sitzprotest veranstalten, weil deine Mom geriebene Karotten in den Hackbraten getan hat."

„Wer macht denn so was? Welcher Mensch bei geistiger Gesundheit stellt mit einem Hackbraten etwas anderes an, als die Zähne reinzuschlagen?"

Walker lachte, das lange, tiefe Geräusch grollte durch sie hindurch wie eine Liebkosung, und sie ließ es einsinken, ließ sich von einem Gefühl umfangen, als würde sie eine gut eingetragene Jeans anziehen. Es war angenehm und beruhigend, und etwas, das ihr das Gefühl gab, zum ersten Mal seit sehr langer Zeit sie selbst zu sein.

Die Kellnerin brachte ihnen Speisekarten, aber Ivy fiel gar nicht auf, dass sie sich mit ihr befasste, denn ihre Aufmerksamkeit wurde über den Tisch gezogen. Sie bewunderte seine dunklen Haare und die Art, wie seine Augen über die Seiten glitten, während er sich die Speisekarte ansah. Er war zu einem gut aussehenden Mann geworden. Ein Gefühl der Stärke umgab ihn, das sehr viel mehr war als nur die Muskeln, die seine hochgewachsene Gestalt zierten.

Sie hatte ihm immer völlig vertraut, und obwohl sie nicht alles verstand, was sie in den letzten Jahren über ihn gehört hatte – sein verwegenes Verhalten schien ihrer Ansicht nach nicht zu seinem Charakter zu passen – war er immer noch *ihr* Walker.

Ihre erste Liebe.

Nun musste sie ihn überzeugen, dass sie auch wollte, dass er ihre letzte blieb.

WALKER FRAGTE SICH, ob sie früher oder später in genau diese Situation geraten wäre, wäre er nicht durch die Junggesellenversteigerung dazu gezwungen worden. Er war in den letzten elf Jahren immer wieder mal in Heart Falls gewesen, aber das war das erste Mal, dass Ivy zu mehr als nur einem kurzen Urlaub zurück war.

Und sie war *zurück*. Nach der Junggesellenversteigerung hatte er das herausgefunden, als er ein wenig nachgeforscht und entdeckt hatte, dass Ivy nun die Lehrerin der zweiten Klasse und die stellvertretende Schulleiterin der Heart-Falls-Grundschule war.

Ha. Ein wenig nachgeforscht – das stand auf ihrer Visitenkarte. Aber er wusste, dass es bedeutete, dass sie da sein würde, was wiederum bedeutete, dass er nach allem, was vor all den Jahren zwischen ihnen gewesen war, gewiss mit ihr in Kontakt gekommen wäre.

Er wollte sie anschauen. Und das tat er auch. Es war schon gut, dass er sich die Speisekarte gemerkt hatte, denn obwohl er die Seiten vor sich hochhielt, schaute er daran vorbei, um immer wieder einen Blick auf sein Date zu erhaschen.

Ivy war nicht so zerbrechlich, wie sie es damals in der Highschool gewesen war. Ihre Figur waren immer noch zart, und ihre Haut wie blasses Mondlicht, aber sie hatte mehr Muskeln und auf jeden Fall mehr Kurven.

Ihm hatte durchaus gefallen, was sie vorher gehabt hatte. Obwohl ihn mit sechzehn die Tatsache, dass er überhaupt einen weiblichen Körper hatte berühren dürfen, auf jeden Fall in die Kategorie begeistert jenseits jeglicher Vernunft bugsiert hatte.

Die Kellnerin nahm ihre Bestellung auf und ging, und ein Augenblick verlegener Stille stellte sich ein, zumindest bis Ivy sich im Raum umschaute, ehe sie den Blick zu ihm wandte und ihm ein alles andere als unschuldiges Lächeln zukommen ließ.

„Du siehst aus, als hättest du Unfug im Sinn", sagte er und beugte sich interessiert vor.

„Ich genieße die Tatsache, dass ich bereits Unfug angestellt habe", neckte Ivy. „Junggesellenversteigerungen sind also doch witzig – ich war noch niemals auf einer."

„Du hättest mich nicht kaufen müssen", erklärte ihr Walker. „Aber ja, ich bewundere deine hinterhältige Taktik. Ich hatte keine Ahnung, was los war."

Ihr Gesicht hellte sich auf. „Du hättest sehen sollen, wie entsetzt du gewirkt hast, als du dachtest, Tansy würde auf dich bieten."

„Deine Schwestern sind toll, aber unter verdammt noch mal gar keinen Umständen ..."

Sie kicherte, schnaubte beinahe, verdeckte es mit beiden

Händen, während sie wieder rot wurde. „Es war für den guten Zweck."

„Mir einen Heidenschrecken einzujagen. Klingt nach einem tollen Zweck."

Ivy lachte noch mehr. „Hör auf damit. Wenn ich erst mal loslege, kann ich überhaupt nicht mehr aufhören, und das ist nicht der richtige Ort, um vor mich hin zu kichern, als wäre ich zwölf."

Er konnte sich nicht abhalten. Er ließ den Blick bewundernd über sie gleiten. „Vertraue mir. Keiner, der ganz bei Verstand ist, glaubt, dass du zwölf bist."

Ihr Kopf neigte sich leicht, und sie schaute unter ihren Wimpern zu ihm auf. „Süßholzraspler."

„Für tausend Dollar muss ich schon Gedichte rezitieren."

Sie beschäftigte sich damit, ihr Besteck neu auszurichten, schaute ihm nicht mehr in die Augen. „Bitte. Mach dir keine Sorgen wegen des Geldes. Tansy und Rose haben Trinkgeld aus *Buns and Roses* gesammelt und wollten es sowieso spenden. Fern hat auch ein Viertel des Betrags beigesteuert."

Er war sich nicht sicher, ob er sich damit besser oder schlechter fühlte. „Du meinst, deine ganze Familie hat mich gekauft?"

Ein heftiges Lachen brach aus ihr hervor. „Auf gar keinen Fall, und falls Tansy versucht, dir das zu erzählen, sei so frei und stelle es richtig."

Ihr Abendessen kam, und in der nächsten Stunde schlugen sie sich die Bäuche voll und erinnerten sich. Walker erzählte ihr ein bisschen über die Abenteuer bei seinen verschiedenen Rodeos, und sie erzählte ihm ein paar Geschichten von der Universität und ihren früheren Stellen als Lehrerin.

Bis zwei Stück Kuchen als Nachtisch vor ihnen standen, hatten sie nicht einmal die Oberfläche gestreift.

„Es war schön, einander auf den neuesten Stand zu bringen", sagte er aufrichtig.

Ivy nickte und holte tief Luft. „Ich habe dich vermisst."

Etwas regte sich in seinem Bauch. Etwas Lebendiges und Wildes. „Ich habe dich auch vermisst."

Es war das Einzige, was er sagen konnte, denn es stimmte.

Sie nahm ihre Gabel und spielte damit herum, spielte mit der Kruste ihres Apfelkuchens. „Es war schwer, Heart Falls zu verlassen. Es war so schwer, weg und auf der Uni zu sein, aber es war so aufregend, dass die Zeit anfangs recht schnell verging."

Walker starrte den Kirschkuchen vor ihm an – sein Favorit – und weigerte sich, sie anzuschauen. Zeit war vergangen, ja, aber er erinnerte sich, dass ihm jeder Tag wie eine Ewigkeit vorgekommen war.

Doch er war ein verdammter Erwachsener, und es war lange her, und er musste ihr nicht sagen, wie sehr es wehgetan hatte, dass sie nicht da gewesen war. Außerdem war er hundertprozentig dafür gewesen, dass sie ging, denn es war das Richtige gewesen.

Manchmal nervte es einfach, das Richtige zu tun.

„Aber so schön es auch war, ich wollte nach Hause kommen." Ivy wartete, bis er den Blick hob, um sie anzuschauen. „Ich habe genug Erfahrung, um zu vermeiden, dass ich immer wieder neue Stellen antreten muss, und als stellvertretende Schulleiterin kann ich mich endlich niederlassen."

„In Heart Falls?" Er hätte bei ihren Neuigkeiten etwas Wunderbares empfinden sollen, aber stattdessen wanderte eine dünne Linie aus Taubheit sein Rückgrat nach oben.

Sie nickte. „Ich liebe es hier. Meine ganze Familie ist hier, und meine Oma. Ich habe mal ausprobieren dürfen, woanders zu leben, und ich kann aufrichtig sagen, dass ich hier Wurzeln schlagen will."

Als sie es aussprach, lag darin kein Zögern. Alles an ihr sagte, dass sie sich völlig sicher war. Sie klang so zuversichtlich und aufgeregt, sich in eine neue Zukunft zu begeben.

„Das ist schön für dich", sagte Walker einfach. Er wollte für sie nichts als das Beste.

Ivy legte ihre Gabel ab und holte tief Luft. „Was ist mit dir? Bist du ganz in der Stadt zurück?" Ihre Finger bebten ein winziges bisschen, als wäre ihre Frage mehr als nur eine nebensächliche Bitte um mehr Informationen.

Mein Gott. Er wusste, was sie da fragte. Er wusste genau, worauf sie hinauswollte, denn er kannte *sie*.

Oder zumindest hatte er sie gekannt, bevor sie gegangen war, und diese Frau, obwohl sie so schüchtern war, dass sie manchmal keinen Ton herausbrachte, hatte schon immer klar ausdrücken können, was sie sagen wollte.

Ivy war für immer zurück in Heart Falls. Er auch?

Er hätte alles darum gegeben, dass die Antwort Ja lauten könnte; dass er an den Punkt gekommen wäre, an dem er ihr irgendetwas bieten könnte.

Weshalb schienen sich hinter ihm nichts als verschwendete Jahre zu erstrecken? Jahre, in denen er nichts erreicht hatte, um seiner Familie zu helfen oder sich auf diesen Augenblick vorzubereiten?

Das angespannte Unbehagen, das ihm im Nacken saß wie irgend so eine außerirdische Wucherung, die die Kontrolle über ihn übernommen hatte, griff fester zu, zwang ihn dazu, auf die einzige Weise zu antworten, auf die er antworten konnte. Dort auf der Hügelflanke über den Gräbern seiner Eltern hatte er seine Wahl getroffen. Er musste etwas bewirken. Er würde nicht bleiben.

„Ich werde nur kurz hier sein. Vielleicht über den Sommer."

Das hoffnungsvolle Leuchten in ihren Augen verflog. „Oh. Brauchen sie dich nicht auf Silver Stone?"

„Es gibt dort immer Arbeit für mich. Caleb und Luke sind wunderbare Brüder, aber ..." Er wollte das nicht hier machen. Er wollte nicht auf eine so kalte und sterile Art besprechen, dass sie keine Zukunft haben konnten, nicht dass es irgendwie dadurch einfacher geworden wäre, dass sie sich in eine persönlichere Atmosphäre zurückzogen.

Er schaute ihr nicht in die Augen. „Im Augenblick sind die Dinge auf der Ranch schwierig. Auf mich warten ein paar Gelegenheiten, mit denen sich gut Geld verdienen ließe. Das würde mir eine Möglichkeit verschaffen, etwas beizutragen und der Familie etwas für alles zurückzuzahlen, was sie mir im Lauf der Jahre gegeben hat.“

Ivy griff über den Tisch und legte ihre Finger auf seine Hand, ihre Berührung war kühl und weich. „Ich bin mir sicher, deine Familie hat das Gefühl, dass du eine Menge beigetragen hast.“

„Ich mache dort eigentlich nichts Besonderes. Jeder kann doch einen Stall ausmisten. Draußen beim Rodeo, wenn ich gut drauf bin, kann ich richtig Geld scheffeln.“ Er erwähnte die andere Möglichkeit nicht, die eine Million Mal verrückter war, und womöglich Millionen mal lukrativer – wenn sie funktionierte.

Sie drückte ihm die Finger. „Na, ich würde deine Gesellschaft genießen, wenn du in der Gegend bist ...“

„Ivy, Liebes, mach das nicht.“ Er sprach leise, fühlte sich aber dennoch so, als würde er mit einem Messer auf sie einstechen.

„Ich mache gar nichts, Walker. Ich sage nur, dass ich deine Gesellschaft gern habe. Aber ich habe dich gehört. Du wirst nicht hier sein. Das ist in Ordnung.“

Es war nicht in Ordnung, auf gar keiner Ebene. „Wenn ich bleiben würde, würde ich jeden Tag bei dir an der Tür klopfen.“ Es zog in seinen Eingeweiden, und sein Herz tat weh. Endlich das Richtige zu tun, war brutal – es war, als würde er sich Gliedmaßen abschneiden, wenn er ihnen beiden so wehtat. „Ich hoffe, das weißt du, aber ich kann nicht bleiben.“

Ein Seufzen kam von ihr. Sie schaute weg und tat so, als

würde sie sich nicht die Augen abtupfen. „Okay. Ich bin enttäuscht, weil ich irgendwie gehofft hatte, wir könnten ...“

Sie schüttelte den Kopf und hielt die Worte zurück, und Walker fühlte sich wie ein verdammter Bastard, weil er ihre Hoffnungen zerschmetterte.

Ihm war richtiggehend schlecht, denn er wollte mehr als alles andere zwischen den Zeilen lesen und Ja zu dem sagen, was verdammt sicher ihr Angebot war: dass sie wieder zusammenkamen.

Plötzlich lächelte sie ihn an, riss sich mit einer Kraft zusammen, die sehr viel über die Frau aussagte, zu der sie geworden war. „Ich bin stolz auf dich.“

Walker wollte sich nach draußen hinter die Holzscheune verziehen und seinem dummen Kopf etwas Verstand eintreiben. „Warum denn das?“

„Dafür, dass du herausgebracht das, was dir wichtig ist, und dabei zu bleiben. Das versuche ich doch auch und vertraue mir, ich weiß genau, wie schwer es ist, das zu tun, was du richtig findest, wenn die Welt dich in eine andere Richtung zerren will. Ich will dich nicht von deinen Zielen abhalten. Darum bin ich stolz.“

Ivy nahm ihre Gabel und aß die letzten paar Bissen ihres Kuchens, konzentrierte sich auf ihr Essen, was toll war, denn es gab ihm die Gelegenheit, nachzudenken, anstatt zu reagieren.

Sie hatte recht. So schrecklich es sich für ihn auch anfühlte, sich nicht auf sie einzulassen, er hatte doch gute Gründe. Musste Dinge erreichen. Es sich von einem Augenblick auf den anderen anders zu überlegen, würde seiner Familie nicht helfen, und es würde ihm nicht helfen, mit den Schwierigkeiten fertig zu werden, die ihn verfolgten wie ein rachsüchtiger Geist.

Walker holte tief Luft, dann aß auch er seinen Kuchen, die Süße ließ sich oben auf dem kleinen, bitteren Stein nieder, der noch immer in seinem Magen lag.

Er wollte alles. Wollte, dass alles richtig war, *und* dass er Ivy haben konnte, aber diese beiden Dinge konnten nicht gleichzeitig geschehen.

Er brachte sie am Ende des Abends nach Hause, und sie standen vor dem Haus ihrer Eltern auf der Veranda, als die Verlegenheit zurückkehrte, obwohl Ivy alles Mögliche tat, um es normal wirken zu lassen.

Sie drehte sich zu ihm, ihre Augen leuchteten wie Quecksilber im blassen Licht der Verandabeleuchtung. „Es tat gut, sich wieder mal auszutauschen. Und du weißt, dass du hier immer willkommen bist."

„Ich bin mir sicher, du wirst ziemlich bald auf die Ranch eingeladen. Du musst Calebs Tamara und seine Mädchen kennenlernen."

Sie nickte. „Ich freue mich auch darauf, Luke und Dusty zu sehen. Auf der Bühne am Tag dieser Versteigerung hat er so erwachsen gewirkt, dass ich ihn kaum erkannt habe."

„Mein Gott, er ist neunzehn und glaubt, er ist der heiße Scheiß."

Ivy kicherte leise. „Wie kann er das nur wagen. Ich dachte, das wäre deine Jobbeschreibung, Mr. Dynamite."

Dieser dumme Spitzname. Aber er grinste, denn es war besser, dass sie an seinen Ruf dachte, wenn sie diesen Abend abschlossen. „Das ist besser als Danger-Man, wie mich ein Ansager vor ein paar Jahren nennen wollte."

„Das weiß ich noch." Sie lächelte ihn freundlich an. „Na, noch mal danke für das Abendessen, und ich bin sicher, ich seh dich dann in der Stadt."

Sie stellte sich auf die Zehenspitzen und drückte ihm die Lippen an die Wange, keusch und freundschaftlich, ehe sie seinen Arm drückte und sich nach drinnen begab, ohne einen Blick zurückzuwerfen.

Tatsächlich war sie so schnell weg, dass er sich fühlte, als würde die Veranda herumwirbeln. Er stand reglos da, unsicher, was er mit seinem verlorenen und einsamen Gefühl anfangen sollte.

Schließlich drehte er sich um und sprang in seinen Truck, lenkte ihn zur Silver Stone Ranch, weil er hoffte, dass er dort jemanden finden könnte, der ihn ablenkte.

Zerbrochene Hoffnungen nervten. Zerbrochene Herzen ...

Walker stellte den Fuß auf das Gas und schob den Gedanken mit aller Macht beiseite.

5

Walker parkte vor den Schlafbaracken, seinem üblichen Wohnquartier, während er auf Silver Stone war. Er und Luke waren vor Jahren aus dem Ranch-Haus ausgezogen, als Caleb zum ersten Mal geheiratet hatte.

Er brauchte nicht viel, und die Schlafbaracke war so eingerichtet, dass sie für die Arbeiter gemütlich war. Jeder hatte ein eigenes Zimmer mit einem ganz eigenen Eingang, aber sie teilten sich das Bad und den Küchenbereich.

Er hatte früher niemals viel gebraucht, aber als er sich in seinem spartanischen Zimmer umsah, war es ein weiterer Stich, der ihm sagte, wie wenig er mit seinen fast dreißig Jahren erreicht hatte.

In seinem kleinen Schrank war gerade genug Platz für seine Kleider und Stiefel. Haken an der Wand, um seine Hüte aufzubewahren. Das Bücherregal, das auch als Beistelltisch diente, war der einzige Hinweis, dass er hier wohnte, und nicht jemand anderes. Seine Lieblingsbücher waren ordentlich aufgestapelt, damit er zu ihnen greifen konnte, wann immer er wollte.

Teufel auch, er hatte mehr Besitztümer, wenn es um Reitbedarf und Zeug für seinen Truck ging, als persönliche Gegenstände.

Seine Unterhaltung mit Ivy vorhin hatte alle möglichen Gefühle ausgelöst. Sie ließ sich nieder, und das Fiese daran war, dass er sich gut vorstellen konnte, wie sie ein Haus in ein Heim verwandelte. Es hätte vermutlich einen weißen Lattenzaun und Platz für zweieinhalb oder wie viele Kinder heutzutage eben Durchschnitt waren.

Und das war ein Ort, von dem er seinen Verstand auf jeden Fall fernhalten wollte, darum wirbelte er auf dem Absatz herum und durch die Tür, marschierte hinauf zum Ranchhaus.

Er brauchte Ablenkung, jetzt.

Er war erst ein paar Tage zu Hause, was nicht annähernd lange genug war, um mit seiner Familie auf den neuesten Stand zu kommen. Und um der Wahrheit Genüge zu tun, so mürrisch und still sein älterer Bruder manchmal sein konnte, Caleb hatte durchaus was im Kopf. Er hatte es übernommen, die Familie aufzuziehen, nachdem ihre Eltern so plötzlich gestorben waren, und hatte sich der Herausforderung als würdig erwiesen, er und Luke, beide.

Dieses üble Gefühl der Nutzlosigkeit traf ihn wieder. Walker war am Boden zerstört gewesen, als sie ihre Eltern verloren hatten, und manchmal fühlte es sich an, als säße der Schock noch immer tief. Als säße er in einem Zustand fest, in dem er für jeden und alles völlig nutzlos war, nichts als eine Bürde, um die man sich kümmern musste.

Er stapfte hinauf auf die Veranda, schalt sich immer noch im Geiste. Mit seinen derzeitigen Schwierigkeiten war er nicht nur eine Last für seine Familie, sondern auch für den Rest der Menschheit. Auf jemanden, der seine Lage verändern musste, wirkte dieses Gefühl der Hilflosigkeit wie ein schwerer Anker, der ihn nach unten zog.

Er schaute nur ganz kurz durch das Glasfenster in der Tür, bevor er sie aufriss. Und Gott sei es gedankt, dass er das tat, denn Caleb war auf jeden Fall beschäftigt. Er hatte Tamara auf dem Schoß, die Hände auf ihren Hüften, während er ihr mit den Fingern durch die Haare strich. Die beiden sahen einander in die Augen, während sie leise sprachen, Vorfreude und Verbundenheit waren eindeutig in ihrer Körpersprache zu sehen.

Walker schwenkte herum, ging auf seinem Rückzug leiser.

Er nahm Caleb sein Glück kein bisschen übel. Sein Bruder hatte mit seiner ersten Frau die Hölle durchgemacht, und dass er eine Frau gefunden hatte, die ihn nicht nur liebte, sondern auch seine kleinen Mädchen, hatte irgendetwas gleich ins Herz von Silver Stone eingebettet.

Es sorgte allerdings dafür, dass Walker seine Schwierigkeiten nicht abladen konnte.

Er drehte eine Runde durch die Scheunen, betrachtete die wunderschönen Pferde, die der zweite Teil des Einkommens der Ranch waren. Wiederum nichts, zu dem Walker beitragen konnte. Das war sehr viel mehr Lukes Aufgabe. Während Walker mit der Hand über die Flanke einer Stute strich und sie sich dann unter seiner Berührung entspannte, wusste er das Talent seines Bruders zu schätzen, noch während er sich Sorgen machte, wie die Veränderungen der Finanzen Lukes weitere Pläne beeinflussen würden.

Walker bog um die Ecke und kam ruckartig zum Stehen, ging rasch rückwärts, um zu verhindern, dass sein zweiter Bruder ihn sehen konnte. Verdammt, er hatte nach Luke gesucht, aber so hatte er ihn nicht finden wollen – wie er seine Verlobte Penny an die Wand drängte.

„O Gott. Ja." Ihr Kopf fiel nach hinten, blonde Haare flossen in Wellen herab, während ihre Finger sich in Lukes Schultern gruben, wo sie fester zugriff.

„Verdammt, Penny. Du treibst mich in den Wahnsinn", murmelte Luke, bevor er sie in die Arme nahm und mit der Schulter in die nächstbeste Tür rannte. Die schwere Holztür knallte eine Sekunde später zu, sodass sie beide in einer der Sattelkammern eingeschlossen waren.

Walker machte sich so schnell vom Acker, wie er konnte, hörte aber immer noch Körper an die Wand krachen, bevor er außer Hörweite war.

Okay, das beantwortete eine Frage. Luke und Penny waren noch immer zusammen. Sie waren inzwischen schon ein paar Jahre verlobt, aber hatten anscheinend niemals irgendwie weitergedacht. Nicht, dass Walker seinem Bruder erzählen würde, wie er seine Beziehungen handhaben sollte, wenn man bedachte, dass die einzige Frau, die ihm überhaupt je wichtig gewesen war, sich ihm heute auf dem Silbertablett angeboten hatte, und er war ein Narr gewesen und hatte sie abgewiesen.

Was kannst du ihr denn bieten?, wollte sein Gewissen wissen.

Nichts. Weniger als nichts, was genau der Grund war, weshalb sie „nur Freunde" bleiben würden, obwohl der Gedanke ihn umbrachte.

Zum Glück erwies sich sein nächstes Ziel nicht nur als sicher, sondern doppelt so erfolgreich, wie er gehofft hatte. Ashton Stewart war schon lange vor Walkers Geburt Vorarbeiter auf Silver Stone gewesen. Als Walker durch das Fenster der Privatunterkunft des Mannes auf der gegenüberliegenden Seite der Schlafbaracke schaute, sah er dort auch Kelli James, die beiden saßen mit Karten zusammen am Tisch.

An Ashtons Tür hing ein riesiger Kranz, mit Flaggen zum Canada Day, die die wilden Fichtenzweige schmückten. Das kam ihm gar nicht wie Ashtons Stil vor.

Walker fand eine freie Stelle auf der Fläche, um zu klopfen, wobei die Tür zu Ashtons Zimmer sofort aufging. „Herein."

„Habt ihr Platz für einen Dritten am Tisch?"

„Vierten", verbesserte Kelli. „Dusty ist im Bad."

„Dustin!", fuhr sie sein jüngster Bruder an, der gerade zurück ins Zimmer kam. „Mein Gott, Kelli, du siehst aus, als wärst du um die zwölf Jahre alt, also ist es kein nachlassendes

Gedächtnis, weswegen du meinen verdammten Namen immer wieder vergisst."

„Dustin", wies ihn Ashton scharf zurecht, bevor er Walker zum leeren Stuhl am Tisch wies. „Du kannst gerne vorbeischauen."

Während sein Bruder sich setzte und das Cribbage-Brett neu auflegte, beäugte Kelli, die schon seit Jahren als Helferin auf Silver Stone arbeitete, Walker neugierig.

„Was? Habe ich Schlamm im Gesicht?"

Sie fuhr mit den Fingern über seine Wange, zog sie zurück, um eine Spur Pink auf den Fingerspitzen zu zeigen. Sie machte sich nicht einmal die Mühe, ihr Grinsen zu verbergen. „Ich wollte nett sein und dich nicht aufziehen, aber wenn man bedenkt, dass es kaum acht Uhr ist und du bereits mit deinem Junggesellendate fertig bist, gibt es einfach so viel, mit dem man dich aufziehen kann, dass ich, fürchte, nicht widerstehen zu können."

„Du warst mit Ivy Fields aus?", fragte Ashton. „Wie geht es ihr denn?"

„Gut. Sie freut sich, zurück zu sein, und hat vor, zu bleiben. Sie hat einen tollen Job." Walker hielt seine Miene so ausdruckslos wie möglich, während er sich die Karten aus Dustins Hand schnappte und mischte. „Sie hat hart gearbeitet, während sie weg war, und nun bekommt sie den Lohn dafür. Mir gefällt es immer, wenn Leute wissen, wie man es nach oben schafft."

Kelli und Dustin wechselten Blicke, die besagten, dass sie ihm diesen Schwachsinn nicht abkauften.

Ashton starrte Walker weiterhin an, sein Pokerface war nicht zu deuten. „Schön für sie", war alles, was er sagte.

Walker gab, und er achtete nicht auf die unausgesprochenen Fragen.

Er nahm an, sie würden nicht dumm oder unhöflich genug sein, um sich tatsächlich darauf zu stürzen, aber er hatte nicht mit Kelli und ihrer erstaunlichen Fähigkeit gerechnet, alle Anzeichen zu ignorieren, die sagten: *Diese Grenze wird besser nicht überschritten.*

„Also. Sie hat dich auf die Wange geküsst.“

„Ja.“

„Nach etwas, das mehr oder weniger ein Wiedervereinigung-Date war, wenn man bedenkt, dass ihr beiden früher mal total verliebt wart.“

„Ja.“ Er ordnete seine Karten. Erneut.

„Also, nach diesem heißen Kuss, den ihr beiden auf der Auktion ausgetauscht habt, was ich nicht gesehen, worüber ich aber alles gehört habe, sagst du, Ivy hat dich am Ende des Dates auf die *Wange* geküsst?“

„Willst du auf irgendwas hinaus?“ Walker verschränkte die Arme vor der Brust und funkelte sie an.

Sie grinste zurück. „Nein. Ich mache nur ein paar Anmerkungen.“

„Ich würde schon was sagen, aber ich mag meinen Kopf irgendwie da, wo er ist, also lasse ich es“, murmelte Dustin, ehe er die erste Karte ausspielte.

Eine Weile spielten sie, und die ganze Unterhaltung drehte sich um das Spiel, aber die Fragen standen immer noch im Raum.

Was nicht hieß, dass Walker sie beantworten musste.

Daher überraschte es ihn, als Kelli schließlich etwas sagte, das nicht einmal annähernd in die Richtung ging, mit der er gerechnet hatte. Bis dahin hatte er angenommen, dass alle ihn ermutigen würden, die Romanze mit seiner alten Highschool-Freundin wieder aufleben zu lassen.

Stattdessen ergaben ihre Worte eine Menge Sinn. „Das hast du toll gemacht, dass du an der Junggesellenversteigerung teilgenommen hast, aber nur weil du sie damals gekannt hast, bedeutet das nicht, dass ihr beiden jetzt wieder zusammen sein müsst.“

„Stimmt." Ashton nickte langsam. „In einer Beziehung zu sein, das ist nicht dieses Sofort und Für-immer, was manche Leute daraus machen. Es ist nichts, in das man sich kopfüber hineinstürzt."

„Genau. Es gibt verflucht viele Dinge, die ich machen will, bevor ich mich niederlasse", brachte sich Dustin ein.

Kelli kicherte. „Du bist auch noch ein Baby. Natürlich lässt du dich noch nicht nieder."

„Kelli, benimm dich", warnte sie Ashton, „der Junge sagte etwas Richtiges. Da musst du nicht darauf reagieren, indem du ihn mit seinem Alter aufziehst. Die Zeit vergeht schnell genug, aber nicht, wenn man mit der falschen Person zusammen ist. Es ist nichts falsch daran, darauf zu warten, bis man die Richtige findet."

„Ist auch nichts falsch daran, allein zu sein", erwiderte Kelli.

Ashton hob einen Finger und deutete auf sie, nickte fest. „Ich will mich nicht binden, wollte ich nie. Gibt für mich zu viel anderes zu tun. Ich habe meine Familie bereits genau hier auf Silver Stone. Ich brauche mich nicht noch mit einer Frau herumschlagen, die wegen irgendwelcher schicken Kinkerlitzchen und sonst noch was einen Aufstand macht."

Walker hielt sich diesmal nicht vom Schnauben ab.

Der Vorarbeiter schaute ihn finster an. „Worüber lachst du denn?"

„Ich konnte einfach nicht verhindern, dass mir auffällt, dass die Verzierung an deiner Eingangstür sehr viel schicker aussieht, als ich erwartet hätte."

Kelli trat ihn unter dem Tisch, aber sie hatte Mühe damit, ihr Gesicht ausdruckslos zu halten. „Oh, du weißt doch, wenn Ms. Sonora sich irgendwas in den Kopf setzt, kann man sie einfach nicht abweisen."

Ashton saß da, als würde er sich Höllenqualen stellen. „Tamara hat ihr gesagt, dass sie jedem ein Dankeschön geben darf, weil wir geholfen haben, uns um ihre Tiere zu kümmern, als sie im letzten Winter krank wurde. Ich wusste nicht, dass das dazu führen würde, dass die Frau mir irgendwelche aufgeputzten Pflanzen an die Tür nagelt."

„Ms. Sonora? Redet ihr hier von Ivys Oma?", fragte Walker.

Drei Köpfe nickten im Gleichklang. „Sie wohnt immer noch auf dieser Ranch ein paar Feldwege weiter. Weigert sich, in die Stadt zu ziehen, wie es eine vernünftige Frau machen würde." Ashton schüttelte den Kopf. „Es ist ja nicht so, als könnten wir ihre Tiere leiden lassen, wenn sie sich schlecht fühlt."

„Auf gar keinen Fall", sagte Kelli sofort, aber sie wandte sich zu Walker und zwinkerte ihm verschlagen zu.

Ashton schloss seine Erklärung ab. „Mir gefällt mein Leben. Es ist einfach, es ist ordentlich, und meine Zeit gehört mir."

„Amen." Kelli hob ihr Glas. „Na ja, bis auf die Tatsache, dass meine Zeit *dir* gehört, denn ich bin mir ziemlich sicher, dass du bei neunzig Prozent meiner Zeit das Sagen hast."

Der alte Mann grinste. „Daran bist du selbst schuld. Wenn du nicht ständig auf der Ranch herumhängen würdest, wenn du frei hast, müsstest du dir nicht so oft meine hässliche Visage ansehen."

Dustin hielt die Karten hoch. „Wollt ihr noch mal?"

Walker nickte zustimmend zu den anderen. Sie waren gute Gesellschaft für einen Mann, der sich entwurzelt und unbehaglich fühlte.

Und sie alle, vielleicht mit der Ausnahme von Dustin, logen wie gedruckt. Sie wollten alle mehr, aber vorerst war es das, was sie bekamen.

Es musste reichen, denn eine andere Wahl gab es nicht.

IVY STAND RECHTZEITIG AUF, bereitete sich auf den Tag vor und setzte sich ein geübtes Lächeln auf, ehe sie ging, um an der Tür ihrer kleinsten Schwester Fern zu klopfen. Nur weil sie innerlich in jeglicher Hinsicht traurig war, hieß das nicht, dass sie zulassen würde, sich in Selbstmitleid zu baden.

Außerdem wollte sie es sich nicht zur Gewohnheit machen, sich zum Frühstück Ben and Jerry's reinzuziehen.

Sie klopfte etwas energischer. „Fern? Bist du noch im Bett?"

Die Tür öffnete sich, doch Fern trug keinen Schlafanzug. Sie war in einen weißen Kittel gekleidet, hielt einen Pinsel zwischen den Zähnen, vermutlich, damit sie mit der Hand den Türknauf drehen konnte.

Fern schnappte sich den Pinsel, während sie wieder herumwirbelte. „Schließ die Tür. Ich habe das Fenster offen, damit die Dämpfe rausziehen, aber ich will nicht, dass der Wind meine Papiere durcheinanderweht."

Ivy befolgte rasch die Anweisung, trat nach drinnen und schloss hinter sich die Tür, während Fern zurück zu einer extra großen Staffelei eilte, die in der Nähe eines ausladenden Fensters aufgestellt war. Sie hatte die Fläche leicht geneigt, und darauf waren Dutzende Papiere festgesteckt. Sie nahm mit dem Pinsel weitere Farbe auf und ignorierte Ivy völlig, fügte rasch auf jedem der dutzend Blätter abwechselnd Farbe an.

„Ich will nicht unhöflich sein, aber ich kann gerade nicht aufhören", erklärte Fern. „Es sind Wasserfarben, und ich mische sie."

„Kein Problem." Ivy begab sich zu einem hohen Hocker, auf dem sie sich ausruhen konnte, und sah mit großem Interesse zu, wie ihre kleine Schwester Tupfer aus leuchtendem Blau und schockierendem Rot anbrachte, und auf jedem Blatt verteilten sich die Verbindungslinien unterschiedlich, um violette Flecken in einer Vielzahl von Farbtönen zu ergeben.

Ivy ließ den Blick von der Kunst weg und zu ihrer Schwester schweifen. Fern hielt den Pinsel selbstsicher. Ihre tiefbraune Haut wirkte durch den weißen Kittel dunkler, und ihre wilden kleinen schwarzen Locken waren am Kopfansatz fest zu einem Knoten zusammengefasst. Ihre dunklen Augen huschten rasch umher, ihre Bewegungen waren kühn, während sie auf den letzten Blättern Farbspritzer anbrachte.

„Stört es dich denn, wenn ich rede?", fragte Ivy.

„Derzeit nicht. Wenn ich die Dinge herrichte, muss ich mich konzentrieren, aber das ist ein wenig, als würde man einem Rhythmus folgen." Fern schnappte sich ein Gefäß vom Beistelltisch und hielt es mit dem linken Unterarm fest an ihren Körper gepresst, schraubte mit der rechten Hand den Deckel ab, ehe sie es behutsam neben ihre restlichen Farben stellte. „Es gibt Zeiten, da wünschte ich wirklich, ich hätte drei Hände, und nicht eine", scherzte sie.

„Du stellst dich mit der, die du hast, ziemlich geschickt an", erklärte Ivy.

„Stimmt schon." Mit dem nächsten Atemzug war Fern wieder an der Arbeit.

Ivy warf einen Blick zum Nachtkästchen, wo Fern ihre Prothese hingelegt hatte. Wie üblich schien ihre Schwester genauso glücklich, wenn sie ihre bionischen Ersatzteile nicht trug, wie sie ihr Gerät nannte, allerdings liebte sie es, neue Variationen zu bekommen. Ferns E-Mails im Lauf der Jahre hatten immer ein Update darüber enthalten, was für eine Technik das nächste Riesending werden würde.

Ivy wandte ihre Aufmerksamkeit den farbigen Blättern zu. „Die sind hübsch – die Bilder. Was hast du vor?"

Fern hatte immer etwas vor. Selbst damals, als Ivy im letzten Schuljahr und Fern in der Grundschule gewesen war, war es die Achtjährige gewesen, die Listen und ausgearbeitete Pläne angefertigt hatte, und zwar zerlegt in Unterpunkte und mit Zeitangaben. Nichts blieb dem Zufall überlassen, wenn es nach ihrer kleinen Schwester ging.

„Ich arbeite an der Grafik für ein Spiel, und ich versuche, die Hintergrundfarben herauszukriegen, die ich in die digitale Core-Matrix einbauen möchte."

Ivy blinzelte. „Okay."

Fern lachte. „Du bist so witzig. Genau das hat Mom gesagt."

„Solange du Spaß hast, freut es mich. Ich verstehe allerdings nicht, was du gesagt hast."

Ihre Schwester schnaubte lauter. „Und ... das hat Dad gesagt."

Ivy trat vor, während Fern ihren Pinsel in ein Wasserglas tauchte und sich drehte, um ihre Arme zu einer Umarmung anzubieten. Fern kam abrupt zum Stehen und hob kurz einen Finger. „Lass mich das ausziehen. Du brauchst nicht mit Farbklecksen überzogen werden."

Sie warf den weißen Kittel über die Lehne eines Stuhls, dann nahm sie Ivy fest in die Arme. „Schön, dass du zu Hause bist", murmelte Fern an ihrer Schulter.

„Es ist schön, zu Hause zu sein, allerdings werde ich nicht mehr lange hier wohnen. Du kannst dann wieder in meinem Zimmer schlafen, wenn du möchtest."

„Mir macht es nichts, hier drin zu schlafen. Ich weiß, mit meinem ganzen Kunstzeug ist es etwas voll, aber hier gibt es das beste Licht im ganzen Haus, also lohnt es sich." Fern strich mit der Hand über ihren Kopf und schob sich eine Haarsträhne weg, die sich gelöst hatte. „Was steht für dich heute auf dem Plan?"

„Ich dachte, ich gehe rüber zu *Buns and Roses*. Willst du zum Frühstücken mit mir kommen?"

Ihre kleine Schwester grinste. „Was? Wir dürfen Tansy und Rose nerven? Natürlich bin ich dabei."

„Du bist furchtbar. Willst du fahren?"

Fern nickte. „Wir treffen uns in fünf Minuten unten."

Es waren schon eher fünfzehn, ehe sie sich vom Acker machten, als sie ihre Mom endlich überzeugt hatten, dass sie sich nur zu gern selbst Frühstück besorgten.

Für eine Kleinstadt herrschte im Eingang des Cafés reges Kommen und Gehen, was vermutlich toll war, wenn man bedachte, dass es dem Laden besser ging, je mehr Leute vorbeikamen.

Hinter der Theke plauderte Tansy mit ein paar jungen Männern mit Cowboyhüten. Rose sah ihre Schwestern als erste, als sie aus der Tür kam, ein Tablett mit gebackenen Teilchen im Arm. „Sieh mal, was der Wind reingeweht hat.“

Ivy warf einen Blick auf Fern. „Sehen wir so zerrauft aus?“

„Ich nicht.“

Rose lachte. „Wir reden gleich, bin nur grade beschäftigt.“ Sie ging an ihnen vorbei zu einem Ecktisch, wo sie vor ihren wartenden Kunden Essen abstellte.

„Weißt du, was du willst?“, fragte Ivy Fern.

„Kakao, das Muffin des Tages und was immer mir Tansy geben will. Sie hat immer irgendwas Spezielles auf Lager.“ Fern winkte jemandem zu, ehe sie zur Seite wies. „Willst du bestellen und ich besorge uns einen Tisch?“

„Klar.“

Tansy wirkte überraschend froh, sie zu sehen. „Ms. Fields. Trinken Sie immer noch doppelte Lattes?“

„Ja, und Fern will Kakao, und wir nehmen beide Muffins und was immer du uns sonst noch zum Frühstück auftischen willst. Wie ich höre, funktioniert das hier so.“

Das Gesicht ihrer Schwester hellte sich auf. „Kein Problem. Aber du musst versprechen, heute Abend vorbeizukommen, wenn der Laden zu hat. Ich koche dir gern was, aber ich möchte mich auch gern hinsetzen und reden.“

„Wir werden eine Menge Zeit haben“, versicherte ihr Ivy.

Sie begab sich mit den zwei heißen Getränken durch den Raum und stellte eines vor Fern ab, dann ließ sie sich auf dem Stuhl neben ihr nieder.

Wieder füllten vertraute Gesichter den Raum, zusammen mit ein paar neuen. „Es gibt sehr viel weniger alte Leute hier, als ich von einem Café erwartet hätte“, sagte Ivy leise zu Fern.

„*Buns and Roses* ist zu neumodisch. So sagen es zumindest

die Beschwerden in der Zeitung", erklärte ihr Fern mit einem Lachen. „Tansy bietet keine allzu breit gefächerte Speisekarte an, und was sie backt, ist ein wenig ungewöhnlich, darum gehen die Farmer vor Ort immer noch in *Connie's Café*."

Ivy musterte den vollen Raum. „Scheint dem Geschäft nicht geschadet zu haben."

„Nein. Tansy sagt, die alten Typen hätten sowieso nie Trinkgeld gegeben, und sie wollten immer nur eine Tasse schwarzen Kaffee, der endlos gratis nachgefüllt werden sollte. Sie kommt ohne diese Gesellschaft klar, aber ihre Söhne tauchen alle hier auf." Fern nippte an ihrem Kakao, ihre dunklen Augen leuchteten schelmisch. „Nur zum Teil, weil Tansy so gut kochen kann."

Ivy sah ihre kleine Schwester eine Weile an. „Was?"

Fern grinste noch breiter, während sie den Kopf zur Theke neigte, wo eine weitere Gruppe junger Männer etwas zu Essen bestellte und sich bemühte, Tansy und Rose zu beeindrucken. „Sieh es ein. Sie sind gute Geschäftsfrauen, und sie sehen gut aus. Dazu kommt noch, dass Tansy *gerne* kocht!" Fern zuckte mit den Schultern, als wäre alles glasklar.

Ivy wollte sich die Schläfen reiben. „Und sind Tansy oder Rose irgendwie dafür zu haben, dieses Interesse an ihren fantastischen Qualitäten anzunehmen?"

„Tansy hat eine Menge Dates, aber sie nimmt eher das, was sich so von Tag zu Tag bietet. Rose geht ein paar Mal hintereinander mit demselben Typen aus, aber daraus wird auch nie was Ernstes."

Das war faszinierend. Ivy war so froh, dass sie beschlossen hatte, ihre kleinste Schwester wegen Informationen anzuzapfen, aber sie hätte sich niemals gedacht, dass die Unterhaltung in diese Richtung laufen würde. „Und du? Hast du irgendjemand besonderen in deinem letzten Jahr vor dem Schulabschluss?"

Fern zuckte mit den Schultern. „Nein. Du bist die Einzige

von den Fields-Mädchen, die einen Highschool-Schatz hatte. Ich bin mit Ryan McGregor zum Abschlussball gegangen, aber wir sind nur Freunde. Ich bin nicht an etwas anderem interessiert, als Zeit mit meinen Freunden zu verbringen, Mädchen und Jungs zusammen."

„Und daran ist nichts falsch. Hast du schon raus, was du dieses Jahr in der Schule machen willst?" Ferns Interesse an Kunst ging in alle Richtungen.

„Ich bin noch nicht bereit, irgendeine richtige Ausbildung zu beginnen, und ich finde immer noch raus, was mir am besten gefällt, darum werde ich weiterhin mit den Aufträgen herumspielen, die ich online finde." Sie verzog das Gesicht. „Nur, dass das heißt, ich werde mir einen Ferienjob hier in Heart Falls suchen müssen, und das einzige auch nur ansatzweise Künstlerische hier ist Gehilfe bei einem Maler."

„Ich werde rumfragen, ob es sonst was gibt, bei dem du helfen kannst, aber ja, vielleicht bist du dieses Jahr mit irgendwas Belanglosem geschlagen."

Rose kam an den Tisch, balancierte zwei Teller, auf denen etwas war, das wie ein übergroßes Schinken-Käse-Croissant wirkte. „Wenn du hier einen Job willst, kriegst du ihn. Wir könnten im Sommer Hilfe gebrauchen, also ist das kein rein wohltätiges Angebot."

„Ich weiß, und ich verspreche, ich werde dir bis zum Ende der Woche eine Rückmeldung geben."

Rose war weg, bevor Fern noch etwas sagen konnte.

Sie nahmen ihr Frühstück ein, und das Essen war bei den Geschichten, die Fern über die jüngsten Abenteuer der Familie Fields erzählte, rasch verputzt.

Es tat gut, die Perspektive von einem der anderen Kinder zu erfahren, und es tat gut zu wissen, dass das, was an der Oberfläche sichtbar war, auch tief drinnen stimmte. Sophie und Malachi ging es gut, und sie waren immer noch verliebt.

Es war eine dieser bittersüßen Erkenntnisse. Das war

genau, was Ivy sich für ihre Eltern wünschte. Sie kannte keine zwei Menschen, die ihr gemeinsames Glück mehr verdient hätten. Aber es ließ auch stark hervortreten, was in Ivys Leben fehlte. All ihre Hoffnungen, dass es ihr gelingen würde, die süßen, intensiven Gefühle wieder anzufachen, die sie früher mit Walker geteilt hatte, musste sie zur Seite schieben.

Es brach ihr das Herz, aber sie wusste, dass sie ihr Leben weiterleben musste. Und das bedeutete, wenn Walker nicht derjenige sein würde, der in dreißig Jahren neben ihr stand, musste sie ernsthaft nach demjenigen suchen, der das tun würde.

So enttäuschend und schwer die Wahrheit auch war, sie musste ihr Netz weiter auswerfen und einige der anderen Fische im Meer in Betracht ziehen.

„Ivy Fields?"

Wenn man von Fischen sprach. Großen Fischen. Großen, muskulösen Fischen, die sie angrinsten. Brad Ford ragte über ihr auf.

Man musste es sagen – ohne Haare sah er gut aus.

„Brad. Ich habe dich am Freitag gesehen und mich gefragt, ob wir uns irgendwann über den Weg laufen."

Er legte eine Hand auf die Lehne des freien Stuhls an ihrem Tisch. „Macht es euch was aus? Ich warte darauf, dass Tansy die Bestellung für die Jungs in der Feuerwache fertigmacht."

„Mach ruhig", erwiderte Fern, bevor Ivy es tun konnte. Dann legte ihre kleine Schwester kurz die Hand auf Ivys Schulter. „Ich muss mal wohin. Bin gleich wieder da."

Sie ging und ließ Ivy allein mit Brad sitzen. Da fragte sich Ivy, ob aus der ganzen Fields-Familie Fern nicht die Durchtriebenste war.

Ivy lächelte Brad an. „Ich höre, du bist der neue Brandmeister. Ich gratuliere zu dem Posten, und dazu, zur Feuerwehr zu gehen."

„Danke. Ich habe meine Ausbildung vor ein paar Jahren

abgeschlossen, zusammen mit dem Rettungssanitäter. Bevor ich heimgekommen bin, habe ich als Fallschirmspringer im Waldschutz gearbeitet. Inzwischen braucht mein Dad ein wenig Hilfe, und ich hatte immer vor, zurückzukehren." Er grinste sie an. „Dir gratuliere ich auch, stellvertretende Schulleiterin. Das bedeutet, du bist diejenige, vor die man die Kinder zerrt, wenn sie sich danebenbenommen haben, oder?"

Ivy lächelte. „Manchmal. Hoffentlich nicht zu oft."

„Und nur aus den allerbesten Gründen, ja?" Brad lehnte sich auf dem Stuhl zurück, und er knarzte unter seinem Gewicht. „Du musst zugeben, dass *du* damals diejenige warst, die uns in Schwierigkeiten gebracht hat."

Weitere Erinnerungen strömten auf sie ein. „Ich hatte keine Ahnung, dass Bugles so brennbar waren, sonst hätte ich niemals vorgeschlagen, die ganze Kiste anzuzünden."

„Ja, ich nehme es immer noch dem Physiklehrer übel, dass er uns keine besseren Rahmenbedingungen für das Projekt vorgegeben hat. Ich meine, es ist schon irgendwie eine Falle, Kinder zu bitten, gewöhnliche Alltagsgegenstände zu finden, die gefährlich sind."

Ivy spürte, wie ihre Lippen zuckten. „Und jetzt scheint es, dass du dafür verantwortlich bist, Feuer zu löschen. Seltsam, wie symmetrisch das ist."

Er lachte, ein lautes, herzhaftes, glückliches Geräusch, das seinen ganzen Körper bis zu den Zehenspitzen erfasste. „Du hast recht. So habe ich das noch nie betrachtet. Und ich schätze, du folgst auch der Vorsehung dieses Augenblicks, denn du bist diejenige, die mir die beste Art gezeigt hat, wie man ein Feuerzeug benutzt."

Ein Lachen platzte aus ihr heraus, und es fühlte sich gut an.

Ivy lächelte noch, als er sich zu ihr beugte, eine Frage stand in seinen Augen. „Ich habe dich bei der Auktion gesehen. Kommst du wieder mit Walker zusammen?"

Es hätte sich merkwürdig anfühlen sollen, und vielleicht

hätte es das auch getan, wenn er andere Absichten gehabt hätte, aber das Interesse in Brads Blick war rein freundschaftlich.

Und das war schade, denn obwohl es sich zu früh anfühlte, darüber nachzudenken, mit jemand anderem auszugehen, war es gewissermaßen das Richtige. Wenn sie die nächsten paar Monate trauernd verbrachte, würde es Walker nur beweisen, dass sie seine Entscheidung nicht akzeptiert hatte.

Aber sie konnte nicht mit *Brad* ausgehen.

Ihre Stimme klang etwas traurig, selbst in ihren eigenen Ohren, als sie zugab: „Meine Schwestern und ich haben die Auktion zum Spaß, und um der Spendenaktion zu helfen, ein wenig aufgemöbelt. Darum haben wir Tansy bieten lassen. Aber nein, Walker und ich sind nur befreundet."

Er runzelte die Stirn. „Echt jetzt? Ihr wart doch super zusammen."

Sie hob eine Augenbraue. „Du bist also immer noch ein Kuppler. In wen wirst du dich denn verlieben? Jemanden, der dich vom Unfug fernhält, hoffe ich."

Ein weiches Leuchten trat in seine Augen. „Oh, da gibt es jemanden, aber sie ist stur. Ich gehe bei ihr behutsam vor."

Interessiert neckte Ivy: „Verrat es mir. Kenne ich sie?"

„Vermutlich nicht. Sie ist nicht so neu in der Stadt, aber nachdem ich selbst eine Weile weg war, wirkten alle neu. Es ist ein merkwürdiges Gefühl. Leute zu treffen, ist eine unheilige Mischung aus fremd in der Stadt und gleichzeitig einer der Alteingesessenen zu sein." In seinen dunklen Augen blitzte Humor. „Hübscher Themenwechsel, Fields, aber ich bin noch nicht fertig. Ich glaube nicht, dass du und Walker nur Freunde seid."

„Das musst du. Wir hatten unser Versteigerungsdate, und das war's." Sie verschränkte die Arme und setzte ihre beste *Bis-hierher-und-nicht-weiter*-Miene auf. Die, die sie als stellvertretende Schulleiterin perfektioniert hatte.

Sie funktionierte toll bei Leuten unter zwölf, aber nicht bei einem über zwei Meter großen Koloss. Brad beugte sich weiter vor und senkte die Stimme. „Soll ich ihn für dich verprügeln? Um der alten Zeiten Willen?"

Ivy hielt inne. „Du hast ihn noch nie für mich verprügelt."

„Aber ich habe es angeboten", rief er ihr in Erinnerung. „Als Chantelle gelogen und dir erzählt hat, dass Walker ihr gesagt hätte, er würde mit dir Schluss machen, damit sie ausgehen können, und ich dich weinend in der Sporthalle gefunden habe."

O Gott. „Das habe ich völlig vergessen."

Er ließ die Muskeln spielen. „Dann geht's jetzt ans Eingemachte."

Ivys Wangen taten weh vom Grinsen. „Halt. Nein, du kannst ihn nicht für mich verprügeln, aber danke für das Angebot."

„Willst du, dass ich mit ihm rede?"

„Brad." Ivy verschränkte die Arme vor der Brust.

Er nickte fest. „Toll. Also wirst du ihm selbst die Leviten lesen. Das höre ich gerne."

Ivy warf ihm einen düsteren Blick zu.

„Wo kein Mut, da kein Ruhm, Fields. Du hast doch alles andere auch verfolgt, was du im Leben wolltest, oder? Warum sollte es damit anders sein?"

Sie öffnete den Mund, um zu widersprechen.

Dann schloss sie ihn fest und versuchte, nicht so verwirrt zu wirken, wie sie sich fühlte. Er hatte recht. Sie hatte einfach aufgegeben. Oh, sie wollte Walkers Wünsche respektieren, aber sie hatten nicht einmal darüber geredet, was er erreichen wollte. Sie hatte sein Nein einfach hingenommen, und seine verwirrende Ausrede, dass er die Stadt verlassen müsse, und sie war weitergezogen.

Dumme Frau.

Brad lehnte sicher leise lachend zurück. „So habe ich mir

das gedacht. Hey, wir sollten uns irgendwann wieder treffen und noch ein paar Erinnerungen auffrischen. Wir könnten ein Doppel-Date machen."

„Das würde mir gefallen." Brad war äußerst solide und offensichtlich schlau. Ivy beäugte ihn und fragte sich, ob er es direkt auf eine ihrer Schwestern abgesehen hatte. „Mir ist aufgefallen, dass du mir noch immer nicht den Namen deiner mysteriösen Frau verraten hast."

„Die Bestellung ist da, Brad", rief Tansy hinter dem Tresen hervor.

Brad stand auf und grinste. „Sie heißt Hanna. Ich lasse dich deine Schwestern nach weiteren Gerüchten ausquetschen. Wenn du sie triffst, leg ein gutes Wort für mich ein."

Er drehte sich um und ging. Einen Augenblick später war Fern zurück am Tisch, warf einen Blick auf Brad, der ein Tablett voller Getränke und eine gut gefüllte Papiertasche mit Essen jonglierte. „Er sollte dich echt fragen, ob du mit ihm ausgehst, aber er hat Hanna Lane treuherzige Blicke zugeworfen, seit er in die Stadt zurückgekommen ist."

„Fang bloß nicht an zu kuppeln", warnte Ivy. Und natürlich wusste Fern von Hanna. „Ihn oder mich. Ich brauche keine Hilfe in meinem Liebesleben." Obwohl es schien, dass Brad ihr bereits einen hervorragenden Rat gegeben hatte.

Aber von ihren kleinen Schwestern würde sie keinen annehmen.

Fern verzog das Gesicht. „Das würde mir im Traum nicht einfallen. Aber vielleicht willst du Tansy und Rose vorwarnen, denn die haben für dich in den nächsten paar Monaten bereits alles ausgeheckt."

Du liebe Zeit. Das war genau, was sie brauchte; dass ihre Schwestern ihr Leben organisierten.

Sie und Fern lehnten sich eine Weile zurück und entspannten, und Ferns Interesse an einer Million Themen machte die

Unterhaltung mühelos und interessant genug, dass Ivy aufhörte, auf Brads Anmerkungen herumzukauen.

Erst später, als sie allein war, holte Ivy sie hervor, um sie genauer unter die Lupe zu nehmen. Gab sie auf, ohne Walker weiter zu drängen? Es war nicht sinnvoll, all ihre Träume einfach so fallen zu lassen.

Andererseits weigerte sie sich, es für ihn unangenehm zu gestalten. Wenn er wirklich wusste, was er wollte, musste sie seine Wünsche respektieren. Der Grat dazwischen, zu früh aufzugeben und zu sehr zu drängen, war schmal und trügerisch wie ein Drahtseil. Irgendwo zwischen ihren Hoffnungen und ihren Wünschen für das Beste für Walker, selbst wenn es bedeutete, dass sie ihn nicht haben konnte, lag die richtige Antwort. Aber wie würde sie dorthin kommen?

Ihre Träume waren in dieser Nacht ruhelos. Sie hatte immer noch keine Lösung.

6
———

Ivy sah in ihrer E-Mail nach den Einzelheiten, bevor sie die Telefonnummer der Silver Stone Ranch eingab.

Eine unbekannte Frauenstimme ging ran. „Tamara Stone. Wie kann ich Ihnen helfen?"

Ivys Blick fiel zum unteren Ende der E-Mail, und rasch stimmte sie den Namen mit demjenigen auf ihrem Block ab. „Ich bin Ivy Fields. Sie haben wegen Nachhilfestunden für eine Ihrer Töchter angefragt."

Ein seltsames Geräusch kam durch die Leitung, beinahe wie ein zufriedenes Summen. „Entschuldigung. Ich bin immer noch jedes Mal total aus dem Häuschen, wenn das jemand sagt. Ja, mir ist klar, dass Sie im nächsten Jahr ihre Lehrerin werden, und nachdem ich mit Caleb gesprochen habe, hielten wir es für eine gute Idee, wenn Emma ein bisschen zusätzliche Zeit unter vier Augen mit Ihnen bekommt, bevor das Schuljahr anfängt."

Ivy dachte darüber nach. Stellvertretende Schulleiterin oder nicht, Lehrer machten nicht gerade das große Geld. Eine Gelegenheit, etwas dazuzuverdienen, würde die Ausgaben für das neue Haus etwas erleichtern. „Wir sollten irgendwas ausarbeiten können. Möchten Sie, dass ich auf der Ranch vorbeikomme, um mich mit Ihnen und Emma zu treffen?"

„Bitte. Aber wenn Sie sich erst mit mir unter vier Augen unterhalten könnten, dann sorge ich dafür, dass sie beschäftigt ist."

„Ich habe diese Woche immer Zeit", bot Ivy an.

„Heute Nachmittag? Caleb hatte vor, die Mädchen zum Reiten mitzunehmen, wenn wir es ungefähr um zwei Uhr nachmittags schaffen."

Ivy schrieb sich die Zeit auf und verabschiedete sich, erledigte noch ein paar weitere Aufgaben, bevor sie sich hinauf zur Ranch begab.

Sie hoffte, dass sie Walker nicht begegnen würde. Überhaupt nicht.

Sie log sich an, bis sich die Balken bogen. Brad hatte ihr zwar ein wenig Vernunft eingeredet, aber herauszubringen, wie sie diese Werd-mal-vernünftig-Diskussion mit Walker führen sollte, erwies sich als schwierig. Sie war damit heute noch nicht weiter als gestern Abend.

Es schien, als gäbe es da noch ein paar Dinge, die für einen schüchternen Menschen immer schwierig waren – und den Mann anzurufen, um zu fordern, sich noch einmal eingehender zu unterhalten, gehörte dazu.

Als sie daher in den Hof fuhr und Walker auf seinem Pferd sitzen sah, seinen Stetson nach hinten geschoben, sodass seine kantigen Züge zum Vorschein kamen, ging ein Prickeln durch sie hindurch. Er war ein so gut aussehender Mann. Irgendwie musste sie ihn überzeugen, *ihr* Mann zu werden.

Die Gruppe Reiter trottete langsam vom Reitplatz zu dem Feld am anderen Ende, während sie aus dem Auto stieg.

Eine Frau in Jeans kam mit einem glücklichen Lächeln und einer ausgestreckten Hand auf sie zu. Hinter ihrer gelben Brille blitzten kurz ihre Augen auf. „Hi. Sie sind bestimmt Ivy. Ich bin Tamara Stone, die Mutter des Mädchens."

Ah, ja. „Meinen Glückwunsch zu Ihrer Hochzeit."

Tamara grinste, ihr Gesicht leuchtete vor Glück. „Danke. Es ist erst seit Kurzem offiziell, darum bin ich noch immer aufgeregt." Sie deutete auf das Haus. „Kommen Sie rein. Wir können was trinken und besprechen, was für uns alle am besten funktioniert."

Sie waren ein paar Schritte von der Veranda entfernt, als die Küchentür aufschwang und ein vertrautes Gesicht erschien. Es war Caleb, ein wenig gealtert nach all den Jahren, aber er wirkte, als wäre er in Bestform und sehr zufrieden, als er stehen blieb und Tamara in den Arm nahm, um sie fest an sich zu ziehen. „Hätte nie gedacht, dass ich derjenige bin, der spät dran ist." Er wandte den Blick zur Seite, und seine Augen wurden groß. „Ivy Fields. Willkommen zurück."

„Danke. Ich habe Tamara schon gratuliert, aber das sollte ich auch mit dir machen. Und ich freue mich darauf, deine Mädchen kennenzulernen."

Er nickte langsam, ein breites Grinsen auf dem Gesicht. „Ist ein paar Jahre her. Beim letzten Mal, als du sie gesehen hast, waren sie bestimmt noch Babys."

„Die Zeiten ändern sich. Die Welt dreht sich weiter", entgegnete Ivy.

Caleb schaute zwischen ihnen hin und her, seine Füße bewegten sich, als wäre er ungeduldig und wolle weiterziehen. „Ich würde mich gern mit dir auf den neuesten Stand bringen, aber ich habe ein paar kleinen Cowgirls ein Abenteuer versprochen."

„Schon in Ordnung. Wir werden ausreichend Gelegenheit haben, uns jetzt zu treffen, da ich zurückgezogen bin."

„Geh schon", ermutigte ihn Tamara, die versuchte, Caleb dorthin zu bugsieren, wo sein Pferd an einem Zaun in der Nähe wartete. „Ich lade sie ein, mal zum Abendessen vorbeizukommen."

Caleb musterte sie mit Erheiterung in den dunklen Augen. „Du stellst aber keinen Unfug an, oder?"

„Ich habe keine Ahnung, wovon du da redest", widersprach Tamara. Aber sie grinste, während er sich vorbeugte und sie ausführlich küsste.

Ivy war sich nicht sicher, ob sie wegschauen und ihnen ihre Privatsphäre lassen sollte, oder ob es angemessen war, den Anblick zweier Menschen zu genießen, die ganz eindeutig verliebt waren.

Die Antwort fiel ihr leicht. Sie sah zu.

Tamaras Wangen waren gerötet, als Caleb zurücktrat, sich vor ihnen beiden an den Hut tippte, um sich zu verabschieden, und frech vor sich hin pfiff, während er sich zum Zaun begab. Er löste die Zügel und stieg auf, bewegte sich geschmeidig, während er das Tier führte, um sich dem Rest der Gruppe anzuschließen.

Ivys Blick wanderte an ihm vorbei dorthin, wo die anderen warteten. Zwei junge Mädchen saßen auf kleinen, stämmigen Pferden, Walker und Dusty Stone flankierten sie.

Walker hatte sie entweder nicht gesehen, oder er schaute absichtlich nicht in ihre Richtung, was für Ivy in Ordnung war, denn sie musste diesen Augenblick nicht noch unangenehmer machen, als er bereits war. Er bewegte sich träge im Sattel, ließ sein Pferd im Kreis um die kleine Versammlung gehen, nutzte seinen Körper, um das Tier zu führen, seine Hände entspannt. Bewegte sich, als wäre er eins mit dem riesigen Pferd.

Etwas in ihr spannte sich vor Sehnsucht an.

Ein leises Husten unterbrach ihr fasziniertes Staunen, und Ivy richtete sich mit rotem Gesicht auf.

Tamara deutete auf das Haus. „Tut mir leid, dass ich mich habe ablenken lassen, aber mein Mann lässt viel zu leicht Gehirnzellen dahinschmelzen."

Ivy beschloss, nicht zu antworten. Sie war sich nicht sicher, ob die Frau ihr einen Ausweg bot, nachdem sie sie dabei erwischt hatte, Walker anzugaffen, oder ob Tamara wirklich nicht aufgefallen war, dass Ivy mehr oder weniger sabberte.

Es war leichter, ihr einfach nur die Stufen hinauf in die Küche zu folgen.

Tamara deutete auf das Wohnzimmer. „Setzen Sie sich."

Auf der Kücheninsel standen Schüsseln voller Erbsenschoten. Ivy wies mit dem Kopf auf sie. „Oder ich kann helfen, während wir reden."

Der Vorschlag brachte ihr ein Lächeln und ein Nicken von Tamara ein. „Ich würde niemals das Angebot ausschlagen, mir bei meinen Pflichten helfen zu lassen. Seien Sie mein Gast. Ich habe das Gefühl, als müssten wir eine Million Erbsen schälen."

Ivy zog eine der leeren Schüsseln näher heran und ließ sich nieder, schnappte sich eine große Hand der grünen Erbsenschoten und begann mit der Arbeit. „Das habe ich mit meiner Familie gemacht, seit ich mich erinnern kann. Wir vier Mädchen saßen am Küchentisch, und meine Mom hat sich ein Buch geschnappt. Sie hat uns vorgelesen, während wir alle möglichen Pflichten erledigten."

Tamara nickte zustimmend. „Die Idee gefällt mir. Ich wette, damit vergeht die Zeit sehr viel schneller."

„Das schon, außer, wenn mein Dad dazukam, dann gerieten die Dinge außer Kontrolle." Sie ließ sich ihre Erheiterung anmerken, während sie den Blick hob, um Tamara in die Augen zu schauen. „Dad hat versucht, so oft wie möglich dabei zu sein, nur dass er die schlimme Neigung hatte, uns zu unterbrechen, immer mit Dingen, die er für faszinierende Informationen hielt, um die Geschichte besser zu machen."

„Und das hat nicht so gut funktioniert?"

Ivy schüttelte den Kopf. „Ich glaube, das war ein Verteidigungsmechanismus, weil er der einzige Mann in einer Gruppe von fünf Frauen war. Ich muss zugeben, sein Sinn für Humor hat auf uns alle abgefärbt. Besonders auf Tansy."

„Ich habe es genossen, Ihre Schwestern vor Kurzem

kennenzulernen“, gestand Tamara. „Ganz besonders Tansy und Rose. Fern habe ich nur ein paar Mal getroffen, aber sie hat eine wirklich erstaunliche Reihe von Talenten.“

„Fern wird sich gut machen. Sie muss nur draußen ein paar Eicheln aussähen, bevor sie sich auf eine Hauptsache konzentriert.“

„Eicheln – in einem *Feld* voller Farne, Rosen, Rauken und Efeu?“

Ivy lächelte. „Das ist Ihnen nicht entgangen, was, das mit den Blumen? Das habe ich immer irgendwie witzig gefunden, wenn man unseren Nachnamen *Fields* bedenkt, aber die Vorstellung passt trotzdem.“

Tamara lachte mit ihr, bevor sie ernst wurde. „Ich weiß nicht, was Sie von Ihren Schwestern gehört haben, aber wir suchen nach Hilfe mit Emma. Sie spricht nur sehr zögerlich, und sie hatte ihre Gründe, aber wir arbeiten uns da durch. Mit Leuten, die sie nicht kennt, ist sie noch immer zurückhaltend, und in angespannten Situationen. Und weil sie im Lauf der letzten Jahre nicht sonderlich viel gesprochen hat, hat sie ein paar Defizite. Ich glaube, ihr würde es besser gehen, wenn sie Sie kennenlernt, bevor das Schuljahr anfängt.“

„Damit sie darauf vertraut, dass ich zu ihr halte?“

Tamara nickte.

„Das ist eine tolle Idee“, sagte Ivy mit leiser Zustimmung. „Darf ich fragen, was ihre Gründe waren? Ich will nicht unabsichtlich irgendetwas auslösen.“

„Emotionaler Missbrauch und Probleme mit dem Verlassenwerden“, sagte Tamara angespannt. „Ein Geschenk ihrer leiblichen Mutter, die keine Rolle mehr spielt. Schreien ist vielleicht ein Auslöser, aber Emma kommt mit ihrer Schwester klar, die sie manchmal laut anfährt. Und hin und wieder vergisst es ihr Onkel Dustin, und er kann wirklich laut dröhnen, aber damit hat sie auch kein Problem.“

Ivy wurde das Herz schwer bei dem Gedanken, dass ein

Kind misshandelt worden war. „Jemand, der einen bedingungslos liebt und lauter wird, ist nicht dasselbe wie ein fieses oder grausames Anschreien." Sie nickte. „Danke, dass Sie mich das wissen lassen. Ich freue mich, dass sie Sie alle in ihrem Leben hat, und dass sie aus der schlimmen Situation raus ist."

Sie war froh, dass auch Caleb aus etwas entkommen war, was eine herzzerreißende Situation gewesen sein musste.

„Emma weiß sehr gut, dass sie geliebt wird." Tamara holte tief Luft. „Sehr, *sehr* gut."

Ivy wollte die Unterhaltung aufheitern und bemühte sich um etwas möglichst Positives. „Wenn sie ein paar besondere Schulfächer hat, in denen sie sich verbessern muss, können wir damit vielleicht einen Anfang machen. Dann kann ich unsere Aufgaben an das anpassen, was sie braucht."

„Klingt genau nach dem, wonach wir gesucht haben."

„Und nur, um Ihnen Sicherheit zu geben, Verzögerungen im sprachlichen Bereich, wie die, über die Sie sprechen, kann man ziemlich vollständig überwinden. Ich wette, Emma ist ein kluges Köpfchen."

Tamaras Hände wurden einen Augenblick lang reglos. „Ist sie, aber Sie erkennen das woran ...?"

Ihr wurde kurz warm, weil sie eine grundlose Annahme getroffen und man sie dabei erwischt hatte. „Okay, ich bekenne mich schuldig dazu, voreilige Schlüsse zu ziehen, aber ich bin mit der Familie Stone aufgewachsen. Zumindest den drei älteren Jungs, und ich habe hier eine Menge Zeit verbracht. Walter Stone mag ja ein Rancher gewesen sein, aber sowohl er als auch seine Frau waren gebildet, und das haben sie auch bei ihren Jungs sichergestellt."

Die andere Frau nickte langsam. „Ich habe vergessen, dass Sie Calebs Eltern gekannt haben."

„Sie waren tolle Menschen. Es war für uns alle ein Schock, als sie so plötzlich weg waren." Es war schon lange her, aber Ivy erinnerte sich immer noch, wie unwirklich es gewesen war.

Wie sehr sie alle damit gerechnet hatten, dass Walter und Deb einfach wieder durch die Tür kommen würden, jeden Augenblick, denn es hatte keine Vorwarnung gegeben. „In dem einen Augenblick waren sie da und im nächsten nicht mehr. Ich weiß nicht, ob es leichter ist, wenn jemand lange Zeit krank ist – wenn er oder sie leiden muss, während man sich verabschieden kann, doch ein plötzlicher Verlust ist schrecklich."

Tamara wurde still, bevor sie antwortete. „Es gibt keine gute Art, jemanden zu verlieren, den man liebt, aber ich glaube, Sie haben recht. Wenn man sich verabschieden kann, ist es leichter."

Sie wirkte eine Weile nachdenklich, darum blieb Ivy ruhig, während die beiden schweigend an den Erbsen arbeiteten. Ihre Hände bewegten sich in einem mühelosen Rhythmus, während etwas, das hinter Tamara auf dem Herd blubberte, den Geruch nach Rosmarin und Salz in der Luft treiben ließ.

Tamara brach das Schweigen. „Also kennen Sie die Familie gut."

Ivy schüttelte den Kopf. „Das war einmal, aber ich war jahrelang weg. Ich habe Heart Falls besucht, so oft ich konnte, doch normalerweise war ich letztlich nur während der Feiertage da, wenn alle mit ihren eigenen Familien beschäftigt waren."

„Ich würde sehr gern mehr hören, wenn Sie Zeit haben. Ich bewundere, was die Stones in ihren Söhnen angelegt haben. Es wäre schön, ein wenig mehr über sie zu wissen, um es mit den Mädchen zu teilen, wenn sie älter werden."

„Ich bin sicher, wenn ich Zeit mit Emma verbringe, werden ein paar dieser Geschichten ans Licht kommen." Ivy schaute sich in der Küche um, schüttelte den Kopf. „Dieser Ort ist vollgestopft mit Erinnerungen."

„Darauf möchte ich wetten. Es gibt nicht viele Spuren der alten Stones hier im Haus. Ich glaube, Calebs Ex-Frau ist eine Menge Dinge losgeworden."

Ivy drängte einen Ansturm des Ärgers über etwas weg, das sich wie ein Eindringen in ihre Privatsphäre anfühlte, es aber eigentlich nicht war. Sie war schrecklich lange weg gewesen. Sie konnte nicht erwarten, dass die Dinge so blieben, wie sie waren, während sie weiterzog.

„Falls es hier irgendwelche Bücher gibt, finden Sie vermutlich ihre Namen vorne hineingeschrieben. Die Stones arbeiteten gerne mit den Händen, und sie wussten, wie man durch eine harte Schule geht, aber sie haben auch alles Mögliche gelesen. Ich glaube, deshalb waren meine Eltern einverstanden damit, dass ich damals in der Highschool mit Walker zusammenkam." Ivy lächelte. „Es war nicht leicht, meine Eltern zu beeindrucken." Sie verzog das Gesicht. „Wenn ich es mir genau überlege, ist es das immer noch nicht."

Tamara lachte. „Sie haben recht. Das ist etwas, von dem noch eine Menge da ist. Es gibt eine ganze Wand in Calebs Büro, die voller Bücher ist. Ich habe niemals richtig darüber nachgedacht, wer sie dort hingestellt hat."

„Fensterflügel, verzaubert und offen, für die Gischt gefahrvoller Märchenland-Meere, lang schon verloren."

Die Frau legte den Kopf schief, die Sonne glitzerte auf ihrem Brillenrahmen. „Sehr poetisch."

„Keats." Ivy betrachtete Tamara interessiert. Brads Kommentar darüber, an einen vertrauten Ort zurückzukehren, aber nicht zu vertrauten Menschen, drängte sie dazu, weiterzusprechen. „Ich denke darüber nach, einen Buchklub zu gründen. Wären Sie daran interessiert?"

„Hängt davon ab, was wir lesen", erwiderte Tamara sofort.

„Die Buchliste wird von den Teilnehmern aufgestellt, wenn Sie also mitbestimmen wollen, lassen Sie es mich wissen."

„Klingt gut."

Das würde es, obwohl sie sich noch nicht sicher war, ob sie tatsächlich ihre Schwestern beitreten lassen sollte. „Wenn ich

Tansy und Rose Bücher aussuchen lasse, sind Sie besser auf einen vielseitigen Mix vorbereitet.“

„Eine Herausforderung stört mich nicht“, erwiderte Tamara.

Sie planten dann ein wenig, gingen einige der Mitteilungen von Emmas Lehrerin im Vorjahr durch. Ivy machte ein paar Vorschläge, Tamara entgegnete etwas, und am Ende hatten sie vereinbart, dass Ivy am Anfang des Sommers mindestens dreimal in der Woche herkommen würde.

„Emma ist in dem Theaterstück, das der Boys and Girls Club sponsert. Ihre ganzen Zeilen gehören zum Chor, wenn sie also beschließt, nichts zu sagen, wird es nicht schrecklich“, erklärte ihr Tamara. „Aber sie war so wild darauf, zusammen mit Sasha teilzunehmen, dass ich dachte, es wäre das Risiko wert.“

„Wir werden unsere eigenen Proben abhalten“, erklärte Ivy.

Tamara lachte. „Caleb kann ein paar der Rollen übernehmen.“

Ivy schaute auf ihre Uhr. „Ich sollte los. Ich will nicht da sein, wenn sie zurückkommen, sodass das unsere erste Begegnung wird. Es wäre besser, wenn Emma weiß, dass ich komme, und nicht davon überrascht wird.“

Tamara schüttelte Ivy fest die Hand. „Danke. Und ich sage Ihnen wegen des Buchklubs Bescheid. Wir müssen auch eine Zeit festlegen, zu der Sie zum Abendessen vorbeikommen und sich mit Caleb und den Mädchen auf den neuesten Stand bringen können. Und jedem der Jungs, mit dem wir fertig werden.“

Wozu Walker gehören würde. Ivy zügelte ihre Miene, um höflich zu bleiben. „Wir sprechen uns bald.“

Sie ging hinaus auf den Hof von Silver Stone, aber als es an der Zeit war, sich direkt auf die Straße nach Heart Falls zu begeben, schien ihr fahrbarer Untersatz automatisch in die gegensätzliche Richtung abzubiegen. Sie fuhr die lange Straße hinauf, die zum Bergpass führte, bevor sie auf eine einzelne Fahrspur abbog, die keinen Wegweiser hatte, aber allen Ortsansässigen gut bekannt war.

Ivy hielt am Parkplatz an und stieg aus dem Auto, ging über den kurvenreichen Weg, der zur Rückseite des Grundstücks von Silver Stone führte.

Die Heart Falls selbst gehörten der Gemeinde, doch sie waren Teil der Ranch, und wieder fiel Ivy in eine weitere Erinnerung. Sie nahm sich Zeit, schlenderte über den schmalen Wanderweg, der ganz bis zum Fuß des Hügels und zu dem Teich führte, der durch den Wasserfall gebildet wurde.

Nach drei Vierteln des Weges nach unten war eine Bank in die Hügelflanke gebaut. In einem Baumstamm waren Kerben geschlagen, und er saß auf Felsen, sodass er eine feste Plattform bildete. Die Sonne schien perfekt herab, und nachdem sie ein paar Minuten da gesessen hatte, gab Ivy all ihre Versuche auf, sich wie eine Erwachsene zu benehmen, und streckte sich, als wäre sie eine Katze in einem Sonnenstrahl. Warm und entspannt.

Also. Ihre Rückkehr nach Heart Falls war nicht ganz so verlaufen, wie sie es vorgehabt hatte, aber sie konnte mit den Tiefschlägen fertig werden. Selbst der Besuch heute half ihr, einen weiteren Schritt auf dem Weg zu gehen.

Sie *musste* weiterziehen – daran ließ sich nichts ändern. Sie fühlte sich ein wenig wie ihre Schwester Fern, als sie im Geiste eine Liste anlegte.

Erstens – sie war wieder in Heart Falls, für immer. Das würde ihre Heimat werden.

Zweitens – sie wollte eine Heimat, und zwar mit *allem*, was hieß: einen Mann, eine Familie, und ihre erweiterte Familie um sich herum, weshalb sie sich diesen Ort zum Bleiben ausgesucht hatte.

Drittens – der Mann, mit dem sie hoffte, eine Familie zu gründen, benahm sich stur.

Was um Himmelswillen redete er da, dass er etwas beitragen musste?

Sie würde sich langsam vortasten müssen. Wenn er wirklich nicht in Heart Falls bleiben wollte, würde sie ihn nicht zwingen, aber es schien dumm, nicht mehr darüber zu reden. Es wäre falsch, nicht herauszubringen, was in seinem Kopf vorging, bevor sie ganz aufgab.

Aber wenn er sicher war, dass er sie nicht wollte? Sie würde eine Möglichkeit finden, das zu akzeptieren und ohne ihn weitermachen. Sie waren Erwachsene – sie konnte das, wenn sie musste.

Die Sonne wärmte sie von oben bis unten. Sie bemühte sich, gleichmäßig zu atmen, und gestattete der Wahrheit, in sie einzusickern. Sie konnte weitermachen, mit oder ohne Walker und doch ...

Und doch – als sie versuchte, Begeisterung für ihre neue To-do-Liste aufkommen zu lassen, blieb die Traurigkeit.

Sie wollte, dass Walker Teil ihres Lebens war. Es war der Gedanke, der sie so viele Jahre lang weitergetragen hatte, und diesem Gedanken den Rücken zu kehren, schien ihr wie Verrat.

Schien ihr sehr, sehr falsch.

7

Walker verbrachte den Nachmittag mit seinen Nichten und genoss die Zeit mit seinem ältesten und seinen jüngeren Brüdern. Es war niemals etwas Schlechtes, hinaus über Silver Stone zu reiten. Aber wenn er ehrlich war, war er die ganze Zeit über verdammt abgelenkt.

Er hatte sich gefragt, wer in den Parkbereich von Silver Stone gefahren war. In dem Augenblick, in dem er Ivys weißblonde Haare erblickt hatte, war es, als hätte man ihn an einen dröhnenden Verstärker angeschlossen. Energie pulsierte ihm durch die Knochen bis aufs Mark.

Tagträume über Ivy waren eine echt beschissene Art, ein paar eigentlich angenehm gedachte Stunden zu verbringen, und er stellte fest, dass er nervös wurde, als sie unterwegs zurück zu den Scheunen waren. Er ritt neben seinen ältesten Bruder und redete leise, weil er keine große Sache daraus machen wollte, die Gruppe zu verlassen, aber plötzlich zu nervös war, um zu bleiben. „Wenn es dir nichts ausmacht, reite ich zu den Wasserfällen. Ich brauche einen Augenblick, um den Ort mal wieder zu sehen."

„Du Träumer. Mach schon." Caleb ging vor, um die Mädchen abzulenken. Sasha fiel darauf herein, beobachtete ihren Onkel Dustin, während Caleb ihn neckte. Die kleine Emma war diejenige, die Walker beobachtete, während er sein Pferd wendete, ihre großen blauen Augen sahen ihm hinterher, als würde sie etwas von dem verstehen, was er spürte. Dieses Gefühl, verloren zu sein.

Er warf ihr einen Luftkuss zu, und ihre Lippen krümmten sich sanft.

Gott sei es gedankt, dass sie inzwischen Tamara *und* Caleb hatte, denn dieser traurige Ausdruck gehörte nicht in die Augen eines kleinen Mädchens.

Obwohl das Gefühl, das seine Eingeweide auf den Kopf stellte, keines war, womit sich irgendein Mann, eine Frau oder ein Kind herumschlagen hätte sollen. Das Gefühl, das er hatte, wenn die Panik auf ihn einströmte.

Der Weg war klar – ob er es nun wollte oder nicht, er musste sich diesem Dämon stellen und einen Weg hindurch finden. Denn verdammt sollte er sein, wenn er seine Familie abermals im Stich ließ. Die Ranch brauchte Geld.

Sein Körper war nicht kaputt. Wenn er sich um das kümmerte, was in seinem Kopf los war, konnte er mit dem Reiten genug Geld verdienen, um es dem Problem entgegenzuschleudern. Zumindest vorübergehend.

Sein Handy läutete, als er eine Lichtung erreichte, und er fluchte, bevor er seine Stimme anpasste, um so höflich zu wirken wie möglich. „Maxwell. Habe nicht erwartet, von dir zu hören."

„Ich verstehe gar nicht, wieso. Verdammt, Mann. Ich verstehe ja irgendwie, weshalb du dir etwas vom Rodeo freinimmst – das ist gefährlicher Scheiß –, aber warum ignorierst du meine Anrufe? Ich habe Leute hier, die auf eine Antwort warten, und sie lassen sich von dir nicht ewig abwimmeln."

Vor ein paar Tagen hätte seine Antwort gelautet, dass sie

verrotten sollten, aber inzwischen hatte er diese Option nicht mehr. „Erklär es mir noch einmal.“

Maxwell kramte seinen „alles kommt in Ordnung, wenn ich diesem dummen Cowboy die Grundlagen erklären kann“-Unterton raus. „Das Team, dem ich dein Demo-Tape gegeben habe, will, dass du rauskommst und mit einer ihrer großen Nummern auftrittst. Erst mal ist es zur Verstärkung, was nichts Schlechtes ist. Mit deinem Talent ist es möglich, dass du dort anfängst und dann sehr bald deinen eigenen Durchbruch hast.“

Das Singen hatte nicht zu Walkers Plänen gehört. Niemals. „Sie sind ein bisschen voreilig, meinst du nicht? Ich meine, sie haben mich nur dieses eine Mal gehört.“

Maxwell seufzte. „Ernsthaft? Walker. Warum machst du dir Sorgen? Ich würde schwören, du willst nicht, dass man dich entdeckt. Mehr braucht es nicht – einmal –, wenn du deine Karten richtig spielst. Und du hattest kein Problem, dich ins Studio zu setzen und diese Demos aufzunehmen.“

„Weil die Demos und die Ersatz-Backgroundaufnahmen dazu gedient haben, Jordan zu helfen. Es hätte doch gar nicht um mich gehen sollen.“ Und es war einfach gewesen, in einer wenige Meter großen Box im Aufnahmestudio zu singen, mit niemandem bis auf den Techniker auf der anderen Seite des Glases, der ihm zuhörte. Es hatte sonst niemand zugesehen, oder was immer es war, was ihn das nächste Mal ausflippen ließ, wenn er vor einer Menge stand. „Wann brauchst du die Antwort?“

Maxwell tat am anderen Ende der Leitung etwas, zu dem raschelndes Papier gehörte, während Walker Hannibal an den Heart Falls und dem Teich zum Stillstand brachte und abstieg.

„Je eher, desto besser, aber wenn du damit beschäftigt bist, für den Herbst zu trainieren, kann ich ihnen das sagen. Sie verstehen die Notwendigkeit, mit der Familie zu arbeiten und sich für das PBR vorzubereiten. Sie stellen jetzt den Terminplan zusammen, darum muss ich bis zum Ende des Sommers eine Antwort bekommen."

Zwei Monate Galgenfrist. Zwei Monate, in denen Walker herausfinden konnte, was nicht stimmte, und eine Lösung finden konnte, um es richtigzustellen. Wenn er es so formulierte, klang es machbar. „Okay, Maxwell. Ich habe am Ende des Sommers eine Antwort für dich."

„Vergiss es bloß nicht, und sei nicht so beschäftigt, dass du mich wieder abblitzen lässt. Ich will, dass du ernsthaft darüber nachdenkst."

„Mache ich."

„Sprich mit deiner Familie. Ich weiß, dass Familie dir wichtig ist. Ich bin sicher, sie können dir bei der Entscheidung helfen. Was haben sie gesagt, als du ihnen von dem Angebot erzählt hast?"

Walker hätte den Mund halten sollen, aber er schaffte es nicht, zu lügen. „Ich habe nicht davon gesprochen."

Maxwell fluchte am anderen Ende der Leitung. „Verdammt, Walker. Was zum Teufel stimmt nicht mit dir? Es ist, als würdest du das einfach verschenken wollen. Ich sollte ihnen gleich sagen, sie sollen es vergessen."

„Nein ...", fuhr Walker ihn an, denn er konnte diese Gelegenheit zum Geldverdienen nicht wegwerfen. Obwohl er aus der Haut fahren wollte, wenn er daran dachte, was der Deal, den Maxwell ihm anbot, erfordern würde. „Ich schwöre, ich denke auf jeden Fall darüber nach, aber ich brauche eine Pause. Ich kann es mir nicht leisten, abgelenkt zu werden, wenn ich reite ..."

Die Wahrheit, aber auch eine bittere Lüge, denn er hatte erst einmal nicht die Absicht, in die Nähe eines Wettkampfs zu gehen.

Maxwell kaufte es ihm aber ab. „Okay. Okay, beruhige dich. Ich werde mit Jordans Team reden, und ich halte sie hin. Sie werden bis zum Ende des Sommers warten, aber ich will, dass wir in Kontakt bleiben. Bring das für dich raus, oder jemand anders schnappt dir diese einmalige Chance weg.“

„Danke“, zwang Walker heraus, dann legte er frustrierter auf, als er es für möglich gehalten hätte, wenn man bedachte, was für eine unfassbare Gelegenheit es war, die sich ihm bot.

Maxwell hatte recht. Jeder sonst wäre auf- und abgesprungen, um eine solche Gelegenheit in den Schoß geworfen zu bekommen.

Walker trat vor, lief über dem Pfad, der sich um den Teich unten an den Heart Falls herumschlängelte, während der Wasserfall ein musikalisches Geräusch produzierte, das gleichzeitig verlockend und bedrohlich war.

Die Erinnerung an seinen Vater, der ihm sagte, dass er seinem Potenzial nicht gerecht wurde, waren mit diesem Ort verbunden, und sie hallte lauter wider als das Wasser, das in den Teich unten an den Felsen stürzte.

Er stellte fest, dass er Steine zur Seite stieß, während er zu der felsigen Klippe am Hügel marschierte. Hoch oben spritzte das Wasser in einem Bogen, Gischt bedeckte alles mit winzig kleinen Wassertropfen, durchtränkte sein Hemd und seine Haare, sammelte sich zu einem Rinnsal, das über sein Gesicht lief, als er die Wand emporschaute.

Also. Er musste herausfinden, ob er noch Bullen reiten konnte, und er musste feststellen, ob er tatsächlich vor ein Publikum treten und singen konnte, ohne eine Panikattacke zu bekommen.

Er beäugte das Wasser. Beäugte die Wand. Vielleicht war es dumm, aber der Gedanke, der ihm kam, schien einen Sinn zu ergeben.

Wenn er wüsste, was seine Panikattacken auslöste, könnte er sie aufhalten, und wenn nicht, konnte er Möglichkeiten lernen, damit umzugehen, wenn es dazu kam. Und da er seiner Familie nicht erzählen würde, was los war, um ihnen damit nur noch mehr zur Last zu fallen, würde er auf eigene Art damit fertig werden müssen.

Er zog seine Stiefel aus, stopfte seine Socken hinein und preschte dann über den schmalen Pfad unter den Wasserfällen ein kleines Stück daran vorbei. Rechts von ihm ging ein Weg den Berg hinauf, den er und seine Brüder ausprobiert hatten, als sie jünger gewesen waren. Sie hatten die Felsen erklettert, immer höher, bis ihre Finger abrutschten und sie unvermeidlich herabfielen.

Da der Teich direkt unterhalb war, würde er direkt ins Wasser fallen. Wenn er nicht wirklich riesiges Pech hatte, würde er nicht verletzt werden.

Doch als Walker die Steilklippe empor sah, strömte Adrenalin in seinen Körper. Sollte er eine Panikattacke bekommen, sollte das Klettern auf diesem Monster genug sein, um eine auszulösen. Wenn er hinabfiel, würde ihn der Aufprall auf das Wasser wieder zu Sinnen bringen.

Frust, Verwirrung und Wut mischten sich in ihm. Er wollte sich nicht mit dem Schwachsinn von Panikattacken herumschlagen müssen. Er wollte mit Ivy zusammen sein, und er wollte in Heart Falls bleiben, auch wenn er seine Familie unterstützen wollte und …

So viele Gedanken drängten sich in seinem Kopf, wirbelten herum, bis sein Herz pochte und sein Kopf schmerzte. Scheiß drauf. Er musste etwas tun.

Walker legte die Hände an die Felswand und kletterte.

EINE WOLKE SCHOB sich vor die Sonne, und die Temperatur fiel gerade genug, dass Ivy aus ihrem verzückten Sonnenbad gerissen wurde. Sie warf einen Blick auf die Uhr und stellte fest, dass sie tatsächlich mindestens eine halbe Stunde lang eingeschlafen war.

Sie streckte sich, während sie die Beine auf den Boden stellte, schaute ein letztes Mal über das Wasser, bevor …

„O mein Gott." Jemand kletterte die Klippe empor.

Das konnte auf keinen Fall komfortabel sein, nicht, wenn das Wasser überallhin spritzte. Und es war unter gar keinen Umständen sicher, denn um die Gestalt herum gab es nichts, das nicht von Gischt getränkt war.

Ivy eilte nach vorne, tätschelte ihre Tasche, um ihr Handy zu ertasten, falls es nötig sein würde, Hilfe zu rufen.

Sie war auf halbem Weg den Pfad hinab, als ihr klar wurde, wer der Idiot war. Sie wollte Walker zurufen und ihm sagen, er solle Teufel auch herabkommen, aber das war vermutlich keine gute Idee.

Stattdessen war sie hin- und hergerissen dazwischen, ihn zu beobachten, wie er sich stetig nach oben bewegte, oder zurück zur Ranch zu eilen, um jemanden zu suchen, der ihm die Leviten lesen konnte.

Walker hörte auf, sich zu bewegen.

Sie wartete ungeduldig. Er suchte wohl nach dem nächsten Griff. Oder vielleicht plante er, den Abstieg anzufangen. Obwohl sie sich nicht vorstellen konnte, weshalb irgendwer diese Klippe hinauf und wieder hinab klettern wollen würde.

Nur dass er sich nicht bewegte. Nicht die Arme, nicht die Füße, nicht den Kopf.

Sie wartete so lange wie möglich, bis sie es nicht mehr unterdrücken konnte. „Walker?"

Ihre Stimme hallte von der Wand hinter ihr wider.

Er bewegte sich nicht.

„Walker", versuchte sie es erneut, diesmal lauter. Es gab keine Antwort. Kein Ton erklang, bis auf den Hall ihrer eigenen Stimme und das Dröhnen der Wasserfälle.

Sie griff nach ihrem Handy, als seine Hände zur Seite zuckten, und er zusammenfuhr, als wäre er aus einem Sekundenschlaf aufgewacht. Da er keine Hand mehr an der Wand hatte, fiel sein Körper zurück, krachte nur ein paar Meter von dort entfernt in das Wasser, wo die Wasserfälle auf den Teich trafen.

Ivy raste den Weg zum Teich hinab, brüllte seinen Namen.

Walker trieb an die Oberfläche. Sie erwartete, dass er den Kopf hob und sich schüttelte, sodass Wasser überallhin wegspritzte, wie damals, als sie jung gewesen waren, aber sie hoffte vergebens. Sein Rücken war sichtbar, doch sein Kopf blieb gesenkt, sein Gesicht nach unten gerichtet.

Ivy hielt nicht an, um sich die Schuhe auszuziehen. Sie rannte in das flache Wasser, Spritzwasser flog in alle Richtungen, während sie sich in die kühleren, tieferen Gefilde begab, die ganze Zeit über rief sie seinen Namen.

Ihre Stimme wurde vom Brüllen der Wasserfälle geschluckt.

Weniger als eine Minute war vergangen, seit sie gesehen hatte, wie er auf der Oberfläche aufschlug, und bis sie an seine Seite kam. Ivy achtete nicht auf die eisige Temperatur und hakte die Finger in den Stoff seines Hemdes ein, riss ihn zu sich. Das schwere Gewicht seines Körpers zog sie nach vorn, bis sie bis zum Hals neben ihm im Wasser war.

„Walker. Wach *auf*.“ Sie zerrte ihn zum Ufer, denn es gab keine Möglichkeit, ihn zu heben, ohne dass sie etwas unter den Füßen hatte, um sich selbst zu stützen.

In dem Augenblick, in dem sie die Füße fest auf den Boden stellen konnte, schlang sie einen Arm um seinen Oberkörper und rollte ihn herum. Seine Arme zuckten wieder, einer von ihnen schlug um sich und traf sie zwischen den Schultern.

Sie stolperte ins Wasser, verlor den Halt, griff nach seinem Hemd, sodass sie sich wieder aufrappeln konnte.

Als sie schließlich das Gleichgewicht fand und sich nach oben kämpfte, richtete sich Walker gerade auf, blinzelte fest.

„Walker. Alles in Ordnung?“

Er schien sie endlich zu sehen, seine Augen wurden

langsam scharf, während Verwirrung über sein Gesicht ging. „Ivy?"

„Was ist denn nur los mit dir? Hast du irgendwie den Wunsch zu sterben?" Ein riesiges Schaudern erfasste sie von oben bis unten, während sie ihm den Rücken zuwandte und weiter zum Ufer stolperte. Der kühle Wind, der so erfrischend gewesen war, während sie in der Sonne gesessen hatte, gab ihr das Gefühl, als wäre sie in einem Kühlschrank.

„Warum bist du nass?", fragte Walker.

Was? Trotz der eisigen Kälte blieb Ivy stehen, um ihn zu mustern. „Du bist runtergefallen. Du bist am Wasserfall hinaufgeklettert, du Idiot, und bist runtergefallen. Du hast dich nicht bewegt, darum bin ich reingegangen, um dich zu rauszuziehen. Weißt du das nicht mehr?"

Er schüttelte den Kopf, bevor er innehielt. „Stimmt. Ich bin geklettert."

Er pisste sie an, *das* war es wohl. „Schau mal. Mir ist kalt, und ich bin nass, wenn mit dir also alles in Ordnung ist ..."

Ivys dramatische Aktion, auf dem Absatz kehrtzumachen und wegzustapfen, verlor ihre Wirkung, als sie nieste. Und dann noch einmal nieste.

O Gott, sie war in Schwierigkeiten. Sie und Niesen, da gab es eine Vorgeschichte. Es kam bei ihr niemals nur ein- oder zweimal vor.

Sie war bei der vierten unkontrollierten Explosion, als Walker den Arm um sie legte. Sie waren beide nass, aber sein großer Körper war wie ein Wärmegenerator, und sie schmiegte sich an ihn und ignorierte alle logischen Gründe, weshalb sie das nicht tun sollte.

„Dein Auto steht auf dem Parkplatz oben am Wanderweg?", fragte Walker.

Sie nickte, aber die Bewegung ging unter, als sie noch dreimal nieste.

„Ja", zwang sie schließlich zwischen den Explosionen hervor.

„Ich bringe dich nach Hause."

Sie wollte ihm sagen, dass das nicht nötig war, aber er war schon in Höchstgeschwindigkeit losgestürmt, kam wieder um seine Socken und Stiefel hochzuziehen, bevor er sie erneut packte und sie den Pfad hinaufführte. Sie würde nicht widersprechen, wo sie ihn doch inzwischen wirklich mit seinem Arm um sie brauchte, damit sie aufrecht blieb.

Ivy schloss die Augen und ließ sich von ihm führen, drängte sich so nahe an ihn wie möglich, weil sie hoffte, die Hitze, die von ihm ausging, würde verhindern, dass sie in echte Schwierigkeiten geriet.

Niesen, selbst wenn es hundertmal hintereinander geschah, war nicht das Schlimmste, das ihr nach einem unerwarteten Eintauchen in einen immer noch eiskalten Teich passieren konnte.

Auf halbem Weg den Hügel hinauf gab Walker es auf, ihren stolpernden Beinen zu vertrauen, und hob sie in seine Arme. Inzwischen war das Niesen nicht mehr witzig, es tat weh. Jeder, der das nie mitgemacht hatte, hielt es vermutlich für amüsant, aber wenn ihr Körper einmal mehr als vierzig Nieser hintereinander hervorgezwungen hatte, fühlten sich ihre Knochen an, als würden sie gleich auseinanderfallen. Ihr Kopf tat weh, weil er nach vorne zuckte, und ihre Augen und Nebenhöhlen liefen voll.

Verräterischer Körper.

Er blieb stehen. „Deine Schlüssel?"

„Nicht abgeschlossen." Herausgezwungen zwischen Explosionen.

„Schlüssel?"

Sturer Mann. „Tasche."

„Hol sie raus."

Sie hielt sich an seinen Schultern fest, als er ihre Füße auf den Boden stellte, vergrub die Hand in ihrer Jeans und zog sie heraus.

Einen Augenblick später hatte er die Tür geöffnet, und sie saß auf dem Beifahrersitz. Er richtete alle Lüftungsdüsen auf die Decke, bevor er zur Fahrerseite eilte und sich auf den winzigen Platz quetschte.

Einen Augenblick später startete das Auto, und die Heizung lief auf Hochtouren.

„Bleib hier. Ich bin gleich wieder da", befahl Walker.

Ivy wollte widersprechen, aber sie war klüger. Sie nieste noch, und das würde nicht in naher Zukunft aufhören. Dass sie ans Steuer ging und sicher fuhr, war unmöglich, bis der Anfall endlich aufhörte.

Walker lief über den Pfad, verschwand rasch, während er wegsprintete. Sie zerrte ihre Jacke enger um die Schultern, richtete die Lüftung auf sich, sobald die Luft wärmer wurde.

Unter ihr machte sich die Sitzheizung bemerkbar, aber sie bebte zu schlimm, als dass sie es wirklich hätte wertschätzen können.

Fünf Minuten später wurde die Tür neben ihr aufgerissen. Walker war wieder da.

Er fuhr los, unterwegs zur Stadt, und ihr wurde klar, dass der einzige Ort, an den er sie bringen konnte ... problematisch war. „Meine Eltern", brachte sie hervor.

„Mir schon klar." Er saß kurz still da, ehe er hinzufügte: „Ich habe mein Pferd allein zu Ställen zurückgeschickt. Ich werde mir dein Auto borgen müssen, um nach Hause zu kommen."

Sie versuchte, nicht zu antworten, weil inzwischen alles wehtat, und das Niesen war noch immer nicht zu Ende.

Bis sie vor dem Haus ihrer Eltern vorfuhren, war ihr Körper jedoch müde genug, um langsamer zu machen. Völlige Erschöpfung wogte durch sie hindurch, und sie stützte sich fest auf Walker, während er sie die Stufen hinauf zur Eingangstür führte.

„Mrs. Fields", rief Walker, als er sie vor den Eingang brachte, aber niemand antwortete. „Malachi?"

Stille.

Walker nahm sie wieder hoch, und sie legte ihm den schmerzenden Kopf an die Brust, tat nicht mehr so, als hätte sie die Kontrolle.

Er marschierte die Stufen hinauf, trug sie, als wäre sie nur eine Feder. „Verdammt. Sie sind wohl beide im Buchladen."

„Ruf Mom an", schlug Ivy mit klappernden Zähnen vor.

„Mache ich, aber erst mal wärmen wir dich auf." Ein Schauer erfasste sie von oben bis unten, und seine Arme spannten sich an. „Ivy, Liebling. Willst du in die Wanne?"

Dass sie den Kopf schüttelte, war keine Hilfe. Er würde es nicht vom Rest ihres unfreiwilligen Bebens unterscheiden können. Die Worte an ihren zitternden Lippen vorbeizubringen, war schwierig. „Ich will trocken sein."

Sie konnte sich seinen Fluch auch nur einbilden, aber es war ihr egal. Ihr war inzwischen alles egal, denn sie konnte kaum die Lider offenhalten.

Es war empörend, wenn einem der eigene Körper so in den Rücken fiel. Kein Erwachsener sollte so in Schock verfallen, nur weil man mal ihn in kaltes Wasser tauchte, aber nach so vielen Jahren, in denen sie gegen ihre Wirklichkeit angekämpft hatte, war das eben das Los, das ihr zugeteilt war.

Sie konnte nur ihre Strategien anwenden, um damit fertig zu werden und nicht weiter den Weg in die Krankheit hineinzuschlittern. Es war lebenswichtig, dass sie aus ihren nassen Kleidern kam.

Sie griff nach den Knöpfen, ihre Finger bebten so sehr, dass sie nichts festhalten konnte.

„Ich kümmere mich um dich." Walkers Stimme, die nun

leise und sanft war, und sie ließ die Augen geschlossen, weil es leichter wäre, ihn nicht zu sehen.

So viel leichter, nicht zu beobachten, wie er ihr, so sanft wie möglich, ihre durchnässte Bluse und ihre Hose auszog. Denn wenn sie sein Gesicht sah und auch nur einen Hauch Verlangen bemerkte, würde sie etwas tun, was sie bedauern würde.

Sie wollte auch einen großen Gegenstand suchen und ihn ihm auf den Kopf knallen. „Was hast du auf den Felsen getrieben?"

Er machte ein beruhigendes Geräusch, als er die Decke von ihrem Bett nahm und sie ihr um die Schultern legte. „Etwas Dummes. Es tut mir leid, dass du darin verwickelt wurdest."

„Unruhestifter."

Er griff um sie, öffnete ihren BH und ließ ihn unter dem Sichtschutz der Decke von ihrem Körper gleiten. „Ja. Du und ich, Flocke. Ein ganzer Haufen Ärger."

Feuer und Eis. Das dachte sie, denn als er ihr ihre nasse Unterhose die Beine hinabzog, klappten ihre Augen auf, nur um sie zu quälen. Sein Gesicht war wie versteinert, als würde er versuchen, das Ganze verzweifelt über die Bühne zu bekommen.

Weil es schwierig war, sie zu berühren? Oder schwierig, sie nicht zu berühren?

Ihr Kopf tat zu sehr weh, um groß über das Dilemma nachzudenken. Als er sie aufhob und sie mitten auf ihr Bett legte und die Decke über sie zog, beschloss sie, dass sie Zeit haben würde, darüber nachzudenken, irgendwann, wenn ihre Zähne nicht mehr klapperten wie Kastagnetten.

Sie lag da und zitterte, atmete bebend und versuchte verzweifelt, eine Möglichkeit zu finden, Wärme aus der Luft zu saugen.

Die Matratze senkte sich. Ein schwerer männlicher Körper kam zu ihr, Haut lag an Haut, als Walker sich an sie schmiegte.

„O mein Gott."

Irgendwie waren diese Worte glasklar. Walker war mit ihr im Bett, sie beide nackt, im Haus ihrer Eltern.

Vielleicht war sie schlimmer krank, als sie gedacht hatte, und hatte inzwischen Halluzinationen.

„Ich muss dich aufwärmen. Entspann dich, Liebes. Du kommst in Ordnung."

Ein breites Band aus Muskeln legte sich um sie, als er sie fester an sich zog, der Glutofen in ihm arbeitete auf Hochtouren. Er gab mehr Hitze ab, als hätte sie vor einem Holzofen gestanden.

Es war nur schade, dass sie mehr als nur erschöpft war und das nicht so genießen konnte, wie sie sollte. Muskeln pressten sich an sie, sein warmer Atem glitt über ihre Schulter, während er sein Gesicht in ihre Halsbeuge schmiegte. Ihre Beine schlangen sich umeinander, die Haare auf seinen Gliedern kratzten wie erotisches Schmirgelpapier.

Es dauerte eine Weile, ehe der Knoten in ihrem Inneren zu schmelzen begann und ihr Körper sich so sehr entspannte, dass das Blut wieder fließen konnte. Ihr Kopf tat weh, und ihre Muskeln waren erschöpft, als wäre sie einen Marathon gelaufen. Aber er war warm, und sie fühlte sich sicher.

Natürlich fühle ich mich sicher – ich liege in Walkers Armen.

Während sie einnickte, war das letzte, was ihr in den Sinn kam, Verwirrung.

Was hatte Walker überhaupt dort angestellt?

8

W alker hielt sich mit eiserner Kontrolle zurück, bis Ivys Atmung sich verlangsamt hatte und ihr Körper sich auf quälende Art und Weise an seinem entspannte.

Es war unwirklich, sich aus Ivys Zimmer zu schleichen, nachdem er seine nassen Klamotten angezogen hatte, wenn man bedachte, wie oft sie als Teenager dort gewesen waren und er nichts lieber getan hätte, als mit ihr im Bett zu sein.

Aber ganz bestimmt nicht im Haus ihrer Eltern.

Er nahm das Telefon in der Küche, um den Anruf zu machen, sein Handy war nach dem Bad im Teich nutzlos.

Mrs. Fields ging bei *Fallen Books* ran. Sie nahm die Nachricht, dass ihre Tochter ins Bett gepackt war und schlief, mit erstaunlicher Kraft auf. „Ich komme jetzt nach Hause. Bleib bei ihr.“

Auf keinen Fall würde Walker diesen Befehl ignorieren.

Darum drehte er sich um und ging zurück hinauf zu Ivys Zimmer, zog einen Stuhl am Schreibtisch heraus und setzte sich dicht ans Bett. Eine Strähne war ihr übers Gesicht gefallen, doch er wagte es nicht, sie wegzuschieben, denn sie schien endlich fest eingeschlafen zu sein.

Sie anzusehen, ließ etwas in ihm schmerzen.

Die Tür zum Zimmer öffnete sich. Sophie Fields kam leise herein, und Walker brach auf, komplett ignoriert, während Ivys Mutter sich rasch zum Bett bewegte, um nach ihr zu sehen.

Einen Augenblick lang dachte er, er wäre davongekommen, ohne alles erklären zu müssen. Aber nein …

Malachi Fields wartete unten an den Stufen auf ihn.

„Ich bin in den Teich an den Heart Falls gefallen, und Ivy hat es sich in den Kopf gesetzt, mich retten zu wollen", erklärte Walker rasch. Noch während die Worte aus seinem Mund kamen, klangen sie dumm.

Malachi hob eine Augenbraue. „Weshalb sollte sie denn glauben, dass du gerettet werden musst? Ich habe gehört, du kannst schwimmen."

Und hier kam der problematische Teil. Walker nahm an, dass wieder eine Panikattacke beteiligt war, aber seine geniale Idee, dass das Wasser ihn wieder zu sich bringen könnte, war wohl nur Wunschdenken gewesen. „Wir werden sie fragen müssen. Ich habe sie nach Hause gebracht und so schnell wie möglich aufgewärmt. Hoffentlich ist bei ihr alles in Ordnung."

Ivys Vater schaute ihn mit mehr als nur Missbilligung an. In seinem Blick stand Angst – Angst um seine Tochter, die sich rasch in Zorn auf Walker verwandelte. Und Walker fand das ziemlich in Ordnung, wenn man es genau nahm.

Malachi richtete sich auf, in seinen Augen blitzte eine Warnung. „Ich hoffe, dass es ihr gut geht. Aber du denkst vielleicht noch mal über deine Beziehung zu meiner Tochter nach. Ich habe es so verstanden, dass ihr nicht vorhattet, euch noch mal zu treffen."

Natürlich hatte Ivy nach ihrem Date mit ihren Eltern geredet. Walker fragte sich, was sie ihnen erzählt hatte. „Nein, Sir."

Der alte Mann sah ihn bohrend an. „Das ist vielleicht am

besten. Wenn du es so willst, dann zieh die Dinge nicht in die Länge. Es ist keinem von euch gegenüber fair."

Er sagte nichts wie „vielleicht bist du zu gefährlich, um um mein Mädchen rum zu sein", aber es klang an. Malachi war ein Vater mit Beschützerinstinkt, der bereit war, sich genauso ins Geschehen zu werfen wie vor über zehn Jahren.

Walker wollte widersprechen, dass er nicht darum gebeten hatte, dass Ivy ihm zur Seite sprang, aber die Wahrheit war – Gott, er wollte nicht darüber nachdenken, was passieren hätte können, wenn sie nicht da gewesen wäre. „Ja, Sir."

Mr. Fields schüttelte den Kopf und deutete zur Tür. „Komm schon. Ich fahr dich heim. Ich wollte bei meiner Schwiegermutter vorbeischauen, und Silver Stone liegt auf dem Weg."

Es war zu weit zu Fuß, und ohne Handy konnte er keinen seiner Brüder anrufen, um ihn abholen zu kommen. „Danke."

Gott sei Dank war die unangenehme, schweigsame Fahrt schnell vorbei.

Walker wartete bis später am Abend, um anzurufen und sich zu erkundigen, wie es Ivy ging. Er bekam Sophie ans Telefon, die ihn beruhigte, aber auch entschlossen davon abhielt, mit Ivy zu reden.

Erst am nächsten Tag bekam er sein Telefon wieder zum Funktionieren und stellte fest, dass er eine Nachricht von ihr hatte.

Ivy: *Mir geht's nach meinem Bad gut. Dir?*

Er dachte nach, bevor er antwortete: *Mache mir Sorgen um dich.*

Ivy: *Ich bin stärker als früher. Ich werde leichter mit Katastrophen fertig.*

Er war sich ziemlich sicher, dass da drin irgendwo eine clevere Anmerkung über ihn steckte, aber er beschloss, sie zu ignorieren, denn eine andere Wahl hatte er nicht. Nicht, wenn er ihr nicht die ganze Geschichte über seine Panikattacken erzählen wollte.

Walker: *gut. Danke für deine Hilfe.*

Ivy: *mach es dir nicht zur Gewohnheit.*

Und das war alles. Sie fragte nicht nach weiteren Erklärungen, und das an sich verwirrte ihn schon sehr viel mehr, als er gedacht hatte.

Die Ivy, die er in der Schule gekannt hatte, hätte sich dahintergeklemmt und nicht aufgegeben, ohne der Sache auf den Grund zu gehen. Sie war körperlich zerbrechlich gewesen, aber sie hatte einen stahlharten Willen besessen.

Es schien, als würde sie ihn beim Wort nehmen und weiterziehen.

Darum versuchte Walker, es genauso zu machen. Er stürzte sich selbstvergessen auf seine Pflichten, außerdem trainierte er und lief, um fit zu bleiben. Zahllose Sit-ups, Crunches und Gleichgewichtsübungen, bis seine Arme pochten und sein Oberkörper bebte. Es war ein gefährliches Hobby, sich auf dem Rücken eines Bullen herumwerfen zu lassen, das etwas sicherer wurde, wenn man felsenfest in Form war.

Außerdem war es eine gute Möglichkeit, den Frust abzubauen, wenn er meilenweit lief und Gewichte stemmte.

Es tat gut, mit seiner Familie zu arbeiten und seinen Körper stark zu fordern, aber jedes Mal, wenn er sich dabei erwischte, an seine Panikattacken zurückzudenken, kehrte dieses merkwürdige Gefühl der Hoffnungslosigkeit zurück.

Weshalb übernahmen sie manchmal die Kontrolle und ein anderes Mal nicht?

Er fuhr ein paar Stunden nach Süden zu einem Rodeo-Trainings-Stützpunkt und half ein paar jüngeren Reitern bei ihren Übungsritten. Sah zu und wartete darauf, dass ihm ein Auslöser ins Gesicht sprang.

Einen Tag später wurde er mit seinen Brüdern zum Brandmarken, Zusammentreiben und zur Arbeit nach draußen geholt.

Luke und Dusty waren dort. Caleb hatte seinen Freund Josiah Ryder überzeugt, auch rauszukommen. Alle fünf verbrachten sie den ganzen Nachmittag mit Ashton und ein paar anderen Helfern, die alle zusammenkamen und sie unterstützten, wo sie nur konnten, die Tiere wimmelten in einem organisierten Chaos um sie herum.

An einem Punkt gab es um sie herum mehr Cowboys als Tiere. Walker drehte sich und schaute über das Land, bewunderte die Aussicht, die Teil seiner Seele war.

„Hey, hör auf zu träumen und arbeite was."

Walker zuckte zurück und tippte sich vor Ashton an den Hut. „Habe nur gewartet, bis alle aufholen."

Der ältere Mann hob eine Augenbraue. „Netter Versuch, aber das hat schon nicht funktioniert, als du achtzehn warst und ich dich dabei erwischt habe, wie du vor dich hinträumst, und jetzt funktioniert es auch nicht. Los jetzt", warnte er mit einem Lachen.

Walker nahm den Tadel hin, obwohl er wirklich gewartet hatte, bis er an der Reihe war. Es war schön, bei seiner Familie und seinen Freunden zu sein, in der Hitze und der Sonne zu schuften.

Als er ein paar Minuten später abgelenkt wurde und mit dem Hintern im Dreck saß, erklang laut und deutlich Gelächter, während er die Neckereien lächelnd hinnahm. So viel zumindest war richtig. Familie, harte Arbeit. Wenn nicht die finanziellen Sorgen gewesen wären, die über ihnen hingen, wurde Walker klar, dass er zufrieden damit hätte sein können, seine Tage ewig so zu verbringen.

Sie waren alle mit Staub bedeckt und nassgeschwitzt, als sie an diesem Tag fertig wurden.

Zurück in der Scheune stürzte sich Dustin ins Aufräumen, ehe er sich mit Höchstgeschwindigkeit vom Acker machte.

Caleb verdrehte die Augen.

Walker machte sich nicht die Mühe, seine Erheiterung zu verstecken. „Dustin hat ein heißes Date?"

Caleb seufzte, schenkte ihm aber ein schwaches Grinsen. „Er ist mit Ashton zu Onkel Frank unterwegs. Sie nehmen die Kälber, die wir nicht brauchen."

„Scheint ihm zu gefallen." Es schien, als würde Calebs Idee funktionieren.

„Er ist aus dem Häuschen vor Aufregung. Er ist weg, um es Tamara und den Mädchen zu erzählen."

O Mann. „Halt durch", schlug Walker vor.

Caleb nickte. „Tamara weiß, wie ... *angetan* er von ihr ist. Sie findet das niedlich, aber es wird gut sein, ihn eine Woche lang mal nicht da zu haben."

„Kommen du und Tamara morgen Abend raus?", rief Josiah vom anderen Ende der Scheune. „Kelli hat heute Vormittag erwähnt, dass die Mädchen bei ihr übernachten."

Caleb hob eine Augenbraue, während er seinen Freund musterte. „Denk doch noch mal genauer darüber nach. Ich habe ein leeres Haus zusammen mit meiner Frau, und du willst wissen, ob wir ausgehen?"

Josiah kicherte. „Tut mir leid. Ich weiß gar nicht, wo ich mit den Gedanken war."

Caleb ging. Luke, Walker und Josiah arbeiteten weiter mit den Pferden. Luke führte den Tierarzt zu den Tieren, die untersucht werden mussten, und Walker schloss sich an, um zu helfen, wo er konnte.

„Was machst du morgen?", fragte Walker. „Klingt, als wäre was Besonderes geplant."

„Ein neuer Besitzer hat das *Rough Cut* übernommen. Ryan hat einen Line-Dance-Abend geplant."

Walker lachte. „Und das ist ein Verkaufsargument?"

Josiah schaute ihn an, als wäre er ein Narr. „Ernsthaft? Ich schätze, da du ein Rodeostar bist und so, musst du dir darum keinen Kopf machen, aber Frauen lieben Line Dance. Ist wie ein Abend am Buffet.“

Erheiterung blitzte in Lukes Augen. „Es ist ja nicht so, als ob du Schwierigkeiten hättest, Frauen zu finden. Wann hörst du denn auf, dich am Buffet zu bedienen und triffst eine Entscheidung?“

„Wer sagt denn, dass ich das noch nicht getan habe?“

„Schwachsinn“, erwiderte Luke. „Du hast uns gerade erzählt, wie sehr du dich über ein neues Jagdgebiet in der Stadt freust. Das würdest du nicht sagen, wenn du dir bereits eine Frau ausgesucht hättest.“

„Wenn ich sie noch nicht für mich beansprucht habe, bin ich noch auf dem Markt.“

„Ich nehme an, du hängst nicht so sehr an deinen Eiern, wenn du so was sagst, obwohl du die Augen auf eine Frau geworfen hast. Oder du machst dir nicht allzu viele Sorgen, dass sie es hören könnte.“

Josiah zuckte mit den Schultern. „Ich habe nicht gesagt, dass ich *schon* mit dem freien Buffet durch bin. Und ich gehe nicht durch das ganze Buffet, ich suche mir nur das Beste aus. Ich nehme gern eines nach dem anderen und habe wirklich Spaß damit ...“

„... bevor du zur nächsten weiterziehst?“ Luke beäugte ihn. „Du hast echt Glück, dass meine Schwester nicht da ist, denn so weiß ich, dass du nicht von ihr sprichst, oder ich würde mich verpflichtet fühlen, dich ordentlich zu verprügeln, wenn du so einen Kommentar machst.“

„Du bist derjenige, der davon geredet hat, zur nächsten weiterzuziehen. Ich habe nichts dergleichen gesagt“, erläuterte Josiah.

„Ups“, murmelte Luke.

„Bringt mich mal auf den neuesten Stand“, sagte Walker, der das Thema wechseln wollte, bevor Josiah sich sein Grab schaufelte. „Ich war so lange weg, dass ich nicht weiß, wer vergeben ist und wer noch Single von den Mädchen, mit denen ich in der Schule war."

„Warum bist du so interessiert? Ich meine, du hast es doch bereits auf Ivy abgesehen, wenn man den Kuss da letztens bedenkt. Oder war das nur eine Show für die Auktion?" Josiah wirkte, als würde er die Antwort wirklich wissen wollen, aber es war schwer zu sagen, denn der Mann hatte mit das beste Pokerface der Gegend.

Walker zwang sich dazu, es aufrichtig klingen zu lassen. „Ivy und ich waren in der Highschool zusammen, aber wir sind jetzt nicht mehr auf diese Art aneinander interessiert."

Lügner.

Luke starrte ihn an, als wäre er von diesem Geständnis schockiert. Dann machte er damit weiter, die Frage zu beantworten, obwohl seine Antwort nicht besser war als eine weitere Neckerei, die sich zum Glück an Josiah richtete. „Keines der Fields-Mädchen ist verheiratet oder vergeben, obwohl Rose an Josiah interessiert scheint", sagte Luke.

„Ach, Schwachsinn." Josiah sah nicht einmal von seiner Arbeit an einem Huf auf. „Sie hat kein zweites Mal zu mir hingesehen, und ich habe ihr auf keinen Fall ein Zeichen gegeben, dass ich mit ihr zusammen sein möchte."

„Du bist der Tierarzt im Ort, Mann. Du bist wie so ein strahlender Doktor, der zusätzlich noch was von einer Ranch versteht. Ich glaube, Fern steht auch auf dich."

„Sie ist viel zu jung für mich", sagte Josiah. „Luke, dein Freund Glenn ist näher an ihrem Alter dran. Den solltest du mal in ihre Richtung schubsen. Da du bereits vergeben bist, kann ich ja nicht vorschlagen, dass du es probierst."

Walker dachte darüber nach, „Wo *ist* Penny denn gerade?" Er hatte sie nicht gesehen seit dem Tag, als er sie fast in der Sattelkammer überrascht hätte.

„Auf einer Reise nach Europa mit ihrem Dad." Luke wirkte abgelenkt. „Sie kommt erst im August zurück."

„Schade."

Luke verzog das Gesicht. „Sie haben mir angeboten, mitzukommen, aber ich dachte, ich sollte lieber hierbleiben."

Josiah klappte der Mund auf. „Ernsthaft? Du hast dankend abgelehnt?"

„Ich habe das Geld nicht, um all das zu bezahlen, und ich werde mich bestimmt nicht aushalten lassen und erwarten, dass Mr. Talisman für alles aufkommt. Aber ich wollte nicht, dass Penny die Reise verpasst, also ja, es nervt, aber wir bleiben in Kontakt." Er wandte sich an Walker. „Wo ich gerade dabei bin, Glenn kommt mit uns, um Pferde nach Red Deer zu bringen, da du ja gesagt hast, dass du nicht mit willst."

Es war eine Möglichkeit, um zu vermeiden, dass er bei dem Rodeo, von dem er wusste, dass es stattfinden würde, jemanden traf, den er kannte. „Wohnt Glenn noch in der Stadt?"

„Drei Feldwege östlich, ja."

Glenn war nie einer von Walkers liebsten Menschen gewesen. Er war nicht sicher, warum dieser Gedanke hängen blieb, aber das tat er mir nervender Heftigkeit. Glenn blieb vor Ort – und er konnte und wollte sich vermutlich auch mit Ivy einlassen.

Frust stieg eine Seite von Walker hinauf und lief die andere hinab, und er stellte fest, dass er sich wortkarg verabschiedete. Er stapfte zur Schlafbaracke und machte sich sauber, heißes Wasser hämmerte auf ihn herab. Schmutz und Schweiß wirbelten den Abfluss hinab, aber seine düstere Laune ließ sich nicht abspülen.

Und als er zurück in sein Zimmer ging und sich aufs Bett legte, schlossen ihn die vier Wände ein, Gedanken an Ivy neckten ihn. Wie sie fragte, ob er blieb, dass sie gekommen war, um ihn zu retten …

Dass sie ihn ansah, als ob sie nichts lieber wollen würde, als von ihm in die Arme genommen und …

Walker fuhr hoch und warf vor Frust ein Kissen durchs

Zimmer. Er hatte nichts, was er ihr bieten konnte; nichts, was er seiner Familie bieten konnte. Nur den Bauch voller Wut und Frust, und viel zu viele unbeantwortete Fragen.

Die Welt hatte sich weitergedreht, während er seine Zeit vertrödelt hatte. Sogar ihre Kleinstadt veränderte sich und passte sich an, und er war hier, erstarrt in Unbeweglichkeit. Keine Entscheidungen waren getroffen, und es gab keine Zukunft, wenn er das nicht tat.

Er zog sein Telefon heraus und schaute die Nachrichten von Ivy an. *Mach es dir nicht zur Gewohnheit.* Was zur Gewohnheit machen? In Katastrophen zu geraten und sie mit hineinzuziehen? An sie zu denken?

Sie zu wollen?

Das war auf so vielen Ebenen Schwachsinn, und er hatte verdammt noch mal genug. Scheiß drauf.

Walker stieg in seine Klamotten. Vielleicht war es falsch, aber es war die *richtige* Art von falsch. Er wollte sie sehen, und er würde nicht hier sitzen und nichts tun, wenn es das Einzige war, von dem er sicher *wusste*, dass er es wollte.

Er fuhr wieder in die Stiefel, setzte sich seinen Hut auf und ging zu seinem Truck.

IVY HATTE ihre wachen Stunden in einen Wirbel aus Arbeit und Familie verwandelt. Sie hatte alle schrecklichen Folgen von ihrem Bad im Teich von Heart Falls abgewendet. Sie war etwas wacklig auf den Beinen gewesen, aber ob es nun die Wunderkur von Walkers nacktem Körper gewesen war, der sich an ihren presste – und auf gar keinen Fall ignorierte sie, wie gut es womöglich war, *diese* Information zu haben – oder ein fast zwölf Stunden langer Schlaf, wusste sie nicht. Bis auf die Tatsache, dass sie sich am Folgetag mit den besorgten Fragen ihrer Eltern hatte herumschlagen müssen, war es ihr gut gegangen.

Aber dieser vorübergehende Rückschlag machte sie entschlossen, sobald wie möglich in ihr neues Heim ziehen zu wollen.

In der letzten Woche war jeder aus der Familie Fields drüben in dem winzigen Bungalow gewesen, hatte alte Tapete und Farbe abgekratzt und Dinge repariert.

Rose trat mit einem glücklichen Summen zurück, während sie sich in etwas umsah, von dem Ivy zugeben musste, dass es ein winziges, aber perfektes Schlafzimmer war. „Ich liebe es. Es ist immer noch nicht genug Platz, um herumzuwirbeln, aber es ist friedlich, es ist hübsch, und ich bin absolut neidisch."

Die Wände waren in einem schwachen silbernen Roséton gehalten, der Fensterrahmen weiß, und das Licht an der Decke war von einem weichen, cremeweißen Lampenschirm bedeckt, der dem ganzen Zimmer einen Kerzenschein-Look verlieh.

„Es ist der einzige fertige Raum im ganzen Haus, aber ich glaube, Tansy hatte recht. Dieses Haus hat eine gute Bausubstanz."

Rose trat um den Rand des Bettes, strich mit der Hand über den Quilt, den Oma Sonora Ivy als Geschenk zur Heimkehr gegeben hatte. Die blassen Vierecke in Pastellfarben passten perfekt zum altmodischen Ambiente des Raumes.

„Ich glaube, es war schlau, dass du mit diesem Zimmer angefangen hast." Rose hob den Blick, um Ivy anzulächeln. „Das heißt, du kannst ausziehen, richtig? Du musst nicht mehr bei Mom und Dad wohnen?"

Ivy brauchte sich nicht schuldig dafür fühlen, dass sie nicht mehr unter ihrem Dach wohnen wollte. Sie war eine Erwachsene, aber es war gut, dass noch jemand ihre Dringlichkeit verstand. „Ich liebe sie, und sie sind wunderbar, aber es ist Zeit, dass ich allein bin."

Rose nickte. „Weshalb glaubst du, dass Tansy und ich über dem Laden wohnen? Es sind nur fünf Minuten bis zu Mom und Dad, und wir könnten dort wohnen, ohne Miete zu zahlen, aber wenn es Zeit ist, weiterzuziehen ... ziehen wir weiter."

Trotzdem war es gut, dass ihre Schwestern einander hatten. Ivy schaute zu Rose und fragte sich, ob ihr klar war, wie wertvoll die Beziehung war, die sie zu Tansy hatte.

Himmel, die Beziehung, die sie alle vier untereinander hatten, war etwas Schönes, wenn man bedachte, dass sie alle eine so unterschiedliche Herkunft besaßen. Sie waren eine Familie, weil sie es so gewählt hatten.

„Auf jeden Fall ist es Zeit, weiterzuziehen", stimmte Ivy zu. „Hilfst du mir, meine Sachen vom Auto herzubringen? Ich habe Mom nicht sehen lassen, dass ich packe. Ich dachte, es wäre leichter, wenn ich ein bisschen was auf dem Weg mit herbringe, ohne dass sie es merkt."

Denn nach ihrem Vorfall mit Walker war es für Ivy sogar noch wichtiger, ihren Eltern zu beweisen, dass sie auf eigenen Beinen stehen konnte. Sie wusste, dass sie verstanden, dass sie immer zu ihnen kommen würde, wenn sie Hilfe brauchte, aber es war ihre Entscheidung, wie ihr Leben lief.

Sie hatten die Hälfte der Kisten hineingetragen, als sich zu ihrer Überraschung ein viel zu vertrauter Truck näherte.

Rose hielt inne, die Arme um eine Kiste Bücher gelegt, und schaute missbilligend Walkers Truck an. „Was macht der denn da?"

„Fährt vorbei, hoffe ich." Ivy wandte sich ab, als wäre damit die Unterhaltung beendet. Sie schnappte sich zwei Koffer aus dem Kofferraum und marschierte zum Haus. Arbeitete hart daran, ganz leichtherzig zu sein und sich überhaupt nicht seltsam zu benehmen.

„Lügnerin." Ein leises Kichern kam von ihrer Schwester.

„Hör auf", murmelte Ivy.

Ivy war – frustriert von seiner ersten Ablehnung, verwirrt davon, wie dumm er an den Wasserfällen gewesen war – von Walker Stone angepisst. Nicht wegen irgendwas Konkretem, was er getan hatte, sondern weil es sie quälte, herausfinden zu wollen, wie sie sich ihm nähern sollte.

Nur der Gedanke an ihn brachte ihren Körper schon in Hitzewallungen. Sie hatte von ihm geträumt. Süße Träume, in denen sie Seite an Seite nach der Schule durch den Park gingen, ihre Hände verbunden, ihre Schultern stießen unschuldig aneinander. Und dann wandelte sich der Traum, und er zog sie nackt aus und legte seinen Körper auf ihren ...

In all den Jahren, in denen sie weg gewesen war, hatte sie nicht einmal einen Bruchteil dieser Reaktion bei irgendeinem anderen Mann verspürt. Sie hatte allmählich schon geglaubt, mit ihrer Libido wäre irgendwas nicht in Ordnung, aber offenbar war das nicht so. Sie erinnerte sich genau, dass, obwohl sie im Bett am ganzen Körper geschlottert hatte, ein Teil der Hitze zwischen ihnen nicht nur wegen des Glutofens unter Walkers Haut generiert worden war.

Nein. Es schien, als wäre sie direkt auf die Stone-Frequenz eingeschwungen.

Und nun, nach einer Woche, in der sie vor sich hin geköchelt hatte und völlig aus der Ruhe gekommen war, fuhr er her, als hätte er gar keine Sorgen? Sie wusste nicht, ob sie auf und ab springen sollte vor Aufregung, oder vor Frust brüllen.

Eine Hand landete weich auf ihrer Schulter, lenkte ihre Aufmerksamkeit auf das Gesicht ihrer Schwester. Roses dunkelbraune Augen blickten weich. „Manchmal wissen Menschen nicht, was sie wollen. Und manchmal wissen sie, was sie wollen, aber sind sich nicht sicher, wie sie es bekommen sollen."

„In welchem Lager bin ich?"

Ihre Schwester zuckte mit den Schultern, dunkle Haare fielen ihr um die Schultern, während sie sich bewegte. „Ich glaube, du weißt, was du willst, aber du bist dir nicht sicher, ob es in Ordnung ist, es dir zu nehmen."

„Ich weiß nicht, ob es Walker gefallen würde, wenn man ihn als *es* bezeichnet."

„Er ist kein *es*", sagte Rose trocken. „Aber irgendwas stimmt nicht mit ihm, und das schon seit langer Zeit. Wir wissen, dass er dich mag. Ehrlich gesagt hechelt dir dieser Mann schon seit Jahren hinterher."

„Ach, bitte."

Rose fuhr fort, als wäre sie nicht unterbrochen worden. „Wir wissen das, weil er so oft nach dir fragt, während er so tut, als würde er nicht nach jedem Wort von uns lechzen. Du hast gesagt, er will sich nicht mit dir einlassen, aber das ergibt keinen Sinn."

Was genau der Teil war, der an ihr nagte. Ivy nickte, während sein Truck langsam auf ihre Auffahrt einbog, seine Zielrichtung war nicht mehr ungewiss.

So verwirrt und durchwachsen sie sich auch fühlte, Ivy wusste, dass ihre Schwester recht hatte. Walker war auch wegen vielem verwirrt und durch den Wind.

Sie hatten genug gemeinsame Vergangenheit, sie hatten genug von *ihnen beiden*, dass es keinen Grund gab, weshalb sie nicht etwas tiefer bohren und herausfinden sollte, ob sie ihn überzeugen konnte, es sich noch einmal zu überlegen.

Durch die Unterhaltung mit Rose, die mit Brad vor ein paar Tagen und die Tatsache, dass Walker sich auf ihrer Schwelle darbot wie eine Sonderlieferung, schien es beinahe schicksalhaft. Das war die Gelegenheit, nach der sie gesucht hatte.

Sie nahm ihren Mut zusammen und wandte sich an Rose, als Walkers Stiefel auf dem Boden aufkamen. „Du solltest aufbrechen."

Roses Lippen wölbten sich zu einem Lächeln, während sie eine Augenbraue hob, die zarte Krümmung war äußerst bedeutungsschwanger. „Ruf mich später an."

Sie zog ihre Jacke an und ging die Verandastufen hinab, lief mit kaum mehr als einem raschen Winken an Walker vorbei, als hätte sie dringend etwas anderes zu tun.

Walker schien auch ein drängendes Ziel zu haben, zumindest, bis seine Stiefel auf ihren Stufen landeten.

Die erste Stufe quietschte Unheil kündend unter ihm, und er schaute hinab, sein Gesicht verzog sich zu einem Stirnrunzeln. „Brauchst du Hilfe, um das zu reparieren?"

„Vielleicht." Nur dass das nicht der Zeitpunkt war, um Renovierungen zu besprechen. Nicht, wenn sie sehr viel wichtigere Pläne hatte.

Sie hielt einen inneren Monolog, der sie anfeuerte. Nur weil sie schüchtern war, hieß das nicht, dass sie sich drängen ließ. Es hieß auch nicht, dass sie all ihre Ziele einfach links liegen lassen sollte. Wenn Walker nicht genau wusste, was er wollte, sollte sie ihm vielleicht helfen, es herauszufinden. Er hatte gesagt, er hätte nichts, was er ihr bieten konnte, doch da hatte er unrecht. Er hatte genau, was sie brauchte, aber aus irgendeinem Grund konnte er das nicht sehen.

Darum musste sie um seine Zurückhaltung herumkommen, indem sie es auf eine Art und Weise formulierte, der er nicht widerstehen konnte.

Walker kam vor ihr zum Stillstand, nichts als lange Glieder und leckerer Cowboy in Jeans und Karohemd, mit festem Stand und bohrendem Blick. „Wir müssen reden."

O Mann, so was von. „Komm rein."

9

—————

Walker folgte seinem Bauchgefühl, denn das Einzige, was ihn zu Ivys Haus geführt hatte, war das Gefühl, dass es falsch war, nicht dort zu sein.

„Lass deine Stiefel an", befahl Ivy, während sie die Tür aufschob. „Alles muss neu gemacht werden, wenn du also nicht gerade den Stall ausgemistet hast ..."

Er kicherte leise, und es überraschte ihn, wie mühelos es sich anfühlte. „Ich weiß es doch besser, als mit Mist an den Stiefeln aufzutauchen."

Sie warf ihm einen Blick zu, auf ihrem Gesicht stand Erheiterung. „Ich kann nichts dafür, dass ich eine feine Nase habe."

Die Worte kamen weicher, als er in jüngster Zeit von ihr vernommen hatte. Nicht, dass er es ihr vorgeworfen hätte, wenn man bedachte, dass er ein Bastard und dann ein Narr gewesen war, als sie sich die letzten beiden Male getroffen hatten.

Sie führte ihn in den Küchenbereich, der heruntergewirtschaftet war, aber zumindest einen stabilen Tisch mit ein paar Stühlen hatte, auf denen man eindeutig sitzen konnte.

Ivy bedeutete ihm, einen zu nehmen, bevor sie zur Anrichte

ging und Kisten aus dem Weg räumte, damit sie einen Wasserkocher einstecken konnte. Die Türen an allen Schränken waren abmontiert, die leeren Schränke leuchtend violett, was sich schrecklich von den orangenen Arbeitsplatten und dem Herd und den braunen Kacheln an der Rückwand abhob.

„Interessante Farbwahl", sagte er langsam.

Das einzig Normale in dem Raum waren der weiße Kühlschrank und die Edelstahlspüle, obwohl die aussah, als hätte sie schon bessere Tage gesehen.

„Ich weiß es nicht sicher, aber ich habe das Gefühl, die letzten Besitzer waren entweder etwas unkonventionell oder farbenblind." Ivy wandte sich zu ihm, angelehnt an die orangene Arbeitsplatte, die Arme vor der Brust verschränkt.

Er ließ den Blick wandern. Sie hatte sich die Haare zu einem Pferdeschwanz zurückgebunden, ein paar zarte Strähnen fielen ihr ums Gesicht, die Haare schimmerten in dem Sonnenlicht, das durch das Fenster hereinströmte. Der Hauch von Rot auf ihren Lippen war ein bisschen Lipgloss, und als er tief Luft holte, hing der Geruch nach Kirsche in der Luft.

Das war doch einfach nur grausam. Kirsch-Lipgloss, den er nicht anknabbern durfte?

Genauso verführerisch waren die Kurven unter ihrem groben Baumwollshirt, ihre Taille krümmte sich nach innen, ehe sie sich zu Hüften wölbte, die er so gerne angefasst hätte. Er wusste aus viel zu vertraulicher jüngster Vergangenheit, dass jeder Quadratzentimeter von Ivy mit weicher Haut bedeckt war, die er gern gestreichelt hätte.

Er hob den Blick nach oben, sicher, dass er entweder einen erheiterten Blick oder einen zensierenden finden würde, weil er beim Gaffen erwischt worden war. Aber stattdessen musterte Ivy zu seiner Freude *ihn*.

Sie holte tief Luft und stieß sie langsam aus, ein Lächeln breitete sich allmählich aus, als ihr Blick sich auf seine Unterarme und Hände senkte. Walker schaute nach unten, um sicherzugehen, dass nichts Außergewöhnliches an ihm klebte, aber sie schienen für ihn wie zwei ganz normale Hände. Er hatte die Ärmel hochgerollt, und obwohl er auf den Knöcheln ein paar Narben hatte, waren seine kurz geschnittenen Nägel sauber.

Es waren nur Hände, aber so, wie sie sie betrachtete, hielt Ivy sie wohl für eine Schüssel mit Bonbons.

Ihre Wimpern flatterten, und sie hob den Blick, Röte blitzte über ihre Wangen, sodass sie aussah, als wäre Hochsommer.

Er suchte sich ein sicheres Thema. „Du hast ja alle Hände voll zu tun, wenn du dieses Haus renovierst."

„Ich freue mich darauf", sagte sie. „Es steht ja schon lange an."

Sie wollte etwas sagen, hielt sich aber davon ab. Walker stellte fest, dass er sich danach verzehrte, es zu erfahren, dass er ihre tiefen Gedanken hören wollte, nicht nur die Ivy an der Oberfläche. Er wollte die höfliche Fassade zwischen ihnen wegwischen.

Sie bewegte sich vor und zog den Stuhl zwischen ihnen heraus. „Wie fühlst du dich nach deinem Kletterabenteuer?"

Verwirrt. Besorgt. „Ist mir höllisch peinlich, dass du mich retten musstest. Ich wollte dich nicht in Gefahr bringen."

Hitze waberte kurz in ihrem Blick, Silber, das scharf blitzte wie ein Dolch. „Ich bin froh, dass ich da war. Du hättest dich ernsthaft verletzen können."

Darauf gab er keine Antwort. Sie hatte recht, obwohl er hoffte, er hätte sich schließlich daraus befreit. „Ich schätze, ich war außer Atem, weil ich auf dem Wasser aufgeschlagen bin. Nur so ein törichter Spleen, aber ich wollte dich wirklich nicht da reinziehen. Ich bin froh, dass du dich gut erholt hast."

Ivy kniff die Lippen zusammen, als würde sie das Thema nicht fallenlassen, bevor sie schwer seufzte. „Sturschädel."

Ein Schnauben entwischte ihm, ehe er es zurückhalten konnte.

Zum Glück glitzerte jetzt wieder Erheiterung in ihren Augen, denn das brauchte er. Er musste *seine* Ivy sehen, ganz zart und süß, die etwas wiederherstellte, das so lange in seiner Seele gefehlt hatte.

Armselig. An ihrem provisorischen Küchentisch zu sitzen reichte schon, um ihn glücklich zu machen.

Sie ging zur Anrichte und schenkte ihnen Teetassen ein, stellte eine vor ihn, zusammen mit einer Schachtel Kekse, ehe sie sich auf ihrem Stuhl niederließ und beschloss, dass es Zeit war, mit seinem Verstand herumzuspielen.

„Wieder in die Dating-Szene einzutauchen, gibt mir ein unbehagliches Gefühl. Unbehaglicher, als ich erwartet hätte."

Gut.

Es hätte nicht sein erster Gedanke sein sollen, aber es war das Einzige, was durch Walkers Gedanken rauschte. „Abrupter Themenwechsel."

„Na, sieht aus, als würdest du mir nicht erzählen wollen, warum du Spiderman gespielt hast, darum schätze ich, ich sollte weitergehen und über etwas reden, das mir durch den Kopf geht."

Sie dachte ans Daten, und dass es ihr unangenehm war, und da er nicht derjenige war, den sie daten würde, war es nun ihm unangenehm. „Tut mir leid, dass es unbehaglich ist."

„Ich brauche deine Hilfe."

Sie begaben sich in gefährliches Terrain. „Was kann ich tun?" Er bedauerte die Worte, sobald sie seinen Mund verlassen hatten.

Denn *sie* waren nicht zusammen. Selbst wenn er aus irgendeinem unheiligen Grund zu ihr herübergekommen war …

Sie spielte mit ihrer Tasse, sah tief hinein. „Ich bin mir etwas unsicher, was die Sache mit dem Kontakt angeht."

Walker zögerte. „Kontakt. Du meinst, jemanden auf dem Handy anschreiben, oder anrufen oder was?"

Sie hob den Blick zu ihm, ihre Quecksilberaugen waren so kalt, dass sie heiß brannten. „Kontakt in Form von *körperlichem* Kontakt. Es ist für mich schon lange her, und auch wenn ich weiß, dass ich nicht einroste oder so was, weißt du doch, dass ich echt schüchtern bin."

„Du scheinst dich in dem Bereich verbessert zu haben", sagte er trocken. „Redest du von Sex, Flocke? Denn ich bin ziemlich sicher, dass ich dich nie dazu gebracht habe, damals in der Highschool das Wort auszusprechen?"

Und das war eine unmögliche Unterhaltung. Gar nicht das, was er erwartet hatte, obwohl er in Wahrheit eigentlich nur planlos hergekommen war, bis auf den Gedanken, dass er bei ihr sein wollte.

Ihre Wangen wurden bei seinen Worten rot, aber ihr Blick war felsenfest. „Das fällt mir immer noch schwer zu sagen und sehr viel schwerer zu tun. Ich meine, der Gedanke, dass man es tut. Darum habe ich mich gefragt, ob vielleicht ... ob du in Betracht ziehen würdest ... *es* zu tun. Mir ein wenig beim Aufwärmen helfen."

Für Männer wie ihn gab es einen besonderen Platz in der Hölle. Männer, deren erster Gedanke, nachdem eine schüchterne junge Frau ihnen Sex anbot, darin bestand, sie über die Schulter werfen und zur nächsten ebenen Oberfläche schleppen zu wollen.

Walker schloss die Augen, tat so, als hätte er nicht gerade ein Angebot von einer Frau erhalten, die er mehr wollte als seinen nächsten Atemzug. „Ich weiß nicht, ob das eine gute Idee wäre."

„Ach, mir ist schon klar, was für eine schlechte Idee das ist, aber gleichzeitig glaube ich, es ist genau, was wir beide brauchen. Ich schätze, wir müssen es ja nicht tun", bot Ivy an. „Ein wenig herumknutschen hilft ja vielleicht schon."

Gottverdammte Hölle. „Ivy."

Ihr Blick blieb an seinen geheftet. „*Walker.* Ich weiß, dass du gesagt hast, du könntest mir nichts bieten, aber das kannst du eigentlich schon. Ich war seit dir mit niemandem mehr zusammen, und ich vertraue dir. Diesen Teil langsam im Lauf des Sommers rauszukriegen, könnte etwas Gutes sein, und ich möchte, dass du ernsthaft darüber nachdenkst …"

Er hatte die letzten paar dutzend Worte von ihr nicht mehr mitbekommen. Alles nach ‚Ich war seit dir mit niemandem mehr zusammen' war etwas verschwommen. „Moment. Was? Du warst nicht mehr mit jemandem zusammen?"

Ivy schüttelte den Kopf, ihr Blick senkte sich kurz, bevor sie ihn wieder hob. Der Stahl floss wieder in ihr Rückgrat, während sie auf seine Antwort wartete.

Die er noch nicht geben konnte, denn er war ein dummer Cowboy und brauchte weitere Informationen. „Du warst mit niemandem zusammen, seit du Heart Falls verlassen hast?"

„Ich habe gedatet. Ein paar Küsse hier und da, aber sonst nichts. Nicht wirklich." Die leichte Farbe in ihren Wangen flammte zu vulkanischen Ausmaßen auf. „Ich habe ein paar Spielzeuge, die regelmäßig zum Einsatz kommen, also ist es nicht so, als hätte ich gar kein Sexleben."

Walker kippte fast aus den Latschen, weil sie so nebenbei auf Selbstbefriedigung anspielte. „Ich …"

Nein, er konnte es nicht. Seine Stimmbänder waren erstarrt, denn sein Gehirn war viel zu sehr damit beschäftigt, ihm Bilder von Ivy zu schicken, die nackt auf dem Bett lag, sich mit den Händen streichelte, zwischen ihre Beine griff.

Sein Kopf war so schwindlig, dass er sich vorbeugen und ihn mit den Händen stützen musste, um ein paar beruhigende Atemzüge zu nehmen.

Eine weiche Hand landete auf seiner Schulter, tätschelte ihn beruhigend. „Walker?"

Er schaute ihr ins Gesicht und sah keine Spur davon, dass sie ihn aufzog oder auf den Arm nahm. Nichts als die ernste Ivy, süß und begehrenswert, und jeder Teil seiner Vergangenheit und alle möglichen Dinge, nach denen er sich in der Zukunft sehnte, die er nicht haben konnte.

Nur dass er es konnte. Denn sie bot sich ihm an, wieder einmal, und diesmal war er zu sehr Bastard, um abzulehnen. „Ich kann dir nichts versprechen, Ivy. Ich weiß immer noch nicht, was vor mir liegt."

Sie nickte. „Ich verstehe, aber das ist etwas, was ich will, und ich glaube, du willst es auch. Ich bitte nicht um ein Versprechen. Ich will nur jetzt. Ich hatte viel zu viele Tage, an denen ich nicht wusste, ob ich ein Morgen haben würde. Und vielleicht ist es eine blöde Idee, aber wenn es uns beide glücklich macht, warum nicht?"

„Also selbst wenn wir am Ende nicht zusammen kommen, willst du, dass wir jetzt zusammen sind?"

„Wenn du mit ‚zusammen' meinst, dass wir Sex haben und miteinander im Bett sind, dann ja."

Er mochte ja ein Narr sein, und sein ganzes Leben mochte an ihm vorbeirauschen, ohne dass er am Steuer saß, aber verdammt sollte er sein, wenn er sich nicht mit beiden Füßen voraus darauf stürzte. „So was von ja."

Einen schrecklichen Augenblick lang hatte sie gedacht, er würde noch einmal völlig rücksichtsvoll und gentlemanlike sein und ablehnen, obwohl sie erkennen konnte, dass er es wollte.

Zum Glück tat er das nicht.

Nur ... „Und jetzt?"

Sie hatte ihr Schlafzimmer nicht als erstes fertiggemacht, weil sie das dabei im Sinn gehabt hatte, außer, es war eine unterbewusste Entscheidung gewesen. So oder so wartete am Ende des Flurs eine große Matratze, aber sie war nicht wirklich mutig genug, ihn einfach an der Hand zu nehmen und dorthin zu schleppen.

Einen Augenblick lang schaute Walker sie an, als wäre sie ein leckeres Häppchen, und im nächsten griff er nach ihr und hob sie hoch. Sie packte seine Schultern, um das Gleichgewicht zu halten, aber er richtete sie rasch neu aus, und plötzlich saß sie auf seinem Schoß, fest an seine solide Brust geschmiegt, sein Blick auf ihre Lippen gerichtet, als könne sie jeden Augenblick verschwinden.

Es fühlte sich richtig an, in seinen Armen zu sein.

Er strich mit den Handknöcheln über ihre Wange, sein Blick folgte seinen Fingern. „Was jetzt kommt, ist, dass wir uns wieder kennenlernen. Ich glaube nicht, dass ich uns ausziehen und dich gleich hier auf dem Boden nehmen sollte."

Es fiel ihr plötzlich sehr schwer, zu schlucken. „Glaubst du nicht?"

„Nicht, dass impulsiver Sex was Schlechtes ist, und ich habe nichts gegen Fußböden, aber ich will das irgendwie genießen", gab er zu. „Dich einen kleinen Happen nach dem anderen kosten."

Er tat nichts, außer ihr mit den Fingerspitzen übers Gesicht zu streichen, aber es war, als hätte er ein Streichholz angezündet und sie in Flammen gesteckt. Hitzelinien rasten ihren Oberkörper hinab, bevor sie sich zwischen ihren Beinen trafen.

„Ich bin mir schon ziemlich sicher", flüsterte sie.

Das darauf folgende Beben ließ seine Hand ungleichmäßig an ihre Haut stoßen, während er mit dem Daumen seitlich an ihrem Hals entlangstrich. „Das heißt nicht, dass wir gleich aufs Ganze gehen müssen, Flocke."

Und obwohl sie wirklich, wirklich wollte, tat es ein anderer Teil von ihr auch nicht. Denn so dumm es auch war, sie *war* in all den Jahren mit niemandem im Bett gewesen. Sie hatte ein wenig geknutscht, aber Sex war etwas Besonderes, und sie hatte niemals jemanden gefunden, mit dem sie diese Intimität teilen konnte. Nicht seit Walker.

Nicht bis jetzt.

Sie hatte Mühe, irgendeine Art geistigen Halt zu finden, um innerlich wieder ins Gleichgewicht zu kommen. „Nicht aufs Ganze gehen? Sind wir wieder in der Highschool und sprechen die Dinge nicht aus?"

Er kicherte. „Vielleicht. Irgendwie finde ich die Idee schon gut, obwohl ich schätze, die Kids heute haben da eine andere Sprache."

„Vermutlich was mit Computern, aber ich bin nicht mutig genug, meine jüngste Schwester zu fragen."

„Und ich frage auf keinen Fall Dustin."

Seine Hand strich ganz ihren Arm hinab und landete auf ihren Fingern, sein Daumen streichelte ihre Fingerknöchel. Sie drehte ihre Hand um und ließ ihre Finger zwischen seine gleiten, und ein Ansturm der Spannung ging über sie hinweg.

Sie war aufgeregt, ganz wie beim ersten Mal, als sie sich an den Händen gehalten hatten. Er, der sie mit sich zu den Scheunen zerrte, aber anstatt loszulassen, sobald sie erst in der Dunkelheit waren, hatte er sie weiter festgehalten.

Das gleiche Gefühl der Verbindung und Verwunderung glitt mit prickelnder Berührung ihr Rückgrat empor.

Walker richtete seinen Stuhl, drehte sich vom Tisch weg, damit mehr Platz war. „Was werden wir allen sagen? Denn du weißt verdammt gut, dass sie fragen werden."

Sie wollte sagen, dass das niemanden etwas anging, aber er hatte recht. „Ich habe dir bereits gesagt, ganz gleich, wie das ausgeht, ich werde nicht wütend."

„Ich habe das Gefühl, dein Dad hat hinten im Garten ein Loch mit meinem Namen drauf geschaufelt", teilte Walker ihr mit.

„Und ich habe einen Platz in meinem Bett, auf dem dein

Name steht", erwiderte sie, „und da ich eine Erwachsene bin, gewinne ich."

Als er antwortete, war seine Stimme tiefer und grollender geworden. „Du musst aufhören, von deinem Bett zu reden."

Sie erbebte bei der puren Lust in diesem Satz. „Ich glaube, wir sollten die Leute ihre eigenen Schlüsse ziehen lassen. Du hast gesagt, du willst herkommen und meine Stufen reparieren, und ich habe noch einige andere Aufgaben hier, die ich nicht schaffe. Ich werde dich dafür bezahlen, und darüber streite ich nicht mit dir, denn alle anderen müsste ich auch bezahlen."

„Und wenn ich rüberkomme, können wir an mehr arbeiten als nur am Haus?" Er sah mit dieser Lösung nicht völlig glücklich aus. „Was wirst du deinen Schwestern sagen?"

„Dass du und ich Freunde sind, und dass du mir hilfst." Sie nahm seine Hand in ihre, strich mit den Fingern über seine Handknöchel. „Schau mal. Nur weil ich meine Schwestern liebe, heißt das nicht, dass sie oder meine Eltern alle Einzelheiten über mein Leben erfahren. Ich habe damit kein Problem. Ich glaube, wir sagen den Leuten, dass wir Freunde sind, und dabei belassen wir es."

Sie wollte so sehr, dass er ja sagte. Oder zumindest wollte sie, dass er ja dazu sagte, dass sie knutschten.

Wie immer sie ihn kriegen konnte, würde sie ihn nehmen. Denn sie hatte die Wahrheit gesagt – es hatte so viele Tage gegeben, an denen sie nicht gewusst hatte, ob es ein Morgen geben würde. Ivy wollte ihn, wollte ihn ganz, aber sie würde ihn nur einen Schritt auf einmal nehmen, wenn das die einzige Art war, wie sie ihn überzeugen konnte, es zu versuchen.

Nur dass sich da etwas veränderte. Er war groß, und sie war klein. Und wie sie auf seinem Schoß saß, fühlte es sich an, als wäre sie von einem Wald umgeben; sein Rücken eine Felswand hinter ihr, seine starken Glieder wie solide Fichten, die die Kälte abwehrten.

Als er darum unter ihr seine Lage veränderte, merkte sie es, sein Körper richtete sich ein kleines bisschen auf, als wäre die Felswand in ihrem Rücken plötzlich ein paar Meter höher.

„Nein." Das Wort wurde hart ausgesprochen. Er schüttelte den Kopf, seine Finger hoben sich, um ihr Kinn zu umfassen, während er ihr Gesicht zu sich hinauf drehte. „Ich meine, ja, wir sind Freunde, aber das ist nicht, was wir den Leuten sagen werden. Wir werden am Ende des Sommers herausfinden, was zum Teufel wir ihnen sagen, aber vorerst? Ich schleiche hier nicht herum wie so ein Handwerker in einem schlechten Porno, krieche in dein Bett und bin dein schmutziges Geheimnis. Ich werde hier sein, wann immer ich will, und das wird nichts sein, was wir einfach nur so abtun können."

Er beugte sich näher heran, seine Lippen nur ein paar Zentimeter von ihren entfernt, und sie war gefangen. Er tat ihr nicht weh, aber er hielt sie reglos, als würde er wollen, dass sie jede Nuance seiner Botschaft mitbekam.

„Jedes Mal, wenn ich in der Stadt bin und einen Augenblick erübrigen kann, werde ich hier sein. Ich will dich bei Tage genauso sehen wie bei Nacht, und ich werde dich auf jede Weise nehmen, wie ich möchte. Wenn wir das nicht beim Namen nennen, heißt dass, dass wir es verstohlen machen, und das ist nicht akzeptabel. Du gehörst mir. Sind diese Regeln für dich okay?"

„Ich gehöre dir, bis du rausbringst, was du tust?" Seine Augen leuchteten heftig, fachten die Hitze in ihr an. Gott sei es gedankt, dass es funktioniert hatte. „Ja. Okay."

Er beugte sich wieder dicht heran, die Luft aus seiner Lunge mischte sich mit ihrer, als sie einatmete, um Beherrschung rang. Sie stellte fest, dass sie bebte, während sie in das vertraute und doch brandneue Gesicht sah.

Das war nicht, wie er als Teenager gewesen war, und ihr gefielen die Veränderungen. Sie bewunderte diesen entschlossenen und fokussierten Mann.

Er brachte ihre Lippen zusammen. Einen Augenblick lang war es süß, eine Erinnerung an ihre Vergangenheit, die hereinrauschte, mühelos und doch voller Gefühl. Im nächsten Augenblick wurde offensichtlich, dass sie die Erinnerungen wegschieben und sich auf den Mann hier und jetzt konzentrieren musste, den Mann, der sie wie besinnungslos küsste, als hätte er die Leidenschaft elf Jahre lang angestaut.

Walker küsste nicht, er verzehrte.

Er atmete sie ein, nutzte seine Lippen und Zähne und Zunge, bis sie nach Luft japste. Ihre Hände waren in seinen Haaren verstrickt, ihr Körper lehnte eng an seinem, als sie seinen Forderungen nachkam und auch selbst welche stellte.

Walker legte ihr eine Hand auf die Hüfte, die andere glitt nach oben in ihre Haare. Ihre Finger spannten sich an, als er sich die Strähnen um eine Hand schlang, sie zur Faust ballte und leicht zog, um sie zurückzubeugen, während er mit dem Mund von ihren Lippen weiterwanderte. Er verbrachte Zeit an ihrem Kinn entlang hinauf zu ihrem Ohr.

Ihr entwich ein Geräusch, irgendwo zwischen einem Stöhnen und einem Wimmern, als er die Zähne an ihr Ohrläppchen setzte und zubiss. Den Schmerz mit der Zunge linderte, dann die Lippen auf eine Stelle an ihrem Hals legte, die sie dazu brachte, sich zu winden.

Die Hand auf ihrer Hüfte spannte sich an, hielt sie an seinem Körper fest. Sie wiegte sich frustriert, wollte sich an ihm reiben. Wollte seinen Mund wieder auf ihrem spüren.

Er bearbeitete mit den Zähnen die Sehne an ihrem Hals. „Oh, ja. Walker …"

Es war nicht sein Name, es war ein lustvolles Stöhnen, als er den Mund fest auf sie legte und saugte. Ihr ganzer Körper reagierte, und das Einzige, was sich an ihr bewegte, waren seine Lippen. Die Hand an ihrem Hinterkopf hielt sie, die an der Hüfte war ebenfalls starr, als wären sie versteinert.

Und in dieser Versteinerung schmolz sie. Und sie hoffte

wirklich, dass er mit dem fertig wurde, was er da losgetreten hatte.

Sie hatte lange darauf gewartet.

Walker stöhnte glücklich, kehrte zu ihrem Mund zurück, als könne er sich einfach nicht davon abhalten, schmeckte und tauchte ein, langsamer jetzt, doch genauso verzweifelt.

Unter ihrer Hüfte presste sich seine Erektion an sie, der Beweis, dass auch ihn das Ganze mitnahm – was immer es war –, genauso wie sie. Sie konnten das gewiss keinen unschuldigen Kuss mehr nennen.

Das war nicht unschuldig, und es war nicht *einfach* nur irgendwas.

Ihre Zungen rangen, ehe er die Herrschaft übernahm, sie ausfüllte und Einlass verlangte.

Sie hatte genug Pornos gesehen, sodass das andere Bilder auslöste, in denen er Einlass zu anderen Teilen ihres Körpers verlangte. „*Bitte.*"

„Ja." Das Wort drang gedämpft an ihr Ohr, und sie war noch nicht einmal sicher, wozu er ja sagte. Aber die Hand an ihrer Hüfte ging höher, glitt über ihre Rippen, immer weiter, bis er ihre Brust umfasste.

Sie hatte die Finger in seinen Haaren vergraben, und aus irgendeinem Grund kam der Gedanke an Brads geschorenen Kopf aus dem Nichts, und zu ihrem Entsetzen entwich ihr ein Kichern.

Walker wurde langsamer, seine Lippen an ihren krümmten sich zu einem Lächeln. „Was?", fragte er.

Er zog sich so weit zurück, dass sie ihm in die Augen schauen konnte. Sie ließ die Finger locker und die rechte Hand durch seine dunklen Haare gleiten. „Mir gefallen deine Haare", gab sie zu.

Eine Augenbraue ging hoch. „Daran denkst du, während ich dich küsse? Verdammt, ich muss mich mehr anstrengen."

Sie versteifte die Finger ihrer linken Hand, wo sie noch in

seine Haarsträhnen vergraben waren, zog leicht daran. Liebte das Aufblitzen von Feuer in seinen Augen. „Du bekommst mehr als eine Eins mit Stern für deine Mühen, vertrau mir."

Ivy holte tief Luft, und da wurde ihr klar, dass er sie noch hielt. Seine Hand lag auf ihrer Brust, als hätte er keine Absicht, sie jemals wieder wegzubewegen.

Und doch streichelte er sie nicht, und er neckte sie nicht, aber während er sich vorbeugte und ihre Lippen wieder einnahm, wurde ihre Haut hypersensibel. Die kleinen Bewegungen ihrer Körper ließen seine Hand auf ihrer Bluse leicht an ihrem BH reiben.

Es war ausreichend Reibung, um ihre Nippel zu reizen, die irgendwo beim ersten Gedanken daran, dass er sie berühren *könnte*, hart geworden waren. Sie waren sensibel, und sie zogen, und sie wollte wirklich, dass er mehr machte als sie nur zu halten, aber anscheinend hatte er eigene Pläne.

Für sie war das in Ordnung, und sie richtete ihre Aufmerksamkeit wieder auf seine Lippen, denn es war zu gut, um nur einen einzigen Augenblick zu verpassen.

Alles im Raum funkelte, als er ihre Lippen öffnete, aber sie war sich nicht sicher, ob das daran lag, dass die Sonne auf ein paar Gläser fiel, die auf dem Tresen standen, oder ob sie so sehr unter Sauerstoffentzug litt, dass sie nicht mehr richtig sehen konnte.

Sie sahen einander eine Weile an, und Ivy nutzte die Gelegenheit, ihn zu berühren. Die Hände über seine Schultern und seinen Rücken hinabgleiten zu lassen, und als er leise lachte und sie zu einer Umarmung an sich zog, schloss sie die Augen und saugte das Gefühl auf.

Sex und sexuelle Spannung waren etwas Wunderbares, aber seine Arme um sie gaben ihr einen guten Ort zum Ruhen, und das war ein herrliches Gefühl.

Ein Summen ertönte, kurz bevor sein Telefon läutete, und

er verlagerte ihr Gewicht, damit er in seine Gesäßtasche greifen und drangehen konnte. „Ja?"

Während das Brummen einer Stimme leise hörbar war, glitt Walkers Blick über ihr Gesicht. Sie beobachtete ihn genau, sein Blick nicht mehr weich, sondern er wurde zunehmend schärfer, als er von dem Ort zurückkehrte, an den sie beide entschwebt waren.

„Ich komme gleich." Walker legte auf und verzog das Gesicht. „Ich muss los."

Was vermutlich etwas Gutes war, auch wenn es im Augenblick nicht so wirkte. „Okay."

Sie rappelte sich auf, seine Hände glitten zögerlich von ihr. „Ich rufe dich an."

„Wenn es passt. Keine Pläne, keine Erwartungen", rief sie ihm in Erinnerung.

Sein Gesicht verzog sich, als würde er gleich widersprechen wollen, aber stattdessen kam er auf die Beine und nahm ihre Finger, während er mit ihr zur Eingangstür ging. Er drehte sich um, schaute sie mit dieser seltsam ernsten Miene an, so anders als der sorglose Junge, den sie vor vielen Jahren gekannt hatte.

Walker beugte sich herab und fing ihr Kinn erneut in seinen Fingern, schaute ihr direkt in die Augen. „Keine Spielzeuge."

„Wovon redest du ...?" O Gott. Ihre Wangen brannten, und ihr Herz raste plötzlich.

Seine Lippen krümmten sich zu einem Lächeln, das grausam und gleichermaßen gequält war. „Du weißt, was ich sage."

Ivy zwang sich, den Kopf zu heben, der Griff seiner Finger übte eine sinnliche Herrschaft über sie aus. „Was bedeutet, dass du dich auch nicht um dich kümmerst?"

„Du glaubst, ich bewege mich auf einem schmalen Grat?"

„Du gehst besser, sonst kommst du noch zu spät", neckte Ivy. „Ich habe was zu tun."

Er knurrte, und ein Beben raste ihr Rückgrat empor. „Keine Spielzeuge“, wiederholte er. „Außer, ich bin da, um zuzusehen.“

Na, das eröffnete eine ganz neue Reihe möglicher Abenteuer.

„Okay, gut.“ Ihre Worte kamen nicht ganz so gehorsam heraus, wie sie es vielleicht hätten tun sollen, denn sie zitterte bereits wegen ihrer schmutzigen Pläne für die Zukunft.

Walker strich mit den Fingern über ihre Lippen, schaute ihr in die Augen, während er leise fluchte, dann beugte er sich vor, um sie ein letztes Mal zu küssen. Kurz, fest.

Er zog sich mit einem Lächeln zurück, während er sich die Lippen leckte. „Kirsche, mein Lieblingsgeschmack.“

Er machte auf dem Absatz kehrt und ging zur Tür hinaus, und Ivy fragte sich, was genau sie gerade zugestimmt hatte.

10

W alker schaute über den Rand des Verschlags auf das neue Fohlen, das heute Abend auf die Silver Stone Ranch gekommen war, die überraschende Ankunft funktionierte besser, als sie sich erhofft hatten.

„Josiah ist unterwegs, aber ich glaube, es ist alles gut." Luke legte Walker eine Hand auf die Schulter und drückte zu. „Danke, dass du hergekommen bist, wo immer du auch warst. Ich weiß eine helfende Hand zu schätzen."

„Habe nichts Besonderes gemacht", sagte Walker.

Luke winkte mit einem Kopfschütteln ab und erwiderte mit festem Unterton: „Ich schwöre, manchmal siehst du nicht mal die Nase vor deinem Gesicht. Dass du einfach nur da bist, hilft den Pferden. Snowflake ist sehr viel ruhiger, seit du eingetroffen bist."

Es war am Ende auf jeden Fall ein ganz anderer Abend geworden, als er es hätte sein können, doch das Lob von seinem Bruder ließ eine andere Art Hitze durch ihn hindurchwogen. Akzeptanz und einen Hauch Stolz. „Ich bin froh, dass ich helfen konnte."

Luke neigte den Kopf zum Ausgang. „Mach schon und hau dich aufs Ohr. Ich bleibe, bis Josiah auftaucht."

Aber Walker hatte es nicht eilig damit, in seine einsame Kammer zurückzukehren. Denn obwohl er die Erlaubnis hatte, drüben bei Ivy vorbeizuschauen, hatte er vor, die Beziehung langsam angehen zu lassen.

Es war zu verführerisch, sich gleich voll hineinzustürzen, doch das konnte er ihr nicht antun, ganz gleich, ob sie gesagt hatte, sie würde alles wollen. *Alles* konnte auch einen Schritt nach dem anderen kommen.

Gott, das würde ihn umbringen.

Stattdessen machte er es sich gemütlich, lehnte sich an einen der aufragenden Pfosten. „Was treibst du sonst noch derzeit? Ich bin immer nur ein paar Wochen am Stück weg, aber es fühlt sich an, als wäre das letzte Jahr einfach vorbeigezogen."

Luke schaute ihn lange und fest an. „Bist du da wirklich interessiert?"

Was war denn das für eine Frage? „Natürlich."

Sein Bruder zuckte mit den Schultern. „Ich frage nur, weil es sich anfühlt, als würde in deinem Leben eine Menge vorgehen, von dem du uns nichts erzählst. Ich habe angenommen, dass du diesen persönlichen Freiraum in beiden Richtungen möchtest."

Walker fluchte leise. „Nichts dergleichen."

„Sicher, dass du keine Geheimnisse hütest?"

Verflixt. „Ich arbeite da an etwas, das ich allein schaffen will", gab er zu. „Aber nicht, weil ich dir und Caleb nicht vertraue. Ich muss eine Möglichkeit finden, wie ich was zur Ranch beitragen kann, und das ist mein Problem."

Luke verzog das Gesicht. „Immer wieder mal bringen du und Caleb völlig holzköpfige Kommentare. Du machst eine Menge, wenn du da bist, und wir nehmen dir auf keinen Fall die Zeit übel, die du beim Rodeo verbringst."

„Oder die Kosten, die ich bei den Fahrten anhäufe? Oder die Ausrüstung, die ich mitnehme? Oder die Tatsache, dass ich nicht helfe, wenn ich da draußen bin? Es ist nicht einfach", beharrte Walker.

„Solange es etwas ist, was du gerne machst, *ist* es einfach", fuhr Luke ihn an. „Wenn du fertig bist, weil du fertig damit bist, dann hör auf. Aber wenn du nur einen Augenblick lang glaubst, wir wollen, dass du deine Träume aufgibst, dann hast du nicht richtig aufgepasst."

„Da hast du mein Problem. Ich weiß nicht mehr, was mein Traum ist", sagte Walker, ohne nachzudenken. Die Worte entschlüpften ihm, als hätte Luke irgendeinen Knopf gedrückt, auf dem *beichte deine größten Ängste* stand.

Er und Luke starrten einander einen Augenblick an, ehe Luke langsam das Kinn neigte. „Okay. Verstehe ich. Und wenn dich das so anspannt, dass du nicht richtig denken kannst, lasse ich dich in Frieden. Du nimmst dir die Zeit, die du brauchst, und wenn du drüber reden willst, sind wir hier. Caleb oder ich, oder zum Teufel, Ashton hat auch was in der Birne."

„Ich weiß." Lukes Worte hallten einen Moment nach, bis Walker fragen musste: „Nicht richtig denken? Wovon zum Teufel redest du da?"

Luke verzog das Gesicht. „Ivy Fields hat dich auf der Junggesellenversteigerung gekauft. Aber du hast Josiah gesagt, dass ihr einander nicht mehr trefft. Hast du den verdammten Verstand verloren? *Ein* Date, und ihr seid durch?"

So war es gewesen, und er lud eine Menge Ärger ein, indem er es sich anders überlegte, aber, ob nun gut oder schlecht, hatte Walker eine neue Richtung eingeschlagen, und er würde die Reise genießen. „Verstehst du denn nicht, wenn man dich auf den Arm nimmt, Bruder? Josiah ist auch drauf reingefallen. Ivy und ich sind ziemlich glücklich, dass wir zum ersten Mal seit langer Zeit wieder dieselbe Postleitzahl haben."

Ein langsamer Schock breitete sich auf Lukes Gesicht aus,

bevor er seine Züge wieder zu unbeteiligter Erheiterung zügelte. „Ach. Ich muss vielleicht diese kleine Information zu meinem Vorteil nutzen und etwas Geld machen, wenn man bedenkt, dass *jemand* darauf gewettet hat, dass du diesen Sommer über Single bleibst."

Du liebe Güte. „Hat Kelli schon wieder einen Wetttopf angesetzt?"

„Wann setzt das Mädchen denn keinen Wetttopf an?"

Sie lachten zusammen, bevor sie leise über ein paar andere Dinge plauderten. Luke erwähnte, dass er in ein paar Tagen Hilfe bei dem Haus brauchen könnte, das er baute.

Walker stimmte zu und ging dann zurück zu seinem Zimmer, glitt durch die Tür und schloss sie sehr viel glücklicher hinter sich, als er es noch vor ein paar Stunden gewesen war.

Er schaute auf sein Handy, ehe er es für die Nacht zur Seite legen wollte, und sah eine Nachricht von Ivy, die erst vor zehn Minuten geschickt worden war.

Ruf an.

Er öffnete sie, stellte sein Telefon auf dem Nachttisch ab, während es läutete. Nur als der Bildschirm anging, stolperte er über die eigenen Füße und fiel auf das Bett, denn Ivy war nackt.

Zum Großteil von Badeschaum bedeckt, aber trotzdem nackt. Er schnappte sich das Telefon und begaffte sie. „Himmel Herrgott, Frau."

Sie legte den Kopf schief, während sie ihm das fieseste Grinsen zuwarf, das er je gesehen hatte. „Harte Worte."

Walker erholte sich so weit, dass er sich wieder hinsetzen konnte, während er das Bild genauer betrachtete. Sie war in ihrem Bad, in der Wanne, was den Schaum erklärte, der um die Ansätze ihre Brüste trieb. Sie hatte die Beine gebeugt, sodass ihre Knie aufragten wie zwei cremefarbene Inseln. „Ist das ein obszöner Anruf? Denn so einen wollte ich schon immer mal bekommen."

„Ich habe angerufen, weil du gesagt hast, dass ich das nicht benutzen darf, außer du schaust zu." Ivy beugte sich etwas vor, um über den Rand der Wanne zu greifen, und Walker nutzte die Gelegenheit, um einen Blick auf die frisch exponierte Haut zu erhaschen.

Ivy lehnte sich zurück und hielt etwas Violettes in die Luft, und kurz hatte er Schwierigkeiten damit, sich daran zu erinnern, wer wann was gesagt hatte.

Sie drückte einen Knopf, und ein leises Vibrieren setzte ein.

Er fluchte wieder. „Das wagst du nicht."

Ivy hob eine Augenbraue. „Ist ja nicht meine Schuld, wenn du dein Telefon abschaltest und hier rüberflitzt, denn bis dahin werde ich wohl schon fertig sein. Darum nehme ich an, *du* entscheidest, ob du zuschaust oder nicht, aber ich habe versucht, mich an deine Regeln zu halten."

Seine süße, unschuldige Ivy hatte im Lauf der Jahre ein paar verruchte Eigenheiten entwickelt. „Ich schätze, ich hätte mit meinen Anweisungen genauer sein sollen, aber nun, da du dich schon so bemüht hast, dich aufzuwärmen, wäre es gemein, deine Bemühungen nicht wertzuschätzen."

„Genau." Sie neigte das Kinn entschieden, als wäre sie erfreut, dass er sich ihren Plänen anschloss. Sie ließ die Hand unter das Wasser gleiten, und ihm wurde der Fehler im System klar.

„Ich kann nicht sehen, was du da machst" beschwerte er sich.

Ihre Knie gingen weiter auseinander, dann flatterten ihre Wimpern, Lust trat auf ihr Gesicht.

Sein ganzer Körper wurde steinhart. Er konnte den Vibrator ja vielleicht nicht sehen, wie er sie berührte, aber er konnte sehr wohl seine Wirkung erkennen.

„Ivy", sagte er mit warnendem Unterton.

„Hmm?" Sie öffnete die Augen, vor ihre Pupillen trat bereits ein Schleier. Sie leckte sich über die Lippen, ehe sie ihn von oben bis unten betrachtete. „Du darfst dich mir gerne anschließen. Ich meine, genau dort, wo du bist."

Noch nie in seinem Leben hatte er sich so schnell ausgezogen. Seine Kleider hätten genauso gut in Flammen stehen können.

Er setzte sich aufs Bett, den Rücken an der Wand, das Telefon an dem Bücherregal aufgestellt, damit er sich die Show gut ansehen konnte.

Jetzt hatte Ivy eine liebenswürdige Schnute gezogen. „Ich kann dich nicht sehen", beschwerte sie sich.

Walker lachte fies. „Schade aber auch."

Sie zwinkerte, bevor sie sich etwas aufrechter hinsetzte, und, halleluja, ihre Brüste entblößte. Hier und da hing noch Schaum daran, wie erotische Wolken, die nicht loslassen wollten.

Das nahm er ihnen überhaupt nicht übel.

Walker richtete sich neu aus, sodass sie die Bewegung seines Armes sehen konnte, als er die Hand um seinen Schwanz legte. „Klemm dir den Vibrator zwischen die Beine, damit du die Hände frei hast."

Sie wurde rot, und er glaubte nicht, dass das am heißen Wasser lag. An ihm lag es aber auch nicht, während er langsam mit der Hand über seinen steifen Schwanz rieb. Die Handfläche oben auf die Spitze legte und die Feuchtigkeit verteilte.

„So etwa?" Ivy regte sich wieder, ihre Hände unter der Wasseroberfläche, während ihre Knie verschwanden. Er konnte den Augenblick erkennen, in dem der Vibrator eine sensible Stelle berührte. Sie hatte kein sonderlich gutes Pokerface, und das war herrlich, denn Ivy, die zu einem Orgasmus unterwegs war, war das Schönste, was er in seinem Leben je gesehen hatte.

„Perfekt. Jetzt rauf mit deinen Händen und berühr dich da, wo ich es auch sehe."

Er dachte darüber nach, ob er sich vorbeugen und etwas Gleitmittel schnappen sollte, aber das würde nicht nötig sein. Nicht so, wie sein Körper sich bereit zum Erguss machte, als wäre er wieder siebzehn. Er berührte die Frau nicht einmal, sah nur zu, wie sie sich selbst berührte. Hände tauchten unter ihren Brüsten auf, kreisten einmal, bevor sie sie hielt und zusammenpresste. Sie anhob, während ihre Daumen sich auf die Nippel legten.

Ein Teil seines Gehirns sah zu und machte sich Notizen darüber, was ihr gefiel, und was sie tat, sodass er beim ersten Mal, wenn er die Gelegenheit erhielt, beweisen könnte, was für ein guter Schüler er bei dieser konkreten Lehrerin war.

Der andere Teil seines Gehirns hatte sich völlig abgeschaltet und genoss die Show. Lust schoss durch seinen Körper, nicht nur dort, wo er Druck auf seinen Schwanz ausübte, sondern irgendwo tief im Innern, wo er ganz aufgeregt war, dass seine süße Ivy mit diesem perfekt schmutzigen Szenario angekommen war.

„Kneif deine Nippel", befahl er, nur um zu sehen, was sie tat.

Sie gehorchte sofort, rollte die Spitzen zwischen dem Daumen und dem Zeigefinger, während ihr Kopf nach hinten fiel, um an der Wand abgestützt zu sein, und ihre Brust sich bei jedem Atemzug unregelmäßig hob, während sie keuchte. Die Wasserfläche schimmerte.

Er machte sich nicht die Mühe zu fluchen, so gebannt war er. „Ich sehe, dass deine Beine beben. Du hast das Ding direkt an deiner Klit, was? Nächstes Mal, Kleine, sind das meine Finger. Dann lasse ich die Finger in dich reingleiten und habe meinen Mund auf deiner Klit, lecke dich, bis du meinen Namen brüllst."

Ivy stöhnte, ihre Lippen zuckten. „Ich wüsste nicht, wie du so lang die Luft anhalten willst."

Er kam mit seinem Rhythmus kurz ins Stocken und lachte,

ehe er wieder das Tempo anzog, Lust trieb ihn an wie eine Dampflok. „Freches Mädchen.“

„Sturschädel.“ Sie bebte, zitterte am ganzen Körper. „Nächstes Mal habe ich meine Hände auf dir, streiche rauf und runter, so wie du es mir gerade beibringst, dass du es magst. Oder vielleicht ist es mein Mund ...“

Sie leckte sich über die Lippen, und das reichte.

Walker gab die Kontrolle auf und ließ sich von der Lust überrollen, Samen schoss aus seinem Schwanz und landeten in Streifen über seinen Händen und seinem Bauch. Er war durch, aber es dauerte ewig, um zum Ende zu kommen, besonders, da von Ivys Lippen ein atemloser Schrei kam, und das Wort wurde zu seinem Namen, als ein Tsunami die Oberfläche des Wassers erfasste. Schaum löste sich zu einsamen Eisbergen auf, schwappte an ihre Glieder, während er davonschoss.

Es dauerte eine Weile, bis sie beide wieder zurück waren. Er hätte gewettet, dass er genauso benommen wirkte wie sie, als sie ihm schließlich in die Augen schaute.

Sie lächelte nett, ehe sie eine Hand hob, um sich auf die Finger zu küssen und den Kuss zu ihm zu blasen. „Gute Nacht.“

Ivy legte auf und ließ ihn mit klingelndem Kopf und bebendem Körper zurück.

Was immer in diesem Sommer geschehen würde, sie hatten einen Höllenritt vor sich.

IVY WAR SICH NICHT SICHER, wie sie sich fühlen würde, wenn sie Walker das nächste Mal traf, denn sie hatte den Großteil ihres Mutes in jener Nacht in der Badewanne verschossen.

Sie hatte eine schöne Zeit gehabt, und er offensichtlich auch.

Aber bis auf ein paar Nachrichten hatten sie am nächsten Tag oder dem übernächsten nicht die Gelegenheit gehabt, zusammenzukommen. Und nach ihrem kleinen „Ich nehme mir so viel, wie ich kriegen kann, aber ich mische mich nicht in dein Leben ein"-Gerede hatte Ivy diesen Abstand akzeptiert und sich auch zurück in ihre Aktivitäten gestürzt. Es gab eine Menge Dinge, die sie vor dem Herbst hinkriegen wollte, wovon alles eine gute Ablenkung abgab.

Von hochgewachsenen, sexy Cowboys musste man sich ablenken.

Sie arbeitete an ihrem Haus, und sie hielt bei Oma Sonoras Ranch mit einer Lieferung von Backwaren an, die Tansy von *Buns and Roses* schickte.

Ihre Oma sah genauso aus wie beim letzten Mal, als Ivy zu Besuch gewesen war, und Ivy schüttelte den Kopf, während sie einen Korb voller Leckereien auf den abgenutzten Küchentisch stellte. „Ich hoffe, eines Tages verrätst du dem Rest von uns auch, wo auf diesem Grundstück der Brunnen des ewigen Lebens steht."

Sonora lachte, das Geräusch tänzelte hell über die Wände wie eine Spieglung der Sonne, die in den blendend reinen Fenstern ihrer winzigen Küche leuchtete. „Gutes Leben und harte Arbeit, Liebling." Sie hob den Stoff von dem Korb mit Leckereien und schaute hinein, wobei sie ein wohlwollendes Geräusch von sich gab. „Und gerade genug Leckeres, damit die schweren Momente erträglicher werden."

Ivy setzte sich an den Tisch, die Süße, dass sie da war, war schon Leckerei genug. Darum zog sie wieder her. Das war es, was sie brauchte – ihre Familie.

Sonora ließ sich ihr gegenüber nieder, schob einen dampfenden Teekessel in ihre Richtung. „Mach dich nützlich", befahl sie.

Es war einer der ältesten Tricks, die ihre Oma auf Lager hatte. Es löste die Zunge, wenn man die Hände beschäftigte. Nur dass es Ivy nichts ausmachte. Das war genau, weshalb sie vorbeigekommen war.

Sie goss die heiße Flüssigkeit behutsam in zwei Tassen, während sie nachdachte. „Bist du immer noch glücklich damit, hier draußen zu wohnen, Oma?"

„Es ist mein Zuhause", erwiderte Sonora. „Ich habe eine Menge Tiere abgegeben, und ich gärtnere nicht mehr so viel wie früher, aber ich kann mir nicht vorstellen, irgendwo anders zu sein, wo ich nicht jeden Morgen aufstehen und ausreiten kann."

Das Wort *Zuhause* war es, das am meisten nachhallte. „Das dachte ich mir schon."

Ihre Oma beäugte sie misstrauisch. „Haben dich deine Eltern dazu angestiftet?"

„Was?"

Sonora wedelte mit der Hand in der Luft, deutete auf das kleine Zimmer. „Das. Sie sind so besorgt, dass ich mich darum nicht mehr kümmern kann, aber ich schaffe das gut, darum sehe ich keinen Grund, weshalb ich gehen sollte."

„Ich auch nicht." Ivy nippte an ihrem Tee, sah aus dem Fenster auf die vertrauten wogenden Hügel, die an das Land von Silver Stone führten. Es war hübsch, und es war wild, aber das machte es nicht falsch. „Ich bin sicher, es wird eine Zeit kommen, in der du umziehen musst, aber du bist klug genug, diese Entscheidung selbst zu fällen."

Ihre Oma nickte fest. „Ein freundlicher Rat stört mich nicht, aber ich muss mir nichts diktieren lassen. Gewiss nicht von einem sturen, sich einmischenden ..."

Sie stolperte über das nächste Wort, darum schlug Ivy etwas vor. „Familienmitglied?"

Oma Sonora blinzelte, kehrte von dort zurück, wo sie mit ihren Gedanken gewesen war. „Ich wollte *Arschloch* sagen, aber ich wollte dich nicht schockieren."

Ivy lachte ausgiebig. „Ach, Oma. Ich liebe dich."

Sie machte sich nicht die Mühe zu fragen, auf wen ihre Großmutter sich da bezog, denn sie konnte es ahnen, und das würde noch etwas sein, über das sie nächstes Mal mit Walker lachen konnte, wenn sie die Gelegenheit bekamen, zusammen zu sein.

Sie blieb eine Weile und brach dann zu ihrem nächsten Ziel auf, einem Treffen mit Emma Stone.

Die ersten paar Mal, als sie sich getroffen hatten, hatte Tamara bei ihnen gesessen und am Tisch an irgendwas gearbeitet, während Emma ihre Übungen machte. Aber beim letzten Mal war Emma diejenige gewesen, die sich gemeldet und gesagt hatte, dass ihre Mom an die Arbeit gehen konnte.

„Ms. Fields ist meine Lehrerin, und ich mag sie." Was eine so gute Empfehlung war, wie man sie sich nur wünschen konnte.

Tamara hatte gelächelt und ihr zugezwinkert, und es dann geschafft, sich nicht länger herumzudrücken, was Ivy sehr beeindruckt hatte.

Andererseits war es nicht, als wären Ivy und Emma jemals wirklich allein, nicht, wenn die große Schwester Sasha Wache stand.

Sie machte es anfangs nicht offensichtlich; sie musste sich nur etwas aus dem Kühlschrank holen, während sich Emma auf der Kücheninsel durch die Seiten arbeitete. Und als Ivy vorgeschlagen hatte, dass sie draußen einen Spaziergang machten, während sie redeten, war Sasha auf magische Weise mit einem übergroßen Wischmopp mit Beinen an ihrer Seite aufgetaucht.

Emma hatte die Augen in die Richtung ihrer Schwester verdreht und war dann auf die Knie gegangen, um den Hund an den großen Ohren zu ziehen, die Bewegung kam zu schnell, bis Ivy klar wurde, dass das Tier eher Schaf war als Schäferhund. Sanft genug, dass es keine Rolle spielte, wie sehr die Mädchen ihn in die eine oder andere Richtung zerrten. Er saß einfach nur da und genoss ihre Aufmerksamkeit.

Demon gefiel die Mütze nicht, die ihm Sasha auf den Kopf

gebunden hatte, aber ansonsten war das Tier ein williger Begleiter auf ihren neuen Spaziergängen.

Die Sonne schien heute zu sehr, um groß etwas außerhalb des Hauses zu unternehmen, darum war es unvermeidlich, dass sie sich zum Big Sky Lake aufmachten. Die paar Schäfchenwolken, die über ihnen dahintrieben, spiegelten sich auf dem Wasser.

„Zu'n Ziegen?", fragte Emma.

„Ja, aber sag das bitte noch einmal", wies Ivy sie an.

Emma runzelte kurz die Stirn, als wäre ihr nicht klar, was sie gesagt hatte. Und das war es vermutlich auch nicht, denn sie war daran gewöhnt, ihre Sätze kurz und nett zu halten, und sie war sich so etwas wie Umgangssprache nicht wirklich bewusst.

„Viele Helfer auf der Ranch sagen das so", meinte Sasha. „Kelli sagt, das liegt daran, dass sie faul sind."

„Nicht faul", widersprach Emma, ehe sie es noch einmal deutlicher sagte. „Ich bin nicht faul. Ich lerne."

„Natürlich", sagte Sasha fest, als wäre das das Ende der Unterhaltung.

Ivy verbarg ihre Erheiterung, aber manchmal fragte sie sich, warum sie überhaupt da war. Emma war ein charmantes Kind, und Sasha ebenso, aber es war offensichtlich, was immer Emmas verzögertes Sprechen verursacht hatte, war gut und langfristig behoben.

Es war ein wenig, als würde sie bezahlt, um Spaß zu haben – sie durfte rauskommen und die Silver Stone Ranch besuchen – doch Ivy würde die Gelegenheit nicht ungenutzt lassen.

Sie gingen hinüber zum Ziegenstall, mit dessen Bewohnern Ivy schon das fragwürdige Vergnügen gehabt hatte. Nur dass dieses Mal, anstatt von drei entschieden lässig wirkenden Tieren mit grauem Fell und aufrechten Ohren begrüßt zu werden, eine leicht geöffnete Stalltür auf sie wartete. Ein schuldig dreinschauendes Tier war am Halsband am Riegel des Tors hängen geblieben, sein Hinterbein steckte im Metallgeländer fest.

Sasha eilte vor, um das Tier zu befreien. Ivy packte ihren Arm, um ihre Begeisterung zu dämpfen. „Mach langsam. Ich bin sicher, sie freut sich, freizukommen, aber vielleicht tritt sie aus, wenn du ihr helfen willst.“

„Guck, da ist Mene.“ Emma deutete zur Scheune.

Und tatsächlich, da waren die beiden fehlenden Ziegen, die eine Art Ziegenspiel spielten, bei dem man auf den Reitplatz sprang, und dann hinauf auf den nächsten Zaunpfosten.

Sie wirkten wie seltsame Gartenzierden. Anstelle von liegenden Löwen hatte Silver Stone Ziegen.

Sasha schaute zögerlich zu der Ziege, die im Tor festsaß, dann zu den beiden, die noch frei waren. „Vielleicht sollten wir Ene hier lassen, bis wir zurückkommen. Man wird nur schwer mit drei Ziegen auf einmal fertig.“

Emma war bereits unterwegs zum Reitplatz, und Ivy bedeutete Sasha, ihr zu folgen. Die beiden Mädchen auf einer Armlänge bei sich zu behalten, wirkte wie eine gute Idee.

Sie zog ihr Telefon heraus und wählte Walkers Nummer.

Er ging ran, als sie gerade an den Zaun kamen. „Hey, Flocke.“

„Bist du auf der Ranch? Irgendwo in der Nähe der großen Scheune?“ Sie sprach schnell, legte eine Hand auf Emma, bevor das kleine Mädchen über den Zaun fallen und ihren Tieren hinterherjagen konnte. „Denn wir haben einen Ziegenvorfall.“

Walker kicherte, und sie hörte im Hintergrund sofort einen Pfiff. „Zähl bis fünf, Liebling. Wir sind gleich drinnen. Sag meinen Nichten, sie sollen sich zurückhalten.“

Sie legte auf und sagte den Mädchen schnell, dass Hilfe unterwegs war. „Onkel Walker kommt gleich her.“

Sasha wirkte ein wenig mürrisch. „Das sind unsere Ziegen. Wir wissen, wie wir uns um sie kümmern.“

„Da bin ich mir sicher, aber dürft ihr ohne Aufsicht auf diese Reitplätze? Und ich zähle nicht, denn ich bin kein Cowboy", fügte sie an, als Sasha den Mund öffnete.

Er war wohl buchstäblich nur wenige Schritte entfernt auf der anderen Seite der Scheunenwand gewesen, denn Walkers Lachen hallte durch die Luft. „Sasha, da hat jemand deine Nummer."

Emma kicherte, ließ die Hand in Ivys Finger gleiten, um ihre Aufmerksamkeit auf sich zu ziehen. „Sasha will immer näher an die Pferde."

„Ich wette, sie mag sie wirklich", erwiderte Ivy.

Emma warf einen Blick auf ihre Schwester, dann zurück zu Ivy, offensichtlich dachte sie darüber nach, etwas zu sagen, bevor sie es sich anders überlegte und still blieb.

Ivy merkte es sich, um den Informationsfetzen an Tamara weiterzuleiten.

In der Zwischenzeit hatte Walker die erste der Ziegen zu fassen bekommen und sich das Tier unter den Arm geklemmt. Caleb war da, besprach mit Sasha, wie sie das zweite Tier so weit anlocken konnte, dass sie es am Halsband packen konnten.

Emmas Blick war auf ihre Schwester und ihren Vater gerichtet, darum ließ Ivy ihre Finger fest in ihren, ihre Aufmerksamkeit wanderte aber zu dem hochgewachsenen Mann, der mehr oder weniger an ihre Seite stolzierte.

„Ich grüße dich, Herrscher der Ziegen", neckte sie ihn.

Walker zwinkerte. „Auch schön, dich zu sehen. Bleibst du noch eine Weile?"

Sie schaute auf die Uhr. „So etwa eine Stunde. Du?"

Der Blick, den er ihr zuwarf, war glühend heiß. „Ungefähr genauso. Und anschließend habe ich Pläne."

Du lieber Gott, sie hoffte, diese Pläne wären wirklich, was sie annahm. „Ist immer schön, wenn man was hat, auf das man sich freuen kann."

Sie hatte keine Ahnung, wie er auf eine Weise antworten sollte, die auch für Kinderohren angemessen war, denn sie war sich sicher, dass Onkel Walker nicht vor seinen Nichten etwas Schmutziges sagen würde.

Leider wurden sie auf die bestmögliche Weise unterbrochen.

„Hey, was muss ein Mädchen hier tun, um eine Umarmung zu kriegen?"

Caleb und Sasha wandten sich um, nachdem sie schließlich Mene in die Finger bekommen hatten. Ivy, Walker und Emma drehten sich auf der Stelle, um ein irgendwie vertrautes Gesicht auf sich zukommen zu sehen.

„Tante Ginny", rief Emma, die sich aus Ivys Griff löste und vorlief, um sich in die Arme der jungen Frau zu werfen.

Sasha kam als nächste. Sie hatte sich wohl durch den Zaun gestürzt, denn sie war voller Schmutz, aber trotzdem gleich in der Mitte des Haufens und wollte umarmt werden.

Walkers kleine Schwester sah nicht gerade so aus, wie Ivy sie in Erinnerung hatte, aber das lag daran, dass ihre Haare kurz waren und in einem schockierenden Weiß gefärbt, mit einem Streifen Pink ganz vorne. Ginny wirkte glücklich, und als sie sich von ihren Nichten löste, warf sie Ivy einen neugierigen Blick zu.

Während Ivy das Wiedersehen beobachtet hatte, war Walker nähergekommen und hatte den Arm um ihre Taille geschlungen. Ginny hob die Augenbrauen, aber sie sagte nichts, bewegte sich nur in Calebs Arme, während sie ihn begrüßte.

Walker drückte Ivy, dann ließ er sie los, um auch eine Umarmung anzubieten. „Du bist früh dran."

„Ha. Ich dachte, man beschwert sich immer, dass Frauen zu spät kommen?", sagte Ginny glücklich. „Ich habe beschlossen, einen Monat vor der Hochzeit heimzukommen, anstatt danach zu bleiben. Da habe ich eine Menge Zeit, auf alles aufzuholen, was auf Silver Stone los ist.“

Sie beäugte sie wieder, ihre Miene voller Fragen. Ivy lachte innerlich.

So viel also zu einem ruhigen Nachmittagsbesuch bei den Stones.

11

Walker hätte nicht so von der Szene unterhalten werden sollen, die sich vor ihm abspielte.

Andererseits hätte er auch nicht überrascht sein sollen, als Ivy alles hinnahm, ohne mit der Wimper zu zucken, und die Arme öffnete, um zu einer Umarmung vorzutreten. „Schön, dich zu sehen, Ginny."

Die Frauen lösten sich voneinander, Ginny warf immer noch Blicke zwischen Walker und Ivy hin und her. „Auch schön, dich zu sehen."

Sie öffnete den Mund, um noch etwas zu fragen, vermutlich etwas Provokantes, wenn man Ginny kannte, als die Mädchen wieder auftauchten und sie aufgeregt zum Haus zerrten.

„Mama will dich jetzt gleich treffen", beharrte Emma.

Ginny hob eine Augenbraue, offensichtlich erfreut über Emmas Gesprächigkeit. „Na, ich schätze, ihr habt recht. Es ist sehr spannend, mich zu treffen."

Emma kicherte, und Sasha schnaubte, und sie alle brandeten wie eine große Welle zum Ranchhaus mit einem kurzen Halt am Ziegenstall, um Ene zu befreien und die beiden anderen Flüchtigen einzusperren.

Walker sprach leise, während er an Ivys Seite kam. „Bist du bereit fürs Irrenhaus?"

„Niemand sagt, dass ich bleiben muss", erklärte Ivy. „Es ist deine Familie. Du solltest die Gelegenheit ergreifen, dich auf den neusten Stand zu bringen."

Scheiß drauf. Er nahm sie an der Hand und ging langsamer, bis sie ans Ende des Rudels zurückfielen. „Meine Entscheidung ist, Hallo zu sagen und ein wenig dieses Familiending zu machen, aber dann will ich Zeit mit dir. Etwas, das ein angemessener Nachfolger für deinen kleinen Spielwarenladen-Trick ist."

Ihr Gesicht sagte ihm ganz genau, was sie von diesen Plänen hielt. Es sah gut an ihr aus, wenn sie hundert Prozent dabei war.

„Tamara hat sowieso davon gesprochen, dich mal zum Abendessen einzuladen", sagte er achselzuckend. „Und ich habe das Gefühl, keines der Mädchen wird dagegen sein."

Sie drückte ihm die Finger. „Deine Nichten sind liebenswert. Ich freue mich darauf, Emma im nächsten Jahr in meiner Klasse zu haben."

Plötzlich wurde ihm klar, wie komplex der Sommer geworden war. Es war eines, wenn sie sagten, sie waren Erwachsene und sonst war niemand betroffen, wenn sie etwas miteinander anfingen. Aber in Wahrheit waren sie Teil zweier Familien, die das nicht ignorieren würden, was sowohl Segen als auch Fluch war.

Falls er letztlich doch ging und diese Sache zwischen ihnen nur eine kurze, glühend heiße Affäre war, würde Ivy immerhin noch eine Beziehung zur Familie Stone haben. Teufel, sie war schon immer Teil seiner Familie gewesen.

Er wollte Emma oder Sasha nicht noch einmal wehtun.

Sie gingen durch die Tür, der Lärm im Wohnzimmer nahm zu, je mehr Leute eintraten. Tamara redete ruhig mit Ginny, während Sasha und Emma im Kreis liefen und tanzten.

Caleb schob Walker ein Bier in die Hand und wies nach draußen. „Du bist am Grill gefragt. Mach schon, und heiz ihn an."

Walker nickte und wandte sich an Ivy, aber es war schon zu spät. Caleb hatte sie bereits dafür eingespannt, eine andere Aufgabe zu übernehmen, als hätte er das Recht, jeden hier herumzukommandieren.

Genauer betrachtet war das nicht das erste Mal. Sie war schon immer bereit gewesen, jedes Mal mitzumachen, wenn sie ein Familienfest hatten. Seine Gedanken von vorhin, dass sie in seine Familie hineinpasste, bestätigten sich. Damals war sie so schüchtern gewesen, dass alle sich Mühe gegeben hatten, sie auf sanfte Weise teilhaben zu lassen. Es schien, als hätte Caleb das nicht vergessen, denn er schickte sie in eine relativ stille Ecke des Zimmers, um an einem Salat zu arbeiten.

Sich den Sommer zu nehmen, um mit ihr zusammen zu sein, war für ihn selbst eine der besten Entscheidungen, die Walker hätte treffen können. So egoistisch das auch scheinen mochte.

Er schrubbte den Grill ab, zufrieden mit dieser Arbeit, an die er keine Gedanken verschwenden musste. Er winkte Luke zu, als sein Bruder vorbeikam, den Arm voller Steaks, die vermutlich aus dem begehbaren Kühlschrank des Kochs der Schlafbaracke entwendet worden waren.

JP würde nicht mal merken, dass sie weg waren.

Dustin war nicht da, da er immer noch mit Ashton unterwegs war, doch Tamara hatte ihre eingespeicherten Telefonnummern genutzt. Autos voller Leute fuhren auf den Parkplatz, darunter auch Ivys Schwestern.

Kelli kam von den Scheunen herüber, von Kopf bis Fuß in Jeansstoff gekleidet, und mit langen, dunklen Zöpfen, die auf beiden Seiten herabhingen. „Du bist gekleidet wie für eine Party", neckte er sie.

Sie streckte ihm die Zunge heraus. „Ich habe neue Stiefel

angezogen." Sie beäugte ihn etwas genauer. „Was mehr ist, als man von dir sagen kann. Sieh dich an, Walker Stone. Du hast dieselben Klamotten an, in denen ich dich vor einer Stunde gesehen habe."

Ups. „Guter Punkt. Ich habe was in Calebs Schrank, das ich nehmen kann."

Sie löste ihn am Grill ab und schlug ihm mit der Rückseite der Bürste auf den Hintern, bevor er aus ihrer Reichweite entwischte.

Er schlich sich hinten herum, damit er die Party nicht störte, die im Wohnzimmer am Laufen war, stahl sich in Calebs altes Zimmer und schnappte sich die Garnitur, die dort im Schrank hing.

Er glitt unter die Dusche und schrubbte sich rasch ab, seine Gedanken sprangen von hier nach dort, wie ein Bulle, der einen guten Tag hatte. Seine Schwester war zurück, Ivy war da, die Ziegen, Kelli, die ihn wie üblich auf den Arm nahm ...

Sie war noch jemand, der gut in seine Familie hineinpasste. Sie war schon lange auf der Ranch, doch sie war aufgetaucht, nachdem Ivy weggegangen war. Niemand wusste, wer sie angeheuert hatte, aber nachdem Ashton zugestimmt hatte, sie im Auge zu behalten, hatte sie einfach weitergemacht und ihre Arbeit erledigt.

Das einzige, was Walker an dieser Situation misstrauisch stimmte, war die Tatsache, dass dieses Mädchen unter gar keinen Umständen in den späten Zwanzigern war. Oh, er wusste, dass manche Menschen jung aussahen, aber in ihrem Führerschein war ein Alter angegeben, das etwas anderes besagte.

Kelli war eine jener Seelen, die zugleich alt wie das Land und jung wie ein neugeborenes Fohlen wirkten. Manchmal unschuldig und manchmal abgekämpft, aber er hatte niemals aus ihr herausbekommen, woher sie kam, oder weshalb sie an diesem einen Tag aus dem Nichts aufgetaucht war.

Das Mädchen konnte Geheimnisse wahren. So viel war sicher.

Er knöpfte sein Hemd zu, als sich die Tür zum Schlafzimmer öffnete und er aufschaute, durchaus überrascht, dass seine Schwester sich ins Zimmer stahl und hinter ihr die Tür schloss. „Läufst du schon von deiner eigenen Party weg?"

„Oh, wir werden feiern bis in die Puppen, das ist erst der Anfang. Ich bin einen ganzen Monat da. Mach mal nen neuen Witz."

Er kicherte. „Deine komödiantische Ader ist nicht besser geworden, seit du außer Landes warst."

Ginny ließ sich auf das Bett fallen, ihre blonden Haare wurden hochgeschleudert, ehe sie in einem wirren Durcheinander landeten, für das die meisten Frauen ein Vermögen bezahlt hätten, um es so hinzubekommen. „Und du bist irgendwie spannend geworden, während ich weg war. Ich dachte, ich wäre in eine Zeitschleife gelaufen, als ich um die Ecke der Scheune kam und dich mit Ivy Fields ganz kuschelig beieinander gesehen habe."

„Sie ist gerade erst zurück", sagte Walker. „Und wir machen es uns nicht in der Öffentlichkeit kuschelig."

Ginny gab ein unflätiges Geräusch von sich. „Ach, bitte. Du hast doch damals kaum die Pfoten von dieser Frau lassen können. Und lüg mich bloß nicht an, denn Dare und ich waren vierzehn, als du und Ivy offiziell zusammengekommen seid, darum war das für uns wie die Romanze des Jahrhunderts."

„Ich übergebe mich gleich", warnte sie Walker.

„Was? Weil ich dir erkläre, wie lebhaft ich mich daran erinnere, gedacht zu haben, dass ich eines Tages jemand Besonderen haben möchte, genauso wie mein großer Bruder?"

Einen Moment lang hielt er inne, denn – wow, das war eine ziemlich große Ansage, um sie so schnell zu verdauen. „Es war ganz nett. Und Ivy und ich haben gute Erinnerungen an diese

Zeit, aber wir sind beide weitergezogen und haben uns den nächsten Dingen zugewendet."

„Oder sie ist weggegangen, um etwas zu tun, und du bist irgendwie hiergeblieben und hast nichts getan."

Und da kam sie – diese fiese Ader, mit der Ginny messerscharf zuschlagen konnte.

Er ließ seinen Unterton sehr viel kälter werden, als er sich gewünscht hätte, wenn man bedachte, dass das der Tag war, an dem sie zur Familie zurückkehrte und so weiter. „Vielen Dank aber auch für dein Vertrauen in meine Lebensentscheidungen."

Ginnys Augen wurden groß, plötzlich wirkte sie ziemlich schuldbewusst. „Ach, *Scheiße*. Tut mir leid. Ich habe nicht vom Rodeo gesprochen. Ich habe gemeint, dass du dir nie einen neuen Liebling angelacht hast, nachdem sie weggegangen ist. Wirklich."

Walker schaute sie einen Augenblick lang an, doch es schien, als würde Ginny es aufrichtig meinen. Trotzdem war es eine unangenehme Wahrheit, die sie ihm vor die Füße geworfen hatte.

„Schon in Ordnung. Ich wollte dir nur klarmachen, dass das vor langer Zeit war, und auch wenn es mich freut, dass du und Dare euch so romantische Träume auf meinem Teenager-Liebesleben aufgebaut habt, sind wir nun an einem anderen Punkt. Und du bist nur über den Sommer zu Besuch, also misch dich nicht ein."

Ginny malte sich mit dem Finger ein X auf der Brust, gefolgt davon, dass sie so tat, als würde sie an ihren Lippen einen Schlüssel umdrehen und ihn über die Schulter werfen. Was, wie er annahm, hieß, sie würde nichts mehr sagen oder so einen Unsinn.

Sie beugte sich mit einem Glitzern im Blick vor. „Okay, gut. Aber was ganz anderes, ich möchte Gerüchte über Tamara austauschen."

Du liebe Güte. „Nein."

Sie wirkte richtiggehend gequält. „Aber *Walker*", jammerte sie. „Dare ist nicht hier, um sich das Maul zu zerreißen, und du warst schon immer mein Lieblingsbruder."

Er schob sich sein Hemd fertig in die Hose und schaute auf sie hinab, dann sagte er so betont wie möglich: „Nein."

„Es ist kein schlimmes Geschwätz. Ich mag sie, aber *biiiitte*" Sie zog das letzte Wort in die Länge, sodass es an die fünf Silben hatte.

Er hielt das Lächeln nur unter Schwierigkeiten von seinem Gesicht fern. *„Nein."*

„Hmmmpf." Sie stieß das Geräusch mit so viel Wucht aus, dass es ihren Pony durcheinanderbrachte, doch dann sprang sie auf und kam herüber, um ihn ein weiteres Mal fest zu umarmen. „Ich liebe dich, großer Bruder."

„Ich liebe dich auch, kleine Göre."

Sie kicherte. „Ich habe gehört, du bist fürs Steak verantwortlich. Nur, dass du es weißt, ich will meins so richtig blutig."

„Bist du zum Werwolf geworden, während du in London warst?"

Sie betraten das Wohnzimmer, und sie warf den Kopf in den Nacken und heulte. Tansy brauchte etwa drei Sekunden, um sich anzuschließen. Die beiden klangen, als wäre ein verrücktes Wolfsrudel ins Haus eingedrungen. An dieser Stelle, mit so vielen Leuten um sie herum, war es nicht so, als würde das Heulen das Chaos noch verstärken.

Während er sich nach draußen begab, um die Pflichten wieder aufzunehmen, die ihm als Grillkoch zugewiesen waren, fing er Ivys Blick auf. Sie hatte eine ruhige Stelle außerhalb der Tür gefunden und saß mit Emma dort. Er lächelte sie an, eine Verheißung für später.

Im Augenblick schien es, als wären sie mitten in ihrer Familie aufgegangen, seiner und ihrer. Und das war ganz gut so.

~

Die Süße des Abends setzte sich fort, lange nachdem der Nachtisch verspeist war. Ginny war eine geborene Geschichtenerzählerin, und auch wenn sie mit ihrer Familie in Kontakt geblieben war, waren die übrigen ein begieriges Publikum für die neuen Abenteuer, die Ginny in den letzten neun Monaten mitgemacht hatte.

„Aber du gehst wieder zurück?“, fragte Tansy. „Du bist nur einen Monat lang hier?“

Ginny nickte. „Dort, wo ich in Italien wohne, ist mein Programm um einen Monat verlängert worden, damit ich mir jetzt die Zeit nehmen und zu Dares Hochzeit herkommen konnte.“

„Das war großzügig von ihnen“, sagte Caleb.

Walkers Schwester verzog das Gesicht, ehe sie grinste. „Großzügig, aber ich bin mir ziemlich sicher, sie finden was Schreckliches für mich zu tun, wenn ich zurückkomme. Vertraue mir, ich lehne mich nicht zurück und nippe am tollsten Wein. Ich bin ein niederer Arbeiter, und zwar viele Stunden lang.“

Offensichtlich genoss sie jeden Augenblick.

Ivy hatte auch großen Spaß, brachte sich mit Leuten auf den neuesten Stand, die schon lange in Heart Falls wohnten, und die alle einen kurzen Augenblick mit Ginny haben wollten, bevor sie wieder verschwand. Sie kam mit wilden, lauten Versammlungen zurecht, indem sie sich an den Rändern hielt und auf die kleinen Unterhaltungen konzentriert blieb. Und bisher war es ihr gelungen, nicht von der Menge überwältigt zu werden.

Aber als ein gewisser Cowboy eine Hand um ihre Taille legte und sie zurück in die Schatten zog, weg von dort, wo sie am Lagerfeuer stand und den Geschichten lauschte, ging Ivy nur zu gerne mit.

Sie verschränkten die Finger ineinander, während sie zum See gingen, und das war ein weiteres Zupfen an den Saiten der Erinnerung in ihrem Herzen. Sie schaute auf ihre verbundenen Hände hinab, ein Lächeln kam mühelos auf. „Klingt, als hätte Ginny was gefunden, das sie mag."

Er antwortete nicht, seufzte nur leise, als er sie weiter von dem Fest wegführte. „Ich freue mich", sagte er schließlich. „Sie arbeitet hart. Wenn sie fertig ist, kommt sie zurück und betreibt wieder das Gewächshaus. Das zusätzliche Geld wird der Familie eine große Hilfe sein."

Ivy hatte mehr an den Mut gedacht, den Ginny gebraucht hatte, um wegzugehen und ihre Familie zu verlassen. Ivy wusste, dass die Frau sehr viel lebhafter und offener war als sie, aber trotzdem – Ginny war in unbekanntem Terrain *und* sie wurde mit neuen Herausforderungen ganz allein fertig.

Sie erwähnte das vor Walker, während er sie aufs Gras am gegenüberliegenden Seeufer zog, sie zwischen seine Beine schmiegte und zurückzog, bis ihr Rücken an seiner Brust ruhte und sie ihn als Liege nutzte.

Er gab ein leises Geräusch von sich. „Ich könnte nicht sagen, dass das mutiger ist als das, was du getan hast. Du hast dein Zuhause verlassen, deine ganze Familie, und alle anderen um dich herum. Du hattest auch niemanden bei dir damals."

Schon wahr. Und das war nur Teil dessen, womit sie allein fertig geworden war. Sie wusste immer noch nicht, wie ihre Eltern die Kleinstadt-Gerüchteküche davon abgehalten hatten, alles über sie herauszufinden, während sie weg gewesen war.

Sie lehnte den Kopf an seine Brust, und sie beobachteten, wie der Mond hinter den Hügeln östlich von Silver Stone aufging. „Es war so viel los, als ich zur Uni ging, dass es mir die meiste Zeit über nicht mal aufgefallen ist. Aber ich habe es wirklich vermisst, meine Familie zu sehen, und dich habe ich ganz schrecklich vermisst."

Ivy wollte nicht, dass dieser Augenblick düster wurde, aber

für den Fall, dass er gedacht hatte, sie wäre weggegangen und hätte alles, was sie aufs Abstellgleis gestellt hatte, kein einziges Mal bereut, musste sie ihm das mitteilen.

Seine Wange streifte ihre, Bartstoppeln kratzten leicht auf ihrer Haut. „Wir sind jetzt hier, also konzentrieren wir uns darauf, nicht auf Tage, die wir nicht zurückbekommen.“

Sie neigte den Kopf und bot ihm ihre Lippen.

Walker musste nicht ermuntert werden. Er beugte sich vor und küsste sie, die Hand an ihrem Rücken zog sie dicht an ihn, während er sie mit dem süßen, süchtigmachenden Druck seiner Lippen auf ihren verzauberte.

Die Hand an ihrer Taille löste ihre Bluse, seine Handflächen streiften ihre nackte Haut hinauf, glitten nach oben, bis er wieder ihre Brust umfasst hielt.

Sie nur hielt, ein Necken, das ganz anders war, als sie es erwartet hatte. Sie lehnte sich zurück, sah ihm in die Augen. „Wir sind gleich hier draußen unter offenem Himmel, darum darf das hier nicht zu schmutzig werden, aber ich ziehe in Betracht, keinen BH mehr zu tragen, wenn wir uns von nun an treffen.“

Seine Augen wurden kurz groß, ehe er leise lachte. „Nicht, dass ich mit diesem Plan ein Problem hätte, aber gibt es einen speziellen Grund?“

„Du scheinst vergessen zu haben, wie man die öffnet. Ich wäre nur ungern diejenige, die dich von deinem Ziel abhält.“

„Ach, du meinst das?“ Er drehte leicht die Hand, die weiche Mitte seiner Handfläche streifte den Stoff über ihrem Nippel. „Ivy Fields, sagst du, ich bin dir nicht schnell genug?“

Sie fuhr blitzschnell hoch, drehte sich und ließ sich auf seinem Schoß nieder, sodass ihr Hintern auf seinen Oberschenkeln ruhte und sie sich Angesicht zu Angesicht gegenüber saßen.

„Du machst zu langsam“, sagte sie und betonte jedes Wort genau.

Gelächter brach aus ihm hervor, seine Augen leuchteten vor Erheiterung. „Wenn du meine Hände auf deinen Brüsten willst, schaust du in die falsche Richtung."

Verdammt. Er hatte recht.

Ehe sie deswegen etwas unternehmen konnte, bekamen seine starken Hände ihre Hüften zu fassen, und er zog sie die letzten paar Zentimeter nach vorne, sodass ihre Körper sich berührten.

Er war hart. Die dicke Härte in seiner Jeans kam in Kontakt mit den sensiblen Bereichen zwischen ihren Beinen, und plötzlich war der dünne Baumwollstoff ihrer Hose eine viel zu große Barriere.

Und eine viel zu kleine, als ihre Lippen sich erneut trafen. Walker führte ihre Hüften, wiegte sie langsam, dass ein hauchzarter Druck sie immer wieder reizte. Wie ein Wassertropfen, der aus einem tropfenden Hahn in einen ruhigen Strom fiel – genug, um gehört zu werden, aber nicht genug, um tatsächlich einen Becher zu füllen, ohne sehr, sehr lange zu warten.

Sie waren draußen und gut sichtbar, doch Ivy ging rasch jeglicher Sinn für Anstand flöten. Es war spät genug, dass Calebs Mädchen entweder schliefen oder sie jemand am Feuer im Arm hatte, und das waren die einzigen Menschen, von denen Ivy nicht wollte, dass sie über sie stolperten, während sie mit ihrem Onkel herummachte.

Die anderen? Falls jemand so weit von der Feier wegspazierte, wollte derjenige vermutlich selbst ein Plätzchen allein mit jemandem finden.

Während sie Walkers Hemd herauszog, sodass sie mit den Händen über seinen Oberkörper streichen konnte, kam ein leichter Kitzel von Stolz in ihr auf, dass sie sich weit genug von ihren jungen Jahren der Schüchternheit entfernt hatte, um so radikale Gedanken fassen zu können.

Dann dachte sie nicht mehr nach, denn ihre Hände waren

auf seinem Körper, und *Spüren* war so viel besser, als ihren Verstand zu benutzen.

Er ließ die Hände ihren Rücken hinaufgleiten, ihr Hemd hob sich über seinen Handgelenken. Kühle Nachtluft streifte ihre Rippen und ihren Rücken. Hitze umfing sie von vorne, während sie weiterforschte, die Hände strichen durch die Haare auf seiner Brust. Vor all den Jahren waren sie noch nicht da gewesen, und sie beugte sich von seinem Kuss weg, damit sie ihn bewundern konnte, ihre Fingerspitzen strichen durch die Locken.

Seine Lippen zuckten. „Du streichelst mich."

Sie erwischte einen Nippel und kniff ihn, sein Körper zuckte unter ihr und ließ ihre Hüften aneinanderstoßen.

„Ich erkunde", verbesserte sie ihn.

Ein tiefes Grollen setzte in seiner Brust ein, und seine Hände gingen hoch genug, um ihren BH zu öffnen. Er hielt sie wieder an der Hüfte, und das langsame, unnachgiebige Necken setzte erneut ein. Er schien sich nicht im Klaren zu sein, dass er sie in den Wahnsinn trieb.

Walker knabberte an ihren Lippen und konzentrierte sich auf immer weniger Haut, um sie zu quälen, und er war furchtbar schrecklich effektiv mit seinem Mund und dieser Wiegebewegung. Nun, da er ihren BH geöffnet hatte, glitten die Cups langsam nach oben, bis der Riemen, der normalerweise auf ihren Rippen auflag, direkt über ihren Nippeln landete.

Jedes Mal, wenn er sie bewegte, reizte sie der Riemen, bis sie es nicht mehr aushielt.

„Nicht nett", beschwerte sie sich, murmelte die Worte an seinem Mund.

„Ich will auch erkunden", flüsterte er.

Als nächstes wurde sie hochgehoben. Ihre Hand zuckte vor, um seine Schultern zu packen, doch er drehte sie und setzte sie sich erneut auf den Schoß. Wieder war ihr Rücken an seiner

Brust, diesmal, während einer seiner starken Oberschenkel zwischen ihren Beinen aufragte.

Als sich seine beiden Hände unter ihre Bluse stahlen und nach oben wanderten, erkannte sie, dass der Junge, mit dem sie vor so langer Zeit ihre ersten sexuellen Erfahrungen gesammelt hatte, zu einem sehr, sehr erfinderischen Mann herangewachsen war.

Ihr BH quälte sie nicht mehr. Stattdessen waren es seine Hände, anfangs kühl, während er sie hielt. Fest und ruhig, als würde er seine Optionen abwiegen. Sie abwiegen. Er drückte sanft zu, ehe er seine Handflächen kreisen ließ.

Mit etwas Multitasking senkte sich sein Mund auf ihren Nacken und küsste sich hinauf bis hinter ihr Ohr.

Überwältigt von Empfindungen hatte Ivy immer noch eine Beschwerde. „Ich kann dich nicht berühren.“

„Entspann dich und genieß es“, murmelte Walker ihr ins Ohr, bevor er sie neckend leckte. „Ich habe Spaß.“

Er kopierte ihre Bewegung von vorhin und kniff ihre Nippel leicht. Elektrifizierende Bläschen zischten durch ihre Blutbahn, ließen Funken sprühen. Sie schloss die Augen und ließ den Kopf auf seiner Schulter ruhen, bevor sie der Versuchung nachgab, die Hüften zu bewegen.

Sich an seinen festen Oberschenkel zu wiegen, verstärkte das Ziehen, das in ihrem Geschlecht aufkam.

„Ich wollte das nicht tun, aber verdammt soll ich sein, wenn ich widerstehen kann.“ Walkers linke Hand glitt über ihren Brüsten vor und zurück, seine Nägel rieben auf eine Art über ihre Nippel und ihre Haut, die ihre Nervenenden tanzen ließ.

Seine andere Hand? Ihre Stoffhose war viel zu leicht aus dem Weg geschafft. Im Nu hatte er sie aufgeknöpft und den Reißverschluss aufgezogen, und er nahm langsam sein Bein weg, um Platz für seine Finger zu machen.

Er glitt über den vorderen Teil ihres Höschens und umfasste ihr Geschlecht.

Sie stöhnte vor Frust. „Da unten muss man nicht mal Haken öffnen. Und ich weiß nicht, ob ich mutig genug bin, dir damit zu drohen, dass ich kein Höschen mehr trage."

Er lachte leise. „Das ist kein Hindernis, das mich lange aufhält. Ich genieße nur, wie weich es ist. Seide?"

„Ja." Sie hatte nicht viele Laster, aber hübsche BHs und Höschen waren für sie zu einer Art Sucht geworden, bevor sie gelernt hatte, sich ein Budget zu setzen.

Walker schien mit ihrer Wahl glücklich, und sie schnappte nach Luft, als er einen Finger fest an sie presste, auf den dünnen Stoff drückte, bis er in Kontakt mit dem sensiblen Nervenbündel kam, das nach seiner Aufmerksamkeit brüllte.

„Walker ..."

Ihre Stimme kam Betteln so nahe, wie sie kommen konnte, ohne die Worte wirklich auszusprechen.

Sein Finger rotierte langsam, der gleichmäßige Druck löste ein dringliches Summen aus. Seine Zähne bissen sie am Hals entlang, und seine Atmung beschleunigte sich. „Verdammt, Flocke. Bei dir will ich Dinge, die ich nicht wollen sollte."

Ivy packte seinen Unterarm, spürte, wie die Sehnen sich bewegten, während er die Finger immer wieder über ihre Klitoris streichen ließ. „An dem, was wir machen, ist nichts falsch", flüsterte sie.

Nur dass sie vielleicht einen besseren Ort hätten wählen können.

„Ich will dich vor allem nackt ausziehen, gleich hier und jetzt. Ich will mich zwischen deine Beine knien und dich mit meinem Mund bedecken, damit ich den süßen Honig schmecken kann, der meine Finger benetzt." Er knurrte wieder, und einen schrecklichen, furchtbaren Augenblick lang nahm er die Hand weg.

Zum Glück war das nur, um ihr Höschen beiseitezuschieben und die Finger an ihr feuchtes Inneres zu streichen.

Er streichelte sie ein paar Mal, glitt hinein bis zum ersten Gelenk.

Dann nahm er die Hand ganz weg, hob sie an seinen Mund und saugte mit einem genüsslichen Stöhnen an seinen Fingern.

Sie neigte den Kopf, um zuzusehen, nicht sicher, worauf sie sich konzentrieren sollte. Seine Hand, die ihre Brüste massierte? Das Feuer in seinem Blick? Das zustimmende *Hmmm* war der Sieger, als seine feuchten Finger wieder zwischen ihre Beine zurückkehrten und unter das Höschen glitten, bis er seine breiten Finger in sie schieben konnte.

Ihre Beine öffneten sich weiter, und als er ihr den Daumen auf die Klitoris legte, barg sie ihr Stöhnen an seinem Oberkörper.

Schneller. Schneller bewegte sich seine Hand in einem abgehakten Rhythmus, während der Druck auf ihre Klitoris zunahm, sodass sie kurz vor dem Orgasmus stand. Er hielt immer noch ihre Brüste, sein Gesicht so dicht an ihrem, als würden sie einander Geheimnisse zuflüstern. Sein Arm war um sie geschlungen. Aus der Ferne sahen sie wohl aus, als würden sie einen ruhigen Moment genießen, süß und unschuldig, während über ihnen der Mond aufging.

Unschuldig. Aber die schmutzige Wahrheit war, dass er sie in der Öffentlichkeit mit seinen Fingern fickte.

Und mit diesem Bild wurde die Forderung zwischen ihren Beinen beantwortet. Sie seufzte ihre Lust aus, und er schluckte sie, sein Mund legte sich auf ihren, während er sie so drehte, dass er sie leicht herumrollen konnte, seine Finger zwischen ihren Beinen bewegten sich noch immer, zogen ihr Vergnügen in die Länge. Wollten sie zum Weinen bringen, denn das war *Walker*, und in seiner Berührung und seinem Kuss lagen all die richtigen Arten von Verbindung und Vertrautheit.

Als die Nachbeben abflauten, streichelte er sie weiter, zärtlich jetzt. Weicher. Beruhigte sie wieder.

Sie war peinlich nass, und doch zu entspannt und zufrieden, um sich darum Sorgen zu machen. „Danke.“

Walker nahm die Hand aus ihrem Höschen und richtete alles wieder hin, bevor er sie beide drehte, bis sie Seite an Seite auf dem Gras lagen. Blasses Silberlicht leuchtete über ihnen und zeigte eine zufriedene Miene auf seinem Gesicht. „War mir ein Vergnügen.“

Er nahm sie und zog sie an sich, und sie entspannten sich in der warmen Sommerluft, bedeckt von Mondlicht, und sein Herz hämmerte unter ihrem Ohr. Was immer mit ihm los war, und was immer für Entscheidungen er treffen musste, *dieser* Teil war richtig.

Sich so viel von dem Mann zu nehmen, wie sie konnte, und neue Erinnerungen zu schaffen, war richtig. Diesmal war es an ihm gewesen, zu geben, und nächstes Mal würde sie dran sein, aber zusammen zu sein – das war es, was wichtig war. Sie wollte das nicht aufgeben.

Ivy lag in seine Arme geschmiegt, während er mit ihren Haaren spielte und leise summte, die Melodie, die von ihm kam, irgendwo zwischen einem Wiegenlied und dem Soundtrack eines richtig gefühlvollen Films.

12

Walker konnte sich nicht an das letzte Mal erinnern, als er so glücklich gewesen war.

Nach ihrem intimen Moment unten am See und dem süßen Kuscheln danach hatten er und Ivy sich nicht die Mühe gemacht, noch einmal auf die Feier zu gehen. Sie war in seinen Armen beinahe eingeschlafen, ganz warm und entspannt, als ihm klar geworden war, dass sie von den Leuten überwältigt war.

Er hatte sie zu ihrem Auto gebracht, sich noch einen Kuss gestohlen und ihr dann auf den Hintern geklopft, ehe er sie hinters Steuer gesetzt hatte.

Die Versuchung hatte ihn verlockt, ihr nach Hause zu folgen und den Rest der Versprechen einzulösen, die ihre Körper gegeben hatten.

Sein Schwanz hatte geschmerzt und mehr von ihr gewollt, aber gleichzeitig wirkte der Abend perfekt, auch wenn er seinerseits mit einem Hauch Frust geendet hatte. Die Tatsache, dass er die Geschwindigkeit bestimmte und beschloss, es langsam anzugehen, während sie ihre körperliche Beziehung wieder aufbauten, machte einen großen Unterschied.

Die nächsten paar Tage wurde es wieder stressig, denn obwohl Ginny sagte, sie wäre nur zum Feiern da, wollte seine kleine Schwester Zeit damit verbringen, jeden Winkel der Ranch aufzusuchen, wobei sie ständig rief, was sich in dem Jahr, in dem sie weg gewesen war, alles verändert hatte. Und sie hatte beschlossen, dass sie einen Begleiter brauchte, während sie ihre Erinnerungsrunden drehte, und nahm immer einen Bruder auf einmal ein paar Stunden lang mit.

Walker schätzte, dass das ihre Version von gut verbrachter Zeit war, was für ihn funktionierte. Sie hatten schon immer ein gutes Verhältnis gehabt, und obwohl sie und Dare schon mit dem Sekundenkleber verbunden gewesen waren, der Frauenfreundschaften ausmachte, bevor sie einander auch Familie gewesen waren, waren die drei altersmäßig so nahe beieinander, dass er ziemlich häufig an ihrem Unfug beteiligt gewesen war.

Das war der gute Teil dieser Tage. Der schlechte?

Dieser Teil kam, als er um die Ecke in der Scheune bog, nachdem er von den Feldern weit draußen zurückkam, und direkt in Luke und Kelli hineinlief, die mitten in einem riesigen Streit waren. Nur ein paar Worte später wurde klar, dass der Streit nichts Persönliches war.

Kelli funkelte Luke an. „Du bist nicht mein Boss. Ich muss dir gar nichts erzählen."

Er hatte sie an die Wand eines Verschlags gedrängt, starrte sie von seinen zusätzlichen dreißig Zentimetern Körpergröße herab an. „Ich bin einer deiner Chefs, und ich will einen Namen, jetzt."

Walker eilte nach vorne. „Luke, hör auf, sie zu bedrängen."

Sein Bruder schaute auf, blinzelte, als würde es ihn überraschen, dass noch jemand da war. „Was?"

„Du machst ihr Angst", sagte Walker leise, trat an Kellis Seite und schnappte sich ihre Hand, bevor sie fliehen konnte. „Geht's dir gut?"

„Ihr geht's nicht gut, und ich will jetzt sofort wissen, wer zum Teufel dir diese blauen Flecken verpasst hat."

Oh, scheiße. Walker hielt ihr Handgelenk lockerer, doch er ließ sie nicht los. „Kelli? Was ist los?"

Ihr ganzer Kampfgeist schien aus ihr zu schwinden, und sie rückte näher an ihn, als würde sie sich bei Luke nicht ganz sicher fühlen, was Walker ihr nicht mal annähernd übel nahm.

„Es geht ihn nichts an", setzte sie an.

„Fang nicht damit an", befahl Walker. „Welche blauen Flecken?"

Diesmal funkelte sie ihn an. „Vielleicht geht es auch dich nichts an."

„Ihr ganzer linker Arm, und die Seite ihres Halses", meldete sich Luke zu Wort. „Und erzähl mir bitte bloß nicht, dass du vom Pferd gefallen bist, denn erstens fällst du nie, und zweitens verpasst dir der Boden keine Fingerabdrücke."

„Luke, verschwinde mal." Walker legte so viel Autorität und Befehlston in seine Stimme, wie es ihm möglich war, ehe er zwischen seinen Bruder und Kelli trat. Er bildete eine Barriere, damit sie nicht fliehen konnte, ohne sich vorbeizudrängen, dann beugte er die Knie, bis ihre Augen auf einer Höhe waren. Er senkte die Stimme. „Sieh mal, es geht mich nichts an, außer, es geht mich was an. Hast du diese blauen Flecken von etwas, das dir so recht war?"

Auch wenn es so schien, als würde sie rund um die Uhr mit den Pferden leben, hatten Menschen unterschiedliche Vorlieben, und es war nicht an Luke, ihr ein schlechtes Gefühl dafür zu geben, wenn die blauen Flecken im Konsens entstanden waren.

Kelli beruhigte sich etwas, als läge über ihnen ein Mantel des Schweigens, und sah ihm ins Gesicht, als würde sie ihn beurteilen. Sie warf einen Blick über seine Schulter, aber zum Glück hatte Luke den Hinweis akzeptiert und sich außer Sichtweite zurückgezogen.

Sie öffnete den Mund und holte tief Luft, und er war sich sicher, sie würde ihm irgendeine schwachsinnige Lüge erzählen, als sich ihr Gesicht verzog und sie an ihn trat, sich zusammenkrümmte wie ein Kätzchen, das sich vor einem Raubtier versteckte.

Walker hielt sie, bis sie mit dem Weinen fertig war, tätschelte ihr den Rücken und machte beruhigende Geräusche, so gut er konnte.

Er warf einen Blick über die Schulter. Luke war wieder da, in seinem Blick stand der grimmige Tod, und als Walker ihm bedeutete, wegzutreten, sagte Lukes Miene mehr als sein Kopfschütteln.

Dann sei es so. Er hatte erst eine weinende Frau, um die er sich kümmern musste. Dann würde er seinen Bruder davon abbringen, jemanden zu ermorden.

„Kelli? Du musst mit mir reden, Liebling.“

Sie machte ein rasselndes Geräusch, als sie schniefte und sich wieder aufrichtete, immer noch an ihm geborgen, noch während sie sich mit der Rückseite ihres Ärmels über die Augen wischte. „Ich wollte diese blauen Flecken nicht. So was war das nicht.“

Himmel. Walkers Eingeweide waren irgendwo in der Gegend seiner Zehen. „Wer war das?“

„Ich kann es dir nicht sagen.“

Sie flüsterte die Worte kaum, doch sein Bruder hatte wohl ein bionisches Gehör, denn ein Fluch drang von guten drei Metern hinter der Stelle heran, an der sich Walker und Kelli zusammendrängten.

Kelli zuckte zusammen, und Walker warf einen Blick über die Schulter. „Schnauze. Oder noch besser, verzieh dich.“

Dieses eine Mal gehorchte Luke tatsächlich. Der Klang seiner stapfenden Stiefel wurde leiser, bis die Tür nach draußen sich mit einem Krachen schloss.

Walker griff nach unten und wandte Kellis Kinn nach oben. „Warum kannst du es mir nicht sagen?"

Sie leckte sich nervös die Lippen, zappelte herum, obwohl sie ihn an den Armen hielt. „Ich muss mich selbst drum kümmern."

Der Himmel verschone ihn vor fehlgeleiteten, sturen Frauen. „Ich bin mir ziemlich sicher, dass du dich um eine Menge kümmern kannst, aber Kelli, wenn es einer der Helfer hier war, wird das zu unserer Sache, und etwas, bei dem wir dir helfen müssen."

Sie schüttelte den Kopf.

„Vertraust du mir?", wollte er wissen.

Es war eine unverblümte Frage, und sie ließ sie zögern. Dann platzten ihre Worte im Stechschritt heraus und warfen ihn beinahe von den Füßen. „Hattest du noch nie ein Geheimnis, das du für dich behalten hast, weil es was war, um das du dich selbst kümmern musst?"

Verdammt, er wollte lügen. „Das heißt nicht, dass ich im Recht damit war, es geheim zu halten."

Sie zuckte mit den Schultern.

„Kelli, wenn jemand dir wehgetan hat, dann passiert das vielleicht wieder. Du musst uns vertrauen, dass wir dir helfen und dich selbst um alles kümmern lassen. Ich weiß, dass das eine Gratwanderung ist, aber du bist klug genug, das auszuknobeln."

Sie ließ ihn los, während sie zurücktrat, sich aufrichtete, als wäre sie eine Amazone und nicht so ein winziges Ding. „Ich verspreche, ich habe es unter Kontrolle. Aber nein, es ist niemand, der hier arbeitet. Und ich passe auf. Es kommt nicht wieder vor."

Was eine Erleichterung war, und doch gleichzeitig eine Sorge, und es bedeutete nur, dass sie sie alle zur Sicherheit besser im Auge behalten mussten. Er klopfte ihr auf die Schulter und nickte ihr bestimmt zu. „Okay, Kelli. Wenn das deine Entscheidung ist, nehme ich sie vorerst so an. Aber du kannst jederzeit kommen und mit mir reden, oder du kannst es Ashton sagen.“

Sie verzog das Gesicht.

„Oder du kannst Luke aufspüren, oder zu Tamara gehen – du hast eine ganze Menge Leute hier, denen du wichtig bist.“

„Das weiß ich.“ Sie wischte sich über die Nase und verzog dann das Gesicht. „Du redest aber besser mal schnell mit Luke, denn ich will mich nicht damit herumschlagen, dass er mich herumkommandiert, außer ich bitte ihn um Hilfe.“

„Ich kümmere mich um ihn“, versicherte ihr Walker. Doch während sie wegging, blieb sein Blick an den blauen Malen auf ihrem Hals hängen, und er fragte sich, ob er die richtige Entscheidung getroffen hatte.

Walker ging aus der Scheune, wo ihm sein Bruder auflauerte, was es so viel schwerer machte, bei seiner Entscheidung zu bleiben.

Lukes Augen waren feurig. „Wer war es?“

„Wie hast du die blauen Flecken gesehen?“, wollte Walker wissen, weil er hoffte, die Frage würde Luke ablenken.

„Sie hat Sättel abgebürstet und nur ein Tanktop getragen, weil es im Sattelraum furchtbar heiß ist. Sie hat sich dieses langärmlige Teil übergeworfen, bevor ich mehr tun konnte, als den Schaden zu sehen.“ Luke packte ihn am Hemd und ließ ihn nicht los. „Was hat sie dir gesagt?“

„Sie will, dass du dich um deinen eigenen Kram kümmerst“, sagte Walker leise. „Sie hat versprochen, um Hilfe zu bitten, wenn sie sie braucht.“

Luke marschierte weg, fluchte laut, bevor er auf dem Absatz herumwirbelte. „Das ist Schwachsinn. Denn wer immer sie geschlagen hat, wird nicht plötzlich aufhören, damit sie loslaufen und einen von uns holen kann.“

„Sie ist eine Erwachsene und eine deiner Mitarbeiterinnen. Wir haben nicht das Recht, ihr Leben zu organisieren“, fuhr

Walker ihn an. „Mir gefällt das nicht besser als dir, aber das ist nicht unsere Entscheidung."

„Schön. Wir sorgen dafür, dass sie nie irgendwo ohne Aufsicht ist", sagte Luke bestimmt.

„Was hast du an dem Wort *Erwachsene* nicht verstanden?", fragte Walker. „Du glaubst doch nicht, sie kriegt nicht mit, dass wir sie unter Hausarrest stellen, wenn plötzlich jemand die ganze Zeit den Babysitter für sie spielt?"

„Mir ist egal, ob sie das mitkriegt, solange sie in Sicherheit ist."

Da hielt Walker inne, plötzliche Verwunderung ließ ihn Luke noch einmal richtig von oben bis unten mustern. „Du scheinst da sehr viel hitziger zu reagieren als nur auf die Entdeckung, dass jemand, der für uns arbeitet, ein Problem hat. Ich meine, es ist furchtbar, und ich will der Sache auch auf den Grund gehen, aber läuft da was zwischen dir und Kelli?"

Die schockierte Miene, die in Lukes Gesicht sprang, gab ihm ein entschiedenes *Nein* als Antwort, aber das erklärte nicht, warum er so ausflippte.

„Okay, vergiss, dass ich gefragt habe." Walker rieb sich die Schläfen, war verlockt, Kelli vor Asthon zu zerren, bis die Frau zugab, was los war. Aber so sprang man eben gar nicht mit jemandem um, der eine seltsame Mischung aus Angestellter und Familienmitglied war. „Wir sagen Ashton, er soll sie im Auge behalten, und wir reden mit Tamara."

Lukes Sorge und Wut verpufften ein wenig. „Na, verdammt, du bist aber hinterhältig. Tamara ist die perfekte Lösung."

„Aber du musst einen Gang zurückschalten", warnte ihn Walker.

Sein Bruder nickte zögerlich. „Ich bin das völlig falsch angegangen. Ich hatte nur so einen Hals."

„Aber sie ist nicht diejenige, auf die du einen Hals haben solltest", erklärte Walker. „Und so hat es geklungen."

Er legte Luke einen Arm um die Schultern und ging vor,

drückte fest zu und versuchte wirklich sehr, ein paar seiner Geheimnisse loszulassen.

Denn Kelli hatte recht und lag auch völlig falsch. Er wusste, wie es war, ein Problem selbst lösen zu wollen, aber ihm wurde auch klar, dass das nicht immer funktionierte.

„Wir gehen morgen in den Pub. Kommst du mit?", fragte Luke.

„Wer ist wir? Denn ich hatte gehofft, Ivy zu treffen."

Luke wedelte mit der Hand. „Lad sie doch ein. Es sind ich, Glenn und Josiah. Ginny kommt auch, und Kelli sagte vorhin, sie würde sich mit den Fields' treffen, also hat Ivy vielleicht ohnehin vor, dort zu sein."

Walker nickte. Ein Abend, an dem sie zusammen ausgingen, klang nach einem tollen nächsten Schritt in ihrem Sommer. Wenn er danach mit Ivy nach Hause ging, war es umso besser.

Denn obwohl er es genoss, langsam zu machen, war es Zeit, das Tempo ein wenig anzuziehen. Es war kein Geheimnis, wie sehr er sie wollte, und die beste Art, ihr das zu sagen, war mit einer Ganzkörper-Beichte.

Vielleicht einer Beichte, die ihm die Kraft verleihen würde, eine zweite abzulegen.

IVY LEGTE die Finger um das Glas, in dem etwas Kühles war, das nach Limette roch, und ließ sich auf dem gemütlichen Sessel nieder, der ihr zugewiesen worden war, nachdem sie das Zimmer über dem Laden ihrer Schwestern betreten hatte.

Eine Gruppe Frauen hatten sich bereits versammelt, darunter Tamara und Ginny Stone, Rose und Tansy und zwei weitere.

Ivy erinnerte sich an eine von ihnen aus der Zeit, ehe sie Heart Falls verlassen hatte. Brookes Vater gehörte die Autowerkstatt im Ort. Die andere Frau hatte Ivy bis heute Abend noch nicht getroffen, und sie erwies sich als Brads mysteriöse Hanna. Sie war zierlich und zerbrechlich, mit langen braunen Haaren und einem getriebenen Blick.

Ivy nippte an ihrem Getränk und schalt sich, dass sie ihr Vorstellungsvermögen mit sich hatte durchgehen lassen. Brad hatte sich auf ein hübsches Ziel eingeschossen, aber sie schien still verglichen mit seiner Verwegenheit.

Irgendwie wie mit mir und Walker, was?

„Das erste Monatstreffen beginnt gleich", verkündete Tansy und unterbrach damit Ivys Gedanken. Sie ließ ein Glockenton-Geräusch auf ihrem Handy ertönen und bekam jedermanns Aufmerksamkeit.

„Danke, Tinkerbell", merkte Rose leicht trocken an.

„Und wegen was genau treffen wir uns monatlich?", fragte Brooke, die einen Fuß übers Knie legte, während sie sich in der Ecke des Sofas zurücklehnte und ein Getränk auf der Armlehne balancierte. „Denn ich habe nur eine E-Mail von Tamara bekommen, dass ich hier auftauchen und einen Snack dabei haben soll, und, hey – ich bin gut darin, Befehlen zu folgen, wenn es dabei um Essen und Trinken geht."

„Das war teilweise von dir inspiriert, Ivy", sagte Tamara. „Du hast erwähnt, einen Buchklub gründen zu wollen, was ich immer noch für eine tolle Idee halte, aber Tansy und ich haben uns über andere Dinge unterhalten, die spaßig und spannend zu lernen wären ..."

„Voneinander", ließ Tansy hören. „Denn wir sind toll, und wir haben viel Talent, warum also nicht den Reichtum an Wissen teilen?"

„Unsere Talente teilen? Wollt ihr lernen, wie ihr selbst 'nen Ölwechsel vornehmt?" Brooke verzog das Gesicht. „Okay. Wenn ihr das unter Spaß versteht."

Tamara grinste. „Ölwechsel *und* Zeit miteinander verbringen. Das muss nicht immer ums Projekt gehen. Es ist eine gute Ausrede, mit Freundinnen zu essen und zu trinken."

„Verdammt sollst du sein, dass dir das nicht schon vor Jahren eingefallen ist", scherzte Ginny. „Ihr werdet mich über Skype einladen müssen oder so, bis ich richtig zurück bin."

„Fern-Reparatur-Unterricht im Austausch dagegen, welche Weine am besten zum Verführen passen?" Brooke hob eine Augenbraue.

Ivy lachte mit der Gruppe. Überraschenderweise teilte Ginny nicht im Gegenzug aus, sondern zwinkerte nur und stand auf, um sich etwas aus der Küche zu holen. Ihre Wangen waren stärker gerötet als sonst.

Ivy merkte sich dieses interessante Fitzelchen Gesprächsstoff für später mit ihren Schwestern.

„Was steht heute auf dem Plan?", fragte Tamara. „Oh, und Kelli lässt sich entschuldigen, aber sie sagte, sie wäre gerne nächstes Mal dabei."

„Ich habe mich schon gefragt, wo sie ist. Meinst du, sie schafft es morgen Abend in den Pub?" Brooke nippte an ihrem Getränk. „Mein Gott, Tansy, was immer wir heute Abend machen, es hat hoffentlich nichts mit schweren Maschinen zu tun. Das ist ja wie ein Doppelter."

„Dreifach, aber wer zählt da schon mit?" Rose beäugte ihre Schwester. „Tansy hatte so eine Art Anfall, als die Flasche gerade senkrecht war. Ich schwöre, der Großteil des Tequilas ging in den Mixer."

„Besser als auf die Arbeitsfläche oder den Boden", flötete Tansy fröhlich. „Und da das unser erster Abend ist, hängen wir einfach nur ab, trinken und essen."

„Ein angemessener Plan", warf Ivy ein. Es würde guttun, mehr Frauen im Ort zu kennen.

Rose und Hanna brachten Tabletts mit warmem Essen, und alle stapelten sich Zeug auf die Teller. Ivy machte einen Bogen um die Jalapeno-Poppers, summte aber glücklich, als sie einen

Chip in einen Schmelzkäsedip tauchte, der nach einer Million Kalorien roch.

„Du liebe Zeit, man reiche mir eine Serviette, denn ich sabbere."

Hannas Augen leuchteten. „Schmeckt es dir? Das ist so ziemlich mein Standardrezept, wenn ich was mitbringen soll."

„Es ist fantastisch, und wage es bloß nicht, mir das Rezept zu geben", warnte sie Ivy. „Oder sonst jemandem. Wenn du die Einzige in der Stadt bist, die es zubereiten kann, kann ich der Versuchung entgehen, das jeden Tag zu essen."

„Ist auch gut mit Gemüse-Sticks", meinte Hanna, die stolz lächelte, während sie sich mit vollem Teller auf dem Teppich neben dem Beistelltisch niederließ.

Ivys Versuch, nicht das Gesicht zu verziehen, scheiterte.

Ihre Schwestern lachten. „Ivy, hasst du Gemüse immer noch so?"

„Ich kann schon einen Salat essen", widersprach Ivy. „Wenn ich muss. Vielleicht."

Tansy wandte sich zu Hannas verwirrtem Gesicht. „Unsere Schwester steht nicht so auf Gemüsemeucheln. Sie hat kein Problem mit Steak oder Hühnchen, aber sie ist so ziemlich das Gegenteil von vegan. Wenn es kein Gesicht hat ..."

„... schmeckt es nach nichts." Ivy wiederholte den letzten Teil ihres alten Mottos mit einem verlegenen Lächeln. „Ich bin aber wirklich schon besser als vor all den Jahren."

Hanna kicherte inzwischen mit den anderen Frauen. „Bitte bring deinen Zweitklässlern nicht bei, Gemüse zu hassen. Meine Tochter kommt dieses Jahr in deine Klasse, und im Augenblick hält Crissy Brokkoli für eine Leckerei."

Ivy erschauerte, ohne nachzudenken, was ihr noch mehr Gelächter von der Gruppe einbrachte. Sie warf einen Blick hinüber zu Hanna, ein wenig überrascht, dass die Frau alt genug war, um eine achtjährige Tochter zu haben. „Von mir erfahren sie es nie, ich verspreche es. Nur, wenn sie ihrer

Lehrerin einen Apfel mitbringen will, ist mir das lieber als Karottensticks."

Die Unterhaltung flatterte wie Schmetterlinge über einem Wiesenblumenstreifen: Eine Zeit lang war es die ganze Gruppe, dann kleinere Zweier- und Dreiergrüppchen. Ivy machte sich im Geiste Notizen, aber es machte Spaß, mehr über die Persönlichkeiten der Frauen herauszufinden, nicht nur, was sie beruflich machten.

Tamara arbeitete auf der Ranch, und Ginny half ihr, ein temporäres von der Gemeinde gefördertes Landwirtschaftsprogramm zum Laufen zu bringen, während sie einen Monat da war. Dann würde Ginny wieder nach Italien zum Rest ihrer Lehrzeit reisen.

Brooke arbeitete immer noch bei ihrem Vater in der Werkstatt, und Hanna putzte am Abend in einigen Büros im Ort.

Und obwohl Tansy und Rose zur Familie gehörten und Ivy im Lauf der Jahre mit ihnen in Verbindung geblieben war, tat es gut zu hören, wie sie so begeistert von *Buns and Roses* sprachen. Es freute sie, das Glück auf ihren Gesichtern zu sehen und zu wissen, dass der Laden das war, was sie wollten.

Ein weiterer glücklicher Mechanismus in ihrem Inneren rastete ein, und die Symbole für „zufriedene Familie" leuchteten etwas heller.

Rose hatte gerade die Gläser aufgefüllt, als Tansy in die Hände klatschte. „Jetzt zum Abschluss-Event des Abends, außer ihr wollt alle zur Übernachtungsparty bleiben."

„Ich dachte, es gäbe keinen Plan?" Ginny hatte sich neben Tamara zusammengerollt, die beiden Stone-Frauen, die sich erst kurz vorher diese Woche kennengelernt hatten, waren offenbar schon dick befreundet.

„Kein Plan, nur Spaß." Tansy reichte jeder von ihnen einen Zettel.

Rose beäugte das Dargebotene zögerlich. Sie kannte Tansy

von allen am besten. Ein Blick reichte aus, dass sie losprustete. „Du bist so schlimm."

„Was ist das?" Ivy warf einen Blick auf ihr Blatt und lachte, noch während sie spürte, wie ihr Gesicht heiß wurde.

„Schmutzige Gedanken", setzte Tansy sie fröhlich in Kenntnis. „Wir machen abwechselnd. Lies deine drei Hinweise vor, Ivy, und wir versuchen alle, zu erraten, wovon du sprichst. Die erste, die es schafft, kriegt einen Punkt."

Oh. Nein. „Ich kann das nicht laut vorlesen", beschwerte sich Ivy.

„Eine Grundschullehrerin, die nicht lesen kann?" Brooke kicherte in ihr Glas. „Hanna, das heißt nichts Gutes für deine Tochter."

Sechs erwartungsvolle Gesichter wandten sich zu Ivy. Ivy warf wieder einen Blick auf ihr Blatt. „Dafür kriege ich dich, Tansy."

„Das ist kein Hinweis ..."

„Und auch keine Überraschung. Irgendwer bedroht Tansy immer." Rose seufzte – sie musste das schon lange aushalten.

„Wir müssen Tansy und meine Schwester Lisa voneinander fernhalten", murmelte Tamara. Sie räusperte sich. „Ich fange an. Erster Hinweis. Ich mache es ziemlich lange, wenn die Umstände passen."

Ginny hob eine Augenbraue. „Will ich diese Info wirklich hören? Ich meine, toll für dich und Caleb, aber ..."

Rose stieß ihr den Ellbogen in die Seite. „Es ist der Hinweis. Was beschreibt das?"

„Das Liebesleben meines Bruders? Und das ... also ... igitt."

Brooke schnaubte, ihre Augen wurden groß, als wäre sie schockiert. „Tschuldigung."

Tamaras Gesicht blieb sehr viel unbewegter, als es Ivy möglich gewesen wäre. „Zweiter Hinweis. Man weiß nie, wie viele Zentimeter man letztlich kriegt."

„Ach. Je." Rose wedelte sich mit der Serviette vor dem Gesicht. Tansy grinste über beide Ohren.

Brooke wühlte in ihrer Handtasche und holte ein Maßband hervor. Die Automechanikerin zog das Maßband aus. Langsam. Langsam. Ein wenig weiter, während sie Grimassen schnitt, als sie auf die Länge schaute.

Bei den ersten Zentimetern rümpfte sie die Nase, dann verwandelte sich dieser Ausdruck in ein glückliches Lächeln, bis er zu großäugigem Entsetzen wurde. Und als sie die Arme auseinanderriss, um das Band so weit zu ziehen, wie es ging, kam von ihren Lippen ein Schrei der Empörung und des Entsetzens, und Ivy lachte so fest, dass sie kaum mehr Luft bekam.

Tansy fiel vom Stuhl.

Tamara behielt irgendwie die Fassung, und nachdem sie sich ein paar Mal geräuspert hatte, immer noch kichernd, brachte sie den letzten Hinweis heraus. „Man weiß nie, wann ich komme."

Ginny barg das Gesicht in den Händen, doch es war Hanna, die alles über den Haufen warf.

„Ein Schneesturm?"

Ivy wischte sich Tränen von den Augen, um Hannas unverstellte, unschuldige Miene zu betrachten. Tansy hustete ein paar Mal, bevor sie alle ausflippten.

Hanna lehnte sich zurück und nippte still an ihrem Getränk, während sie sich alle wieder sammelten.

„Du hast keine schmutzigen Gedanken." Tansy hob das Glas zu Hanna. „Aber das Spiel fängt erst an. Wir bringen es dir noch bei, junger Padawan."

„Aber kriege ich einen Punkt?"

Ivys Lippen krümmten sich zu einem Lächeln, während Tansy ihr versicherte, dass sie einen Punkt hatte, und dann war es an ihr, einen Hinweis vorzulesen.

Der Abend ging weiter, und es war gut, zu lachen und zu

wissen, dass es hier in der Gesellschaft dieser wunderbaren Frauen einen Platz gab.

Einen Platz, um sich eine Heimat und ein Leben aufzubauen. Und es mochte ja der Tequila sein, der da sprach, aber es war zu leicht, sich Walker Stone an ihrer Seite vorzustellen.

13

Walker betrat das *Rough Cut*, eingeklemmt zwischen seinem Bruder Luke und dem netten Tierarzt von nebenan: Josiah Ryder.

Die Musik traf ihn tief in den Eingeweiden und ließ seine Knochen aufglimmen. Die vertrauten Worte des Liedes stiegen zu seiner Zunge auf wie süßer Honig, und ein Lächeln breitete sich auf seinem Gesicht aus.

Sie wussten es nicht, die Körper, die sich im pulsierenden Takt bewegten, doch der Background-Gesang, das war er. Eines der Lieder, an denen er sich letzten Februar beteiligt hatte. Er war als gesangliche Verstärkung in letzter Minute dazu gekommen, als Unterstützung für den Freund eines Freundes, und damit hatte der ganze sängerische Albtraum begonnen.

Der Song selbst war ziemlich schick produziert.

Ein großer Bildschirm war zur Inneneinrichtung des Pubs an der Seite des Bühnenbereichs dazu gekommen, und siehe da, es gab ein Musikvideo in seiner ganzen Pracht. Den roten Faden gab eine Live-Aufnahme ab, vermischt mit der Arbeit, die sie im Tonstudio erledigt hatten, und die Magie der Musikproduktion machte aus allem einen einzigen soliden Auftritt.

Er ließ es zu, einen Augenblick lang stolz zu sein. Sie klangen ziemlich gut. Natürlich war das neunundneunzig Prozent der aufstrebende Star im Vordergrund, der Mann, mit dem Walker die Gelegenheit hätte, mehr als nur versteckt im Hintergrund zu arbeiten, wenn er das nur hinkriegen könnte.

Er war wohl in Gedanken gewesen, denn er wurde am Arm geführt. Josiah zog ihn zum Tresen, wo sich ihm ein neues Gesicht voller Interesse zuwandte. Ein dunkelhaariger Mann mit asiatischen Zügen, das Haar militärisch kurz gestutzt. Sein scharfer Blick musterte Walker und Luke, ein Lächeln breitete sich aus, als er sich mit einem Nicken zurück zu Josiah wandte. „Sind das die Stone-Jungs?"

„Ganz genau", antwortete Josiah mit einem Nicken. „Luke und Walker. Leute, das ist Ryan Zhao, der neue Besitzer des *Rough Cut*. Seine Familie ist nach Black Diamond gezogen, aber er hat beschlossen, sein Geld in unserer Ecke der Karte auszugeben."

„Solange du beschließt, etwas in meiner Ecke auszugeben, funktioniert das alles super." Ryan sprach locker, während er ihnen die Hände schüttelte. „Caleb bin ich bereits begegnet. Ich sehe schon, dass ihr zur Familie gehört."

Luke hob eine Augenbraue. „Unser großer Bruder war ohne uns was trinken?"

Ein lockeres Lachen kam vom Barkeeper. „Er und seine Frau waren am Canada Day in der Stadthalle. Meine Tochter ist im gleichen Alter wie ihre älteste, und Tamara hat vorge-schlagen, mal ein Tagessommercamp zu machen, was Talia, wie sie dachte, gefallen könnte."

Natürlich war Tamara beteiligt, denn seine neue Schwä-gerin hatte sich in die Gemeinschaft gestürzt, als wäre sie ein See und Tamara stünde in Flammen.

„Ich hoffe, es war gut." Luke grinste Walker an, und auf seinem Gesicht waren dieselben Gedanken sichtbar, was Tamara betraf. Sie waren beide erfreut, dass Caleb sein Glück gefunden hatte, und die Frau war auf jeden Fall der Mittelpunkt dieser Veränderung.

„Luke kann deiner Tochter ein Pferd suchen", rief ihm Josiah in Erinnerung. „Der beste Reiter hier in der Gegend, bis auf mich natürlich. Wenn er keines hat, das er dir verkaufen kann, hat er die richtigen Kontakte."

„Du suchst ein Pferd?" Lukes Miene wurde aufmerksamer, wie immer, wenn sich eine Gelegenheit auftat, ein Pferd mit einem Reiter zusammenzubringen.

„In der Tat, aber erst gegen Ende des Sommers. Wir sollten dann reden."

Luke nickte. „Ich gebe dir meine Nummer."

Josiah schloss sich der Unterhaltung einen Augenblick lang an, locker und leichtfüßig. Walker schaute ruhig in Ryans dunkelbraune Augen, während der Mann ihn mit großer Neugier musterte.

„Und du bist Walker, der rätselhafte Mann", sagte Ryan. „Ich habe heute Vormittag einen Anruf von deinem Manager bekommen."

Walker schüttelte den Kopf, um die Watte loszuwerden, die plötzlich dort aufgetaucht war, denn er war völlig ahnungslos. „Wem?"

„Maxwell Pillion. Er ist ein großer Fan von dir – glaubt ganz sicher, dass du zu unfassbaren Dingen berufen bist."

O mein Gott. „Er hat angerufen."

Ryans träges Grinsen spannte sich verwirrt an. „Ist das ein Problem?"

„Bin mir nur nicht sicher, was los ist", gab Walker zu. „Er weiß, wo er mich findet, und gerade gibt es nichts, was erfordern würde, dass er mich aufspürt."

Denn seine Deadline war immer noch einen Monat entfernt.

Das Gefühl der Verwirrung breitete sich aus, als der Blick des dunkelhaarigen Mannes sich schärfte. „Er wusste, dass ich diesen Pub betreibe. Er dachte, die Einheimischen würden vielleicht gern einen der ihren anfeuern.“

Das Gefühl des Grauens in Walkers Bauch nahm zu. „Es gibt nichts anzufeuern.“

„Was ist denn los?“ Luke legte eine Hand auf Walkers Schulter und beugte sich vor, beobachtete die Unterhaltung.

Ryan warf einen Blick auf Walker, seine Sorge wuchs. „Du wusstest davon nichts?“

„Ich habe keine Ahnung, worüber Maxwell mit dir geredet haben könnte.“

Flüche kamen von Ryan. „Moment mal, ich muss was anhalten ...“

Die Musik änderte sich, das Lied, das mehrere sangen, verklang und wurde durch eine Gitarre ersetzt, die in einem steten Rhythmus geschlagen wurde. Eine leichte, beschwingte Melodie, die durch den Raum tanzte. Sie drehten sich gemeinsam zum Bühnenbereich, ein Meer aus Rücken blockierte Ryans Weg zur Steuerung des Monitors, und eine ganz neue Hölle senkte sich auf Walker herab ...

Das Musikvideo, das gelaufen war, war weg, und diesmal war es sein eigenes verdammtes Gesicht, das erschien, seine Stimme schlich sich in seine Ohren, wo sie sich mit dem klingelnden Unglauben mischte.

Verdammt sollte Maxwell sein.

Walker starrte den Monitor vor ihnen an. Es war kein offizielles Musikvideo, aber es war sehr viel mehr als nur eine dieser Aufnahmen, die Leute mal schnell zu Musik stellten und die sich nicht bewegten, während im Hintergrund die Musik spielte. Das Video selbst war aus generischen Szenen von einem Standort auf dem Land zusammengeschnitten. Große, alte Ranch-Trucks fuhren über staubige Nebenstraßen. Geräte zur Arbeit auf dem Feld. Eine Gruppe Männer, die von einem Tor wegtänzelten, als ein Bulle hervorbrach und losstürmte. Eine Frau, die durch eine schwingende Gittertür auf einer

Veranda trat und das Publikum mit einem einladenden Lächeln auf dem Gesicht ansah.

Von Walker nur Fotos anstelle von Videoaufnahmen, aber sie machten trotzdem klar, dass er der Sänger war.

Er war gleichzeitig stolz und entsetzt.

Die Trinkenden und Tanzenden aus allen Ecken des Raumes erhoben inzwischen die Stimme, jubelten, als sie ihn erkannten. Und verdammt, wenn ihm da nicht der Gedanke kam, dass Maxwell zwar der größte Bastard des Universums war, aber er war auch einer der klügsten.

Diesen Bullen konnte man nicht mehr zurück in den Stall bugsieren, ohne dass es ein Höllenkampf werden würde.

Eine Faust traf seinen Arm. „Du hinterlistiger Bastard. Warum hast du nichts gesagt?", wollte Luke wissen.

„Weil …"

Weil es nichts zu sagen gegeben hatte, als Walker zum letzten Mal mit Maxwell gesprochen hatte. Weil er es sich immer noch überlegen hätte sollen.

Doch die Menge hatte ihn nun erspäht, und freundliche, helfende Hände zogen ihn zur Bühne. Ihm wurde auf den Rücken geklopft und das eine oder andere bewundernde Lächeln geschenkt, und Walker verstand nicht, wie ihm stockübel sein und er sich zugleich begeistert von dem Chaos fühlen konnte.

Verdammtes Gehirn. Verdammter Körper.

Verdammter Maxwell.

Ryan hatte es zur Bühne geschafft, drehte rasch die Lautstärke runter. Verärgerte Rufe erklangen. Pfiffe und Johlen.

Es war nicht die Schuld dieses Mannes, darum setzte Walker ein nettes Gesicht auf und legte Ryan einen Arm um die Schultern. „Mach dir keine Sorgen deswegen."

Ein entschiedenes Kopfschütteln antwortete ihm. „Ich habe ihn beim Wort genommen. Tut mir leid, dass du damit nicht gerechnet hast."

„Was hattest du denn vor?"

„Maxwell hat einen Zusammenschnitt der Musik geschickt. Hat gesagt, du könntest live dazu singen." Ryan richtete sich auf. „Ich komme damit klar. Du gehst zurück zu deiner Familie und genießt deinen Abend."

„Ich mache es." Walker bot sich rasch an, ehe er seinen letzten Mut verlor. „Ich freue mich, wenn ich helfen kann."

Dankbarkeit glänzte in Ryans Blick, aber auch Misstrauen. „Sag deinem Manager, dass ich es nicht zu schätzen weiß, wenn man mich auf den Arm nimmt. Ich bin froh, dass du ein besserer Mensch bist als er."

„Ich werde ihm die Hölle heißmachen", versprach Walker.

Sie schüttelten einander rasch die Hand, während die Menge sich bewegte wie ein ungeduldiger Jungbulle, der sich befreien und endlich losstürmen wollte.

Ryan schnappte sich oben von einem Lautsprecher ein Mikrofon, plauderte mühelos mit der Menge. „Ihr habt alle eine Überraschung erlebt. Hier ist noch eine. Walker Stone wird was für uns singen. Ihr habt heute Abend Glück, und das ist das erste Mal, soweit ich weiß. Es ist was, was er selbst geschrieben hat. Also gebt ihm mal einen Applaus."

Er reichte Walker das Mikrofon, tätschelte ihm den Arm. „Getränke gehen danach auf mich. Und für immer, soweit es mich betrifft. Tut mir leid, dass ich dich den Haien zum Fraß vorwerfe."

„Schon okay", murmelte Walker zurück, zwang ein Lächeln auf seine Lippen, während er sich der Versammlung vertrauter Gesichter stellte.

Er konnte das schaffen. Er hatte es früher schon oft getan. Vielleicht nicht mit der vertrauten Melodie, die hinter ihm zu laufen begann, und verdammt sollte sein Manager noch einmal sein, denn das war er, Walker, auf der Gitarre.

Luke klatschte laut, ermutigte ihn, während Walker das Mikro hob.

Die Menge teilte sich, und er sah Ivy am Rand des Raums, ihre Verwirrung eindeutig zu erkennen, aber mit einem Lächeln, das nur für ihn strahlte, dort, wo sie mit ihren Freundinnen zusammenstand.

Ihre silbernen Augen hielten seine wie ein Anker, brachten ihn zur Ruhe und hielten ihn lange genug fest, damit er die Kraft hatte, anzufangen, die einleitenden Worte darüber zu singen, wie man sich ruhelos fühlte, ruhelos war.

Es war nie ein Problem gewesen, vor einer Menge zu stehen – bis es auf einmal eins geworden war. Aber diesmal machte die Tatsache, dass er Ivy da hatte, es süßer, die Worte zu teilen. Er konnte das, die Angst vor der Angst zog sich zurück, während er sie anschaute.

Ivy neigte den Kopf, als würde sie genau lauschen. Nicht nur seiner Stimme, aber nach dem, was er im Inneren spürte. Natürlich tat sie das. Seine Flocke, diejenige, die sein Herz schon immer in den Händen hielt ...

Jemand schob sich zwischen sie und verstellte die Sicht auf Ivy.

Sofort schlangen sich Finger um seine Kehle. Der knochige Griff des Todes war wieder da.

O Gott. *Nein.*

Nicht jetzt.

Nicht hier.

Der Raum verblasste.

～

ER HATTE GESUNGEN, hatte sie direkt angesehen, als wären sie allein und es gäbe etwas, das er ihr sagen musste, dringend und von Herzen kommend.

Sie war zur Seite geschubst worden, und bis sie Platz gefunden hatte, um sich zu befreien und ihr Herz vom Hämmern abzuhalten, war etwas furchtbar schief gegangen.

Der Song ging weiter, aber der Klang schien irgendwie leicht verfälscht, als wäre Walker abgelenkt und würde sich nicht mehr konzentrieren. Sie versuchte vergeblich, einen Blick auf ihn zu erhaschen, aber sie war so an den Rand des Raumes gedrängt, dass es unmöglich war.

Das Gefühl der Dringlichkeit wurde stärker.

Ivy holte tief Luft und begab sich in die Masse der Körper. Sie duckte sich unter mehreren Armen durch und um genug Leiber herum, dass sie nur noch ein paar Schritte zur Bühne hatte.

Inzwischen war der Gesang ganz verklungen, und nur noch die Musik blieb. Walker sang nicht. Er bewegte sich nicht. Er schien nicht mal zu atmen. Die Musik lief im Hintergrund weiter, aber er war eher eine Statue als irgendwas anderes.

Die Leute schauten einander verwirrt an, aber Ivy lief bereits vor.

Vielleicht lag sie falsch, aber das glaubte sie nicht. Das war so ähnlich wie damals, als sie ihn klettern und erstarren gesehen hatte. Es ergab keinen Sinn, aber gerade ging es auch nicht ums Verstehen. Es ging darum, zu tun, was sie tun musste.

Sie konnte nicht verhindern, dass er fiel, aber sie konnte da sein, um ihn in Sicherheit zu ziehen.

Ivy wich den letzten paar Leuten aus, um den Rand der Bühne zu erreichen. Zum Glück gab es eine Stufe, um hinaufzukommen, sonst hätte sie sich auf den Bauch legen müssen.

Sie trat schnell an Walkers Seite und schlang die Arme um ihn, zerrte fest, bis sie ihre Lippen zusammenbringen konnte, als wären sie in einer leidenschaftlichen Umarmung.

Es waren vielleicht fünfzehn Sekunden, in denen er nicht gesungen hatte, aber da sie sie etwas ablenkte, war die Menge bereit, sich auf den Kuss zu konzentrieren, den sie versuchte, so wild wie möglich aussehen zu lassen. Was ziemlich viel dramatischen Ausdruck erforderte, denn Walker war starr und reagierte nicht, viel zu lange.

Als er sich bewegte, war es, um nach ihren Hüften zu greifen, als hätte sie ihm einen Rettungsanker zugeworfen, er packte sie fest genug, dass sie blaue Flecken bekommen würde.

Sie ließ den Kuss sanfter werden, zog an seinen Schultern, um ihn weit genug zurück zu zerren, um mit ihm zu reden. Sie musste lauter sein als nur zu flüstern, damit er sie über die Pfiffe der Menge hinweg hören konnte.

„Geht's dir gut?"

Er nickte, dann schüttelte er den Kopf.

„Kannst du singen?"

Walker wirkte geschlagen. „Ich ... kann nicht."

Sie legte ihm eine Hand an die Wange. „Gib mir das Mikro."

Er reichte es ihr, seine Finger stahlen sich um ihre andere Hand. Ivy schnappte heftig nach Luft, um Kraft zu tanken, ehe sie sich der Menge zuwandte.

Neugier und Erheiterung strahlten zu ihr zurück. Sie hatten überhaupt nicht erwartet, dass er sang, darum war diese Achterbahnfahrt nur eine weitere Unterhaltung, was bedeutete, dass Ivy die Situation auflösen und Walker hier rausholen konnte.

Nur dass sie jetzt reden musste.

Sie sah Tansys besorgte Miene, ehe ihre Schwester sich zu einem Lächeln zwang und die Daumen nach oben reckte. Rose bot auch ihre Unterstützung, stieß den Typen neben sich mit den Hüften weg, damit sie besser sehen konnte, während sie die Hände zusammenschlug und klatschte.

Ich kann das.

Ivy hob das Mikro. „Hey. Das hier tut mir leid."

„Wenn du fertig damit bist, ihn zu küssen, bin ich dann dran?" Kelli James hob eine Augenbraue und warf sich in die Hüfte.

Gelächter erklang. Walker holte tief Luft und schüttelte erheitert den Kopf.

Ivy trat vor ihn, als würde sie ihr Gebiet abstecken. „Finger weg, Küken."

Walkers Hände ruhten auf ihrer Hüfte, zogen sie an sich.

Kelli machte viel Aufhebens darum, die Arme zu verschränken und die Zunge rauszustrecken.

Ivy lächelte, dankbar um die zusätzliche Ablenkung. „Ich glaube, wir waren alle überrascht, und das hier ist meine Schuld. Das ist ..."

Ihre Gedanken waren vorausgeeilt, um eine mögliche Lösung zu finden, und sie war schwach, aber sie würde gehen müssen.

„... das ist *mein* Lied. Ich dachte nicht, dass Walker das schon in der Öffentlichkeit singen würde. Ich war noch nicht bereit, das zu teilen. Tut mir leid."

Ihre Wangen waren sicher tiefrot geworden, wenn man nach der aufsteigenden Hitze ging, nicht nur, weil sie in die Gesichter vor ihr schauen musste, ohne wegen ihrer glatten Lüge eine Grimasse zu schneiden, sondern auch, weil sie vor all diesen Gesichtern überhaupt gesprochen hatte.

Sie hatte im Lauf der Jahre harte Lektionen gelernt. Viele Strategien, um klarzukommen, aber das hieß nicht, dass sie sich gerne öffentlich zu Wort meldete.

Oder in diesem Fall öffentlich log.

Walker beugte sich vor und küsste sie auf die Wange, und die Musik im Hintergrund wurde zu einem weiteren vertrauten Lied. Ryan wedelte mit der Hand in der Luft, als er vortrat, um das Mikro zu übernehmen.

„Seht ihr, was ich kriege, wenn ich meine Unterhaltung nicht weit im Voraus plane?" Er wies mit der Hand auf die Leute links von ihm, die sich beschwerten. „Ein andermal. Aber da wir Walker nicht genießen können, ran mit euren Tanzschuhen. Bier zum halben Preis in der nächsten halben

Stunde, und wir werden den Line Dance eher anfangen lassen. Wo ist Carly? Zeit, dass du dein Ding machst, Mädchen."

Ein Mädchen aus der Menge hüpfte begeistert vor, ihr purer Enthusiasmus zauberte ein Lächeln auf die Gesichter, genauso wie die angekündigte Vergünstigung auf den Alkohol.

Ivy übernahm die Kontrolle und zog Walker mit sich an die Seite des Raums, achtete nicht auf die neckenden Fragen. Walker nahm die Kommentare gutmütig hin, winkte lautlos ab, als sein Bruder kam. Luke wirkte, als würde er sich auf ihn stürzen wollen, sowohl zum Schutz als auch, um Antworten zu erhalten.

Mit einem Stoßgebet, dass sie nicht den Feueralarm auslöste, schob sich Ivy durch den Notausgang und zerrte Walker an die frische Abendluft.

Er schob zusammen mit ihr die Tür zu, prallte mit dem Rücken an die harte Fläche. Er fuhr sich mit der Hand durch die Haare und beugte sich vor, als würde er umfallen.

Was immer los war, der Rest des Abends musste woanders stattfinden. „Komm schon", sagte sie und bot ihm ihre Hand.

Er legte den Kopf zurück und sah auf ihre Handfläche, bevor er die Finger in ihre krallte.

Sie führte ihn zum Auto, öffnete den Beifahrersitz, ehe sie zur Fahrerseite ging.

Walker widersprach nicht, bückte sich nur hinein, verstellte den Sitz, damit seine Beine Platz hatten, und dann ließ er sich nieder. Er schloss die Tür, schnallte sich an – jeder Schritt ordentlich und richtig. Kontrolliert.

Ivy hielt ihre Fragen zurück. Das war nichts, worin sie eintauchen wollte, während sie am Steuer saß.

Er schaute schweigend geradeaus. Zumindest, bis sein Telefon keine fünfzehn Sekunden, nachdem sie den Parkplatz verlassen hatten, klingelte.

Walker warf einen Blick auf den Bildschirm, bevor er es aus irgendeinem Grund über Lautsprecher annahm.

„Was?"

Lukes Sorge klang wie ein Gewitter. Scharf und reinigend. „Wo bist du?"

Ivy nickte zustimmend, da seine erste Frage nicht gelautet hatte: ‚*Was war los?*'

Walker sprach leise. „Bei Ivy."

„Gut." Luke war noch am Tresen, die Musik im Hintergrund laut. „Brauchst du mich, Bruder?"

Dafür gab's Zusatzpunkte, merkte sich Ivy, Walkers Bruder war ein Fels. Einer, an den er sich vielleicht schwer lehnen musste, je nachdem, was in den nächsten dreißig Minuten passierte.

Walker warf ihr einen Blick zu. „Mir geht's gut. Ich rede später mit dir. Tut mir leid ..."

„Gibt nichts, wofür du dich entschuldigen müsstest. Aber ruf an, wenn du irgendwas brauchst."

Luke legte auf. Walker steckte sein Handy weg und starrte wieder durch die Scheibe.

Zum Glück war die Stadt klein genug, dass sie innerhalb weniger Minuten auf ihre Zufahrt abbogen. Ivy hielt an und stieg ohne ein Wort aus, ließ es bei Walker, ob er ihr folgen wollte oder nicht.

Sie hielt inne, da ein schwaches Leuchten am Rand des Friedhofs funkelte und ihre Aufmerksamkeit auf sich zog.

Am Zaun hatte jemand ein solarbetriebenes Licht angebracht, mit einem blendend roten Band befestigt. Der helle Fleck strahlte so entschlossen, dass er völlig unpassend schien, und doch wärmte er etwas in ihr.

Es gab immer ein Licht der Hoffnung, wenn man wusste, wo man suchen musste.

Eine Hand auf ihrer Schulter drehte sie zu dem Mann, der ihr schon so lange wichtig gewesen war.

Wichtig, um den sie sich sorgte, den sie ...

Liebte.

Walker zog sie an sich und hielt sie fest, und in diesem Augenblick wusste Ivy, dass sie für diesen Mann alles tun würde. Alles, um ihm zu helfen, damit er verstand, dass er etwas wert war und so viel zu geben hatte.

Ihm zu helfen, zu wissen, dass er geliebt wurde.

Ihm zu helfen, das Licht zu sehen.

14

Sie löste sich aus seiner Umarmung und brachte ihn ins Haus.

Walker folgte ihr und setzte sich, als sie es ihm auftrug, Stille senkte sich herab, während Ivy an der Anrichte arbeitete. Alles, was er mit einer Mauer umgeben hatte, würde jetzt ans Licht kommen. Es ging nicht mehr, so zu tun, als wäre alles gut.

Innerlich musste er zugeben, dass er irgendwie froh war, an seine Grenzen getrieben worden zu sein und beichten zu müssen.

Sie schob ihm eine Tasse Tee in die Hände. „Trink", befahl sie.

„Der allheilende Tee kommt zur Rettung?"

Sie ließ sich ihm gegenüber nieder. „Ist keine schlechte Lösung. Gibt dir was, an dem du dich festhalten kannst, und etwas, an dem du nippen kannst, während du herauszufinden versuchst, was du sagst. Meine Mom hat mir das beigebracht."

„Deine Mom ist eine kluge Frau. Wenn sie nicht gerade nervt", scherzte Walker sanft.

Sie ließ ihn nicht davonkommen, ohne darüber zu reden. Ivy ließ ihre Tasse stehen und legte ihm eine Hand auf den Arm. „Was war los?"

Er nahm nicht den einfachen Ausweg, indem er auf die dampfende Flüssigkeit schaute. Er hielt seinen Blick auf ihr Gesicht gerichtet, die eiserne Kraft in ihren Augen stand im Gegensatz zu ihren weichen Fingern, die über seine strichen.

„Ich …" Er dachte zurück. Die Panik hatte eingesetzt, und dann …

„Ich weiß es nicht", gab er zu. „Ich verliere manchmal ein wenig die Erinnerung. Diese Momente kommen über mich, und plötzlich ist da nichts mehr. Dann bin ich irgendwo, wo ich es nicht erwarte, mache was, an das ich mich nicht erinnere."

Ivy runzelte die Stirn. „An was erinnerst du dich heute Abend?"

Walker versuchte es. „Zur Bühne zu gehen. Dass ich dachte, ich muss Ryan entgegenkommen, denn seine Schuld war es ja nicht. Dass ich dachte, ich würde meinen Manager zum nächstmöglichen Zeitpunkt umbringen. Ich weiß, dass ich hörte, wie die Musik anfing."

„Und das Letzte?"

Er nahm sich Zeit, zwang sich zurück zu diesem Augenblick der Finsternis. Es war, als würde er auf eine Nebelbank starren, nicht sicher, ob er sich die Scheunen und Zaunpfosten einbildete, die er kaum ausmachen konnte.

Das Einzige, was er sicher wusste, war ganz am Ende. „Du hast mich gehalten, mich angesehen, als ob du dir Sorgen machst, es aber sonst niemanden wissen lassen willst. Wie damals, als wir die Schule geschwänzt haben und erwischt wurden."

Selbst bei der Sorge auf ihrem Gesicht krümmten sich ihre Mundwinkel zu einem Lächeln. „Wir haben nicht die Schule geschwänzt. Wir haben recherchiert und dabei die Zeit vergessen."

„Wir hatten Angeln in den Händen, und das Einzige, was wir unten am See recherchieren konnten, war, wie viele Barsche man während einer Mathestunde erwischt."

„Erinnerst du dich, dass du gesungen hast?"

Walker fühlte sich wie ein Narr. „Ich schätze, ich habe wohl was rausgebracht, denn als du mich geweckt hast, war das Lied halb durch." Er drehte seine Handfläche nach oben und nahm ihre Finger in seine. „Danke."

„Natürlich, aber wir müssen ..."

Er zupfte an ihr, um ihre Aufmerksamkeit zu bekommen. „Tu meine Dankbarkeit nicht so ab. Das ist das zweite Mal, dass du mir den Arsch rettest. Ich weiß, wie viel dich das kostet. Das erste Mal im Teich hättest du richtig krank werden können. Diesmal warst du so verdammt mutig, während ich ... ich weiß nicht mal, was ich getan habe. Gesabbert? Unflätige Geräusche?"

Er schüttelte den Kopf.

Ivy stieß einen erbosten Laut aus, dann stand sie auf, drängte sich vor, bis er seinen Stuhl so weit zurückschob, dass sie auf seinen Beinen sitzen konnte. Sie nahm ihn mit ihren schlanken Fingern am Kinn. „Ich tue das nicht ab. Ich habe dir ‚den Arsch gerettet', wie du es so eloquent formuliert hast. Jetzt will ich die ganze Geschichte. Das ist deine Bezahlung, dass ich mich schon wieder auf dich geworfen und dich vor einer Menschenmenge geküsst habe."

„Weil es so eine Mühe ist, mich zu küssen?"

Sie beugte sich vor, ihr Griff um sein Gesicht verstärkte sich, als sie die zweite Hand daran legte. Seine Wangen hielt und seinen Kopf neigte, damit sie ihn küssen konnte. Zart und sanft, ein Streicheln ihrer Lippen auf seinen. Seine Hände lagen auf ihrer Hüfte, darum waren sie verbunden und zusammen, und doch war es fast schon süß. Etwas, bei dem es um viel mehr ging als nur Sex.

Er wehrte sich nicht, als sie sich zurückschob, ihn anstarrte, ihre Quecksilberaugen eiskalt und brennend heiß zugleich. „Erzähl es mir, Walker. Das ist dir schon früher passiert, oder?"

Er neigte den Kopf, die Stoppeln auf seinem Kinn streiften ihre weichen Handteller.

„Lass dir von mir nicht jedes Wort aus der Nase ziehen. Stell dir das so vor wie damals an der Highschool, als ich mich geweigert habe, von dir meine Englisch-Hausaufgaben abschreiben zu lassen."

Guter Vergleich. „Du lässt mich die Arbeit selbst erledigen?" Er verlagerte seinen Griff um ihre Hüfte, denn sie zu halten, brachte ihn zu sich. „Das erste Mal war im Herbst. Da saß ich auf dem Hintern, aber ich erinnere mich nicht, dass der Bullenritt überhaupt begonnen hätte."

Ihr ganzer Körper spannte sich an. „Du hattest das, während du auf einem Bullen sitzt? O mein Gott, Walker. Das ist was ganz anderes als Lampenfieber."

„Es ist nur ein paar wenige Male passiert", versicherte er ihr eilig. „Ich spüre es kommen. Ich habe mich aus manchen Auftritten und in einigen Situationen zurückgezogen, wenn mir klar war, dass es passieren würde."

Die Falte zwischen ihren Augenbrauen war tief genug, um darin Kartoffeln zu pflanzen. „Dein Magen spannt sich an, und dein Puls geht hoch. Werden deine Hände schwitzig?"

„Meine Ohren klingeln, und ich schwöre, es fühlt sich an, als" – wenn er schon dabei war, konnte er auch gleich zugeben, einen getrübten Verstand zu haben – „als ob mich was erwürgt. Gleich hier, bis ich keine Luft mehr bekomme."

Er legte eine Hand hoch oben auf seine Brust, seine Finger berührten seinen Hals.

Ivy legte den Kopf schief, während sie eine Hand über seine legte und ihn langsam streichelte. „Du bist nicht der erste, dem es so geht. Obwohl ich mir sicher bin, dass das nicht beruhigend für dich ist, wenn man bedenkt, dass unsere Gesellschaft Männern ihre Gefühle nicht einfach zugesteht."

„Bitte. Ich bin Manns genug, dass mein Ego mit dem Wissen fertig wird, dass mein Hirn irgendwie nicht mehr auf Spur ist, aber das hilft mir nicht, es zu reparieren." Er verschränkte ihre Finger, die Hände fielen auf ihren Schoß. „Ich weiß, dass ich ein Problem habe. Ich kann es nicht ignorieren, und ich kann mich nicht daran vorbei arbeiten. Gott, Ivy. Ich habe die Chance, mit derselben Band auf Tour zu gehen, für die ich bei dieser Aufnahme eingesprungen bin, die du heute Abend gehört hast. Maxwell erzählt mir immer wieder von Dingen, die in der Zukunft passieren könnten, aber wie kann ich eine Karriere in etwas aufbauen, das in der Öffentlichkeit stattfindet, wenn ich nicht sagen kann, wann ich wieder erstarre?"

Sie hörte genau zu.

„Und ich muss was Großes tun, sonst kann ich der Familie nicht helfen."

Ivy schlug ihn leicht auf die Brust, die Lippen zu einer Schnute verzogen, und tadelte ihn. „Du bist eine größere Hilfe, als du dir zugestehst."

„Wenn ich nicht mehr Geld ranschaffe, bin ich das nicht." Er erwischte sie an der Hand und legte sie wieder auf seine Brust. „Caleb sagte, die Dinge sehen mit der Ranch nicht gut aus. Ich muss meinen Kopf geraderücken. Ich muss Maxwell eine Zusage geben können, er hat mir nur bis zum Ende des Sommers gelassen, um mich zu entscheiden. Wenn ich nicht singe, muss ich rauskriegen, wie ich mit dem Hintern lange genug auf einem Bullen bleibe, um Punkte zu machen. Das sind meine einzigen Möglichkeiten."

Sie war eine Weile still. Und nur, indem er sie anschaute, erkannte er, dass sie daran arbeitete, das Richtige zu sagen. Die richtigen, ermutigenden Worte.

Der Augenblick war zu vertraut.

Eine Erinnerung an ihre Vergangenheit schlich sich ein. Ivy, die Tränen unterdrückte, denn sie wollte nicht gehen, auch wenn alles in ihr den nächsten Schritt tun wollte.

Er, der sich dazu zwang, das Richtige zu sagen. Die selbstlosen Worte, diejenigen, die ihr gestatteten, ihren Träumen zu folgen, obwohl das war, als würde er sich das Herz herausreißen und es ihr überreichen.

Es war klar, dass Ivy die Übereinstimmung mit dieser Erinnerung auch sah, als sie weitersprach. „Damals hast du mich gefragt, was mein Traum ist. Du hast mich gefragt, was mich glücklich machen würde, wenn ich in die Zukunft aufbreche, und als ich gesagt habe, *bei dir sein*, sagtest du, das reicht nicht. Dass kein einzelner Mensch der Traum eines anderen sein sollte.“

„Gut gemerkt.“

„Das hat sich mir in die Seele gebrannt“, flüsterte Ivy. „Für einen Teenager warst du ziemlich klug. Ich musste gehen, denn es gab keine andere Möglichkeit, aber dich zu verlassen, war das Schwerste, was ich je getan habe.“

Walker wartete.

„Was ist dein Traum? Was willst du?“, frage Ivy. „Du hast mich mit deinem Segen weggeschickt, und es hat gedauert – lange gedauert –, aber ich habe geschafft, was ich mir vorgenommen habe. Ich bin Lehrerin. Das ist für immer Teil von mir. Jetzt ist es an dir, nach deinen Zielen zu greifen. Also, was willst du?“

„Hier mit meiner Familie sein. Die Ranch retten.“

Bei dir sein.

Das letzte behielt er für sich, denn er sah nicht, wie er das in die Tat umsetzen konnte.

Aber Ivy schüttelte den Kopf. „Ich stelle nicht die richtige Frage. Willst du singen? Musik hast du immer gemocht, aber eine Musikkarriere war nie etwas, worüber du gesprochen hast, als wir erwachsen wurden. Ich wusste nicht mal, dass die zur Debatte stand.“

„Ist einfach passiert", gab er zu. „Ich habe in einer Bar mit einem Haufen Jungs nach einem Event rumgeblödelt, und Maxwell war unter den Zuschauern. Es war eine verrückte Karaoke-Session, aber du hast recht. Ich hatte nie vor, Sänger zu werden."

„Was ist mit Rodeo?"

Er erkannte, worauf sie abzielte. „Ich mag die Tiere und die Jungs und die Atmosphäre. Es ist spannend. Aber ich bin auch gern hier mit meinen Brüdern auf Silver Stone. Ich brauche den Adrenalinrausch nicht."

Aber Silver Stone könnte weg sein, wenn sie die Finanzen nicht hinbekamen.

Ivy nickte nachdenklich.

„Wenn du weder das eine noch das andere vorziehst, gebe ich zu, mir wäre es lieber, du hast eine Panikattacke vor einer Zuschauermenge, anstatt auf einem Bullen. Peinlich ist nicht dasselbe wie verletzt oder tot."

Sie sprach es so nüchtern aus, dass ihre Worte ihn trafen wie eine Peitsche.

„Darum muss ich das mit den Panikattacken hinbekommen", beharrte er. Es lief immer auf dasselbe hinaus.

Aber Ivy war noch nicht mit dem Brainstorming fertig. „Was ist mit Songwriting anstatt Auftritten? Ryan sagte heute Abend, der Song wäre was, was du geschrieben hast."

Darüber hatte er niemals nachgedacht. „Es ist eine weitere Option, aber die bietet sich gerade nicht an. Gerade jetzt habe ich das Angebot, mit der Band zu reisen und zu singen. Wenn sie wieder ins Studio gehen, sagte Maxwell, kann er es für mich einrichten, dass ich ein paar weitere Singles aufnehme wie den Song, den ich geschrieben habe."

Ihre Wangen röteten sich. „Es tut mir leid, dass ich darüber vor allen gelogen habe. Ich hoffe, das schafft dir später keine Probleme."

Walker dachte zurück, um herauszubekommen, wovon sie

da sprach. „Du meinst die Tatsache, dass du gesagt hast, ich hätte ihn für dich geschrieben? Flocke, ich habe ihn für dich geschrieben."

Sie blinzelte.

Teufel, er hatte bereits alles andere ausgeplaudert, warum sollte er nicht gleich eine Bankrotterklärung unterschreiben? „Ich habe dich niemals vergessen. Du würdest gar nicht glauben, wie oft ich mir gewünscht habe, ich wäre bei dir. Ich glaube nicht, dass, seit du weggegangen bist, ein Tag vergangen ist, an dem ich nicht mindestens einmal an dich gedacht habe."

Alles an ihr wurde weicher, und ihre Augen glänzten feucht. „Ich habe dich so vermisst."

Sie hatten gar nichts gelöst. Tatsächlich hatten sie nur die Tür zu ihren Problemen aufgestoßen, aber irgendwie hatte die Tatsache, dass er die Last mit Ivy geteilt hatte, sie erträglich wirken lassen. Sie war so ein zentraler Bestandteil seines Lebens, dass er sich nicht vorstellen konnte, ohne sie weiterzumachen.

Er schob dieses Problem zur Seite und ließ sein Herz sprechen. „Ich weiß nicht, ob ich ein Sänger sein will, oder zum Rodeo, oder einfach nur mit meinen Brüdern arbeiten. Es gibt nur eines, von dem ich sicher weiß, dass ich es will."

Ivy wandte ihm ihre volle Aufmerksamkeit zu.

Walker zog sie an sich. „Ich will dich."

ER MUSSTE diese Bemerkung nicht näher ausführen. Am Ausdruck in seinen Augen erkannte sie bereits, dass sie sich nicht mehr zurückhielten. Es war, als hätte die Aufrichtigkeit zwischen ihnen dieses letzte Geständnis hervorgebracht. Ihre Körper mussten sich verbinden, wie ihre Herzen es bereits getan hatten, damit sie sich weiter einander widmen konnten.

Küsse kamen ganz natürlich. Der schwache Geruch nach

Tee vermischte sich mit dem Duft der Kerze, die sie auf den Küchentresen gestellt hatte, das flackernde Licht warf ein rosiges Glühen auf die Wände. Ein weiches Leuchten, das zur Zärtlichkeit seiner Berührung passte, während er ihr wieder über den Rücken strich, von oben nach unten, seine Finger verweilten oben auf ihrer Hüfte.

Ihr Puls tanzte, als seine Finger ihre Bluse lösten und darunter glitten, seine Handflächen auf ihr.

Seine Berührung war ablenkend und verlockend, aber einen Augenblick lang waren ihre Gedanken noch tief in alles verstrickt, worüber sie gesprochen hatten. Seine Ängste – die Panikattacken, wie er sie nannte – waren nichts, das man einfach so beiseiteschieben konnte. Es war grauenhaft, herauszufinden, dass ihm manchmal ein Stück seiner Erinnerung fehlte, besonders, wenn er in der Arena war.

Sie wusste, wie es war, Angst zu verspüren. Das Gefühl zu haben, als würde die Kehle enger werden und die Zunge festsitzen, bis sie nichts mehr sagen konnte und sich nichts mehr wünschte, als dass der Boden sich auftun möge, damit sie den staunenden Blicken und grausamen geflüsterten Worten entkommen konnte.

Nur dass sie bis zu diesem Zeitpunkt niemals *echte* Angst verspürt hatte. Bei dem Gedanken, dass er sein Leben riskieren wollte. Es musste doch bessere Möglichkeiten geben.

Sie konnte sich keine Welt vorstellen, in der es Walker nicht gab.

Er hatte ihr gestanden, dass er täglich an sie gedacht hatte. Bei ihr war es genauso, und obwohl sie jahrelang körperlich getrennt gewesen waren, schien es, dass alles andere an ihnen verflochten geblieben war, ineinander verstrickt wie ein feines Kunstwerk, bei dem die Rückseite ein Chaos aus Knoten war, die Vorderseite aber zu einem wunderschönen Wandbehang wurde. Das könnte ihre Zukunft sein.

Aber nicht, wenn er tot war.

Walkers Griff wurde fester, und einen Augenblick später war sie hoch in der Luft, gehalten von seinen Armen. Er zog sich weit genug zurück, um ihr in die Augen zu schauen. „Wo ist dein Schlafzimmer?"

Sie war so froh, dass sie dieses Zimmer als erstes fertiggemacht hatte. „Am Ende des Ganges links."

Alles war bereit. Und als Walker sie den Flur entlang trug, seine starken Arme wie Eisenbänder um sie, schob sie ihre Pläne und Vorhaben beiseite und beschloss, das hier zu einem Augenblick zu machen, an den sie sich bis ins kleinste Detail erinnern würde.

Seine Füße gaben auf dem Hartholzboden kein Geräusch von sich, nur wenn sie an Stellen vorbeikamen, wo die Dielen quietschten und knarzten. Als ob sich auch das Haus auf eine Zeit der Ekstase vorbereitete.

Dann waren sie durch die Tür in ihrem gemütlichen Zimmer. Walker hielt nicht inne, um die frische Farbe an der Wand oder die hübsche Einrichtung zu bewundern. Er legte sie auf das Bett, schob seinen Körper über ihren und widmete sich wieder dem Küssen.

Sie saß unter ihm fest, abgeschirmt in einer Schutzhülle, die aus seinem starken Bizeps bestand, der auf beiden Seiten von ihr auf der Matratze ruhte. Sein Oberkörper berührte nur ganz zart ihren, sein Oberschenkel glitt zwischen ihre Beine. Das schwere Gewicht seiner Hüfte und der Druck seiner Erektion pressten sie in die Matratze.

Es war, als wäre sie von Lust umgeben und verschüttet. Die Süße, mit der sein Mund sie erkundete, während er an ihrem Kinn entlang knabberte, geriet ins Stocken, damit er ihr Küsse auf die Schläfen und hinters Ohr geben konnte, dann leckte er an ihrem Ohrläppchen und brachte sie zum Lachen.

Als ob dieses glückliche Geräusch alles änderte, holte Walker tief Luft, stieß sie langsam aus und murmelte an ihrer Haut: „Meine Schneeprinzessin."

Seine Hand wanderte zur Vorderseite ihrer Bluse, öffnete die Knöpfe mit sehr viel mehr Talent als damals, als sie Teenager gewesen waren. Zu dieser Zeit hatte er sich ziemlich dumm angestellt, und dazu gehörten auch panische Augenblicke, in denen sie ihre Kleider wieder ordentlich zurückzerrten, nachdem sie heftig herumgeknutscht hatten, und versuchten, so auszusehen, als würden sie nur unschuldig fernsehen, wenn ihre Eltern wieder ins Fernsehzimmer kamen.

Diesmal würde sie niemand stören.

Trotzdem spürte Ivy einen Ansturm der Eifersucht auf die Frauen, die Walker in der Zeit berührt hatte, in der sie getrennt gewesen waren. Ach, das war ein unvernünftiger Gedanke, aber obwohl ein Teil von ihr sich freute, dass er sich im Lauf der Jahre vergnügen hatte können, war sie eifersüchtig.

Konzentriere dich auf jetzt. Konzentriere dich auf die Zukunft.

Walker schob die Seiten ihrer Bluse auf und drückte die Lippen gleich dorthin, wo ein Stück weiter unten ihr Herz verzweifelt schnell hämmerte. „So habe ich das in Erinnerung, nur besser.“

Ivy wollte ihn damit necken, dass seine Worte keinen Sinn ergaben, als er die Hand unter sie schob und ihren BH öffnete, den Schulterriemen auf einer Seite herabzog, um ihre Brust vor seinem begierigen Blick zu entblößen.

Er rollte sich leicht herum, sein Körper noch immer in Kontakt mit ihr, seine steinharte Festigkeit – *jede* steinharte Festigkeit an ihm – an sie gepresst. Walker hob einen Finger und ließ ihn über ihr Schlüsselbein hinabgleiten, langsam, neckend, während sein Blick dem Weg seines Fingers folgte. Die Wölbung ihrer Brust hinauf, rund um ihren Nippel, und noch einmal herum.

Sein Blick ging langsam höher, um ihr in die Augen zu schauen, ein träges Lächeln trat auf seine Miene. „So verdammt schön.“

Ein Keuchen kam von ihr, als er die Handfläche über ihre

Brust legte und drückte, im Kreis rund um die fester werdende Spitze rieb. Noch einmal drückte, fester diesmal und immer wieder.

Ivy wand sich, griff nach ihm, zerrte an seinem Hemd.

Walker lehnte sich weit genug zurück, dass er über den Kopf greifen und sein T-Shirt vorziehen konnte, es sich über den Kopf zerren und auf den Boden werfen. Im nächsten Augenblick hatte er ihre Bluse und ihren BH ganz abgenommen, summte fröhlich, während er ihrer anderen Brust die gleiche neckende Behandlung zukommen ließ.

Es war gut und wurde sogar noch besser, jetzt, da sie ihn auch berühren konnte. So viele starke Muskeln, über die sie mit den Fingern streichen konnte, seine Schultern hinabgleiten, über seinen Rücken. Seine Seiten liebkosen und sich gestatten, ihn zum ersten Mal seit Ewigkeiten zu erkunden.

Er war kein Teenager mehr. Er war hager und hart, mit einem beinahe unfassbaren Körperbau. Die Muskeln eines Mannes, der geschwitzt und gearbeitet hatte, der etwas geleistet hatte, das nun in jedem Quadratzentimeter seines Körpers sichtbar war.

Seine Lippen waren wieder auf ihren, dann bewegten sie sich zu ihrer Schulter. Er gab ihr kurz einen Kuss oben auf ihre Brust, bevor er die Spitze umfing und heftig saugte, ihren Nippel in den Mund sog und einen Blitzschlag direkt zwischen ihre Beine schickte.

Ivy verschränkte die Finger in seinen Haaren, schloss die Augen und ließ seine Berührung zu. Seine Lippen spielten mit ihren Nippeln, während er eine Hand nutzte, um sie zu halten und zu streicheln, sie höher zu heben.

Während er sie weiter mit dem Mund reizte, verschwand eine Hand. Die Zähne, die an ihrer Haut knabberten, reichten nicht aus, um sie davon abzulenken, dass seine Hand nach unten glitt, über ihren Bauch und unter den Saum ihrer Hose.

Starke Finger glitten in ihre Unterwäsche und über ihren

Venushügel. Besitzergreifend, beherrschend, ein Finger presste sich fest auf ihre Klitoris, bevor er tiefer glitt.

„Hier muss ich sein. Ich muss meinen Schwanz in dir haben, damit wir eins sind."

Aufrichtigkeit klang in seiner Stimme an, zusammen mit Sehnsucht und Verlangen.

Ivy griff nach unten und öffnete ihre Hose, wand sich so schnell aus allem heraus, wie sie nur konnte. Sie rollte sich zur Seite und zog eine Schublade in ihrem Nachtkästchen auf, um sich ein Kondom zu schnappen, denn sie war eine Erwachsene, und das war ihr Haus, und sie war vorbereitet.

Sie hatte so sehr gehofft, dass es dazu kommen würde.

Sie drehte sich zurück, nur um festzustellen, dass er sich auch ausgezogen hatte, und als er auch ein Kondom hochhielt, sahen sie sich in die Augen und lachten beide.

„Weißt du noch, wie schwierig es war, bei unserm ersten Mal Kondome zu finden?", fragte sie.

Walker kicherte. „Flocke, das ist nicht der richtige Augenblick, um sich zu erinnern."

Dann küsste er sie besinnungslos, bis sie nicht mehr an die Vergangenheit dachte, ganz gleich, wie süß die Erinnerungen waren. Sie war völlig im Augenblick aufgegangen, während er sie erneut neckte, seine Hände sie zwischen den Beinen streichelten, seine Finger in sie hineinglitten und dann zart um ihre Klitoris kreisten.

Er schob ihre Oberschenkel auseinander und zog sich zurück. Doch bevor sie ihren Protest ganz ausgesprochen hatte, hatte er schon den Mund auf ihrem Geschlecht, und das einzige Geräusch, das sie noch von sich geben konnte, war ein unverständliches Stöhnen.

Seine Cowboy-Seite hatte ihn gut mit den Händen gemacht, oder vielleicht war es das Gitarrespielen, doch der Sänger – oh, was dieser Mann mit seinem Mund anstellen konnte.

Rasch baute sich Lust auf, seine neckende Zunge

zusammen mit den Fingerspitzen, die in sie hinein und wieder herausglitten. Stetig, doch fordernd, veränderten sie leicht die Position, während sie ihm mit einer Reihe verzweifelter Geräusche Feedback gab.

Sie hätte auch Worte benutzt, wenn es ihr möglich gewesen wäre, zu sprechen.

Als er zwei Finger tief hinein schob, während er über die Vorderseite ihres Geschlechts strich, traf sie der Orgasmus wie ein Sturm, ihr Körper zog sich fest um ihn zusammen, ihre Hüfte bäumte sich auf, wollte mehr.

Er gab ihrer Forderung sofort nach, seine Finger wichen der breiten Spitze seines Schwanzes, die sich über ihr ausrichtete, bis die Hitze seines Oberkörpers und die brennende Hitze seines Verlangens ihr ein und alles waren.

Jeder Zentimeter wurde ihr glasklar bewusst, während er langsam seinen mächtigen Schwanz in sie schob, sie auf die Art verband, wie es sein sollte. Zum ersten Mal seit Ewigkeiten, und doch war es so sehr, als würde sie nach Hause kommen.

Er wiegte sich langsam, sein Blick wanderte über ihr Gesicht, während er sich mit eiserner Selbstbeherrschung zurückhielt. Die Muskeln seiner Schultern waren fest angespannt, als er sich in ein Territorium begab, dass er sehr lange nicht mehr erkundet hatte. Nicht er. Kein anderer Mann.

Ivy wurde klar, dass Spielzeuge zwar Spaß machten, aber wirklich gar nichts mit dem Original zu tun hatten.

Mit einer letzten kleinen Bewegung schloss er die Lücke, und sie waren völlig verbunden. Er ließ sich ein winziges bisschen herab, legte mehr Gewicht auf sie, und es fühlte sich quälend gut an.

Ivy positionierte ihre Hüften neu, ließ die Oberschenkel weiter aufklaffen, damit er mehr Platz hatte. Als sie ihm die Arme um den Hals schlang und glücklich seufzte, lachte er leise.

„Ich weiß nicht, was ich mehr will. So bleiben, weil es sich so verdammt gut anfühlt, oder mich bewegen, weil sich das auch verdammt gut anfühlen wird."

„Bewegen", sagte sie. „Auf jeden Fall bewegen."

Sie spannte sich um ihn an, und er fluchte leicht, bevor er ihre Anweisung befolgte. Die Hüfte zurückzog und wieder nach vorne schob, eine langsame, gezielte Bewegung, bei der sie jeden Zentimeter spürte.

Ivy starrte in die Augen, die so viel von ihrem Glück enthielten.

Walkers Gesicht verzog sich, als würde er Schmerzen leiden. Er leckte sich die Lippen und atmete langsam aus, als würde er um Selbstbeherrschung kämpfen.

Ivy wand sich wieder. „Walker?"

„Ja?" Er bewegte sich langsam in steten Schüben, die sich gut anfühlen, doch nicht mehr annähernd ausreichten.

Sie vergrub die Finger in seinen Haaren und zog so fest daran, dass sie seinen Kopf hochriss, um ihm in die Augen zu schauen. „Ich will, dass du es härter machst."

Von ihm kam ein weiterer Fluch.

„Ich meine es ernst. Ich bin keine zerbrechliche Schnee-prinzessin ..."

Er brauchte keine weitere Ermunterung. Mit dem Mund schnitt er ihr das Wort ab, indem er sie gierig küsste, sie unter sich festgenagelte. Die Haare, die seine Brust sprenkelten, rieben über ihre Nippel, während sein Körper immer und immer heftiger vorschnellte. Seine Hüfte schob sich vor und wurde dann zurückgerissen. Inzwischen stieß er in sie hinein, ihr Geschlecht fest um seinen Schwanz, den er immer wieder in sie hineinrammte.

Walker neigte seine Hüfte bei jedem Stoß tiefer, sodass ihre Lenden aneinanderrieben, was ihre Klitoris reizte und Lust über sie hinweg tanzen ließ.

Er knurrte, hielt nur lange genug inne, um einen Arm unter ihr Bein zu schieben, sie noch weiter zu öffnen, sodass er noch tiefer in ihren willigen Körper stoßen konnte.

Sie war hilflos unter ihm, und es war perfekt. Es fühlte sich gut an – nein, es fühlte sich hervorragend an – aber das ging weit über das Körperliche hinaus. Er war nicht ihr Liebster aus der Highschool, er war ein ausgewachsener Mann, der wusste, wie man sich vergnügte und Vergnügen erzeugte, und das in nicht zu kleinen Mengen.

Ivy packte seine Schultern fester, schloss die Augen und ließ sich von dem hohen Tempo wieder nach oben tragen. Er sackte herab, rief ihren Namen, während er ihre Hüften fest miteinander verband, in einem Kreis über ihre Klitoris rieb, während er in ihr zuckte.

Eine weitere Woge traf sie, ihr Geschlecht zog sich um seinen Schwanz zusammen, zog seine Lust in die Länge, wenn man nach seinem ununterbrochenen Stöhnen ging. Ivy genoss das Gefühl, wie gut es war, mit ihm verbunden zu sein.

Walker keuchte heftig, blieb noch einen Augenblick über ihr, bevor er sich langsam, vorsichtig neben ihr niederließ. Nach wie vor verbunden, während er das Bein, das er immer noch führte, über seine Hüfte zog. Er schmiegte sich an ihren Hals und bedeckte ihr Gesicht mit Küssen. Zart und sanft, und so völlig vertraut, während sein Schwanz noch in ihr war.

Sie beobachtete ihn, hielt die Worte zurück, die aus ihr herausplatzen wollen. Sie wollte ihm keine Angst machen, wusste allerdings, dass das nur ein Schritt war, um ihn sehen zu lassen, was er wert war. Nicht nur für sie, sondern für sich.

Walker strich ihr mit den Fingern über die Wange. „Das war besser, als ich es in Erinnerung habe."

Ivy lachte. „Wir waren siebzehn. Ich finde nicht, dass es damals für uns irgendwie hätte besser sein können. Du hast dir da ein paar Talente angeeignet, die ich sehr zu schätzen weiß."

Seine Miene wurde ernst. „Ivy? Das war seit damals das erste Mal für dich, oder?"

Sie nickte.

„Für mich auch."

15

———

Die Stille im Zimmer vertiefte sich. Ivy hatte nicht erwartet, dass er das sagen würde, aber was als erstes durch sie hindurchrauschte, war nicht ungläubiger Zweifel. Es war eine Art süße Freude.

Sie legte ihm eine Hand an die Wange. „Wow."

Ein träges, sexy Lächeln zog über sein Gesicht. Zufriedenheit stand dort, aber es gab auch Erheiterung, die nur ihr zu gelten schien. „*Wow?* Du gibst mir nicht gerade viel, mit dem ich arbeiten kann. Wie fühlst du dich?"

„Du weißt doch ganz gut, wie ich mich fühle. Jede Frau, die so kurz hintereinander zwei Orgasmen hatte, ist ziemlich glücklich. Wenn mich irgendetwas überrascht, dann, dass wir so viel besser sind als damals, als wir jung waren, wenn man bedenkt, dass keiner von uns viel geübt hat."

Walker lachte leise. „Es hat sich einfach niemals richtig angefühlt, diesen letzten Schritt zu gehen."

Eine Erinnerung blitzte auf. „Deshalb hast du gelächelt, als ich dir erzählt habe, dass ich nie Sex hatte."

Er nickte. „Vielleicht werden wir dadurch zu zwei altmodischen Narren."

Sie beugte sich dicht an ihn, drückte ihre Lippen auf seine und küsste ihn heftig. „Dann sind wir zusammen die perfekten Narren.“

Walker tippte ihr auf die Nase, ehe er aus dem Bett schlüpfte, um sich um das Kondom zu kümmern. Einen Augenblick später steckte er den Kopf aus ihrem winzigen Bad und grinste. „Du hast hier drin eine Dusche“, setzte er sie fröhlich in Kenntnis.

Ivy richtete sich auf, zog sich die Bettdecke an die Brust. „Gut erkannt.“

„Klugscheißerin.“ Er neigte den Kopf zu seiner neuen Entdeckung. „Spring mit rein. Ich wollte dich schon immer in der Dusche haben.“

Es war eindeutig eine Forderung, keine Bitte, doch Ivy machte es nicht aus. Seine Idee ging ganz konform mit dem, was sie wollte, darum schob sie die Decke zurück und kam zu ihm.

Nass und *Sex* erwiesen sich als wunderbare Mischung, wenn das Wasser heiß war und der Mann Walker. Aus dampfender Lust wurde ein langes, träges Kuscheln in ihrem Bett, und er brach erst am Morgen auf. Er hatte sich um sie geschlungen und sie die ganze Nacht lang gehalten.

Ivy war froh, dass sie das größere Bett in den Raum gequetscht hatte, obwohl Walker schräg geschlafen hatte, damit seine Füße nicht über den Rand hingen.

Ivy war immer noch in einem schläfrigen Nebel, als Walker seine Lippen auf ihre drückte, sie träge küsste. „Ich muss los, Flocke. Ich ruf später an.“

„Komm vorbei, wenn du mit der Arbeit fertig bist“, bot Ivy ihm an.

„Keine wilden Pferde könnten mich davon abhalten“, scherzte er.

„Wir müssen immer noch reden“, rief sie ihm in Erinnerung. „Wir sind nicht fertig.“

Sein Gesicht wurde ernst. „Nein. Du hast recht. Wir sind nicht fertig."

Sie glaubte nicht, dass er von seinen Panikattacken sprach, und das war für sie in Ordnung. Sie drückte ihn ein letztes Mal, dann beobachtete sie, wie er aus ihrem Zimmer ging.

Sie schlief rasch wieder ein, wenn man bedachte, dass es vier Uhr früh war, doch ihre Träume waren mit halben Unterhaltungen und kleinen Filmclips gefüllt. Solchen, die mit einem Schock anfingen und niemals zu einem Ende kamen.

Süße Bilder von ihren Tagen in der Highschool. Ivy, um die sich ihre Familie versammelte. Zeit aus ihren Tagen, die sie im Krankenhaus verbracht hatte, als sie krank geworden war – was ein Geheimnis war, das sie irgendwann bald mit Walker teilen musste. Ihre Träume wurden noch ruheloser, und als sie sah, wie Walker von einem Bullen abgeworfen wurde ...

Das war, als sie es ganz aufgab, aus dem Bett stieg und sich für ihren Tag fertigmachte.

Sie erledigte ein paar Aufgaben, die mit ihrem Schuljahr zu tun hatten, aber das hieß trotzdem, dass sie noch vor dem Mittag unterwegs zu ihren Eltern war.

Sophie begrüßte sie mit einem Lächeln. „Dein Vater ist im Buchladen, falls du ihn brauchst."

„Da schaue ich später vorbei, aber ich dachte, ich besuche dich, wenn du Zeit hast."

Ihre Mom schob die Zeitung vor sich auf dem Tisch zur Seite, ehe sie Ivy ihre volle Aufmerksamkeit zuwandte. „Magst du eine Tasse Tee?"

Ivy lachte. „Nein, eine solche Unterhaltung ist das nicht. Ich habe mich nur gefragt, ob alles gut läuft."

„Das sollte doch meine Frage sein, nicht deine." Ihre Mom ging zur Arbeitsfläche, um trotzdem den Wasserkocher anzustecken. Sie drehte sich um und musterte Ivy kurz, ohne zu sehr zu starren. Dieser *Mutterblick*, den sie im Lauf der Jahre perfektioniert hatte. Ivy wusste, dass sie genau gemustert worden war, aber es wirkte nicht so aufdringlich, als wenn es andere machten, vermutlich, weil es so ein Mutterding war.

Das andere Mutterding, das Sophie tat? Sie wartete, bis Ivy die Frage beantwortete. „Mir geht's gut. Keine nachhaltigen Probleme, weil ich in die Heart Falls getaucht bin."

„Nichts Körperliches, was ist mit ...?" Sophie wandte ihr rasch den Rücken zu und holte Teebeutel aus dem Schrank, als wäre es die wichtigste Aufgabe aller Zeiten. „Wie geht's Walker?"

Ivys Wangen wurden warm, doch sie war alt genug, um sich selbst zu entscheiden, wie sie ihr Leben führte. „Fragst du das, weil du nichts weißt? Irgendjemand in der Stadt hält dich doch sicher über das Geschwätz auf dem Laufenden."

Sophie stellte den Teekessel auf den Tisch und nahm wieder Platz, spielte mit dem Löffel. „Was meinst du denn mit *irgendjemand* in der Stadt? Deine kleine Schwester Fern – ich schwöre, das Mädchen hat irgendwo in dieser Künstlerhöhle dort oben ein Kurzwellenradio versteckt. Ich habe gehört, dass gestern Abend irgendwas in dem Wasserloch passiert ist, in das ihr jungen Leute gerne geht, und da war auch Walker beteiligt, aber ich habe nicht gehört, wie es ausgegangen ist."

„Er kommt schon in Ordnung." Ivy zögerte. Es war nicht ihr Geheimnis, das sie teilen durfte, aber es gab Dinge, mit denen ihre Mom helfen konnte.

Doch darüber hinaus war sich Ivy bewusst, wie sehr ihre Eltern ihr im Lauf der Jahre geholfen hatten. Wie sehr sie für sie auf vielerlei Arten gekämpft hatten.

„Ich glaube nicht, dass ich dir oft genug Danke gesagt habe", begann Ivy leise. „Du und Dad, ihr wart wunderbare Eltern. Nicht nur für mich, sondern für jedes von uns Mädchen. Die ganze Zeit über, in der ich weg war, wusste ich, dass ich euch hatte, und zu euch nach Hause kommen konnte. Ich wusste, dass, was immer passiert, ihr mich unterstützen würdet."

Ihre Mutter hielt inne, als sie gerade den Tee einschenkte. „Na, ich glaube, du hast es oft genug gesagt. Wir wissen, dass du das zu schätzen weißt, aber darum machen wir es nicht. Wir lieben dich."

„Und das habe ich nie bezweifelt, besonders nicht an den Tagen, an denen ich heimgekommen bin und es mir schlecht ging und ich geweint habe, weil ich in der Schule gehänselt worden bin."

Sophies Blick wurde schärfer. „Ach, an ein paar von diesen Tagen habe ich etwas zusätzliche Aufregung bekommen, weil ich zurück zur Schule marschiert bin, um einigen der anderen Eltern meine Meinung zu geigen."

„Aber du warst fair. Ich hoffe, die Eltern, mit denen ich es zu tun bekomme, sind genauso vernünftig und geben zu, wenn ihre kleinen Lieblinge keine Engel sind."

Ihre Mutter lächelte. „Die einzige Zeit, in der du kein Engel warst, war, wenn du mit Walker unterwegs warst. Aber ich werfe dein Verhalten nicht ihm vor. Ich glaube, du hast ihn vermutlich in mehr Schwierigkeiten gebracht, als er selbst angestiftet hätte. Seine Mutter hat uns immer angefleht, ob wir dich nicht ein bisschen bremsen könnten, was uns beide immer zum Lachen brachte, da du doch so zerbrechlich warst."

Es war immer ein bisschen traurig, über Walkers Eltern zu reden. Ihr Tod hatte jeden in der Gemeinschaft betroffen, darunter auch ihre Eltern, die mit beiden befreundet gewesen waren.

„Ich bin froh, dass ihr uns adoptiert habt." Ivy beugte sich vor und drückte die Hand ihrer Mutter. „Ich weiß, ihr habt schon früher gesagt, dass ihr einfach vier Mädchen ausgewählt habt, die etwas Liebe brauchten, aber wir hatten wirklich Glück. Ihr habt uns euer Herz geöffnet, du und Dad."

„Jeder Augenblick davon hat sich gelohnt", erwiderte ihre Mom entschieden. „Zu einem etwas anderen Thema, nicht dass ich es mir nicht gefällt, dass du reinschneist und mir sagst, wie toll ich bin ..."

Ivy grinste sie an.

„Du und Walker."

Ihr Lächeln entglitt ihr ein wenig. „Ja?"

Sophie nahm ihren Löffel und ihre Tasse. Ein eindeutig verräterisches Zeichen, dass sie nach den richtigen Worten suchte.

„Mom. Du sagst doch jetzt nicht gleich was Peinliches, oder?"

Der Blick ihrer Mutter schoss hoch. „Ich sage auf jeden Fall etwas Peinliches. Liebling, ich weiß, dass er gestern Nacht bei dir zu Hause war, und ich glaube nicht, dass er dir bei Reparaturen geholfen hat. Und ich will nur sichergehen, dass du weißt, obwohl wir Walker sehr mögen ... Na, ihr seid Erwachsene, ihr beiden ..."

„Ja, sind wir."

Sophie warf ihr einem finsteren Blick zu. „Pass auf."

Ein Gespräch über Safer Sex mit ihrer Mutter. *Gar* nicht das, was sie wollte. „Ich bin ziemlich sicher, dass wir diese Unterhaltung schon vor guten zehn Jahren geführt haben."

Ihre Mom wirkte einen Augenblick lang entsetzt, bevor sie lachte. „Ach, Liebling. Ich rede doch nicht von Sex. Du hast recht, wenn ihr das inzwischen noch nicht raus habt, mit dem Internet und allem, dann macht einfach und arbeitet euch da selber durch. Ich rede über deine Zukunft."

Nun, das war beinahe noch peinlicher als ein Gespräch über Sex. „Was für eine Zukunft? Glaubst du nicht, dass ich mit Walker zusammen sein sollte?"

Nun war es an ihrer Mutter, nach ihrer Hand zu greifen und ihre Finger fest zu drücken. „Ganz im Gegenteil. Ich will nicht, dass du etwas versäumst, das absolut wunderbar sein könnte. Du musstest viel aufgeben, als du weggegangen bist, und ich weiß, dass du wegen deiner gesundheitlichen Probleme lange gebraucht hast, um zurückzukehren. Er ist ein guter Mann. Seinem Vater furchtbar ähnlich. Walter Stone hatte ein größeres Herz als jeder, den wir kannten, dein Vater eingeschlossen, der manchmal so eine Neigung hat, ein bisschen zu sarkastisch zu werden."

Ihre Mutter wollte, dass sie mit Walker zusammen war. „Ich wusste immer, dass du ihn magst, aber du hast niemals *so* hin und weg gewirkt."

Sophie schaute sie an, mit der entschiedenen Offenheit, die sie durch die Jahre gebracht hatte. „Eine Zeit lang wussten wir nicht, ob du eine Zukunft hast, Liebling. Es war für uns nicht richtig, dir Hoffnung zu machen. Aber es wäre auch nicht richtig gewesen, dir deine junge Liebe zu verweigern."

Ein kaltes Prickeln ging bei der Erinnerung durch Ivy hindurch, wie krank sie gewesen war. „Inzwischen bin ich viel gesünder."

„Das bist du", stimmte ihre Mutter zu, „und hast eine Menge gelernt, was dir helfen wird, in den folgenden Jahren stark zu bleiben. Aber das bedeutet, dass du Dinge jonglieren musst. Und wenn Walker derjenige ist, den du willst, will ich nicht erleben, dass du ihn verpasst. Den richtigen Menschen im Leben zu haben, macht die schwierigen Tage so viel erträglicher."

Sie schwiegen einen Augenblick lang, die leichte Musik, die ihre Mom immer im Hintergrund laufen ließ, füllte die Winkel des Hauses mit einer stillen Freude. Nicht laut genug, um die Worte zu verstehen, aber deutlich genug, dass man die positive und fröhliche Melodie erkennen konnte, genau wie ihre Mom.

Genau wie der Haushalt, in dem Ivy aufgewachsen war, und wieder einmal traf sie der Gedanke, wie sehr sie dasselbe mit Walker wollte.

Ivy nahm ihre Tasse, legte die Finger darum und lächelte ihre Mom an. „Du bist eine ziemlich kluge Frau."

„Da hast du verdammt noch mal recht", erwiderte Sophie.

„Also achte nicht auf das Grollen deines Vaters, bei dem ist einfach noch irgendwo was verspannt. Wir sollten ein Familienessen planen und Walker einladen. Ich verspreche, ich mache keine blöden Witze, und ich bringe auch Malachi dazu, dass er sich benimmt."

„Ist es ihm körperlich überhaupt möglich, keine blöden Witze zu machen?", fragte Ivy todernst. „Ach, Moment. Fragen wir auf jeden Fall auch Oma, ob sie sich uns anschließt. Dann wird Dad sein bestes Verhalten an den Tag legen."

Ein Kichern kam von ihrer Mutter, bevor Sophie ihr Gesicht wieder ernst werden ließ. „Büffel?"

Ivy lächelte und fühlte sich im Inneren ganz warm. „Oh, Mom, ich liebe dich so sehr."

„Ich liebe dich auch. Wir werden die Jungs an den Grill stellen. Sie können sich bei Rauch und Kohle anfreunden. Das ist doch ins männliche Genom eingeschrieben, oder?"

CALEB SCHLUG ihm eine Hand auf die Schulter und schenkte ihm ein schiefes Grinsen. „Ich kann nicht glauben, dass ich das sage, aber kannst du mal mit dem Singen aufhören?"

Walker blinzelte überrascht. „Habe ich gesungen?"

„Es ist, als würde ich mit einem Käfig voller Kanarienvögel neben mir arbeiten. Du flötest mal das und dann jenes vor dich hin, und nichts davon ergibt einen Sinn. Klingt gut, aber ich glaube nicht, dass du das verkaufen kannst."

Luke kam von einer Box auf der anderen Seite und trat vor. Er schaute Walker genau an. „Dir geht's gut."

„Ja. Danke, dass du nachfragst."

Caleb schaute zwischen den beiden hin und her. „Ist mir was entgangen?"

Luke verbarg sein Grinsen, und Walker arbeitete daran, sein Gesicht starr zu halten. Ihr ältester Bruder bekam das

Geschwätz niemals so schnell mit wie alle anderen, was diesmal Walker in die Hände spielte. „Nö."

„Walker hat die Nacht bei Ivy verbracht." Diese Einlassung kam von über ihren Köpfen, und die drei drehten sich, um ein leuchtend rotes Flanellhemd aufblitzen und verschwinden zu sehen, während Kellis Stimme in der Ferne verklang. „Nicht, dass Caleb das interessieren würde."

Walker warf einen Blick auf seinen großen Bruder. Caleb hatte eine Augenbraue gehoben, und auf seinem Gesicht war ein Lächeln, in dem viel zu viel hämische Freude stand.

„Worüber grinst du denn?", wollte Walker wissen.

Luke meldete sich erneut zu Wort. „Er ist ein glücklich verheirateter Mann. Jetzt ist sein einziges Lebensziel, dafür zu sorgen, dass jeder andere von uns auch so angekettet wird."

Walker und Caleb schauten einander in die Augen, doch diesmal ging keine Erheiterung zwischen ihnen hin und her. Etwas hatte sich in Lukes Tonfall verändert, und sie drehten sich um, um ihn anzusehen.

Luke hatte sich eine Mistgabel geschnappt, stach auf den nächstbesten Heuhaufen ein, als würde er sich vor eindringenden Monstern verteidigen.

„Eine interessante Beobachtung von einem Mann, der verlobt ist und heiraten will", entgegnete Caleb trocken.

Dieser Kommentar hätte ihm eine freche Antwort einbringen sollen, doch Luke hob still die Ladung Futter hoch und ging, die Schultern unter seiner Fleecejacke versteift.

Caleb und Walker starrten einander an. „Habe ich irgendwas gesagt?", fragte Caleb. „Ich hab nur rumgescherzt."

„Ich weiß auch nicht, was los ist. Penny ist seit ein paar Wochen weg, darum vermisst er sie vielleicht." Walker wollte nicht in einem wunden Punkt herumstochern, indem er nachfragte. Aber irgendwas war auf jeden Fall los.

Ein kratzendes Geräusch drang von oben herab, und ein wenig Heu fiel aus dem Schober.

Caleb verdrehte die Augen. „Kelli. Schwing deinen Hintern hier runter und hör auf, zu lauschen."

Sie glitt an dem alten Wasserrohr herunter, auf dem sie gespielt hatten, als sie Kinder gewesen waren, schwang sich herab wie an einer Feuerwehrstange. Schwere Lederhandschuhe schützen ihre Hände, und als sie landete, stieg unter ihren Stiefeln eine Staubwolke auf. Sie marschierte herüber, klatschte die Hände zusammen und ließ die Handschuhe dann in ihren Taschen verschwinden.

„Ja, Boss?", fragte sie ganz unschuldig und süß.

„Komm mir bloß nicht so an, junge Dame."

Kellis Lippen verzogen sich kurz, bevor sie laut schnaubte. „O mein Gott, mach das nicht. Ich meine, wenn Ashton mir die Leviten liest, dann verstehe ich das, denn er ist schon ... *alt*. Aber du bist auf gar keinen Fall der Großvater-Typ. Zumindest noch nicht."

„Hör auf, das Thema wechseln zu wollen. Was weißt du?"

Kelli verzog das Gesicht. „Ist das nicht Lukes Angelegenheit?"

„Kelli", warnte sie Caleb. „Du redest doch sonst immer nur zu gern über alles, was hier vorgeht. Spuck es aus."

Sie zog eine Augenbraue hoch. „Ich weiß nur, dass er erst herumgesprungen ist wie ein ausgelassenes Fohlen, weil er mich zufällig beim Kartenspiel geschlagen hat, dann kam auf seinem Telefon eine Nachricht an, und seit er die gelesen hat, ist er ein totaler Miesepeter."

„Penny", schätzte Caleb. Er seufzte schwer. „Ich spüre ihn später auf und finde raus, was los ist." Er warf einen Blick auf die Uhr. „Tatsächlich werde ich ihn jetzt suchen. Ich habe den Mädchen versprochen, dass ich sie zum Angeln mitnehme, und wir müssen uns fertigmachen."

„Ihr geht mitten am Nachmittag angeln? Die Fische beißen doch erst bei Dämmerung."

„Ach, wir gehen später angeln, aber das bedeutet, dass wir

am Nachmittag anfangen müssen, uns fertigzumachen, zumindest laut der Mädchen."

Er schlug Walker auf die Schulter, warf Kelli einen warnenden Blick zu und marschierte dann Luke hinterher.

„Und er hat sich beschwert, dass ich laut bin? Sein Pfeifen ist furchtbar", murmelte Walker. Er wandte seine Aufmerksamkeit Kelli zu, die versuchte, sich davonzuschleichen, ohne dass es aussah, als würde sie sich davonschleichen. „Ich nenne dich nicht *junge Dame*, aber du verschwindest nicht einfach, ohne mit mir zu reden."

Kelli schenkte ihm ein freches Grinsen. „Klar, Boss."

Walker warf ihr einen ermahnenden Blick zu.

Sie schaltete einen Gang zurück. „Tut mir leid, es ist einfach nur so viel spaßiger, Caleb jetzt aufzuziehen, da er im Glückstaumel ist, weil er mit Tamara verheiratet ist und so."

„Wie geht's dir?" Er hielt den Blick auf ihr Gesicht gerichtet, damit er nicht verführt wurde, sie nach weiteren blauen Flecken abzusuchen.

„Mir geht's gut", erwiderte Kelli knapp, während sie bestimmt das Kinn neigte. „Keine Probleme, und ich sehe auch in der Zukunft keine."

„Also alles klar?"

„Glasklar", erwiderte sie, wieder völlig zurück bei ihrer dreisten Art. „Aber mir würde es sogar noch besser gehen, wenn du mir die Erlaubnis gibst, Storm Dancer zu reiten. Bitte?"

Das Mädchen hatte eine riesengroße masochistische Ader. „Dieses Pferd ist höllisch gefährlich."

„Du reitest ihn."

„Ich bin nicht ein Meter fünfzig groß und wiege fünfzig Kilo."

Kelli stemmte die Hände in die Hüften und funkelte ihn an. „Ein Meter siebenundfünfzig, und sehr viel mehr als fünfzig Kilo. Aber dadurch wird es vielleicht sogar besser, denn ich kleine Portion auf seinem Rücken werde ihm gar nichts ausmachen."

„Du willst wirklich Storm Dancer reiten?"

„Das kannst du glauben", schoss es begeistert aus ihr hervor.

„Sag mir, wer dir diese blauen Flecken verpasst hat."

Ihr Gesicht verzog sich finster. „Das ist fies."

„Deine Entscheidung", erwiderte Walker ruhig. „Ich schwöre, ich werde es niemandem erzählen, und sobald du mir einen Namen gibst, werde ich deinen Versuch überwachen, Storm Dancer zu reiten."

Kelli schien darüber nachzudenken, öffnete den Mund und schloss ihn ein halbes Dutzend Mal, bevor sie den Kopf entschieden schüttelte. „Kann ich nicht. Und ich glaube, dass du wirklich fies bist, dass du das zur Bedingung machst, denn ... einfach nur darum."

Es war einen Versuch wert gewesen. „Du bist dir sicher, dass niemand herkommt und dich wieder verhaut?"

„Ich bin überzeugt, dass diese Situation sich niemals wieder ergeben wird", sagte Kelli mit absoluter Inbrunst.

Verdammt. Er wünschte, einer der anderen Helfer könnte ihm mehr Informationen geben, aber es gab niemanden. Kelli war Augen und Ohren überall auf Silver Stone. Sie war diejenige, die die Gerüchte herausfand, nicht diejenige, die sie schuf.

„Also gut. Ich sag dir was. Beim nächsten Mal, wenn ich Storm Dancer draußen habe, lass ich es dich mal versuchen. Aber nur, wenn ich dabei bin", schloss er, hob die Stimme, um über ihr hohes Kreischen der Freude gehört zu werden. Kelli warf sich auf ihn und umarmte ihn schockierend stark für jemanden, der so klein war wie sie.

Dann war sie weg, lief mit der Begeisterung eines Teenagers davon.

Walker schüttelte den Kopf. Sie war ein verdammt guter

Cowboy, aber verdammt sollte er sein, wenn er gewusst hätte, wie sie tickte.

Sein Telefon summte, und er schaute darauf hinab, begeistert, eine Nachricht von Ivy zu sehen.

Ivy: *Wie stehst du zu einem Grillabend?*

WALKER: *klingt gut*

Ivy: *Huhn oder Rind?*

Er konnte nicht widerstehen: *Büffel*

Ivy: *LOL. Woher wusstest du das?*

WALKER: *ich habe dein Haus gesehen, Flocke. Wenn du ihn nicht auf dem Friedhof versteckt hast, hast du keinen Grill.*

Ivy: *hmm. Jetzt, wo du es erwähnst, werde ich das auf die Liste setzen.*

WALKER: *du musst deine Veranda reparieren, bevor du einen Grill kaufst*

Ivy: *ich habe Pläne, die Veranda zu reparieren, aber mein Handwerker ist ziemlich beschäftigt gewesen, weil er sich um einen Notfall im Schlafzimmer gekümmert hat*

Er lachte: *kommt das öfter vor? Notfälle in deinem Schlafzimmer?*

Ivy: *Ich bin mir nicht sicher. Du musst vielleicht rüberkommen, wenn du heute mit der Arbeit fertig bist, um nachzusehen, ob das ein regelmäßiges Problem ist oder nur hin und wieder mal*

WALKER: *Liebling? Vertrau mir. So sicher wie ein Uhrwerk. Täglich. Zweimal täglich, oder öfter, falls möglich*

Es war ein netter Austausch, beinahe wie eine Erinnerung an die Tage, bevor sie weggegangen war. Und während sie Pläne machten, sich zu treffen, sobald er für heute fertig war, genoss Walker das Wissen, dass sie Teile dieser Beziehungssache ausgeknobelt hatten.

Er musste immer noch herausbringen, was er mit seiner Zukunft anfangen wollte. War es möglich, mit seinen Panikattacken fertig zu werden, oder würde er etwas anderes finden müssen, das er tun konnte, um seiner Familie zu helfen?

Leider, ganz gleich, wie sehr er sich das Gehirn zermarterte, kam er mit keiner anderen Lösung voran. Die ganze Zeit, während er in der Schlafbaracke war, um sich zu säubern, drehten sich seine Gedanken um diese Vorstellung. Etwas Neues. Das brauchte er.

Ja, man hatte ihm bereits eine Gelegenheit auf dem Silbertablett serviert, und war es richtig, sie einfach wegzuwerfen? Wie viele Menschen sehnten sich nach einer Karriere in der Musikszene? Und ihm wurde einfach so eine aufgetischt ...

Genug.

Er warf ein paar Sachen in einen Beutel, denn er hatte auf jeden Fall vor, über Nacht bei Ivy zu bleiben. Nicht nur, weil sie viel hatten, über das sie reden mussten, sondern weil er auch ihre Perspektive erfahren wollte. Die Möglichkeit, dass er die Nacht in ihren Armen verbringen konnte, würde die ganze Verwirrung und Rastlosigkeit sehr viel leichter erträglich für ihn machen.

16

Sie machte sich nicht die Mühe, so zu tun, als würde sie nicht auf ihn warten.

Ivy stand auf der Veranda, während sein Truck über ihre lange Zufahrt fuhr. Die Augusthitze trieb von der Straße heran und ließ vor seinen großen Reifen schimmerndes Hitzeflirren entstehen.

Er parkte, und seine Füße trafen mit einem festen Geräusch auf den Boden. Während er hinten einen Beutel und seine Gitarre herausholte, bewunderte sie seine schmalen, muskulösen Umrisse. Sein T-Shirt spannte sich über seinen Bizeps, als er sich die Tasche um die Schulter schlang, den Gitarrenkoffer in der Hand, und auf sie zukam, ein träges Grinsen auf dem Gesicht. Eines, das sagte, dass auch er es gar nicht erwarten konnte, bei ihr zu sein.

Sie standen einen Augenblick lang da und bewunderten einander, sie auf der Veranda und er auf der untersten Stufe, von wo er aufschaute. Es war ein absolut perfekter Tag in Alberta, mit blauem Himmel im Hintergrund und einer Ansammlung von Fichten, die die Rocky Mountains rahmten.

Selbst die verwitterten Grabsteine auf dem Friedhof nebenan schienen in den Moment zu passen.

Etwas Altes und doch so schön. Erinnerungen an gut geführte Leben. Das war es, was sie mit ihm wollte; Erinnerungen, die von jetzt bis in alle Ewigkeit reichten.

„Du siehst aus wie ein richtiges Ranch-Mädchen", sagte Walker, der sie von oben bis unten musterte.

Ivy lachte. „Tansy und Rose haben das Outfit gekauft. Ich glaube, meine Oma hat sie darauf angesetzt. Und ja, ich fühle mich, als wäre ich in der Zeit zurückgereist, indem ich es einfach nur angezogen habe."

Sie zupfte an dem Prärie-Rock aus vielen Lagen und knickste dreist vor ihm.

Er stellte seine Gitarre und Tasche auf der Veranda ab und trat dicht zu ihr, während er mit dem Finger über den gerafften Ausschnitt ihrer Rüschenbluse fuhr. Sein Finger war heiß, wo er auf ihre Haut traf. „Eine hübsche Verpackung für ein hübsches Päckchen."

Walker schob ihr die Finger unters Kinn und hob ihr Gesicht an, küsste sie sanft. Sanft, bis es das nicht mehr war, da er den Kuss vertiefte, ein wenig heftiger gestaltete, und Ivy spürte, wie ihr allmählich die Knochen wegschmolzen.

Er zog sich mit einem zufriedenen *Hmmm* zurück. „Sehe ich das richtig, und es gibt einen Grillabend, an dem wir teilnehmen müssen?"

„Später. Mom und Dad schließen den Laden heute nicht vor sieben. Ein paar Leser sind zu einem Event bei Fallen Books. Ich kann dir jetzt was zu essen geben, denn ich habe gehört, dass Cowboys so was machen. Zweimal Abendessen."

Er folgte ihr durch die Tür, schaute sich in dem völlig leeren Wohnzimmer um. „Du hast es ein wenig übertrieben mit dem Dekorieren, Flocke. Sehr minimalistisch."

„Ich bereite mich darauf vor, die ganzen Reparaturen an den Wänden und dem Boden durchzuführen", erklärte sie ihm, warf einen Blick über die Schulter, um zu sehen, dass er schon den Gang entlangschlenderte. „Zum Kühlschrank geht's nicht ins Schlafzimmer."

Er blieb stehen. „Ich sollte dich wohl erst fragen. Hast du irgendwas dagegen, wenn ich meine Tasche da reinwerfe?"

Was hieß, dass er über Nacht bleiben wollte. Ein glückliches Schaudern lief durch sie hindurch. „Klingt gut für mich. Ich glaube aber nicht, dass dort auch Platz ist, um deine Gitarre reinzuwerfen."

„Ich dachte, die nehme ich heute Abend mit zu deinen Eltern. Deine Oma hört mich gern spielen."

Ivy zögerte. „Woher hast du gewusst, dass Oma Sonora dort ist?"

Er war wieder an ihrer Seite, griff an ihr vorbei nach einem Glas und bediente sich. Er füllte es mit Wasser, bevor er sich umdrehte und es zu einem Salut hob. „Na, weil sie mir eine Textnachricht geschickt hat."

„Oma?"

Walker grinste, während er nach seinem Handy griff und es ihr hinhielt, um es ihr zu zeigen.

Sonora Fallen: *Ist eine Weile her, seit du vorbeigekommen bist. Bring doch heute Abend deine Gitarre mit, bitte.*

WALKER: *gibt es irgendwas Besonderes, was ich für Sie spielen soll?*

SONORA FALLEN: *Irgendwas Liebliches. Und junger Mann, Sätze beginnen mit Großbuchstaben.*

WALKER: *Ja, Ma'am.*

Ivy lachte. „Wie lange geht denn dieses geheime Techtelmechtel mit meiner Großmutter schon?"

„Ich und Sonora? Teufel, wir haben Vergangenheit." Walker setzte sich an den Küchentisch, drehte den Stuhl, sodass er seine langen Beine vor sich ausstrecken konnte. „Vor ein paar Wintern kam sie nicht so gut damit klar, wie viel Schnee wir bekommen haben, und ich bin vorbeigefahren, um nach ihr zu sehen. Wir haben uns einfach gleich wieder verstanden. Sie hat mich um Hilfe gebeten, um herauszufinden, wie sie ihr Handy benutzen soll. Jetzt schreibt sie mir immer wieder mal Nachrichten, wenn ihr danach ist."

Natürlich tat sie das. Ivy holte etwas zu trinken und kam zu ihm an den Tisch. „Hunger?"

Er schüttelte den Kopf. „Ich schätze, wir müssen reden."

„Müssen wir." Ivy holte tief Luft. „Erinnerst du dich noch, wie ich überhaupt erst nach Heart Falls gekommen bin?"

Sein Blick wurde weicher, und etwas in seinen Augen verdunkelte sich bei der Erinnerung. „Aber natürlich. Das hübscheste Mädchen, das ich je gesehen habe, mit den tollsten Augen, trat in das Klassenzimmer, und ich habe mich verliebt."

Mein Gott, ihr Herz hämmerte beinahe so fest wie damals an jenem Tag. „*Walker.*"

„Was?" Jetzt lächelte er. „So erinnere ich mich eben daran."

„Hör mal auf, dein inneres Auge nur mir zuzuwenden, und schau dich im Rest der Klasse um. Die meisten Leute waren nicht so beeindruckt, besonders, da ich direkt vor Weihnachten dazukam, was hieß, dass ich keinerlei Proben schreiben musste."

„Das haben sie dann schon verwunden."

„Ihnen gefiel nicht, dass ich hinten im Zimmer an einem Tisch ganz allein sitzen durfte. Und als ich nicht daran interessiert war, mein Mittagessen mit jemandem zu teilen, oder irgendjemandem zu nahe zu kommen, war das ein weiteres schlechtes Zeichen."

Er nickte langsam. „Du warst damals ziemlich zerbrechlich.

Du hast den Platz gebraucht, damit du ein paar Bazillen aus dem Weg gehen konntest."

„Das wussten sie damals noch nicht. Sie haben nur ein neues Mädchen gesehen, das mit niemandem reden wollte und ganz viele Sonderrechte bekam. Sie nannten mich Eisfee, nicht Ivy."

Walkers Blick wanderte über ihr Gesicht. „Du hast dein Haar geflochten getragen, irgendwie wie am Tag der Versteigerung. Über die Schulter nach vorne, und dieser lange, weiße Zopf ging beinahe bis zu deiner Taille. Und du warst fest eingepackt, in viele Schichten, und deine Winterjacke war hellblau. Die gleiche Farbe wie der Himmel an diesen kalten Tagen, an denen wir unseren Atem sehen konnten, wenn wir zum Mittagessen nach draußen gingen."

Sie war hin- und hergerissen dazwischen, ihn wegen seiner poetischen Worte zu küssen und beim Thema zu bleiben, um zu dem wahren Grund zu kommen, weshalb sie das ansprach.

„Ich bin aber nicht zum Essen nach draußen gegangen. Ich bin drinnen geblieben und hab mich allein hingesetzt. Zumindest, bis du beschlossen hast, dass du mit mir befreundet sein willst." Es war eine so bittersüße Erinnerung. „Du bist gleich am ersten Nachmittag vorgeprescht und hast dich vorgestellt. Ich weiß nicht, ob dir klar war, wie sehr es mich geängstigt hat, mit dir zu sprechen."

„Ich wollte dir keine Angst machen. Teufel, das hübscheste Mädchen im Zimmer wollte mit mir reden? Ich hatte selbst verdammt große Angst."

„Aber du *hast* mit mir geredet, und ich habe es da durch geschafft, ohne wegzulaufen und mich zu verstecken, wie ich es beim Treffen mit der Schulleiterin getan habe." Ivy nickte bei dem entsetzten Ausdruck in seinen Augen. „Und du hast mich deine Schneeprinzessin genannt, was diese ganzen Hänseleien als Eisfee in den Hintergrund treten ließ."

Er neigte den Kopf. „Du warst wirklich schüchtern. Darüber bist du jetzt weg."

Ivy schüttelte den Kopf. „Das ist nichts, was jemals ganz weggeht. Ich meine, ich bin mit der Zeit klüger geworden, und ich verstehe, dass einige der Dinge, die mir Angst gemacht haben, gar keinen Grund hatten. Fakten helfen ziemlich, aber ich werde mich niemals wohl dabei fühlen, in ein Zimmer voller Fremder zu treten. Das gehört zu dem, wer ich bin. Manche Leute lieben es, sich vor eine Menschenmenge zu stellen – ich nicht. Wenn ich mich in einer kleinen, eng vertrauten Gruppe befinde, in der ich mich auf die Einzelnen konzentrieren kann, macht das Menschenmengen für mich erträglich."

„Trotzdem bist du im *Rough Cut* vor alle getreten, um mich zu retten."

Sie nickte. „Ich kann Dinge schaffen, wenn es wirklich darauf ankommt, aber vertraue mir, ich habe die ganzen Leute um uns herum nicht angesehen. Ich habe mich auf meine Schwestern und deinen Bruder konzentriert. Sie waren mein Anker. Und du."

Walker schob sich auf seinem Platz nach vorne. „Du redest von meinen Panikattacken. Versuchst, dir Möglichkeiten einfallen zu lassen, wie ich damit fertig werde."

Ivy nickte. „Wir wissen nicht, was sie auslöst. Das Beste wäre, die Quelle zu eliminieren, aber bis wir das herausfinden, wäre das Nächstbeste, wenn du ein paar Strategien lernst, um damit fertig zu werden."

„Wie etwa, sich Leute in Unterwäsche vorzustellen?"

Sie lachte. „Wenn das für dich funktioniert, dann ja."

Das Leuchten in seinen Augen wurde hitzig. „Ich brauche womöglich ein paar visuelle Gedächtnisstützen. Vielleicht solltest du die Schultern deiner Bluse ein wenig weiter runterziehen."

In ihr Entsetzen mischte sich eine Spur Befriedigung. „Walker.“

„*Flocke*“, neckte er sie zurück. „Komm schon, ich bin mir ziemlich sicher, dass es ein notwendiger Teil meines Trainings ist.“

Sie musterte ihn einen Augenblick, bevor sie beschloss, mitzugehen. Tatsächlich ging sie noch weiter, griff hinter sich und öffnete ihren BH, ließ die Träger von den Armen gleiten, indem sie sich herauswand. Zum Glück sorgten die elastischen Bänder und die weiten Ärmel der Bluse dafür, dass sie ihn ablegen konnte, ohne zu viel zu zeigen.

Doch als sie die weichen Cups ordentlich auf den Tisch legte und die Träger darunter faltete, als würde sie den BH in einer Schublade aufräumen, fiel es ihr schwer, nicht zu lächeln, besonders als sie nach dem Ausdruck auf Walkers Gesicht schaute.

Sie saß aufrecht auf dem Stuhl wie ein gehorsames Schulmädchen, den Rücken gewölbt, um ihre Brüste an die Vorderseite ihrer Bluse zu drücken. „Hilft das?“

Walker rückte unbehaglich auf seinem Stuhl herum, rieb sich mit den Händen über die Oberschenkel, während er sich streckte. An der Vorderseite seiner Jeans zeichnete sich eindeutig seine Erektion ab. „Dabei, meinem Motor Starthilfe zu geben? Himmel, bei dir kann ich doch immer.“

„Wenn du also wieder ein Gefühl der Panik einsetzen spürst, brauchst du ein Ritual oder eine Routine, der du folgen kannst. Irgendwas, das dich nicht von deiner Aufgabe ablenkt.“

„Da sagst du was. Flocke, es besteht keine Möglichkeit, dass du neben mir deinen BH auf den Tisch wirfst, ohne dass es mich ablenkt.“

Ivy wand sich, um den Schulterausschnitt der Bluse nach unten zu befördern, sodass der obere Rand zwei Zentimeter über ihren Nippeln quer verlief. „Du konzentriert dich auf den falschen Teil der Gesamtsituation. Hör auf, mit den Augen zu schauen."

~

IVY WAR GLEICH DA, nur ein paar Meter von ihm entfernt, zog sich langsam aus, und sie wollte nicht, dass er hinschaute? „Teufel, nein. Vielleicht funktioniert es für einige, sich Leute vorzustellen, die sie nicht mögen, aber wenn ich deine weiche Haut sehe? Wenn ich weiß, dass ich mich strecken und dich berühren könnte? Das ist vermutlich nicht das, woran ich denken sollte, wenn ich auf dem Rücken eines Bullen sitze."

„Hast du gerade jetzt Angst?", fragte sie.

„Nur davor, dass mir die Eier explodieren."

Sie brach in Gelächter aus, wie Sonnenstrahlen, die auf dem Wasser tänzelten. „Okay, machen wir mal weiter. Nein, du sollst nicht an Sex denken, wenn du auf einem Bullen sitzt, außer das ist was, das dich in die richtige Stimmung bringt. Aber du willst doch auch keine Angst haben. Jetzt im Augenblick – bist du wütend? Bist du traurig?"

Sie stand auf und schob sich den Rock über die Hüfte, drehte sich auf der Stelle und summte dabei fröhlich vor sich hin. Tanzte auf der Stelle, während der Stoff einen Haufen auf dem Boden bildete.

Walker ließ den Blick auf ihre bloßen Füße fallen, die Zehen, deren Nägel sie blassrosa lackiert hatte. Dann schaute er ihre langen Beine empor, die schließlich unter dem oberoberschenkellangen Rand ihres fließenden Oberteils verschwanden.

Er sah fasziniert zu, während sie zu ihm tänzelte und ihm den Hut nach hinten schob. „Gerade jetzt, bist du glücklich oder traurig?"

Irgendwie schaffte er es, seine Hände bei sich zu behalten,

damit die Lektion weitergehen konnte. „Glücklich und sehr, sehr, hoffnungsvoll, dass ich sogar noch glücklicher werde."

Sie bückte sich, knickte in der Taille ab. Der Ausschnitt ihrer Bluse klaffte weit genug auf, dass er die perfekten Wölbungen ihrer Brüste sehen konnte, die nach vorne schwangen, um feste, rosarote Nippel zu entblößen, die darum bettelten, von ihm berührt zu werden.

Ivy stützte die Hände auf seine Oberschenkel und wartete, dass sich sein Blick hob, um ihr in die Augen zu schauen. „Halt *dieses* Gefühl fest. Daran denkst du, wenn sich die Angst breitmachen will. Du konzentrierst dich nicht auf die Einzelheiten des Zeitpunkts und des Standorts, sondern darauf, wie du dich jetzt gerade fühlst."

Als wäre er der glücklichste Mann der Erde. „Das ist eine gute Lektion. Du bist eine wirklich gute Lehrerin."

Ivy drückte kurz ihre Lippen auf seine, zog sich zurück, bevor er den Kuss vertiefen konnte. „Ich *bin* eine gute Lehrerin. Ich weiß nämlich, wenn sich ein Schüler so richtig ins Zeug legt, dann sollte er belohnt werden."

Walkers Verstand hatte einen Augenblick zu kämpfen, nicht ganz sicher, was sie beabsichtigte, bis sie seine Oberschenkel auseinanderschob und nach seiner Gürtelschnalle griff. „Himmel, Ivy."

Sie löste den Lederriemen, bevor sie mit seinem Knopf kämpfte. „Ich brauche ein wenig Hilfe."

Als ob er dagegen etwas einzuwenden hätte. Es war das eine gewesen, mit dem sie damals nie herumgespielt hatten. Ach, sie hatte ihn schon berührt, und manchmal hatte schon das Gefühl ihrer weichen Hand, die über seinen Schwanz strich, ausgereicht, um ihn abspritzen zu lassen. Aber ihre ganze Zeit der Zweisamkeit waren gestohlene Augenblicke an Orten gewesen, an denen es ihnen nicht wirklich geheuer gewesen war, lange zu bleiben. Sie hatten niemals, nicht bis jetzt zumindest, viel Zeit nackt miteinander verbracht.

Walker konnte gar nicht genug davon bekommen.

Er schob sich zurück, zog sich sein T-Shirt und die Jeans so schnell aus, wie es einem Menschen nur möglich war. Ivy hatte sich in der Hocke niedergelassen, wie eine sexy Gartenfee, die sich ins Haus geschlichen hatte, in ihrem Blick stand Erstaunen, während sie ihn von oben bis unten musterte.

„Wie fühlst *du* dich im Augenblick?" Seine Stimme war von Lachen durchdrungen.

„Ich fürchte mich. Ich fürchte mich auf jeden Fall", scherzte Ivy, während er auf sie zukam, sein Schwanz so steif, dass er waagrecht stand. Sie nahm ihn in die Hand und strich sanft darüber, und er würde hier noch den Verstand verlieren.

„Du musst an deinen Wohlfühlort gehen", schlug er vor.

Ivy schob sich auf den Knien hoch und richtete seinen Schwanz aus, sodass sie ihn ausführlich lecken konnte. Die weiche Hitze und das zarte Flattern ihrer Zunge umfingen ihn mit einer Million Schichten aus Verlangen.

Und als sie den Mund um die Spitze legte, dabei immer noch die Zunge an der empfindlichsten Stelle bewegte, war das Einzige, was Walker bedauerte, die Tatsache, dass er mitten im Zimmer stand und keine Wand hatte, an der er sich abstützen konnte.

Sie spielte. Langsam und quälend, schenkte ihm mit jedem zarten Saugen und Lecken eine Woge der Lust.

Dass er auf sie hinabschaute, fügte eine weitere Ebene der Qual zu dem Verlangen hinzu, das durch seine Adern rauschte. Sie hatten sie Eisfee genannt, doch weißblaue Flammen waren die heißesten, die es gab. Dass er sie beobachtete, wie sie ihn so intim berührte, war, als würde er mit den Füßen über glühende Kohlen laufen, und ließ Feuerlohen sein Rückgrat hinaufbranden. Sie war eine zarte Prinzessin, die ihn selbstlos bediente, sich immer wieder über seinen harten Schwanz beugte. Er spürte, wie er starr wurde, nicht nur, um sich davon abzuhalten, tiefer einzudringen, als sie wollte, sondern, weil es sich so verdammt gut anfühlte, dass er sich nicht bewegen musste.

Dass Ivy es ihm besorgte, war das Wunderbarste auf der ganzen Welt.

Sie legte den Kopf zurück, sodass sie zu ihm aufschauen konnte, und ihre Blicke trafen sich. Er prägte sich das köstlich schmutzige Bild ein, wie sein Schwanz sich zwischen ihre süßen, roten Lippen schob, ihre rosa Zunge zart leckte, bevor sie ihn tief einsog und saugte.

Walker gab auf und ließ die Wogen aus seinem Inneren hervorbrechen, spritzte heftig ab, während Ivy schluckte, bis er nicht mehr wusste, ob er noch eine Sekunde länger stehen konnte.

Er rieb ihr sanft mit der Hand über den Kopf, ihr seidig weiches Haar wie gesponnenes Glas. „Ich kippe gleich um.“

Sonnenlicht hallte in ihrem Gelächter nach, als sie sich erhob. Ivy schlang einen Arm um ihn, dann drückte sie ihm die Lippen auf die Brust. Walker wankte einen Augenblick, nutzte ihre Kraft, um sich aufrecht zu halten.

Letztlich endeten sie in ihrem Bett, er nackt, sie immer noch von dem zarten Baumwolloberteil bedeckt, ihre Brüste lugten manchmal hervor, da sich der tiefe Ausschnitt bewegte, wenn sie atmete.

Er strich mit dem Finger im Kreis über ihre Schultern. „Sobald mein Hirn sich zurückmeldet, verspreche ich, ich erwidere den Gefallen.“

Ivys Blick wanderte über ihn, auf ihrem Gesicht stand Glück. „Ich glaube nicht, dass dir klar ist, wie sehr mir das gefallen hat, doch ich werde nicht zu irgendwas Nein sagen, was wir miteinander anstellen. Aber später.“

Sie rückte näher und legte ihm den Kopf auf die Brust, und seine Arme legten sich instinktiv um sie. Die Sonne fiel durch das nach Westen ausgerichtete Fenster, ließ das Bett strahlen.

„Ich habe dich so sehr vermisst“, gab Walker leise zu,

spielte mit ihren Haaren, weil er es konnte. „Ich habe dir schon gesagt, dass ich oft an dich gedacht habe, aber ich musste den Teil beiseiteschieben, dass ich dich zurückwollte, damit es nicht mehr so wehtut."

Ivy wurde reglos.

Verdammt. „Das habe ich nicht gesagt, um dir wehzutun. Ich weiß, dass du gehen musstest, und ich weiß, dass du mich auch vermisst hast. Es ist aber irgendwie, wie du es gesagt hast. Sich auf das konzentrieren, was ich jetzt spüre, und nicht die Erinnerung. Wenn ich an dich denke, denke ich nicht an die Zeit, in der du weg warst. Ich denke daran, wie glücklich ich bin, wieder bei dir zu sein."

„Ich auch."

Sie drückte ihm einen Kuss auf die Brust, schmiegte sich dichter an ihn. „Du warst mutig, als du mich hast gehen lassen. Daran habe ich gedacht, besonders wenn die Dinge wirklich schwierig wurden. Ich wollte nicht scheitern, denn du hast so viel geopfert, indem du mich ziehen ließest. Es wäre nicht fair von mir gewesen, aufzugeben."

„Wolltest du denn aufgeben?", fragte Walker.

Sie holte tief Luft, dann wand sie sich ein wenig, bis ihr Kopf auf dem Kissen neben seinem war, sah ihm in die Augen. „Ich wollte nicht aufgeben, aber es gab Zeiten, da hat mein Körper nicht kooperiert. Ich bin richtig krank geworden."

Was zum Geier. „Wie kommt es, dass ich davon nichts weiß?"

„Weil ich es nicht für fair hielt, es jemanden wissen zu lassen. Es konnte mich sowieso niemand besuchen, und entweder würde es mir besser gehen, oder eben nicht."

Walker schoss hoch und stützte sich auf den Ellbogen. „Du warst so krank, dass du hättest sterben können?"

Sie drückte ihm besänftigend einen Finger auf die Lippen, machte beruhigende Geräusche, wie sie es auch bei nervösen Pferden getan hätte. „Das ist vergangen."

Himmelherrgott. „Beantworte die verdammte Frage, Flocke."

Sie warf ihm einen schiefen Blick zu. „Du glaubst doch nicht, ich habe elf Jahre gebraucht, um zurückzukehren, weil ich durch die Landschaft spaziert bin, oder?"

„Als Lehrer kann man den Abschluss in vier Jahren machen. Ich dachte, du hättest die zusätzlichen Jahre gebraucht, um zu bekommen, was du als Schulleiterin brauchen würdest. Dazu noch Praktika und so weiter." Walker schüttelte den Kopf. „Ich habe niemals nachgerechnet."

„Sechs Jahre Studium haben bei mir acht Jahre gedauert. Ich habe jedes Mal ein Semester verloren, wenn ich krank wurde. Ich habe trotzdem eine Menge Jobs und Praktika gemacht, aber die waren nicht spezifisch genug, um für meine Abschlüsse zu zählen." Ivy zögerte, und er stellte sich auf das ein, was wohl die Schlimmste der schlechten Nachrichten sein würde. „Einmal war ich sechs Monate lang im Krankenhaus. Ich bin richtig krank geworden und habe am Ende eine Knochenmarktransplantation erhalten, die mir das Leben gerettet hat."

Flüche stiegen auf, die Walker zurückdrängte, während Bilder in sein Gehirn strömten. Ivy, die Schmerzen litt, allein in einem Krankenhauszimmer, während er nichts gewusst hatte. Nur, dass sie ihn jetzt besorgt ansah, als wolle sie, dass *er* sich besser fühlte. „Ich ... Gottverdammt, Ivy."

„Es war schlimm, aber ehrlich", sie schluckte schwer, strich mit der Hand über seine Brust, „du hast mich gewissermaßen gerettet. Ich habe mich geweigert, aufzugeben, denn eines Tages wollte ich zurückkehren und dich wiedersehen können."

Sie schmiegte sich dicht an ihn, um ihm einen Kuss anzubieten.

Es tat ihm immer noch weh, der Gedanke, dass er sie vielleicht hätte verlieren können. Dass er sie vielleicht niemals hätte wiedersehen können. „Ich bin froh, dass du es geschafft hast, aber ich glaube, es war eine Scheiß-Idee, mir nicht zu sagen, dass du krank warst."

„Vielleicht. Meine Eltern und ich hielten es für das Beste."

„Da habt ihr falschgelegen. Ich vergebe euch, aber ich werde Malachi trotzdem sagen, was ich davon halte."

Sie lächelte wieder. „Darauf freue ich mich."

„Unruhestifterin. Du willst, dass ich und dein Dad uns die Köpfe einschlagen?" Dann dachte Walker an etwas anderes. „Haben deine Schwestern gewusst, wie krank du warst? Oder deine Oma?"

Ivy schüttelte den Kopf, und dann runzelte die Stirn. „Die Mädchen wussten, dass ich krank war, aber das ging niemanden etwas an, nur die Familie. Aber ich frage mich wegen Oma Sonora."

Er war auf die einzige Familie der Welt gestoßen, die tatsächlich wusste, wie man in einer Kleinstadt Geheimnisse wahrte. Na, er hatte selbst ein paar Geheimnisse, aber nicht so etwas. Er drückte Ivy, hielt sich an der wertvollen Frau in seinen Armen fest. „Ich bin so froh, dass du zurückgekommen bist."

Es stimmte. Er stimmte hundertprozentig, doch da der Sommer ihm weiter entschlüpfte, ließ die Frage sich nicht beiseiteschieben.

Nach allem, worum Ivy gekämpft hatte, würde es ihm möglich sein, bei ihr bleiben zu können?

17

Das Abendessen mit den Fields' war so bizarr und einmalig, wie Walker es noch in Erinnerung hatte.

Malachi und Sophie grüßten ihn an der Tür, als wäre er zum ersten Mal da, schüttelten ihm die Hand und erkundigten sich nach seiner Gesundheit. Ivy warf ihm ein mitfühlendes Lächeln zu, während sie in eine andere Richtung lief, um dem Ruf ihrer Schwester zu folgen.

„Hier riecht es wunderbar", sagte er zu Mrs. Fields.

„Vielen Dank. Wir müssen nur noch die Steaks grillen. Wenn du Malachi da helfen könntest, wüsste ich das sehr zu schätzen."

„Habt ihr die Steaks mariniert? Das wäre eine wichtige Information."

Sie alle drei blickten auf, um zu sehen, wie Fern durch das Treppengeländer schaute. „Hi, Walker."

„Hey, Bohnenstange. Gratulation zu deinem Abschluss."

Sie stand auf und kam nach unten, während sie abwinkte. „Ach komm, das ist doch so was von letzter Monat." Fern breitete die Arme aus, und Walker nahm die Umarmung entgegen. Sie war noch richtig klein gewesen, nicht älter als Calebs

Mädchen, als er und Ivy aufgehört hatten, einander zu treffen. Er hatte Fern ein paarmal in der Stadt gesehen, aber das war nicht dasselbe.

Sie verschränkte die Arme und musterte ihn genau. Sophie und Malachi waren in anderen Bereichen des Hauses verschwunden. „Ich bin froh, dass du wieder mit Ivy zusammen bist."

„Du willst raus auf die Ranch kommen und reiten, oder nicht?"

„Ja. Außerdem bin ich wirklich froh, dass du wieder mit Ivy zusammen bist." Fern grinste. „Hey, hast du meine neue Hand gesehen?"

Er warf einen Blick hinab auf ihren linken Unterarm, der fünf Zentimeter oberhalb der Stelle endete, wo das Handgelenk hätte sein sollen. „Sie ist unsichtbar."

Fern verdrehte die Augen. „Ich habe sie nicht dran, Dummkopf. Folge du mal Mom und Dad, und ich hole sie aus meinem Zimmer."

Ivys Schwester war begeistert von den verschiedenen Technologien, die für ihre fehlende Gliedmaße auf den Markt kamen. „Was ist an der besonders?"

Sie lief bereits die Stufen hinauf. „Da wirst du abwarten müssen, bis ich sie dir zeige."

Einen Augenblick lang stand er im Foyer vorne im Haus. Stimmen und Musik erklangen in der Ferne, und der Geruch nach Essen trieb durch die Luft, üppig und herzhaft.

Er hatte es schon immer zu schätzen gewusst, wie willkommen er sich bei den Fields fühlte. Sie hatten Ivy in Schutz genommen, ja, aber er hatte immer das Gefühl gehabt, dass sie ihn mochten. Selbst nachdem Ivy gegangen war, war er immer noch rübergekommen ... bis sich irgendwas verändert hatte und es sich allmählich seltsam angefühlt hatte. Als ob sie sich nicht sicher wären, wie sie mit ihm umgehen sollten. Er hatte gedacht, die Fields' hätten beschlossen, dass er nicht mehr gut genug war, um mit Ivy zusammen zu sein.

Nun wurde ihm klar, dass die Veränderung vielleicht während jener Zeiten gekommen sein könnte, in der Ivy krank gewesen war, und sie waren sich uneins gewesen, ob sie es ihm sagen sollten. Dieser Teil der Vergangenheit, den Ivy ihm verraten hatte, stellte in Walkers Gedanken sehr vieles auf den Kopf.

Seit Ivy ihm das mitgeteilt hatte, hatte er stark über den Augenblick nachgedacht, in dem er Malachi wieder begegnet war, und über die Geheimnisse, die ihm vorenthalten worden waren. Und obwohl er auf eine Art immer noch verärgert war, war er zu dem Schluss gekommen, dass es keine einfachen Antworten gegeben hatte. Malachi und Sophie hatten sich geirrt, aber sie hatten es gut gemeint, und es hatte keinen Zweck, das zur Sprache zu bringen. Das Wissen allein machte allerdings einen Unterschied.

Es hatte nicht an ihm gelegen, wie sich ihre Beziehung zu ihm verändert hatte.

Walker marschierte langsam zum Esszimmer, schnappte sich ein paar kleine Happen von den Tellern, die dort warteten. Dann trat er in die Küche, wo Tansy an einer übergroßen Arbeitsfläche werkelte, um große Kleckse aus Keksteig auf ein Backblech zu schaufeln.

Er stahl sich einen Klecks, der auf die Arbeitsfläche gefallen war, und schob ihn sich in den Mund.

Tansy grinste. Sie warf einen Blick hinter sich, um sicherzugehen, dass niemand herschaute, ehe sie ihm einen weiteren Klecks direkt aus der Schüssel anbot. „Das ist crunchy Makadamia-Nuss.“

„Oh, mein Herz.“ Er stahl einen der heißen Kekse vom Kühlgitter. Süße Herrlichkeit schmolz auf seiner Zunge. „Mein Gott, das ist gut.“

„Ich würde dich damit aufziehen, dass du dir den Appetit

verdirbst, aber ich habe dich schon essen sehen. Hier, nimm noch einen", bot ihm Tansy an, ehe sie sich umdrehte, um das volle Blech in den Ofen zu schieben.

Er zog noch ein bisschen weiter, warf einen Blick in die Ecke des Wohnzimmers, wo ein gepolsterter Schaukelstuhl stand. Ivy hatte sich wie üblich darin zusammengerollt, betrachtete gemütlich das Aquarium neben ihr.

Im anschließenden offenen Raum besprachen Rose und Sophie Blumendekorationen. Fern wurde abgelenkt, als sie ins Zimmer trat, und blieb stehen, um Tansy beim Öffnen einiger Gläser zu helfen.

Der Raum war voller Leben, doch gab es auch Inseln der Ruhe, besonders rund um Ivy. Einen Ort, an den sie sich zurückziehen und dennoch Teil des Ganzen sein konnte. Ivy ignorierte ihre Familie nicht, sie nahm nur auf eine Weise teil, die ihr möglich war, oder zumindest war es damals so gewesen, als sie an der Highschool gewesen waren. Auch wenn sie jetzt nicht mehr so zerbrechlich war, schien diese Familie immer noch genauso zu funktionieren.

Malachi steckte den Kopf durch die Tür und bedeutete Walker, er solle zu ihm kommen. Walker trug das Tablett hinaus, das Tansy ihm gereicht hatte, schloss sich dem Mann am wartenden Grill an, der bereits so heiß war, dass Rauch aufstieg.

Malachi hob den Deckel und begann die Fleischstücke auf den oberen Rost zu legen. „Büffel, aber ich schmeiße auch Würstchen und Burger drauf. Ich glaube nicht, dass du verhungern wirst."

Bis auf die Lieferung des Tabletts konnte Walker nicht erkennen, um was man sich kümmern musste. „Wobei wolltest du denn meine Hilfe?"

Malachi schaute ihn an. „Himmel, wenn ich das wüsste. Sophie scheint zu denken, dass man zwei Kerle braucht, um einen Grill zu bedienen, und ich werde mich nicht mit ihr anlegen, also bleib hier und leiste mir Gesellschaft."

Walker kicherte. „Jawohl."

Er sah Ivy, die sich durch die Tür schlich. Sie winkte ihm zu, bevor sie sich an die Seite von Oma Sonora begab. Die beiden Frauen saßen still da und plauderten im Schatten eines extra großen Sonnenschirms.

Ivy war umwerfend schön in einem butterblumengelben Sommerkleid, und erst als Malachi leise lachte, erkannte Walker, dass er sie angestarrt hatte.

„Ich schätze, das beantwortet meine Frage", sagte Malachi.

Walker wandte dem Mann seine Aufmerksamkeit zu. „Hast du eine gestellt?"

„Das musste ich nicht. Hast du schon raus, was du anfangen wirst, mein Lieber?"

Walker neigte langsam den Kopf. „Zum Teil. Ich arbeite noch an anderen Dingen. Aber falls du fragst, weil du ein besorgter Vater bist, ich werde vorsichtig mit ihr umgehen. Ivy bedeutet mir schrecklich viel. Das hat sie schon immer."

Malachi schloss den Deckel des Grills. Rauch drang an den Rändern heraus, das Zischen und der Dampf schufen eine unheimliche Untermalung für ihre Unterhaltung. „Ich bin froh, dass du es *zum Teil* raus hast. Brauchst du jemanden, um über die anderen Teile zu reden?"

Walker wusste das Angebot zu schätzen, aber das war nicht ganz dasselbe wie damals in den alten Tagen, als Ivy weggegangen war und er irgendwie einfach nur rübergekommen war, um mit Malachi zu plaudern. Als er seinen Vater vermisst und sich verloren gefühlt hatte.

Ivy vermisst hatte, als hätte er vergessen, tief genug einzuatmen, um durch den ganzen Tag zu kommen.

Aber das war etwas anderes. „Danke für das Angebot, und ich weiß es zu schätzen, aber Ivy hilft mir schon."

Ivys Dad nickte langsam. „Okay. Die Tür steht aber offen."

Dann redeten sie von anderen Dingen. Malachis Buchladen in der Stadt, die Pferde draußen auf der Ranch. Bis das Fleisch auf ein Tablett gelegt und auf den Küchentisch gestellt wurde, fühlte sich irgendetwas in Walker beruhigt und berichtigt an.

Laut dem Familienritual der Fields' füllten sie ihre Teller und machten sich in unterschiedliche Richtungen auf. Beim ersten Mal, als er mit der Familie gegessen hatte, hatte er gedacht, dass etwas ziemlich falsch lief, wenn man bedachte, dass die Stones sich an einen Tisch setzten und warteten, bis ihr Vater sie alle bediente. Hier wurde das Essen ausgeteilt wie auf einem Buffet, dann verschwanden alle, setzen sich für gewöhnlich mit einem oder zwei anderen hin, um zu plaudern, während sie die Mahlzeit verspeisten.

Das schuf eine andere Art von Vertrautheit. Niemand fühlte sich je ins Scheinwerferlicht gerückt, aber es war auch unmöglich, still dazusitzen und sich nicht mit anderen auszutauschen.

Er belud sich seinen Teller, dann ging er, um sich draußen an einen kleinen Tisch unter den Sonnenschirm neben Sonora Fallen zu setzen. Die alte Frau hatte ihren Stuhl in die Sonne gedreht, die Augen geschlossen, während sie in der Sonne badete.

Als er sich hinsetzte, öffnete sie die Augen, um ihn anzulächeln. „Was für eine schöne Überraschung. Danke, dass du dir mich als Essensunterhaltung ausgesucht hast."

Walker lachte. „Beim ersten Mal, als ich hier gegessen habe und sich alle in eine Ecke verkrümelt haben, dachte ich ... ich weiß nicht, was ich dachte. Ich habe befürchtet, ich hätte jemanden beleidigt."

„Sophie und Malachi waren genial, als sie sich eine Lösung haben einfallen lassen, die auch Ivy Raum gab, wenn sie ihn brauchte, aber trotzdem immer garantierte, dass eine gute, gesunde Unterhaltung stattfand."

Es war eine gute Idee gewesen. Es war eines jener Dinge,

die Walker beigebracht hatten, dass eine Familie ganz anders als seine eigene sein konnte, und trotzdem füreinander da war.

Die Stones konnten laut und wild werden, und wenn sie sich an einem Ort versammelten, war er voller Leben und Energie, die darauf wartete, außer Kontrolle zu geraten. Die Fields' waren eher wie ein großer, offener Raum, der jedem die Gelegenheit gab, zu wachsen.

Ivy erschien an seiner Seite, stellte einen Teller mit Essen vor ihre Oma und gab Sonora einen Kuss auf die Wange. „Du warst zu sehr mit Plaudern beschäftigt, um dir selbst was zu essen zu holen."

„Dein junger Mann hier hat mich abgelenkt. Vielen Dank."

Ivy wandte ihre Aufmerksamkeit ihm zu, ihre Quecksilberaugen waren erheitert. „Du hattest kein Problem damit, dir einen Teller zu füllen, darum lasse ich euch zwei weiterreden."

Sie beugte sich herab und gab ihm einen Kuss, diesmal nicht so platonisch. Trotzdem noch süß, aber sehr bestimmt und besitzergreifend. Sie beanspruchte ihn vor ihrer Familie für sich.

Als sie sich langsam zurückzog, war ihr Lächeln nur für ihn. „Ich freue mich darauf, dich später spielen zu hören. Das wird mich sehr *glücklich* machen."

Er sah ihr nach, als sie wegging, hörte die Anspielung in ihren Worten. Wusste, dass er, wenn er aus irgendeinem Grund eine Panikattacke haben sollte – obwohl er sich nicht vorstellen konnte, weshalb es vor diesen Leuten, die für ihn so sehr wie eine Familie waren, passieren sollte – aber *falls* er in Schwierigkeiten kam, würde er erst einmal ihren Ratschlag befolgen.

Und falls das scheiterte, würde sie ihn retten.

Er wandte sich zurück, um sein Essen und die Zeit mit Oma Sonora zu genießen, während ein Teil seines Gehirns schon plante, wie er sich heute Nacht, wenn sie allein waren, bei Ivy bedanken würde.

DER SEXY, sexy Walker Stone saß in ihrem Wohnzimmer, und Ivy würde gleich spontan in Flammen aufgehen.

Die Sonnenstrahlen des frühen Nachmittags strömten herein, brachten die beiden Schichten frischer Grundfarbe zur Geltung, die sie aufgetragen hatten, um das Flickwerk auf den Wänden zu bedecken. Ivy hatte Verandastühle herausgeholt, um sich auszuruhen, doch alle Ventilatoren waren abgeschaltet, damit kein Staub in die nasse Farbe flog, darum war es tierisch heiß im Haus.

Walker hatte sich bis auf Jeans und Stiefel ausgezogen, und konnte man ihr wirklich übel nehmen, dass sie so abgelenkt wurde, dass sie gaffte?

Sie fand nicht.

Ivy hielt im Eingang inne, ein Glas Eistee als Nachschub in jeder Hand, bis sie ihn ausreichend angesehen hatte.

Walker wischte sich mit seinem T-Shirt übers Gesicht und legte es über die Rückenlehne des Plastikstuhls, ehe er sich wieder an sie wandte. Er hob betont eine Augenbraue. „Das Getränk sieht wirklich toll aus, aber da drüben bringt es nicht so viel, um meinen Durst zu stillen."

„Pssst", warnte Ivy ihn leise. „Du störst mich beim Sabbern."

Ein hartes Lachen kam von ihm, während er sich im Stuhl aufrichtete und in ihre Richtung trabte, um sich ein Glas aus ihren Fingern zu nehmen. Er stützte sich mit dem Unterarm an die Wand, während er betont die Vorderseite ihres Tank-Tops hinabstarrte. „Ich bin still wie ein Mäuschen, wenn du einverstanden bist, dass ich die gleiche Gelegenheit zum Sabbern bekomme."

Ivy gab ihre treffendste Spock-Imitation zum Besten und bemühte sich, ihre Augenbraue so hoch wie möglich zu ziehen.

„Du hast nicht erwähnt, dass du sabberst, während du dich über mich beugst. Igitt."

Er lachte, trank einen großen Schluck, ohne sich wegzubewegen. Die Muskeln an seinem Hals bewegten sich rhythmisch, während er schluckte, die Feuchte auf dem Glas funkelte in der Sonne, die durch das Fenster fiel. Ivy nippte an ihrem eigenen Getränk und ließ ihn dastehen und sie bedrängen, der Schweiß klebte an seinen Muskeln, sodass sie glitzerten.

Walker schaute ihr gleichmütig in die Augen. „Du siehst aus, als hättest du ziemlich tiefgehende Gedanken."

„Ich will dich wirklich ablecken", beichtete sie.

Ein leiser Fluch kam von seinen Lippen. „Du hast *schmutzige* Gedanken. Das ist sogar noch besser."

„Noch gar nicht schmutzig. Du hast versprochen, mit mir an ein paar Übungen zu arbeiten."

Walker zog die eiskalte Oberfläche seines Glases über den Saum ihres Tank-Tops. „Ich würde nur zu gern mit dir üben. Gehört dazu, dass man sich nackt auszieht? Denn meine Lieblingsübungen sind Nacktübungen."

Ivy nahm ihm das Glas ab und entschlüpfte ihm, während sie zurück in die Küche tänzelte. „Du musst dich auf jeden Fall nackt ausziehen – du brauchst eine Dusche." Sie deutete auf den Arm, den er in die frische Wandfarbe getaucht hatte.

Vom Handgelenk bis zum Ellbogen war er cremeweiß.

Walker trat rasch zurück und schnappte sich einen nassen Lappen, um es abzuwischen. „Na, das war nicht sonderlich nett. Dass du mir Hoffnung machst und so."

Es war nicht die richtige Zeit zum Spielen, obwohl Ivy sicher war, dass die Verlockung bald zurück sein würde. „Erst müssen wir reden. Komm und setz dich."

Sie ließ sich auf einem der Verandastühle nieder. Walker drehte seinen, damit er ihr gegenüber saß, und ihre Knie stießen aneinander.

„Wie ist es die letzten paar Tage auf der Ranch gelaufen?"
Sie versuchte, so professionell zu klingen wie möglich, was
schwierig war, da er immer wieder mit den Füßen wippte,
sodass sein Schienbein an ihrem rieb.

„War toll. Wir haben mit einer Menge Tieren gearbeitet.
Luke, Dustin und Ashton haben mir geholfen, ein wenig zu
trainieren."

„Dustin ist wieder da?" Sie hatte von seiner Besessenheit
von Tamara gehört, obwohl für sie alles völlig normal schien.
„Ich dachte, er hat auf der Ranch deines Onkels im Süden
geholfen?"

„Wir haben vergessen, dass Onkel Frank und Dustin sich
nicht sonderlich gut verstehen." Walker hörte auf, sie zu
necken, und wirkte ernster, als er weitererzählte. „Onkel Frank
war der Meinung, dass die Jüngeren zu ihm ziehen sollten, als
Mom und Dad gestorben sind, doch Caleb hat darauf bestanden, seine Familie zusammen zu halten. Ich glaube, Caleb lag
richtig, aber Frank rümpft darüber immer noch manchmal die
Nase. Frank hat den Fehler gemacht, eine Klugscheißerbemer-
kung über Caleb abzugeben, und Dustin hat ihm die Leviten
gelesen. Ich schätze, von da an ging es nur noch bergab."

„Ja. Ich kann mir nicht vorstellen, wie das gut laufen sollte.
Dustin glaubt, Caleb hätte den Mond in den Himmel gehängt."

„Besonders, seit er Tamara geheiratet hat. Der Mann ist
genial", sagte Walker mit einem Lächeln. „Aber um deine Frage
zu beantworten, mir ging es gut. Mir ging es besser als gut – es
war aufregend. Ich hatte da ein paar richtig geile Ritte."

Sie ließ den Blick über seinen Körper schweifen. „Hmmm."

Walker lachte leise. „Du scheinst dich nicht mehr konzentrieren zu können, Flocke. Du bist nicht annähernd so cool und
gefasst, wie du es noch vor ein paar Minuten warst. Macht es
dich heiß, wenn du daran denkst, dass ich einen richtig geilen
Ritt hinlege?"

Ach du meine Güte. Ivy wedelte mit der Hand vor ihrem

Gesicht. „Du liebe Zeit, die Handwerker hier in der Gegend haben so lustvolle Gedanken."

Walker hob eine Augenbraue. „Handwerker? Du hast wirklich ein paar Porno-Handwerker-Fantasien, oder?"

Sie blinzelte unschuldig, während sie im Inneren bei dem Gedanken ganz aufgeregt wurde.

Er stand auf, seine Absicht war eindeutig in seinem Blick erkennbar.

Ivy rappelte sich auf, ihr Stuhl fiel hinter ihr um, während sie sich zu einer Seite hin duckte und es knapp an ihm vorbei schaffte, hinaus durch die Hintertür, während Walker direkt hinter ihr her war.

Ivy blieb den halben Weg ums Haus vor ihm, bis dort, wo der Gartenschlauch auf dem Boden lag, aus dem Wasser in ein paar Töpfe floss, in denen sie Salat und Schnittlauch anbaute. Sie schnappte sich den Schlauch, schob den Daumen über das Ende, dann wirbelte sie herum. Das spritzende Wasser erwischte Walker mitten im Gesicht, und er blieb abrupt stehen.

Er hob zur Verteidigung die Hände, sein Lachen wurde laut, während er sich stetig auf sie zubewegte, obwohl er völlig durchnässt wurde. „Hier will es wohl jemand wirklich wissen."

Sie richtete den Wasserstrahl tiefer, traf ihn an der Lende und durchnässte seine Jeans.

Walker bückte sich und schnappte sich den nächstbesten Abschnitt des Schlauchs, den er drehte, bis das Wasser abgeschnitten war. Dann, bevor sie fliehen konnte, schlang er ihr einen Arm um die Taille, hielt sie fest an sich und hob ihren Arm hoch, bis die Spitze des Schlauches über ihrem Kopf hing.

„Das würdest du nicht tun", flehte sie.

„*Du* hast es schon getan", erklärte er, löste seinen Griff um dem Knick, den er in den Schlauch gemacht hatte, und ließ die Hand nach oben gleiten, um zu helfen, den Schlauch zu halten, sodass eiskaltes Wasser sich über sie ergoss und sie beide durchnässte.

Ivy stieß ein Kreischen aus, drückte ihr Gesicht fest an ihn, während das Wasser ihr über den Nacken hinablief. Sie waren beide von Kopf bis Fuß nass, die Sonne hämmerte auf sie herab wie in einer tropischen Oase. Bis Walker den Schlauch wegwarf, glitzerte seine Brust, Wassertropfen hingen in seinen Haaren.

Sie warf einen raschen Blick nach unten und stellte fest, weshalb er sie anstarrte – ihr BH war durchsichtig, genauso ihr blassgelbes Tank-Top. Der Stoff diente nur noch dazu, ihren Nippeln etwas zu geben, an dem sie kleben konnten.

Es war nur gut, dass ihr Haus sich am Rande der Stadt befand, und dass es nicht die richtige Tageszeit war, dass jemand den Friedhof besuchte, denn Walkers nächster Schritt war es, auf die Knie zu sinken und sie nach vorne zu ziehen, um seinen Mund auf ihre Brust zu legen, trotz des Stoffes darüber. Als er saugte, spürte sie es bis ganz hinab in die Zehenspitzen, die Feuchtigkeit wurde heiß, während er mit der Zunge an ihr spielte.

Er neckte sie noch etwas länger, ehe er sie mit sich nach unten zog und ihre Körper aneinanderpresste. Sie hungrig küsste. Ivy erwiderte es ihm gleichermaßen, nicht mehr schockiert, dass der Hunger auf ihn immer noch stärker wurde.

„Weißt du, was das Einzige ist, das mit meinem Tag schiefläuft?", murmelte Walker an ihrem Hals, bevor er ihr das Tank-Top über den Kopf zog und hinter sie griff, sodass sie eine Sekunde später von der Taille aufwärts nackt war. Sein Blick richtete sich starr auf ihren Körper, während er sie mit einer verzehrenden Liebkosung bedachte. „Das Einzige, was schiefläuft, ist, dass es bis jetzt gedauert hat, dass ich dich anfasse."

Ivy keuchte, als er sie näher zog und mit ihren Brüsten spielte. An den Spitzen knabberte, die Unterseiten küsste, während er sich rasch daran machte, ihre Shorts auszuziehen.

Sie musste ihm helfen, den Stoff über ihre Hüften zu zerren, denn die Shorts hingen an ihr wie nasser Klebstoff. Seine Hände waren immer wieder im Weg, und sie kicherte, als ihre Finger aneinanderstießen, weil sie sich daran machte, den Knopf seiner Jeans zu öffnen.

Er bekam sie an der Hüfte zu fassen und zog sie zurück, um sich niederzulassen und flach auf den Boden zu legen, sie an sich zu ziehen, bis sie direkt über seinem Gesicht kniete.

„O mein Gott."

Er verzehrte sie mit unbeirrbarer Aufmerksamkeit, die er ihrer Klitoris schenkte. Er leckte und saugte, seine Finger gruben sich in ihre Arschbacken, während sie sich wand und um Erlösung flehte.

Mit einer flüssigen Bewegung richtete er sich auf, schob seine Jeans weg. Irgendwoher holte er ein Kondom, zog es auf, und eine Sekunde später war er wieder auf dem Boden, kniete, während er sie auf sich setzte.

Mit einer Hand führte er die breite Spitze seines Schwanzes zwischen ihre Schamlippen, rieb ihn ein paar Mal vor und zurück, bis sie kurz vor dem Schreien stand.

Als er das nächste Mal an der richtigen Stelle war, schob sie sich nach unten und setzte ihn fest, sein kompletter Schwanz glitt in ihren willigen Körper. Ihr Geschlecht pulsierte um ihn herum, und er verdrehte die Augen, während er seufzte, ein Geräusch völliger und äußerster Befriedigung.

Walker hielt sie an den Hüften und bewegte sie auf sich. Sie klammerte sich an seinen Schultern fest, ihre Nägel bohrten sich in seine Haut.

„Nimm deine Finger", befahl er. „Reib deine süße Klit. Ich will sehen, wie du kommst. Ich will spüren, wie du auf meinem Schwanz kommst."

Bei seinen Worten raste ein Schauer über ihre Haut, und sie griff nach unten, um seinem Befehl zu folgen. Die erste Berührung reichte schon aus, um sie zur Ziellinie zu schicken. Und als er noch schneller machte, tief und hart in sie stieß, ließ Ivy den Kopf nach hinten fallen und lieferte sich der Lust aus.

Ihr Körper erbebte um ihn. Zog sich fest zusammen, während er brüllte, sein Schwanz in ihr zuckte.

In der Ferne lief immer noch der Schlauch, und Vögel zwitscherten an den Futterstellen, die Ivy überall im Garten aufgestellt hatte. Irgendwo in der Ferne brummte der Motor eines Traktors, aber gerade hier war alles, was sie hörte, dass Hämmern seines Herzens, während sie den Kopf an seine Brust lehnte und sich festhielt.

Sie wollte niemals mehr loslassen.

18

Die Aufregung rund um das Haus der Familie Stone war so spürbar, dass man sie hätte schneiden können. Caleb und Tamara hatten endlich die Mädchen in den Truck verfrachtet und waren unterwegs nach Norden, um auf die Hochzeit ihrer Schwester Dare zu gehen.

Walker hatte bei Ivy angehalten, um sich von ihr zu verabschieden. Es war eine schreckliche Ausrede, wenn man bedachte, dass er beinahe jeden zweiten Abend bei ihr übernachtete.

Ivy, die gerade die Fensterläden an den Außenfenstern strich, hielt inne. Tansy winkte oben von der Leiter, während Rose den Kopf um die Ecke des Hauses steckte.

Ginny, die versessen darauf gewesen war, mit Walker zu fahren, rollte das Fenster herab und lehnte sich halb nach draußen. „Ach, so sieht also Arbeit aus. Faszinierend, das könnte ich mir stundenlang anschauen."

Rose streckte ihr die Zunge heraus, dann winkte sie, bevor sie wieder aus dem Sichtfeld verschwand. Tansy kratzte sich mit dem Mittelfinger an der Stirn, woraufhin Ginny laut lachte.

Ivy ging ihm vor dem Haus entgegen. „Hättet ihr nicht vor einer Stunde schon losfahren müssen?"

„Nicht so, wie er fährt", merkte Ginny frech an.

Walker drehte sich um und warf seiner Schwester einen bösen Blick zu. „Wenn du gern zu Fuß gehen willst, machst du dich besser auf die Socken."

„Ach, du *liiiebst* mich, weißt du noch?" Ginny hielt klugerweise den Mund und lehnte sich in ihrem Sitz zurück, nachdem sie Ivy zum Abschied gewinkt hatte.

„Wir haben jede Menge Zeit. Ich weiß aber nicht, warum Ginny zurückgekommen ist. Sie war den Großteil der Woche über oben in Rocky Mountain House, um bei der Vorbereitung von allem zu helfen."

Ivy warf seiner Schwester einen scharfen Blick zu, dann trat sie dichter an Walker, sodass Ginny nicht mithören konnte. „Sie hat vor, dich auszufragen."

Vermutlich. „Macht mir nichts, sie war fast ein Jahr lang weg, und ein paar Tage nach der Hochzeit bricht sie wieder auf. Es ist schon irgendwie schön, ein wenig zusätzliche Zeit zu haben, um miteinander zu plaudern."

Ivy legte ihm eine Hand auf die Brust und tätschelte ihn sanft. „Ich wünsche dir eine schöne Zeit, und richte Dare und Jesse meine besten Wünsche aus, und wir sehen uns dann, wenn du zurück bist."

Er zog sie dicht an sich und küsste sie, achtete nicht auf die Pfiffe, die von beiden Seiten kamen, während ihre Schwestern das Manöver kommentierten. Und als Gelächter laut wurde, lösten sie den Kuss, nur um festzustellen, dass sowohl er als auch Ivy eine Hand gehoben hatten, die Mittelfinger zum Salut gestreckt.

„Ivy Fields, du sorgst besser dafür, dass keiner deiner Schüler dich dabei erwischt", neckte er sie.

Ihre Wangen waren gerötet, doch sie teilte genauso gut aus,

wie sie einsteckte. „Walker Stone, du lässt dich lieber nicht von meiner Oma erwischen, wie du so was tust."

Er drückte sie ein letztes Mal und ging dann zum Truck, wo Ginny ihm die ersten beiden Stunden der Fahrt über weiterhin das Ohr abkaute. Es war faszinierend, alles über die Dinge zu hören, die sie gesehen hatte, und die neuen Dinge, die sie gelernt hatte.

„Sobald ich zurück bin, habe ich vor, dass CSA-Garten-Programm völlig neu aufzuziehen. Ich bin so aufgeregt." Ginny lehnte sich in ihrem Sitz zurück und nahm einen großen Schluck Wasser. Nachdem sie so lange ohne Pause geredet hatte, war sie wohl ausgetrocknet.

Das war noch ein Grund, weshalb sie Silver Stone behalten mussten. Im Augenblick erkundete Ginny die Welt und lernte neue Dinge, doch Silver Stone war ihr Zuhause. Dort waren ihre Gärten, und er wollte überhaupt nicht, dass sie nach Hause kam, ohne einen Ort zu haben, an dem sie diese ganze Begeisterung ausleben konnte.

Ginny griff herüber und drückte ihm die Hand. „Es ist schön, dich und Ivy zusammen zu sehen."

Allein ihr Tonfall sagte schon, dass sie grinste. „Schon komisch, dass das bei dir so klingt, als hättest du *,hab ich dir doch gesagt'* gesagt, wo du diese Worte doch niemals ausgesprochen hast."

Seine Schwester drehte sich auf dem Sitz, sodass sie ihn anschauen konnte. „Ihr beiden wart damals so süß zusammen, jetzt seid ihr sogar noch süßer."

„Nur so als Hinweis, *süß* ist normalerweise keine Beschreibung, die die meisten Typen gerne hören."

„Dann halt toll. Königlich, inspirierend. Such dir doch ein Adjektiv aus. Ich bin froh, dass ihr zusammen seid. Nur wenn du mit eurer Hochzeit noch abwarten könntest, bis ..."

„Huch. Immer langsam mit den jungen Pferden." Er warf

ihr einen raschen Blick zu, bevor er sich auf die Straße konzentrierte. „Wir heiraten nicht."

„*Noch* nicht, aber da ich in ein paar Tagen aufbreche, bleibt euch wohl nicht genug Zeit, noch was auf die Beine zu stellen. Wenn ihr also könnt, wartet bis nächsten Sommer. Und auf keinen Fall einfach abhauen und heiraten, ohne dass jemand dabei ist, wie es Tamara und Caleb gemacht haben."

Es war an der Zeit, das Thema zu wechseln. „Für sie war es schon sinnvoll, in aller Verschwiegenheit zu heiraten."

„Aber natürlich, doch wenn *du und Ivy* heiratet ..."

„Ginny, du hast mir nie von den Männern in deinem Leben erzählt. Gibt es drüben in Europa jemanden, den ich verprügeln muss?" Das war nichts, was er sie normalerweise gefragt hätte. Es war vielmehr ein Plan, um den derzeitigen Verlauf der Unterhaltung im Keim zu ersticken.

Nur als er erwartete, dass sie zur Antwort einen frechen Witz machte, wurde sie still.

O Scheiße. „Was zum Geier? Es gibt jemanden. Wie heißt er? Was hat er getan?"

„Nichts", beharrte Ginny, doch ihr Gesicht war leuchtend rot geworden. „Es ist nichts Ernstes, und ich will mich nicht mit dir über meine europäischen Affären unterhalten."

Du lieber Himmel. „*Affären*, also Mehrzahl?"

Ginny verdrehte die Augen und setzte eines ihrer patentierten *Du-Vollhonk*-Gesichter auf. „Ja, Walker. Ich habe mich überall auf dem europäischen Land vergnügt und hinterlasse eine Reihe gebrochener Herzen."

Na, damit kam er schon klar. „Gebrochene Herzen sind okay. Aber wenn irgendjemand sich respektlos verhält oder verprügelt werden muss, macht es mir nichts aus, eine Reise zu unternehmen."

Ginnys Lachen füllte das Auto, während sie ihm leicht auf die Schulter schlug. „Mein Verteidiger. Keine Sorge, ich kümmere mich um mich und passe auf. Ich weiß diese Zeit, die ich hier bekomme, wirklich zu schätzen. Danke, dass du geholfen hast, damit ich das machen konnte."

Er hatte gar nichts getan. „Caleb und Luke sind diejenigen, denen du danken solltest."

„Habe ich schon. Caleb zumindest. Luke war dieser Tage schrecklich still. Ist irgendwas los, bis auf die Tatsache, dass er immer noch mit der bösen Hexe des Westens verlobt ist?"

„So schlimm ist Penny doch nicht."

Ginny saß schweigend da, bis er den Blick zu ihr wandte, sodass er ihr Gesicht sehen konnte. Sie hatte eine Augenbraue bis zum Haaransatz hochgezogen. „Nicht so schlimm? Ha."

„Luke will sie, und bis er sie nicht mehr will, werde ich alles tun, was ich kann, um ihn zu unterstützen."

Ginny lehnte sich zurück und legte die Füße auf das Armaturenbrett. „Na ja, ich hoffe nur, dass alles gut geht, wie immer das auch aussieht. Genauso wie ich das Beste für dich und Ivy will. Ihr habt es verdient."

Er würde nicht mit ihr streiten, darum verbrachten sie den Rest der Fahrt mit freundlicher, allgemeiner Plauderei.

Als sie auf der Six Pack Ranch ankamen, wurden sie in die Horde des Coleman-Clans integriert. Es sah aus, als wäre beinahe jeder sonst bereits da, und ihm wurde in dreißig Minuten öfter die Hand geschüttelt oder ein Arm um die Schultern gelegt als in einer ganzen Woche zu Hause.

Tamara schob ihm seinen Neffen Joey in die Arme. „Er will seine Mom sehen, und Dare hat nach dir gefragt. Sie ist hinten im Garten."

Walker pflügte durch die Menschenmenge und fand, dass es gut war, Ivy nicht dabei zu haben. Es wären viel zu viele Menschen gewesen.

Er schaute seinem Neffen in die Augen. „Du hast kein Problem damit, in einer großen Menschenmenge zu sein, oder, Kleiner?"

Joey lächelte, dann stieß er die Hand nach oben, traf den Rand von Walkers Hut und warf ihn in einer für ein neun Monate altes Kind sehr geübten Bewegung ab.

Walker lachte, während er sich hinabbeugte, den Hut wieder aufhob und dann Joey hoch in die Luft hievte, um das Kind vor Freude quietschen zu hören. „Nein. Du hast keine Probleme damit, dass eine Menge Leute um dich sind, und das ist was Gutes."

Er fand Dare im Garten, wo sie zu seiner Überraschung Bohnen pflückte und sie in einen Plastikeimer für Eiscreme warf. „Ist das irgendein Hochzeitsritual, von dem ich noch nichts gehört habe?"

Sie schaute von ihrer Arbeit auf, Freude trat auf ihr Gesicht. „Hey, Walker. Ich freue mich, dass du es geschafft hast." Sie umarmte ihn und gab Joey einen Kuss auf die Wange, bevor sie sich wieder an die Arbeit machte. „Ich wollte irgendwas, bei dem ich nicht nachdenken muss, um mich eine Weile abzulenken. Die Bohnen müssen gepflückt werden, dann konnte ich das auch gleich übernehmen."

Walker schob seinen Neffen Joey auf den anderen Arm, pflückte die Hände des Kleinen vom Rand seines Cowboyhuts, bevor das Kind ihn zum dritten Mal in drei Minuten auf den Boden beförderte. „Alles klar."

„Also. Wenn du wieder mit Ivy zusammen bist, wie kommt es, dass sie nicht dabei ist?", wollte seine Pflegeschwester wissen.

„Es wäre ihr zu viel gewesen", gab Walker zu. „Ivy sagte, du würdest dich doch noch erinnern, dass es ihr nicht geheuer ist, unter vielen Fremden zu sein. Ich finde, den Coleman-Clan kann man schon als viele bezeichnen, obwohl sie für dich keine Fremden mehr sind."

Dare nickte langsam. „Nur dass Ivy inzwischen Lehrerin ist. Ich dachte, Schüchternheit wäre etwas, aus dem man herauswächst."

Genauso wie Ivy es erst kürzlich erwähnt hatte. Es war etwas, wovon alle ausgingen. „Sie kommt klar, aber ich wollte nicht, dass sie etwas erdulden muss, das eigentlich ein Fest sein sollte."

Seine Schwester hielt inne in dem, was sie tat, und sah ihn an, bevor sie die Arme zu einer riesigen Umarmung um ihn legte. „Ach, Walker."

Er erwiderte die Umarmung, zog sie mit Joey in der Mitte an sich, nicht ganz sicher, was los war. „Ach, Dare."

Sie lachte, tätschelte ihm den Arm. „So warst du schon immer."

„Ahnungslos?"

Von ihr kam ein Schnauben. „Ja, und außerdem bist du so süß."

Walker gab ein würgendes Geräusch von sich, denn er wusste, das würde sie zum Lachen bringen.

Dare nahm ihm Joey ab und setzte ihn meisterhaft auf ihre Hüfte, während sie Walker genauer unter die Lupe nahm. „Ich meine es ernst. Du bist ein ganz besonderer Typ. Wenn ich an die Jahre des Chaos zurückdenke, nachdem meine Familie gestorben ist, bekomme ich bei allen von euch ein unterschiedliches Gefühl. Ginny war für mich bereits wie eine Schwester, und diese Verbindung vertiefte sich. Caleb ist eingesprungen und hat die ganzen Vater-Aufgaben übernommen. Er hat sichergestellt, dass alles, was auf der Liste erledigt werden musste, auch erledigt wurde. Und er war auf gute Art streng genug, sodass wir Manieren lernten."

„Und Luke war die Mutter? Er kann kochen, aber er ist nicht wirklich so der kuschelige Typ."

Sie schnaubte. „Aber du hast recht. Luke war die Mutter, denn er hat dafür gesorgt, dass auch Spaß auf der Liste stand, die Caleb abgearbeitet hat. Genauso wie es meine Mom bei meinem Dad gemacht hat."

Die Woge des Bedauerns, die niemals ganz abebben würde, traf ihn erneut. „Es tut mir so leid, dass deine Leute heute dafür nicht hier sein können, für dich."

In ihre Augen traten kurz Tränen, doch sie nickte. „Bring mich nicht an meinem Hochzeitstag zum Weinen", warnte sie ihn. „Und das ist genau, was ich meine. Du bist was Besonderes. Du warst vielleicht ein Tagträumer, aber dir fallen Dinge auf andere Weise auf. Du hast es immer verstanden. Caleb hat mir angeboten, mich in die Kirche zu führen. So nett das auch sein könnte, das ist nicht, was ich will. Es ändert nichts an der Tatsache, dass sie weg sind."

Walker nickte langsam. „Du hast seither schrecklich viel hingekriegt, indem du auf deinen eigenen Beinen standest. Da klingt es sinnvoll, dass du auch das aus eigener Kraft machst. Aber du weißt, dass wir alle, die da draußen stehen und zuschauen, dich hundert Prozent unterstützen."

Dares Lippen krümmten sich, und ihr Gesicht verzog sich zu einer ziemlich schrecklichen Grimasse. „Verdammt, ich habe dir doch gesagt, du sollst nicht zum Weinen bringen."

Walker öffnete die Arme, sodass sie hineintreten konnte, während er ihr und ihrem Sohn eine weitere Umarmung gab. „Ich bin stolz auf dich."

Sie gab eine Art krächzendes Geräusch mit einem zusätzlichen Schniefen von sich, während sie ihm sanft mit der Faust in die Brust stieß. „Walker, hör auf zu reden."

„Ich hör schon auf." Er drückte extra fest, bevor er in seine Tasche griff und ein Papiertaschentuch herausnahm. Sie reichten das kleine Kind vor und zurück, Walker hielt Joey kurz, der ein besorgtes Geräusch machte, sich nach seiner weinenden Mutter streckte.

Dare wischte sich das Gericht rasch ab, bevor sie ihm Joey abnahm und dem Kind beruhigende Küsse gab. „Keine Sorge, Kleiner. Mami geht's gut. Ihr großer Bruder macht einen auf zuckersüß und bringt Mama zum Weinen, aber es sind gute Tränen."

Walker beobachtete seine Pflegeschwester mit ihrem Sohn, und die Wahrheit wurde klar und deutlich. Er *war* stolz auf sie. Stolz auf Caleb, auf Luke und Ginny für die Art, wie sie einander im Lauf der Jahre unterstützt hatten. Teufel, er war stolz auf Dustins Begeisterung, die immer noch größer wurde.

Doch als er Joey in ihren Armen sah, musste Walker zugeben, dass er noch etwas spürte, das ihm nicht geheuer war.

Dare hatte eine Menge durchgemacht, und sie verdiente jeden Augenblick des Glücks, das sie gefunden hatte. Aber sie hatte Silver Stone verlassen, um ihre Zukunft zu finden, und er war ein wenig traurig, dass er nicht mehr wie früher an ihrem Leben teilhaben konnte.

Vielleicht spürte er sogar einen Hauch Neid, dass sie sich bereits durch viele schwierige Zeiten durchgearbeitet hatte und nun die guten Teile genießen durfte, einen Partner zu haben und eine Familie großzuziehen.

Dare zog weiter zum nächsten Halt. Eines seiner Geschwister nahm ihr Joey ab, und Walker verbrachte Zeit damit, im Coleman-Clan umher zu wandern.

So viel Freude umgab ihn. Oh, manchmal kamen ein paar Tränen und ein paar Streitigkeiten. Es war nicht perfekt, aber es war auf jeden Fall *Familie*, als er beobachtete, wie Tamara ihre Schwestern fest umarmte. Und dann versammelten sie sich alle, um die Schwüre der frisch Vermählten zu bezeugen, und Walker war so dicht dran, die Lösung für sein Problem zu spüren.

Es war, als läge ihm ein Wort auf der Zunge, an das er sich nicht erinnern konnte. Es gab eine Möglichkeit für ihn, seiner Familie zu helfen und mit Ivy zusammen zu sein. Aber bis er sich dieser Chance hundertprozentig verschreiben konnte, war es nicht fair, die Worte auszusprechen.

Er liebte Ivy, das hatte er immer getan. Das war nicht das

Problem. Liebe war nicht genug, nicht, um seiner ganzen Familie zu helfen und für sie da zu sein.

Obwohl er zugeben musste, dass es, als während der Hochzeitszeremonie Gelächter ausbrach, so aussah, als könne Liebe Erstaunliches bewirken.

War das die Lösung? War das die Antwort?

19

Der Sommer verging mit entsetzlicher Geschwindigkeit.

Ivy ging in der dritten Augustwoche zurück an die Schule. Sie war die erste Woche nur Teilzeit dort, aber da sie dort Fuß fassen musste und versuchte, am Haus so viel wie möglich zu schaffen, stellte sie fest, dass sie müde wurde.

Was hieß, dass irgendetwas unter den Tisch fallen musste, doch ihre Zeit mit Walker würde es nicht sein. Das war das, was ihr am meisten Freude brachte.

Auch er war beschäftigt, da er weiter trainierte und lange Stunden mit der Arbeit auf der Ranch verbrachte. Außerdem versuchte er sich an neuen Aktivitäten, um zu sehen, ob er eine Panikattacke auslösen konnte.

Und so endeten sie wieder am Fuß der Heart Falls. Ivy schüttelte ungläubig den Kopf. „Ich kann nicht glauben, dass du das noch mal machst."

„Na ja, das hat letztes Mal eine ausgelöst." Er warf einen Blick oben auf die Wasserfälle weit über ihnen, wo das Wasser in einem herrlichen Bogen spritzte, um eine Million Regenbögen entstehen zu lassen, wo die Sonne auf den Nebel traf.

„Wenn ich nicht erstarre, schaffe ich es bis oben, und das wollte ich schon immer tun."

Das einzige Zugeständnis, das er gemacht hatte, war ein Seil – ein sehr langes Seil –, das er sich um die Taille band. Sie hatte darauf bestanden. „Letztes Mal hattest du Glück. Du bist rückwärts ins Wasser gefallen, anstatt die Felswand herabzurutschen und dir dein hübsches Gesicht kaputtzumachen."

„Weil es so viel besser war, fast zu ertrinken."

Sie warf ihm einen bösen Blick zu, und er schloss schnell den Mund und hörte auf, Scherze zu machen. Da hatte er dem Seil zugestimmt.

„Versprich, dass du es nur benutzt, wenn ich hängen bleibe", sagte er. „Außerdem kannst du mich damit zum Ufer ziehen, dann musst du dich nicht nass machen."

„Wofür sollte ich es denn sonst benutzen?", wollte Ivy wissen.

Ein Grinsen trat auf sein Gesicht. „Ich weiß nicht. Ich bin mir sicher, du würdest nie auf die Idee kommen, mich einfach nur von der Wand zu ziehen, weil es Spaß macht."

Ivy schüttelte verärgert den Kopf. „Los, mach deine dummen Männertricks. Ich warte hier, dass du wieder zur Besinnung kommst."

Sie musste dastehen und zusehen, ihm immer wieder mehr Seil geben, während er unter den Fällen hindurch und zu dem felsigen Grat hinaufkletterte. Es war nervenzerreibend und schmerzhaft, doch er kletterte stetig weiter, schaute ein paarmal herüber und winkte ihr zu.

Als er es ganz nach oben geschafft hatte und siegreich mit erhobenen Händen dastand, spürte sie Stolz darauf, dass sie da gewesen war und es bezeugt hatte.

Er löste das Seil von seiner Taille und verschwand außer Sicht, und da wurde Ivy klar, dass er ihr nicht verraten hatte, wie er nach unten kommen würde ...

Ein lauter Ruf schallte durch die Luft, als er sich oben von dem Felsgrat stürzte und durch die Luft flog, bevor er wie eine Bombe mitten in den Teich der Heart Falls fiel.

Eine spektakuläre Woge stieg auf, das Wasser spritzte so weit, dass es sie erwischte, wo sie ganz am Rand stand.

Walker erschien an der Oberfläche. Er warf den Kopf von einer Seite auf die andere, und Wasser flog aus seinen Haaren. Ivy wusste nicht, ob sie ihm etwas Unflätiges zurufen oder vor Freude brüllen sollte.

Er stand auf, sobald das Wasser hüfttief war, tropfnass und bis über beide Ohren grinsend. „Das war belebend."

„Walker Stone, hast du irgendwann in den letzten fünf Minuten den Verstand verloren?"

Er kam ganz nahe. So nahe, dass Wasser von ihm troff und sie nass spritzte. „Vielleicht. Willst du mich nach Hause bringen und mir die Leviten lesen?"

Sie trat bereitwillig zu ihm, machte sich überhaupt nichts aus der Tatsache, dass sie sofort auf der ganzen Vorderseite durchnässt wurde. „Du hast Glück, dass die Antwort Ja lautet."

Es war viel zu leicht, die Antwort Ja lauten zu lassen, wenn es darum ging, Zeit mit Walker zu verbringen.

Er wirkte immer noch abgelenkt. Saß leise neben ihr an der Feuergrube, die sie in ihrem Hinterhof eingerichtet hatten. Oder früh am Morgen, als sie die Augen öffnete und feststellte, dass seine Arme um sie geschlungen waren, aber er direkt an die Decke sah, tief in Gedanken versunken.

Walker schien keine Panikattacken mehr zu haben, was etwas Gutes war. Er beharrte darauf, dass er zurück zum Rodeo gehen könnte, ohne dass sie sich um ihn Sorgen machen musste.

Es hieß auch, dass er weggehen und Teil dieses großen Abenteuers werden könnte, das ihm Maxwell anbot. Diese Option gefiel ihr nicht annähernd so gut.

Dass Walker manchmal weg war, damit kam sie klar. Dass er eine Zeit woanders verbringen würde, die keinen definierten

Endzeitpunkt hatte, war weniger leicht zu ertragen. Es ließ sie zurück an die Tage denken, die sie im Krankenhausbett verbracht hatte, als sie nach Kraft gesucht hatte, während ihr Körper ganz langsam daran gearbeitet hatte, seine Verteidigung wieder aufzubauen.

Die Zukunft nicht zu kennen, war für sie ein wunder Punkt.

Trotzdem machte sie mit ihren verschiedenen Aktivitäten weiter, darunter die Arbeit mit Emma, die inzwischen eine gute Freundin war.

Tamara grinste, als Ivy das Haus zur letzten Nachhilfestunde des Sommers betrat. „Schön, dich zu sehen. Und ich frage dich jetzt, damit du Zeit hast, falls nötig, Dinge umzuplanen, aber wir hätten gern, dass du zum Abendessen bleibst."

Sasha winkte vom Tisch, wo sie an irgendeinem Projekt arbeitete, zu dem verschiedene Klebestifte und farbige Blätter gehörten. Emma lief an Ivys Seite. „Ich durfte mir aussuchen, was es gibt."

„Ach, wirklich. Und was ist das?"

„Hühnchen und Bohnen und Bohnen und Bohnen."

Ivy warf einen Blick auf Tamara, die nickte. „Klingt lecker, aber ihr müsst mir verraten, was das bedeutet. Bis auf sehr viele Bohnen."

Sasha sprach, ohne von ihrer Aufgabe aufzuschauen. „Kelli sagt, man sollte eine Einladung annehmen, bevor man weiß, was es zu essen gibt, sonst klingt es …"

„Sasha. Die Art, wie du deine Kelli-Weisheiten einbringst, lässt ein wenig zu wünschen übrig." Tamara schenkte ihrer ältesten Tochter einen beredten Blick. „Möchtest du das gern neu ausdrücken?"

Sasha blinzelte. Dann wurden ihre Augen groß, und ihr Mund ging auf. „Ms. Fields, ich habe nicht gemeint, dass Sie gewartet haben, bis Sie herausfinden, was es zum Abendessen gibt, bevor sie Ja oder Nein sagen. Ich war nur irgendwie …" Sie warf einen Blick zu Tamara, die geduldig wartete, ein gütiges

Lächeln auf dem Gesicht. Sasha nickte, dann konzentrierte sie sich wieder auf Ivy. „Tut mir leid. Ich habe geredet, bevor ich nachgedacht habe. Möchten Sie gerne zum Abendessen bei uns bleiben? Ich verspreche, es wird lecker."

Sie waren so herrlich. „Ich würde gerne bleiben, und jetzt, Emma, musst du mir verraten, was es gibt."

Sie kniete sich hin, damit sie auf Augenhöhe mit dem kleinen Mädchen war, das die Finger hob, um ganz ernst zu verkünden: „Brathähnchen und grüne Bohnen und gebackene Bohnen und einen Jelly-Bean-Kuchen zum Nachtisch."

Emma schob ihre Hand in die von Ivy und führte sie an den Tisch, wo sie arbeiten würden. Ivy schaute zurück, um Tamara anerkennend lächeln zu sehen, während sie sich hinabbeugte und Sasha einen Kuss auf die Wange gab, dann kurz stehenblieb, als das kleine Mädchen die Arme um sie legte und den Kuss erwiderte.

Es war ein kleines Stück Vollkommenheit, und etwas in Ivy schmerzte, schmerzte buchstäblich, als ob da ein Loch wäre, das unbedingt gefüllt werden musste.

Am Ende half sie den Mädchen, den Tisch für acht Leute zu decken, plauderte mit Tamara, die leicht abgelenkt schien, während sie aus dem Fenster schaute, ein sanftes Lächeln auf dem Gesicht. Ihre Lippen teilten sich zu einem echten Grinsen, und Ivy stand auf, um ihr über die Schulter zu blicken und festzustellen, dass Caleb und Walker Seite an Seite gingen, sich locker unterhielten, während sie sich dem Haus näherten.

„Ihn einfach nur anzuschauen, das macht irgendetwas mit mir", beichtete Tamara leise, warf über die Schulter einen Blick zu Ivy. „Meinen, nicht deinen."

Es war eine weitere Bestätigung, dass alle Walker für den ihren hielten. Und das war er, doch als der Sommer zu Ende ging, gab es immer noch dieses winzige Stück des Unbekannten.

Sie wollte ihn. Sie wollte das Beste *für* ihn. Und einmal

mehr wurde Ivy klar, wie viel genau Walker geopfert hatte, um sie weggehen und ihren Traum finden zu lassen.

Sie wischte sich vorsichtig über die Augen, verbarg ihre Gefühle, während sie zurücktrat, um Tamara Caleb als erstes begrüßen zu lassen, zwei kleine Mädchen tanzten um ihn herum und drückten ihn fest, bevor sie mit gerümpften Nasen rückwärtsgingen.

„Daddy, du brauchst eine Dusche", setzte ihn Emma in Kenntnis, bevor sie ihre großen blauen Augen ihrem Onkel zuwandte. Sie schnüffelte einmal zart. „Ich hole dir ein Handtuch, Onkel Walker."

Walker kicherte, während er sich hinabbeugte, um mit der Nase an ihre zu stoßen. „Es ist sehr nett von dir, mir auf höfliche Art zu sagen, dass ich stinke."

Emma senkte die Stimme, doch ihr Flüstern war trotzdem im ganzen Zimmer hörbar. „Mama sagt, es ist wichtig, höflich zu sein, und es ist wichtig, die Wahrheit zu sagen."

Caleb hatte seine Stiefel ausgezogen und kicherte nun im Hintergrund. „Ja, deine Mama hat recht. Jetzt werden wir uns duschen, und dann können wir zurückkommen und unser Abendessen genießen. Wir haben später eine besondere Überraschung für euch."

Die Mädchen kreischten, während sie losliefen, um ihre Pflichten zu erledigen.

Walker warf Ivy einen hitzigen Blick voller Versprechungen zu und verschwand dann im Untergeschoss.

Tamara wandte sich zu ihr. „Walker hat mich daran erinnert, dass du manchmal Probleme mit großen Gruppen hast. Wenn du das Zimmer verlassen musst, mach ruhig, wir sind nicht beleidigt. Heute Abend sind es ich, Caleb und die Mädchen, du und Walker, und ich habe Dustin und Luke gebeten, sich zu uns zu gesellen."

„Das ist nett von dir, dass du dir Sorgen machst. Ich nehme an, wir haben ein typisches Stone-Abendessen?"

Tamara grinste. „Ja, was heißt, dass ich dir nicht garantieren kann, dass die Lautstärke zivil bleibt."

„Ich glaube, das passt schon, aber wenn es dir nichts ausmacht, würde ich gern zwischen Emma und Walker sitzen." Sie war jenseits des Punktes, an dem sie sich unhöflich fühlte, wenn sie um das bat, was für sie am angenehmsten war.

Und so schloss sie sich der Familie letztlich bei Tisch an. Sasha plauderte aufgeregt mit ihr und ihrem Onkel Dustin, der ihr gegenüber am Tisch saß. Hin und wieder schloss sich Emma an, ihre Kommentare zauberten ein Lächeln auf jedes Gesicht.

Walker schob die Hand unter den Tisch und ließ sie auf ihrem Oberschenkel liegen, drückte fest zu, während er sich zu ihr beugte. „Ich habe keinen Kuss bekommen, als ich reingekommen bin."

Er hatte nicht leise genug gesprochen, denn Emma drehte sich um, um ihn zu antworten. „Du hast gestunken, weißt du noch, Onkel Walker?"

Ivy senkte den Blick auf ihren Teller und kämpfte darum, sich vom Lachen abzuhalten.

„Ich habe gestunken, aber jetzt nicht mehr." Er legte einen Arm auf die Rückenlehne von Ivys Stuhl und schmiegte sich an sie, während er sich hinüberbeugte, um mit seiner Nichte zu reden.

Emma schaute zu ihm und dann zu Ivy, und dann zuckte sie mit den Schultern. „Du solltest ihr einen Kuss geben. Papa küsst Mama die ganze Zeit."

Gelächter kam im ganzen Zimmer auf, da inzwischen alle anderen der Unterhaltung lauschten. Ivy spürte, wie sie sich anspannte, doch statt weiter zu drängen und sie zu küssen, drückte Walker ihr die Schulter und sank dann wieder in seinen Stuhl.

Er warf einen Blick über den Tisch, wo Caleb und Tamara liebende Blicke wechselten. „Das ist mir aufgefallen. Es scheint eine Menge Küsse zu geben. Mehr Küsse als Essen auszuteilen."

Ivy entspannte sich, als die allgemeine Aufmerksamkeit sich von ihr und Walker abwandte.

Dustin kicherte. „Hast du was vergessen, Bruder?" Er deutete auf Calebs leere Hände. „Schaufelst du das heute mit den Fingern raus?"

Caleb schüttelte den Kopf. „Wir wollten euch eine Neuigkeit erzählen, und ich dachte, wenn ich es euch sage, bevor wir das Essen austeilen, bekommen wir eure volle Aufmerksamkeit."

Etwas in ihren Gesichtern ließ Ivy ahnen, was sie verkünden würden. Tamara hatte insgeheim ein Lächeln auf, während sie zu Caleb schaute und dann nickte.

Caleb sah direkt zu Sasha und Emma. „Eure Mama und ich werden nächstes Jahr für euch einen neuen Babybruder oder eine -schwester haben."

Emma blinzelte fest.

Sasha neigte den Kopf, als wolle sie die Ankündigung richtig verstehen. „Ich werde wieder große Schwester?"

Emma stieß sie mit dem Ellbogen in die Seite. „Ich werde zum ersten Mal große Schwester."

Sasha wandte sich zu ihr. „Ich kann dir zeigen, was du wissen musst, denn es ist eine Menge harte Arbeit."

Das Gelächter der Männer blieb bei minimaler Lautstärke, aber alle standen von ihren Stühlen auf, um Tamara zu umarmen und Caleb auf den Rücken zu klopfen.

Der zukünftige Vater grinste schamlos. Ivy umarmte Tamara fest, gewissermaßen überrascht, dass sie bei der Ankündigung dabei gewesen war, aber auch geehrt. „Ich freue mich sehr für dich", sagte sie leise.

Tamara nickte. „Ich freue mich und habe zur gleichen Zeit Angst. Es gibt nichts Schlimmeres, als jemanden mit einer medizinischen Ausbildung, der schwanger wird."

Ivy versicherte ihr, dass alles gut werden würde, dann schnappten sie sich das Essen und stellten es auf den Tisch, und die richtige Mahlzeit begann. Caleb füllte die Teller und reichte sie herum, wie in den alten Tagen, als Ivy die Familie Stone noch besucht hatte.

Und genauso wie in den alten Tagen saß sie neben Walker, und seine Hand stahl sich unter den Tisch, um ihre Finger zu suchen und festzuhalten. Es war perfekt, und es war süß, und es machte etwas in ihr inmitten des ganzen Glücks traurig.

Das konnte sie nicht aufgeben. Sie wollte Walker. Sie wollte Teil dieser Familie sein, aber sie wollte auf keinen Fall ein Anker sein, der ihn zurückhielt.

Am Ende der Mahlzeit, die von Erinnerungen jeglicher Art erfüllt war, übernahmen Luke und Dustin die Beaufsichtigung ihrer Nichten und kümmerten sich ums Saubermachen. Caleb und Tamara schlüpften aus dem Haus, um einen Spaziergang rund um den Big Sky Lake zu machen.

Walker stand neben ihr auf der Veranda, während sie seinen Bruder und seine Schwägerin Hand in Hand weggehen sahen, wo sie zweifellos gemeinsam über ihre Zukunft flüsterten.

Er drehte sie zu sich. „Ich hole mir jetzt meinen Begrüßungskuss, aber es muss auch der Abschiedskuss sein. Ich habe Pflichten zu erledigen."

„Sehen wir uns morgen?", fragte sie.

„Nachdem du mit der Arbeit fertig bist? Auf jeden Fall. Wir können deine Stufen fertig reparieren."

Er küsste sie, süß und liebevoll, und irgendwie schaffte sie es, ihre Gefühle nicht an die Oberfläche dringen zu lassen.

Er ging zu den Scheunen, und sie fuhr langsam den langen Weg zum Highway entlang, ließ Silver Stone im Rückspiegel zurück.

Sie fuhr nicht nach Hause.

Sie fuhr zu *Buns and Roses* und nutzte ihren Schlüssel, um

sich hinten die Treppe hinauf zur Wohnung ihrer Schwestern zu schleichen.

Rose war dort, schaute von der Strickarbeit auf, an der sie arbeitete, leise Musik lief im Hintergrund. „Ivy? Was ist los?"

Ivy schüttelte den Kopf, konnte nicht reden. Sie kam zu Rose auf das Sofa und lehnte sich an sie, nahm die feste Umarmung entgegen, als ihre Schwester das Strickzeug zur Seite legte.

Eine Weile saßen sie schweigend da, bevor Rose Ivy einen Kuss auf den Kopf gab. „Muss ich irgendjemanden für dich schlagen? Um mit irgendjemandem meine ich Walker?"

Ein wenig elegantes Schnauben kam von Ivy, irgendwo zwischen Lachen und Tränen. „Es ist nicht er. *Ich* bin es. Ich liebe ihn so sehr. Aber das bedeutet, dass ich ihn gehen lassen muss."

Arme spannten sich um sie in einem beruhigend festen Griff an. „Ach, meine Liebe. So, wie dich der Mann anschaut, bezweifle ich sehr, dass er irgendwohin geht."

„Vielleicht muss er das, und für mich muss das in Ordnung sein. Mir war nie klar, wie schwer es ist, derjenige zu sein, der zurückbleibt. Es wird sehr viel mehr Kraft brauchen, als nötig war, um zu gehen."

Rose drückte sie noch einmal, küsste sie noch einmal. „Na ja, ganz gleich, was passiert, ich weiß, du bist stark genug, um damit fertig zu werden. Und du hast uns alle, um dir zu helfen, es durchzustehen, falls du wanken solltest."

Ivy nickte. Das wusste sie tief in der Seele. „Ich liebe dich, kleine Schwester."

„Ich liebe dich auch. Jetzt lass dich von mir festhalten. Es wird schon gut. Das wird es bestimmt."

20

Walker musste Maxwell irgendwann in den nächsten vierundzwanzig Stunden seine Entscheidung mitteilen, und es fühlte sich trotzdem noch an, als würde er mehr Zeit brauchen.

Er hatte die letzten paar Stunden damit verbracht, auf dem Reitplatz zu schwitzen, aber obwohl er so mitgenommen war, dass sich sein Rückgrat anfühlte, als wäre es ihm durch den Schädel getrieben worden, tat sein Verstand schlimmer weh als sein Körper.

Ashton klopfte ihm in einer anerkennenden Geste auf die Schulter, ehe er ging, um sich den anderen Helfern zu widmen. Luke striegelte neben Walker die Pferde, die sie als Verstärkung genutzt hatten, der Striegel eine leise Melodie, monoton und beruhigend.

Caleb hatte sich ihnen angeschlossen, grinste gut gelaunt darüber, wie ihn alle wegen des Babys aufgezogen hatten, das unterwegs war. Dustin war auch dabei gewesen, hatte schwer gearbeitet, bis er immer wieder auf seine Uhr geschaut hatte. Er holte sich bei Caleb die Erlaubnis, früher aufzubrechen, und flitzte dann davon, um sich seinen Freunden anzuschließen.

Caleb erwischte Walker dabei, wie er den Austausch beobachtete, und grinste. „Dustin bringt mich noch um. Er ist völlig aus dem Häuschen von der Vorstellung, dass Tamara ein Kind bekommt. Er ist lächerlich niedlich."

Was schon einleuchtete, wenn man bedachte, dass Calebs erste Frau nicht allzu erfreut darüber gewesen war, schwanger zu werden oder verheiratet zu sein, wenn man es genau nahm. „Benimmt er sich?"

Caleb gab ein unwirsches Geräusch von sich. „Er hat sich immer benommen. Ich war derjenige, der einen Stock im Arsch hatte. Alles klar bei uns."

Alle drei schlossen ihre Arbeit ab, plauderten leise. Sie wollten gerade schon in unterschiedliche Richtungen aufbrechen, als Luke sich räusperte.

„Ich muss euch was erzählen."

Walker und Caleb wechselten einen Blick, ehe sie sich zu seinen Seiten aufstellten.

Lukes übliche Frohnatur war den ganzen Sommer über etwas zurückhaltender gewesen. Sie hatten beide angenommen, dass es etwas mit Penny zu tun hatte, aber jedes Mal, wenn sie gefragt hatten, hatte Luke sie abgewehrt.

Bis jetzt. Er holte tief Luft und schaute auf zu Caleb. „Du hast mir mal gesagt, ich sollte lang und eingehend darüber nachdenken, was ich mache."

„Mit Penny?"

Luke nickte. „Ich dachte wirklich, es könnte funktionieren, aber nachdem ich gesehen habe, wie die Dinge zwischen dir und Tamara sind, und dann zwischen dir ..." Er wandte sich zu Walker. „Zwischen dir und Ivy, als ihr wieder zusammengekommen seid – ich merke, wie es aussieht, wenn zwei Menschen zusammengehören."

So fühlte es sich an. Dass er und Ivy *zusammengehörten.*

Luke richtete die Schultern gerade, schaute auf den Reitplatz. „Das ist nicht das, was ich sehe, wenn ich in den Spiegel schaue. Ich sehe nicht, dass ich total in Penny verliebt bin, und ich glaube nicht, dass das noch akzeptabel ist. Ich dachte, das würde reichen, aber das tut es nicht.“

Caleb wirkte nachdenklich. „Was machst du nun?“

„Ich habe es abgeblasen. Da war ich gestern. Ich wollte es nicht in einer E-Mail oder einer Nachricht machen, also bin ich zu ihnen rübergefahren.“

„Wie hat sie es aufgenommen?“, fragte Walker leise.

Von Luke kam ein bitteres Lachen. „Für sie war das kein Problem. Hat nicht mal richtig geblinzelt, um ehrlich zu sein, und dann sofort gefragt, ob sie trotzdem noch Red-Hot Whiskeys Fohlen bekommt, wenn es im Frühling da ist. Hat darauf beharrt, dass sie den vollen Preis zahlen würde, gar kein Problem.“

Ein leiser Fluch entwich Walker, bevor er etwas dagegen unternehmen konnte. Jetzt ging es doch nicht darum, sich darauf zu stürzen, was Penny für ein schrecklicher Mensch war, es ging um Luke. „Bist du in Ordnung?“

Luke zuckte mit den Schultern. „In mancher Hinsicht fühlt es sich nicht an, als hätte sich was verändert. Wir hatten nicht so eine Beziehung, wie du sie bereits mit Ivy teilst. Als ob ihr nicht genug voneinander bekommen könnt und es kaum ertragt, getrennt zu sein.“ Luke wies mit dem Daumen auf Caleb, ein kurzes Aufblitzen seines üblichen Grinsens war zu sehen. „Was ziemlich nach dem hier und Tamara aussieht.“

Caleb trat vor und packte Luke an der Schulter, drückte fest zu. „Ich glaube, du hast jemanden verdient, der die ganze Zeit über bei dir sein will. Jemand, der heftig in dich verliebt ist.“

„Ja, nun, das habe ich nicht gehabt, also ist es gut, dass es vorbei ist.“ Luke runzelte wieder die Stirn. „Aber selbst wenn Penny nicht von mir genervt ist, kann ich nicht garantieren, wie Mr. Talisman drauf sein wird, wenn wir in Zukunft mit ihm zu tun bekommen. Es ist durchaus möglich, dass ich gerade unsere Hoffnungen in den Wind geschossen habe, als Pferdezüchter weiterzukommen."

Ein weiteres grobes Geräusch kam von Caleb. „Das ist doch nur *ein* Mann, und wenn er irgendwie Augen im Kopf hat, dann weiß er bereits, dass Penny und du nicht zusammengehört habt. Es gibt eine Menge anderer Käufer da draußen, mit denen wir arbeiten können, wenn sich erweist, dass er ein Arsch ist."

„Ich wollte nichts tun, was Silver Stone schadet", gab Luke leise zu. „Ich wollte nichts tun, was dazu führt, dass wir unsere Heimat verlieren."

„Was für ein Schwachsinn", fuhr ihn Caleb untypisch hitzig an. „Hast du dich darum so lange an diese kaputte Beziehung geklammert?"

Luke warf einen Blick auf Walker, bevor er Caleb schuldbewusst zunickte.

Caleb stapfte ein paar Schritte weg, fluchte laut, bevor er sich umdrehte und den Blick auf seine Brüder richtete. „Lasst mich das deutlich machen, ihr beiden, falls du auch irgend so eine hanebüchene Vorstellung hast, Walker. Die Ranch retten zu wollen, lohnt sich nicht, wenn darunter alles andere leidet."

Ein schockiertes Keuchen kam von Luke, doch Caleb machte weiter, achtete nicht auf das Geräusch, wie sich irgendwo hinter ihm eine Tür öffnete.

„Jemanden zu haben, der einen ganz zu sich bringt – dafür gibt es keine Worte. Ich liebe die Ranch. Ich liebe, dass sie ein Erbe ist, das wir an unsere Kinder weitergeben können. Und es ist ein Teil von Mom und Dad, den ich höllisch vermissen würde, das gebe ich zu. Aber wir bauen ein neues Erbe auf, Tamara und ich. Falls das bedeutet, dass wir für meine kleinen Mädchen und das neue Baby eine Ranch haben, dann sei es so. Falls es bedeutet, dass wir irgendwo anders neu anfangen, ist mir das auch recht. Unser Glück ist mehr wert als Geschichte und Erinnerungen. *Euer* Glück ist mehr wert."

Walker versuchte immer noch, diese unerwartete Rede zu verarbeiten, so voller Weisheit und fast schon skandalösen Vorstellungen, als Tamara um die Ecke kam.

Sie hatte offensichtlich den letzten Teil von Calebs Vortrag gehört. Sie ging direkt zu ihm, packte ihn am Hemdkragen und zog ihn zu sich herum. „Ich liebe dich so verdammt heftig."

Dann küsste sie ihn, die Arme um seinen Nacken geschlungen, völlig unbeirrt von der Tatsache, dass Walker und Luke als Zuschauer anwesend waren.

Oder vielleicht gehörte das zu ihrer Botschaft.

Luke wies mit dem Kopf zur Ecke, und Walker schloss sich ihm an, um ihrem großen Bruder und seiner Frau etwas Privatsphäre zu lassen.

Während sie am Reitplatz vorbei zum Big Sky Lake gingen, fand ein kleines Teil des Puzzles seinen Platz. „Wir hatten wirklich Glück, dass wir Caleb als großen Bruder bekamen."

Luke schlug Walker auf die Schulter, nickte beim Gehen. „Da hast du verdammt noch mal recht."

Walker holte tief Luft. „Er lag da ganz richtig, weißt du. Ich hatte vor, etwas Dummes zu tun. Genauso dumm wie du."

Sein Bruder kam kurz ins Stocken, bevor er sich wieder fing, und blieb stehen, um Walker verwirrt anzusehen. „Es ist doch nichts mit dir und Ivy los, oder?"

„Nur, wenn ich auf diesem Pfad bleibe. Du hast mich schon mal gefragt, ob es irgendwas gibt, bei dem du mir helfen könntest, und ich habe dir gesagt, dass ich damit selbst fertig werden muss. Da lag ich falsch."

Dann ließ er die Katze aus dem Sack und erzählte Luke alles. Alles über die Panikattacken und die Dinge, von denen er das Gefühl hatte, dass er sie tun musste, um zu helfen, die Ranch zu retten. Darüber, ihren Vater enttäuscht zu haben, und den Streit, was das letzte war, an das er sich erinnerte.

Luke lauschte völlig lautlos. Sein Mund klappte auf, je länger Walker sprach, und als er fertig war, nickte Luke einmal.

Dann stieß er die Faust in Walkers Schulter, fest genug, dass dieser zurückrudern musste.

„Verdammt. Wofür war das denn?"

Ein finsterer Blick trat auf das Gesicht seines Bruders. „Weil du ein kompletter Volltrottel warst. Aber da du mir jetzt alles erzählt hast, und weil ich auch dumm war, fand ich es nicht angemessen, dir ins Gesicht zu schlagen."

Walker kicherte. „Vielen Dank dafür."

„Aber du hattest in letzter Zeit keine Panikattacken mehr?" Luke wartete, bis Walker fest den Kopf schüttelte, bevor er zurück zu derselben Frage ging, die Ivy ihm nach den Schwierigkeiten im *Rough Cut* gestellt hatte. „Hör auf, darüber nachzudenken, die Ranch zu retten. Was *willst* du tun?"

Die Antwort war einfach. „Ich will mit Ivy zusammen sein. Ich will hierbleiben und mit euch zusammenarbeiten, und wenn wir durch irgendeinen dummen Zufall die Ranch verlieren, möchte ich, dass wir das Nächste, was wir tun, zusammen als eine Familie machen."

„Dann sorgen wir doch dafür, dass es so kommt. Einen Schritt nach dem anderen."

So schlicht und einfach war das.

Es wirkte unmöglich, aber nach so langer Zeit und so vielen schlaflosen Nächten war so vieles richtig. Walker musste nicht alle Antworten kennen – er musste nur diesen Teil kennen.

Walker holte tief Luft. „Fangen wir doch damit an, dass ich mit Ivy zusammen bin. Ich habe eine Idee, aber ich brauche deine Hilfe, um alles vorzubereiten."

Er streckte eine Hand aus. Luke packte sie, schüttelte sie fest, bevor er Walker zu einer brüderlichen Umarmung heranzog, bei der sehr viel mehr auf die Schultern geklopft als gedrückt wurde.

Als sie sich trennten, lächelte Luke zum ersten Mal in einer gefühlten Ewigkeit richtig. „Und der Vollständigkeit halber: Dad war verdammt stolz auf dich. Du hast nur *eine* väterliche

Verwarnung erhalten? Teufel, ich bin wöchentlich getadelt worden dafür, dass ich das Leben nicht ernst genug nehme. Also kannst du diese Sorge ganz weit von dir wegschieben. Du hast im Lauf der Jahre deinen Anteil beigetragen, ob du das glaubst oder nicht. Wir sind *alle* stolz auf dich."

Walkers Brust wurde wieder ganz eng. „Danke."

„Wir bringen das zum Funktionieren. Ich weiß, dass wir das können."

„Und ... der König des Optimismus kehrt zurück", neckte Walker.

Doch dieses Mal hoffte er wirklich, dass es stimmte.

DIE KRYPTISCHE NACHRICHT, die Ivy von Walker erhalten hatte, faszinierte sie, und darum kam es, dass sie um kurz vor neun Uhr abends, anstatt sich bettfertig zu machen, daran arbeitete, ihr fröhliches Gesicht aufzusetzen.

Tansy lag auf ihrem Bett, ließ faul die Füße baumeln, während sie zusah, wie Ivy sich schminkte. „Hat das Schuljahr gut angefangen?"

„Das ist nicht die Frage, die du stellen solltest", erklärte Ivy.

Ihre Schwester lachte, während sie sich hochschob, um auf dem Bett zu sitzen. „Ich versuche doch nur, dich abzulenken."

„Funktioniert nicht", erwiderte Ivy trocken. „Ich erkenne, wenn man mich für irgendetwas einspannen möchte. Sag mir einfach, dass du da sein wirst, falls ich überwältigt werde."

Tansy zeichnete ein Kreuz über dem Herzen. „Ich schwöre feierlich, du hast meine Unterstützung."

„Es wäre so viel besser, wenn ich wüsste, was los ist", erklärte Ivy.

Ihre Schwester schüttelte den Kopf. „Vermutlich, aber das würde erfordern, dass *ich* weiß, was vorgeht, und dieses eine Mal habe ich keine Ahnung. Ich folge nur den Anweisungen."

„Wo seid ihr denn?", rief Rose von der Eingangstür her. „Fern wartet schon. Ich würde sie ja ein paarmal um den Block fahren lassen, aber wenn wir zu spät kommen, rechne ich mit einer Katastrophe."

Ivy schnappte sich die Jacke von ihrem Bett und warf Tansy einen warnenden Blick zu. „Sie sind auch mit von der Partie? Da fühle ich mich nicht unbedingt wohler."

Tansy hielt sie an der Hand, während sie die Stufen hinabgingen, und sie stiegen in Ferns alten VW Käfer.

Es war spät genug am Tag, dass die Sonne bereits verblasste. Das Dämmerlicht hielt sich lange, doch nur schwache Spuren von Rot und Gold blieben. Auf dem Friedhof funkelten kleine Lichter – inzwischen gab es von ihnen ein halbes Dutzend. Ivy hatte immer noch nicht herausgefunden, wer sie aufstellte, aber sie musste zugeben, dass es im Ergebnis hübsch aussah.

Als sie vor dem *Rough Cut* vorfuhren, machte Tansy nichts weiter, als sie aus dem Auto zu ziehen und die Stufen ins kühle Innere hinein.

Auf dem Schild an der Vordertür hatte *heute Abend geschlossen* gestanden, doch die Türen waren nicht abgesperrt. Ryan war nirgendwo zu sehen. Die Musik lief sehr viel leiser als üblich, und Stimmen kamen aus dem Hauptraum mit der Tanzfläche. Vertraute Stimmen, etwa Tamara und Caleb und ihre kleinen Mädchen.

„Was machen denn Kinder in einer Bar?", fragte Ivy, während sie um die Ecke bog, um festzustellen, dass eine ganze Reihe Stühle auf der Tanzfläche aufgestellt worden waren. Die komplette Familie Stone war da, und ihr wurde mit einigem Entsetzen klar, dass Rose und Fern sich nach vorne begeben hatten, um Plätze neben ihren Eltern und Oma Sonora einzunehmen.

In Ivys Bauch hoben Schmetterlinge ab, ihre Brust wurde enger, während Tansy sie zu einem Stuhl führte. Ein paar Leute warfen einen Blick in ihre Richtung, wandten sich aber rasch wieder der Bühne zu, sodass sie unbehelligt allein in der allerletzten Reihe bleiben konnte.

Ivy hielt sich an Tansys Fingern fest, als sie sich hinsetzte und feststellte, dass ihr Stuhl gleich in der Mitte eines offenen Ganges stand, sodass sie eine direkte Sicht auf die Bühne hatte, wo eine einsame Gestalt auf einem hohen Hocker saß, eine Gitarre in der Hand.

Er trug seinen Cowboyhut, ein dunkles, langärmliges Hemd, das hochgekrempelt war, um seine Unterarme zu zeigen, brandneue Jeans und Stiefel, die sie sogar aus der Ferne unter den Scheinwerfern glänzen sehen konnte, die direkt auf ihn gerichtet waren.

Walker Stone sah von oben bis unten aus wie ein Cowboy. Köstlich und felsenfest bis ins Mark.

Die Musik aus den Lautsprechern über ihnen verklang, während Walker die Finger auf seine Gitarre legte, aber es war nicht der stetige Rhythmus der Akkorde, der sie hypnotisierte. Es waren seine Augen, die direkt in ihre blickten, als gäbe es niemanden in diesem Raum außer ihnen beiden.

Tansy drückte fest ihre Finger, bevor sie sich zurückzog. Sie flüsterte leise in Ivys Ohr: „Ich bin gleich neben dir, aber ich glaube, du schaffst das."

Dann war sie allein. Allein bis auf Walker, der immer wieder eine leise Melodie spielte, sie beobachtete, als wäre sie ein Wunder.

„Das letzte Mal, als ich hier auf diese Bühne gestiegen bin, bin ich ziemlich hart gefallen." Walker sprach leise, aber deutlich, seine Worte trugen über die Gitarrenmelodie hinweg. „Doch ich erinnere mich, dass Dad immer sagte, wie wichtig es war, wieder in den Sattel zu steigen, wenn man gestürzt ist, und ich nehme an, das ist gewissermaßen Teil dessen, was ich jetzt tue." Walkers Blick wanderte einen kurzen Augenblick lang zu seinem Bruder Caleb, dann zur anderen Seite, wo er den Kopf in Malachis Richtung neigte. „Es ist so ziemlich das, was einige der klügsten Männer, die ich kenne, mir immer erzählt haben. Es ist nicht leicht, das Richtige zu tun, aber es lohnt sich. Also hoch mit dem Hintern, und auf geht's."

Unter seinen Fingerspitzen veränderte sich die Musik. Die Gitarre wurde nun sanft geschlagen, wie Wind, der über die Prärie strich. Leise und stetig. Ruhelos.

Sein Blick kehrte zu ihr zurück. Nicht ganz ein Lächeln, doch etwas Süßes und Verheißungsvolles leuchtete in seiner Miene. „Aber anstatt es euch in vielen Worten zu sagen, sollte ich tun, was ein Sänger tut, und die Geschichte von der Musik erzählen lassen."

Die Enge in Ivys Brust rührte nicht mehr von Angst. Es waren Hoffnung und Vorfreude, als Walker in ihr Herz schaute und für sie sang.

Nur für sie.

Es mochten ja ein Dutzend andere Menschen im Raum sein, aber sie waren allein.

Ruhelos wie ein rollender Busch,
lass ich vom Wind mich treiben,
such einen Halt, einen festen Ort,
mit Wurzeln, die nie bleiben.

Genug hab ich vom Wind gesehen,
von der Straße und vom Land,
ich will viel länger bei dir sein,
ganz fest in deiner Hand.

Ich will nicht mehr viel weiter geh'n
als bis an deine Tür,
mag nicht mehr durch die Lande zieh'n,
mein Weg ist neben dir.

Hinaus zur Schaukel geh ich noch,
wo unsere Kinder lachen,
oder den Weg hinab zum Fluss,
früh Feierabend machen.

Ich will nicht mehr viel weiter geh'n,
als bis an deine Tür,
mag nicht mehr durch die Lande zieh'n
mein Weg ist neben ...

WALKER STOCKTE. Mitten in einem Satz, aber es war nicht dasselbe wie damals. Nicht wie beim letzten Mal, als er auf der Bühne gesungen hatte und erstarrt war, denn jetzt, obwohl die Worte aufgehört hatten, schaute er sie immer noch an, ein träges Lächeln breitete sich auf seinem Gesicht aus, noch während er heftig schluckte.

Er hatte keine Panik, er brachte nur nichts heraus, was sie ziemlich gut verstand, denn sie war im selben Zustand. Sie fühlte sich, als wären sie mit hundert Millionen Seilen gefesselt, doch es war in Ordnung, denn noch während sie nach Luft rang, waren sie verbunden.

Es waren sie beide, und sie waren zusammen.

Seine Finger wurden reglos, die Gitarre verklang, während er sich räusperte. „Es kommt noch mehr, aber ich glaube nicht, dass ich es fertig singen kann. Nicht ohne dich, Flocke. Nur durch dich habe ich überhaupt ein Lied, das ich singen kann. Du bist das Einzige, um das es sich wirklich zu kämpfen lohnt."

Ivy hob eine Hand an ihre Brust, ihr Herz hämmerte an ihrer Handfläche.

„Wir finden zusammen raus, wie die Zukunft aussieht, aber ich brauche dich an meiner Seite. Ich liebe dich, Ivy. Ich will dich in meinem Leben, von jetzt bis in alle Ewigkeit, und ich will alles. Dich, eine Familie, wie immer das aussieht."

Er stand auf und legte die Gitarre weg, sprang von der Bühne und kam zu ihr. Er ging den ganzen Weg nach hinten und nahm ihre Hand in seine, während er sich zu ihren Füßen hinkniete.

Ivy strich ihm über die Wange. „Ich liebe dich auch."

Er hob ihre andere Hand, um ihr einen Kuss auf die Handknöchel zu geben. „Ich weiß nicht, was ich dir zu bieten habe, bis auf mein Herz, und das hat schon immer dir gehört."

Okay, inzwischen weinte sie hochoffiziell. „Das reicht doch mehr als aus."

„Willst du mich heiraten?"

Ivy nickte.

Ein leises Klatschen fing im Hintergrund an. Erstaunlich beherrscht, wenn man bedachte, dass es ihre Familie und seine war, aber noch schockierender war die Tatsache, dass sie völlig vergessen hatte, dass sie überhaupt da waren.

Als der Geräuschpegel stieg, fühlte sie keinen Ansturm der Panik, denn sie sah in seine Augen, komplett verankert in seiner Liebe.

Verwurzelt und geerdet. Die rollenden Büsche waren nach Hause gekommen.

21

———

Wie Walker sich im Vorfeld erbeten hatte, hielten sich alle außer Sicht und überwältigten sie nicht mit Glückwünschen.

Er wusste, dass er seine Ankündigung vor ihren Familien hatte machen müssen, aber der Rest der Zeit war für sie beide. Und als er Ivy aus dem *Rough Cut* entführte und auf die Straße trat, wurde ihm klar, dass er immer noch ein Problem hatte.

Wie üblich las Ivy seine Gedanken. „Zu mir?"

Er war bereits auf der Straße. Ivy schmiegte sich an ihn, sie sagten beide nichts, während er fuhr, doch dann verblüffte sie ihn.

„Warte, nicht dahin. Wo steht dein Pferdeanhänger?"

Er wollte nicht mit seiner Liebsten streiten, nicht jetzt. „Er ist draußen auf Silver Stone."

Um ihre Lippen spielte ein Lächeln. „Ich bin mir ziemlich sicher, dass unsere Privatsphäre garantiert ist, selbst wenn sie deinen Truck sehen. Außerdem wird uns diesmal niemand zur Schnecke machen, wenn wir die Tür absperren."

Walker stellte den Fuß sehr viel fester auf das Gas, als er es hätte tun sollen, aber es war ihm egal. Er parkte seinen Truck

292

allerdings so weit außer Sicht, wie es möglich war, denn er glaubte nicht ganz, dass seine Brüder gar so entgegenkommend sein würden, wie sie zu glauben schien.

Gott sei es gedankt, dass er den Anhänger halbwegs ordentlich hinterlassen hatte.

Ivy fiel es nicht einmal auf. Sie betrat den kleinen Wohnbereich vorne im Anhänger, in dem Walker lebte, während er unterwegs war, drehte sich wortlos um und warf sich in seine Arme. Ihre Lippen trafen sich, und es war nicht schwer, ihrer Ermunterung Folge zu leisten.

Aus miteinander ringenden Lippen wurden bald miteinander ringende Glieder, und sie lagen auf seiner für zwei Menschen viel zu kleinen Matratze, was ihnen überhaupt nichts ausmachte, denn sie waren darauf versessen, nur Platz für eine Person einzunehmen.

Ivy löste sich lange genug, dass sie zu Atem kommen konnten, in ihren Augen tanzte ein Lächeln. „Weißt du, weshalb ich hierher kommen wollte?"

„Das ist eine Fangfrage. Ich soll doch bestimmt nicht sagen, damit wir Sex haben können, oder?"

Sie zog sich ihr Oberteil und ihren BH aus, setzte sich dabei auf seine Hüfte, sodass sie seine Sorgen zerstreute, dass sie sich bei diesem Stelldichein nur unterhalten und die Zukunft ausknobeln würden.

Sie fuhr mit den Fingern über seine Knöpfe. „Die Antwort besteht aus drei Teilen. Das ist der erste Teil."

„Das Denken fällt mir wirklich schwer, wenn du direkt vor mir bist, halb nackt."

„Dann beantwortest du lieber mal die Frage, bevor ich ganz ausgezogen bin, oder du bekommst in dieser Prüfung eine Sechs."

„Strenge Lehrerin", beschwerte er sich, während er sanft ihre Brüste umfasste, zur Selbstbeherrschung keuchend Luft holte, während sich ihre Nippel versteiften. „Teil A. Wir schlafen miteinander, weil wir verliebt sind. Teil B – das ist doch hoffentlich die Antwort auf Teil B – du willst in meinem Pferdeanhänger herummachen, weil wir dort unseren ersten Sex hatten."

„Uns geliebt haben." Sie beugte sich herüber und schob sein Hemd zur Seite. Die raffinierte Frau hatte all seine Knöpfe geöffnet, ohne dass es ihm auch nur aufgefallen war. „Volle Punktzahl für Teil B."

Sie drückte ihm einen Kuss auf die Brust und dann noch einen etwas höher, arbeitete sich seinen Hals hinauf bis zum Kinn, biss leicht zu, bevor sie nach oben kam, um ihm direkt in die Augen zu schauen.

Ihre nackten Brüste streiften seinen Oberkörper, und er würde noch den Verstand verlieren. „Ich brauche einen Hinweis für C, Flocke. Lass mich mal kurz in deine Musterlösung spicken. Ich verspreche, ich verrate es nicht der Lehrerin."

Sie leckte sich über die Lippen, leckte über seine Lippen, und dann entzog sie sich seiner Reichweite. „Wir sind hier, weil ich nicht persönlich mit dir unterwegs sein kann, wenn Rodeo etwas ist, das du tun musst, aber ich verspreche, dich zu unterstützen. Wenn du als Sänger unterwegs bist – genauso. Was immer es ist, wir werden eine Möglichkeit finden, das zum Funktionieren zu bringen."

Er lag da, völlig geplättet von der Liebe in ihren Augen und dem Geschenk ihres Opfers, von dem er zum Teil nicht die Absicht hatte, es anzunehmen, und er hatte vor, das gleich jetzt ganz deutlich zu machen. „Ich verlasse dich nicht. Ich mache vielleicht immer noch was mit Singen, aber es ist nicht mein Traum, ein Star zu werden. Unterwegs zu sein, weit weg von dir? Oder noch weiter in der Zukunft, weit weg von unserer Familie? Ich weiß, dass manche Leute es so machen, und ich sage nicht, dass sie falschliegen, aber für mich ist es nicht das Richtige. Für *uns* ist es nicht das Richtige."

Sie schaute ihn an, als hätte er den Mond in den Himmel

gehängt, und alles in ihm, das jemals kalt gewesen war, war nun warm und glücklich. Zufrieden.

Genug geredet. Er rollte sie herum, nagelte sie auf der Matratze fest, sodass er ihr ein fieses Lächeln schenken konnte. „Das ist ein süßes, schönes Geschenk, das du mir da anbietest. Und ich liebe dich sogar noch mehr, als ich es für möglich gehalten hätte."

„Ich will …"

Ihre Worte gingen in einem überraschten Keuchen unter, als er ihr die Hose auszog und sie nackt auf die Matratze legte. Ihre Überraschung wurde zu leisen, befriedigten Geräuschen, sobald er sich zwischen ihren Beinen fallen ließ und beide Hände nutzte, um ihre Knie hochzuheben.

Mit einer sanften Liebkosung an der Außenseite ihrer Oberschenkel, und dann wieder zurück, leckte er sie, sah ihr in die Augen, während er sie mit zunehmend intimeren Liebkosungen berührte. Dichter und dichter an ihrem Geschlecht, dann wieder davon weg, wobei er sie niemals ganz berührte.

Bis er seine Fingerspitzen tatsächlich damit in Kontakt kommen ließ, bebte ihr Bauch bereits.

„Walker", bettelte sie.

„Keine Chance, Flocke. Das letzte Mal, als wir in einem Pferdeanhänger herumgemacht haben, ging es ganz schnell und stolpernd. Du wirst es jetzt genießen, mehr als einmal", versprach er, bevor er ihr einen Kuss auf die Innenseite ihres Knies drückte.

Es machte Spaß, zu sehen, wie sie sich auf der Matratze wand, während er sich von einer Seite zur anderen arbeitete. Ein Knie, dann das andere, an der Innenseite ihrer Oberschenkel hinauf. Dichter, immer dichter dorthin, wo sie für ihn feucht geworden war. Und als er mit den Daumen die blassen Locken zur Seite schob, die sie bedeckten, sang sie beinahe.

Seine Zunge, seine Finger, sein ganzer Körper, jeder Teil von ihm war daran beteiligt, sie zu lieben. Als er sie zu einem keuchenden Höhepunkt getrieben hatte, war es nur das erste Mal.

Er zog sich aus ...

Und hielt abrupt inne. „Ähhm, Ivy?"

Sie schaute ihn mit vor Lust verhangenen Augen an.

„Kondom?"

Von ihr kam ein leises Lachen, und sie deutete auf ihre Handtasche, die an einem der Haken an der Wand hing. „Und bevor du fragst, ich habe immer Kondome dabei. Zumindest in letzter Zeit."

Er ließ ihre Handtasche neben ihr fallen, und sie griff hinein, holte heraus, was er brauchte. Er versuchte es mit Multitasking, drückte sie auf die Matratze, während er ihre Lippen zusammentreffen ließ, doch als er zum dritten Mal mit der Verpackung kämpfte und vor Frust fluchte, während er herumtasten musste, um es wiederzufinden, schob Ivy seine Hände weg und übernahm die Kontrolle.

Sie riss das Päckchen auf und bedeckte langsam seinen harten Schwanz, reizte ihn bis zu dem Punkt, an dem es kein Zurück mehr gab. Als sie sich zurücklegte und die Beine weit öffnete, um ihn einzuladen, hatte er daher keine Selbstbeherrschung mehr, um ihr Liebesspiel zu verlängern.

Er schob sich in ihre feuchte Hitze, in einer langsamen, unnachgiebigen Bewegung, bis er bis zum Anschlag in ihr war, völlig verbunden, sein Blick auf ihr Gesicht gerichtet.

Sie krallte die Fingernägel in seine Schulter, ihre Wimpern flatterten vor Lust. *„Ja."*

Es war ein Wort. Ein einfaches Wort, aber es bedeutete absolut alles. Es war sie beide zusammen. Es war dieser intime Akt, den sie teilten, aber es war so viel mehr. Es war Akzeptanz und Freude über ihre Vergangenheit und ihre Zukunft, alles zusammen.

Sie bewegten sich gemeinsam, bis sie nur einen Atemzug von der Erfüllung entfernt waren. Er ließ eine Hand zwischen sie gleiten und drückte fest auf ihre Klitoris, und das reichte. Mit ihrer Reaktion rang sie ihm einen Höhepunkt ab.

Ein leises Seufzen kam von ihr, ein befriedigtes *Hmmm*, gefolgt von einem mehrfachen raschen Keuchen, als er ein paar letzte Male pumpte, ihr so viel Vergnügen verschaffte wie möglich.

Als sie fertig waren, hielt er sie und wurde von hier gehalten, in diesem winzigen Raum, der ein Teil von ihm war, und den sie zu einem Teil von sich gemacht hatte.

Nun mussten sie nur noch über ihre Zukunft entscheiden.

DAS KLEINE LICHT oben reichte nicht aus, um das Innere des Anhängers mehr als nur kerzenscheinhell zu machen, was Ivy recht war. Vielleicht war es nicht der romantischste Ort, um die Verlobung zu feiern, aber es war aus den besten Gründen etwas Besonderes.

Walkers Herz hämmerte noch, und ihres auch, aber es war so richtig, hier in der Dunkelheit zu liegen, einander beim Atmen zuzuhören, die Hitze zwischen ihren Körpern zu spüren. Es hatte so lange gedauert bis hierher.

Der Gedanke war vielleicht nur Humbug, aber irgendetwas hatte sich anders angefühlt. Es war besser als jedes Mal vorher gewesen, sich zu lieben.

Aber sie mussten reden, und sie mussten Entscheidungen treffen, die fällig waren. „Danke, dass du für mich gesungen hast. War das eines deiner Lieder?"

Er nickte. „Ich hatte die Idee schon früher, aber heute, nachdem ich mit meinem Bruder gesprochen habe, kam irgendwie alles zusammen. Die Worte waren da und warteten auf mich, sobald ich bereit war."

Ivy schob sich hoch, eine Hand auf seiner Brust, als der Schock sie traf. „Das hast du heute Nachmittag geschrieben?"

„Einen Teil davon. Ich hatte die Melodie bereits raus, und die Gefühle waren schon ewig da."

Sie schüttelte erstaunt den Kopf. „Du hast eine Gabe, Walker. Und ich weiß, du hast gesagt, du willst nicht fort und unterwegs sein, aber ich hoffe wirklich, dass du irgendetwas mit Musik machst. Songs schreiben, oder was immer du tun kannst, das dich immer noch zufrieden mit deinen Zielen sein lässt."

„Ich weiß. Ich muss mit Maxwell reden. Ich werde ihm für die Tour absagen müssen, aber wenn sie mich jemals für die Arbeit im Studio brauchen, sollte ich das schaffen. Zumindest, bis sich die Dinge in unserem Leben verändern."

Er redete von Kindern, und das war ihr recht. Sie musste ihm aber auch etwas klarmachen. „Ich will eine Familie, aber vielleicht kann ich selbst keine Kinder bekommen."

Der Blick, den er ihr zuwarf, war ein regelrechter Tadel. „Ausgerechnet du solltest doch wissen, dass Kinder nicht aus dem eigenen Körper kommen müssen, damit sie einem gehören. Deine Eltern sind gute Beispiele, und zwar schon seit Jahren. Und ich sehe nicht, dass Tamara Emma und Sasha irgendwie weniger liebt, nur weil sie sie nicht neun Monate ausgetragen hat."

Ivy schüttelte den Kopf, liebte ihn jeden Augenblick mehr. „Ich wusste, dass das kein Problem werden würde, aber man musste es mal ansprechen."

„Dann ist hier noch etwas, das ausgesprochen werden muss. Ich habe kein Problem damit, gleich auf eine Adoption umzuschwenken, denn ich will nicht, dass dich irgendetwas in Gefahr bringt."

„Du bist ein wirklich erstaunlicher Mann."

„Was? Weil ich verstehe, wie wertvoll du bist? Weil ich weiß, wie wertvoll jedes einzelne Baby dort draußen ist?" Er zog sie dicht an sich, die Hitze seines Körpers war wie ein Glutofen. „Wenn wir den Zeitpunkt für richtig halten, und wir sicher sind, dass wir ein Dach über ihren Köpfen haben, werden wir tun, was wir können, um unsere Familie aufzubauen.“

Lichter blitzten in den Fenstern des Anhängers – einige der Arbeiter kamen nach Hause. Vielleicht Luke. „Du hast abgesperrt, oder?“

Walker lachte. „Ja.“

Sie seufzte glücklich und kuschelte sich an seine Seite. „Du bist heute nicht in Panik ausgebrochen.“

„Ich habe nach meinem Wohlfühlort gesucht, und es war ganz gleich, wie viele Leute anwesend waren, denn du warst dort.“

Meine Güte, sie würde noch sterben, so süß war er. „Ich hoffe wirklich, dass du damit durch bist und niemals mehr eine weitere Attacke bekommst, selbst wenn wir nie herausgefunden haben, was sie überhaupt ausgelöst hat.“

„Sie sind erst kürzlich richtig schlimm geworden“, rief er ihr in Erinnerung.

Etwas an seiner Aussage brachte sie zum Überlegen, und Ivy setzte sich hoch, um sich zu konzentrieren. „Moment. Kürzlich? Genau. Das hast du gesagt, als wir schon mal darüber gesprochen haben. ‚Letztens hat es im Herbst wieder angefangen.‘ Aber Walker, hattest du denn vorher schon mal Panikattacken?“

Er verschränkte die Hände hinter dem Kopf, sein Blick ging zur Decke, während er nachdachte. „Ich weiß nicht, ob das Panikattacken waren, aber ich erinnere mich, manchmal die Zeit aus den Augen verloren zu haben. Du weißt schon, zum Beispiel wenn Asthon mir die Hölle heißgemacht hat, weil ich vor mich hinstarre, wo ich doch Pflichten zu erledigen gehabt hätte, aber ich schwöre bei Gott, ich habe mir keinen faulen Lenz gemacht. Er sagte, ich wäre ein Tagträumer.“

„Wann war das? Denn ich wüsste nicht, dass du mir je davon erzählt hättest, und ich bin mir sicher, du hättest was gesagt.“

Sein Gesicht spannte sich an. „Nachdem Mom und Dad gestorben sind, schätze ich, im ersten Sommer danach. Es geschah nicht ziemlich oft, und nach einer Weile verging es wieder. Ich schätze, es hat etwas damit zu tun, dass sie so plötzlich gestorben sind."

Was ziemlich viel Sinn ergab, aber nun musste sie schon fragen. „Wann ist Ginny weggegangen?"

„Im September. Etwa vor einem Jahr."

„Und wann hat Dare die Ranch verlassen?" Ivy achtete nicht auf die Tatsache, dass sie splitterfasernackt war, während sie ihn löcherte.

Er richtete sich ebenfalls auf, sein konzentriertes Stirnrunzeln wurde tiefer. „Irgendwann im Juli."

„Und das erste Mal, dass du diesen Blackout hattest, war danach?"

Er sah sie mit wachsendem Unglauben an. „Du denkst, das hat etwas damit zu tun, dass die Mädchen gegangen sind?"

„Die Mädchen, ich" Sie strich ihm mit der Hand über die Wange. „Deine Mom und dein Dad, wir sind alle gegangen und nicht zurückgekehrt."

Er lehnte sich an die Wand des Anhängers und schaute in die Ferne, als würde er nachdenken. „Klingt so, als könne ich nicht funktionieren, ohne dich um mich zu haben."

„Was ist daran falsch? Ich meine, was ist falsch mit dem Gefühl, dass etwas nicht stimmt, weil die Leute, die du liebst, nicht mehr da sind?" Sie schüttelte den Kopf, schnappte sich seine Hand. „Vielleicht liege ich da falsch, aber der zeitliche Ablauf klingt schon sinnvoll."

„Dare ist nicht ganz gegangen. Ich kann sie jederzeit besuchen, wenn ich möchte. Und ich rede manchmal mit Ginny."

„Was auch sinnvoll klingt, denn du hast dich ja nicht hundertprozentig in dich zurückgezogen. Ich meine, du hast tolle Dinge erreicht."

Sie sahen einander an.

Dann zuckte er mit den Schultern. „Du hast recht. Es ist möglich, dass ich so erschüttert wurde, dass alles zu mir zurückgekommen ist und mich in den Hintern gebissen hat. Aber ich muss den Grund nicht wirklich kennen, denn ich weiß, dass du nicht mehr weg bist. Ich habe dich noch."

„Für immer. Du hast mich für immer", versprach sie.

Er zog sie auf seinen Schoß und küsste sie, langsam, süß und anhaltend, bis zwischen ihnen erneut Hitze aufkam. Was vielleicht insgesamt zehn Sekunden dauerte.

Dann murmelte er an ihren Lippen: „Das heißt, dass ich genau weiß, wo mein Wohlfühlort ist. Gehen wir doch da noch mal zusammen hin."

22

November, Las Vegas

Walker ging von dem Ort, an dem er sich aufgewärmt hatte, dorthin, wo er in einer knappen Stunde sein musste. Um ihn herum füllten die Gerüche und Geräusche des Rodeos seine Ohren und steigerten seine Aufregung. Er winkte einem der anderen Teilnehmer zu, bevor er in eines der Aufenthaltszimmer ging, um sich zu fassen.

Die letzten Monate waren sowohl toll als auch heftig gewesen. Er hatte so viel Geld, wie er nur konnte, zu der Hypothek auf Ivy Haus beigesteuert, und nun war es ihr gemeinsames Haus. Die winzige Bleibe würde ihnen zumindest gut dienen, bis sie beschlossen, dass sie eine Familie gründen wollten.

Caleb hatte angefangen, mit einem entschieden gequälten Ausdruck im Gesicht herumzulaufen, einen Augenblick lang begeistert von Tamaras langsam wachsendem Babybauch, dann höllisch besorgt, da die nächsten Rechnungen sich schon wieder auftürmten. Darum hatte Walker eine ernsthafte

Diskussion mit Ivy einberufen, und sie hatten beschlossen, dass er es versuchen musste.

Darum war er hier, bereit, auf dem Rücken eines Bullen nach draußen zu reiten, und es war nicht die Sorge darüber, dass er einen Anfall haben könnte, die ihn ganz angespannt werden ließ, es war reine, unmittelbare Sorge.

Er hatte verdammt viele Gründe, weswegen er leben wollte, und ein Bullenritt war verdammt gefährlich.

Trotzdem hatte er im Lauf des letzten Monats an fünf Rodeos teilgenommen und nicht nur überlebt, sondern auch bei allen bis auf drei Bullen, mit denen es zu tun bekommen hatte, die volle Punktzahl erreicht. Er hatte genug verdient, um etwas Geld zu sparen, aber er hatte auch genug Punkte gemacht, dass er zusammen mit dem, was er vor dem Sommer angehäuft hatte, einen Platz bei den Final-Wettkämpfen ergattert hatte.

Die Tür öffnete sich, und Luke marschierte herein. Sein Bruder hatte ihn auf allen jüngsten Reisen begleitet – zur Unterstützung, für Hilfeleistungen und als allgemeine Nervensäge. Es war perfekt gewesen, ihn dabei zu haben, und auf irgendeine Art machte es die Tatsache, dass er von Ivy getrennt war, sehr viel leichter.

Besonders, als sich erwies, dass Luke und Ivy miteinander geredet hatten, bevor sie aufgebrochen waren, und etwas geplant hatten. Pläne, die Walker jedes Mal zum Grinsen brachten, wenn er an sie dachte.

Luke trat vor, schaute auf seinem Handy nach der Uhrzeit. „Wie gut, dass ich gesehen habe, wie du dich hier reinduckst, Dynamite. Ich kann dich doch nicht auf deinen kleinen Holperritt gehen lassen, ohne dass du vorher noch angefeuert wirst."

Scheiß drauf. Walker wusste, dass er begierig wirkte, aber es war ihm egal. „Du hast keine Ahnung, wie viel mir das bedeutet."

Luke nickte knapp. „Aber sicher doch. Jetzt sei ruhig, jemand will mit dir reden."

Er hielt sein Handy vor, auf dem bereits ein Messenger geöffnet war, und dort auf dem Bildschirm war Ivys hübsches Gesicht, das Walker süß anlächelte. „Hi, Liebling. Das ist eine seltsame Rodeo-Arena. Sieht mehr aus wie ein Schulzimmer. Vielleicht sollte ich mit dem Bullenreiten anfangen."

Walker nahm das Handy von seinem Bruder entgegen, dann ignorierte er die Tatsache, dass Luke hier war. „Schön, dich zu sehen, Liebling."

Sie schaute ihn von oben bis unten an. „Du Hübscher."

„Süße Worte. Gefällt mir."

„Wenn du nächste Woche zu Hause bist, kriegst du mehr als süße Worte, aber vorerst wird das reichen müssen. Ich weiß, dass es so aussieht, als wäre ich nicht da, aber das bin ich. Ich bin gleich da, neben dir, die ganze Zeit", erklärte ihm Ivy. Völlige Zuversicht leuchtete aus ihrem Gesicht. Obwohl sie bestimmt besorgt war, sah sie nicht so aus.

Sie sah wie eine Verliebte aus, und das war ihm recht so.

„Ich fühle mich gut", erklärte er ihr. „Ich habe auch einen tollen Bullen gezogen. Er geht ziemlich viel rückwärts, und das mag ich, also sollten wir auf gute Zahlen kommen."

Sie nickte, als ob sie wüsste, wovon er da sprach. „Na ja, hab mal Spaß. Ruf mich an, wenn du fertig bist."

Als würde er Kälber zusammentreiben oder so was. „Ja, Liebling", sagte er mit einem Lachen. „Ich liebe dich."

„Ich liebe dich auch. Geh an deinen Wohlfühlort."

Sie legte auf, und er stand da und schaute den leeren Bildschirm noch eine Sekunde an, bevor er das Handy Luke zurückreichte. „Ich habe gelacht, als Dare mir erzählt hat, du hättest Mutterinstinkte, aber ich bin schon froh, dass du dich um mich kümmerst, Bruder."

Luke stieß ihn in die Schulter, schob Walker in den Gang und zurück zum Lärm und Chaos im Vorbereitungsareal der

Bullenreiter. „Ich bin verdammt mütterlich. Ich werde dich nicht mal wegen dieses *Wohlfühlorts* aufziehen, was zum Teufel das auch bedeutet. Du wirst es toll machen. Wir sind für dich da."

Er wusste es. Er wusste es bis tief ins Mark, und als er deshalb dran war und auf den Rücken der Bestie stieg, die bereit war, bis zum Äußersten zu gehen, um ihn loszuwerden, erfasste ihn ein seltsames Gefühl des Friedens.

Der Lärm der Arena verflog zu einer friedlichen Melodie. Das Lied, das lief, passte zum Rhythmus von Walkers Herz – schneller als üblich, aber das war ja nur normal.

Er war auf dem Rücken eines Bullen. Das machte kein Mann, ohne dass ihm das Herz raste.

Aber in der Stille, die ihn beinahe überkam, war es nicht das Fehlen einer Verbindung, die ihn traf. Es war eine völlige Vernetzung aller Noten der Melodie; der Bulle, er, der Ansager, die Menge.

Und als sich das Tor öffnete, und der Bulle nach draußen schoss, gab es nichts, wohin er gehen konnte, außer mit der Musik. Stakkato, voller Leben, mit einem stets veränderlichen Rhythmus, während das Tier sich aufbäumte und zum Boden zurückfiel. Durch alles hindurch umgab ihn ein Gefühl.

Walker war glücklich.

Er war sich jeder einzelnen Sekunde, die verging, völlig bewusst, als würde alles in Zeitlupe ablaufen. Eindrücke der Menschen in der Menge, weiße Cowboyhüte, die aufblitzten, und dunkle Westen, flackernde Lichter, Metallgeländer und Gürtelschnallen. Der Bulle unter ihm tobte ...

Nein, er tanzte. Das Tier tanzte zu einer Melodie, die Walker hören konnte, und er tanzte zusammen mit dem Bullen.

Als nach acht Sekunden der Ton erklang, stieg Walker in einer geschmeidigen Bewegung ab, ging mit erhobenen Händen weg, während die Menge brüllte. Der Bulle raste in die entgegengesetzte Richtung, legte sich mit den Stierkämpfern an.

Es würde ein sehr guter Tag werden. Ein Wohlfühlort, denn Ivy war mit ihm hier. Sie würde immer mit ihm hier sein.

~

EMMA HIELT DIE GÜRTELSCHNALLE, die Walker ihr gegeben hatte, mit leichtem Argwohn. „Aber da steht nicht *Champion*, Onkel Walker."

Walker warf einen Blick hinüber zu Ivy, die sich auf dem Sofa im Haus von Tamara und Caleb zusammengerollt hatte. Er war gerade vom Rodeo zurückgekommen, und nachdem sie zu Hause seinen Erfolg gefeiert hatten, hatte sie darauf bestanden, die Einladung seines Bruders anzunehmen.

„Na ja, es ist kein Champion-Gürtel, weil ich nicht gewonnen habe", erklärte ihr Walker.

„Du hast nicht das *ganze* Turnier gewonnen", verbesserte Caleb. „Du bist am Ende verdammt gut da gestanden."

„Caleb."

„Daddy."

„Papa."

Drei Frauenstimmen ließen bei seinem Fluch gleichzeitig eine Warnung hören. Er schaute angemessen schuldbewusst zwischen ihnen hin und her. „Tut mir leid. Du *hast* am Ende verdammt gut da gestanden."

Die Mädchen blickten immer noch geschockt drein, doch Tamara lachte, obwohl sie ein wenig grün um die Nase war. „Ja, Walker. Du hast verdammt gut da gestanden."

„Mom."

„Mama."

Ivy konnte sich nicht mehr zurückhalten. Sie lachte laut, so froh war sie, Teil dieses fröhlichen Haushalts zu sein. „Emma, dieses Wort wiederholen wir aber nicht im Unterricht, okay?

Aber ja, Onkel Walker hat bei einigen Wettkämpfen den ersten Platz geholt, aber einen Champion-Gürtel bekommt nur der eine, der das ganze Turnier gewinnt."

Luke war während der Unterhaltung in das Zimmer geschlüpft und hatte sich neben Emma auf das Sofa geworfen. „Ich habe Onkel Walker diese Gürtelschnalle geschenkt. Ist sie nicht hübsch?"

Emma hielt sie in die Luft. „Ist nicht so groß wie seine alte, aber der Bulle ist schön. Mir gefällt, dass da in großen Buchstaben *Wohlfühlort* steht. Ist das der Stall des Bullen, Onkel Walker?"

Er grinste. „Irgendwie schon."

„Du hast es verdient", sagte Tamara, die die Schnalle wieder Walker reichte. „Aber, wie ich höre, hast du nicht vor, in der nächsten Saison anzutreten."

Er schüttelte den Kopf. „Ich hatte Spaß, aber es ist Zeit, dass ich was anderes mache. Und das Geld, das ich gewonnen habe, verschafft uns Zeit, uns neue Pläne für die Ranch einfallen zu lassen."

Es läutete an der Tür, und Emma schoss hoch wie ein Schachtelteufel. „Das ist Crissy", rief sie und rannte zur Eingangstür.

Tamara warf einen Blick hinüber zu Ivy. „Crissy übernachtet heute bei uns. Ihre normale Babysitterin hat Hanna abgesagt, und sie muss arbeiten."

Walker ließ seine Finger in die von Ivy gleiten, während sie vom Sofa aufstanden und mit der restlichen Familie nach draußen zur Feuergrube gingen.

Der späte November bedeutete, dass inzwischen eine Menge Schnee auf dem Boden lag, und ihr Atem war in der Luft sichtbar. Aber über ihnen glitzerten die Sterne, und obwohl es kalt war, war es draußen schön.

Ivy setzte sich auf die Bank neben Walker und ließ sich von ihm in den Arm nehmen, sprach leise mit ihm, während sich alle anderen Stühle und Stöcke holten, um Marshmallows zu rösten.

Seine Lippen streiften ihre Wange. „Du siehst gut aus in deiner himmelblauen Jacke, Schneeprinzessin."

Sie lächelte ihn an. „Ich habe eine neue gebraucht, und mir ist eingefallen, dass das deine Lieblingsfarbe war."

„Na, na. Das würde ich nicht sagen."

Verwirrung traf sie. „Ich war sicher, dass du gesagt hast, dass diese blaue Jacke, die ich hatte, als wir uns zum ersten Mal begegnet sind, dich an den Winterhimmel denken ließ."

„Tut sie, und sie sieht gut an dir aus, aber meine Lieblingsfarbe ist es nicht." Er zog den Handschuh aus und legte ihr eine warme Hand an die Wange. „Meine Lieblingsfarbe ist silbrig. Wie deine Augen – immer wieder anders, und doch ist der schönste Teil von ihnen immer da."

Jedes Mal, wenn er seinen Charme auspackte, hämmerte ihr Herz. „Was ist immer da?"

„Liebe. Immerwährende Liebe, nur für mich."

„Klingt wie ein Songtext", neckte sie ihn.

Er zuckte mit den Schultern. „Vielleicht. Wir haben eine Menge Seiten zu füllen, während die Zukunft kommt. Ich bin mir sicher, viele von ihnen werden mit wunderschönen Melodien und Erinnerungen beschrieben."

„Ich liebe dich", sagte sie wieder zu ihm, berührte mit ihrer Stirn seine und flüsterte die Worte, während das Feuer knisterte, glühend heiße Behaglichkeit über sie strömte. Die Hitze zwischen ihnen war mehr als genug, sodass ihr keine Gefahr drohte.

Das Flüstern eines kleinen Mädchens trug von der anderen Seite des Feuers herüber, wo Emma und Crissy Marshmallows rösteten, ihre Füße baumelten von den Bänken herab, die zu hoch für sie waren. „Küsst Ms. Fields deinen Onkel Walker oft?", fragte Crissy.

„Immer wieder", setzte Emma sie in Kenntnis. „Fast so viel wie Mama und Papa küssen."

Ivy blickte weiter in Walkers Augen. Er lauschte auch der Unterhaltung, ein leises Lächeln krümmte seine Lippen, während er still wartete, weil er nicht wollte, dass die Mädchen verlegen wurden.

Eine Weile sagte Crissy nichts, und als sie es tat, klang sie traurig. „Meine Mama hat niemanden zum Küssen."

Emma hatte eine Lösung für sie. „Du solltest dir von Santa jemanden für sie zu Weihnachten wünschen. So habe ich das gemacht. Ich meine, ich habe mir Mama gewünscht, und ich habe sie erst nach Weihnachten bekommen, aber es hat funktioniert."

Ivy hielt es nicht mehr aus. „Ich sollte Hanna warnen", flüsterte sie.

Walker küsste sie rasch, bevor er den Beutel mit Marshmallows nahm, der schließlich die Runde bis zu ihnen gemacht hatte. „Ich weiß nicht. Das klingt doch nach einem guten Wunsch. Jemand zum Küssen. Ich bin froh, dass ich dich habe."

Ivy musste zustimmen. Sie hatten so viele Dinge, auf die sie sich freuen konnten, und obwohl einiges davon noch nicht in trockenen Tüchern war, gab es schon sehr viel Gutes, was sie bereits wussten. Als Allererstes – sie waren zusammen. Das würde sich nicht ändern.

Und während sie sich an Walkers Seite lehnte und in die flackernden Flammen schaute, schickte sie ein Dankgebet wegen all der guten Dinge nach oben, die ihr zugekommen waren.

Dass sie weggegangen war und so viel gelernt hatte.

Dass sie nach Hause zurückgekehrt war, um festzustellen, dass ihr Herz noch auf sie wartete.

Ihr kam ein Gedanke, und sie konnte nicht verhindern, dass sie kicherte, was bedeutete, dass Walker sie immer wieder anschaute, bevor er schließlich nachgab.

„Was ist so lustig?“

„Ich rechne mir aus, wie viel ich genau für dich bezahlt habe. Tausend Dollar, geteilt durch die Ewigkeit – das ist ein ziemliches Schnäppchen für einen Bullenreiter.“

Walker lachte so laut, dass sich ihnen alle Blicke zuwandten, und ihr war es völlig egal, denn sie war hier mit der anderen Hälfte ihres Herzens.

Er beugte sich zu ihr und schaute ihr in die Augen. „Ich bin ein verdammt gutes Schnäppchen. Ich gehöre immer dir. Und ich singe dir sogar was vor.“

EPILOG

Luke stapfte durch die Garderobe seines noch nicht fertiggestellten Hauses, als ein weiterer langer Tag zu Ende ging. Er war am Verhungern, und ihm tat alles weh, nachdem er ein halbes Dutzend Mal von dem neuen Pferd abgeworfen worden war, das er ausbildete, was auch hieß, dass er dreckig war.

Essen, dann duschen. Dann würde er etwas finden, um sich den restlichen Abend zu vertreiben. Etwas, das man allein machen konnte, denn zwei seiner Brüder waren fröhlich mit ihrer Familie und Frau und/oder Verlobten beschäftigt, und Dustin war mit seinen Freunden unterwegs.

Luke steckte sein Handy ein, dessen Akku leer war, dann öffnete er den Laptop auf dem Küchentresen. Er trat mit den Beinen die kleinen Überreste der Verpackung weg, die noch von den Oberschränken herumlagen, die er endlich heute Vormittag angebracht hatte, bevor er zur Arbeit gegangen war. Er schnappte sich einen Teller Reste aus dem Kühlschrank, zog mit einem Fuß einen Hocker heran und ließ sich darauf fallen, um seine E-Mails zu prüfen, während er ein Stück Pizza kalt aß und der Rest in der Mikrowelle warm wurde.

Spam, Spam, E-Mails von seinen Schwester, noch mal Spam ...

Triple Crown Gala.

Er stutzte, schnaubte mit einem Stück Pizza im Mund. „Klar, ich bei einer Gala. Guter Witz."

Doch die E-Mail kam von Bertram Cooper, jemand, dem Luke vertraute. Silver Stone hatte eine Menge der lukrativsten Verkäufe durch diesen Mann getätigt, darum klickte er auf die Nachricht. Bert wollte ihn vermutlich für einen All-You-Can-Eat-Abend mit Chicken Wings gewinnen und nahm ihn mit dem Betreff auf den Arm.

Fünf Minuten später piepte die Mikrowelle ein zweites Mal, was Luke abermals ignorierte, erstaunt von dem, was er gerade gelesen hatte.

Es *war* eine Gala, eine Gala für Käufer und Züchter. Nur mit Einladung zugänglich, und dort versammelten sich Elite-Pferdezüchter aus ganz Nordamerika. Es war keine Börse, sondern ein Kennenlernen mit Partnerinnen und Familien, und Bert hatte für ihn und Penny eine Einladung zu dem Event ergattert.

Heilige Scheiße.

Das raue Fahrwasser, in das sie mit Silver Stone geraten waren, war ein wenig abgemildert durch Walkers Beitrag, aber sie waren noch lange nicht in ruhigen Gewässern. Sie mussten den nächsten Schritt mit den Pferden machen, falls sie es schaffen wollten, und das hier war, als wäre ihm ein Gewinnerlos in den Schoß gefallen.

Luke erschauerte bei den Kosten dieses Events. Zum Glück wurde es nur wenige Stunden entfernt im Kananaskis-Gebiet abgehalten, was hieß, dass er fahren konnte, und nicht nach Texas oder Alabama fliegen musste. Doch das übertriebene Preisschild würde sich in Luft auflösen, wenn sie nur einen Verkauf bekamen, und diese Art Event baute Beziehungen auf, die ein ganzes Geschäftsleben bestimmten.

Vor Jahren war Pennys Dad einer jener gewesen, die zur richtigen Zeit am richtigen Ort gewesen waren, und er hatte niemals wieder zurückschauen müssen.

Es gab eine Nachricht von Bert.

Habe von diesem Rummel erfahren. Der Organisator hat mich um ein paar Empfehlungen für aufstrebende Züchter gebeten, und ich habe an dich gedacht. Ich muss dir nicht sagen, dass das Event eine große Sache ist. Wenn ich einen Betrieb wie deinen hätte, würde ich mir nach dieser Gelegenheit die Finger lecken. Also ja, sei so frei und schick mir später mal eine Flasche mit dem guten Zeug.

Ein paar kleine Hinweise: Die Gruppe ist ein bisschen altmodisch, was nicht heißt, dass sie erwarten, dass du eine Frau dabei hast, aber eine Verlobte ist besser als eine Freundin. Und obwohl sie immerhin so modern sind, dass sie euch nicht in getrennten Räumen schlafen lassen, wollen sie auf jeden Fall mit Familienbetrieben arbeiten. Also mach Teufel noch mal, dass du mit deiner Verlobten auftauchst. Lass dir das von ihr nicht versauen.

Viel Glück, und wir sehen uns im neuen Jahr. Ich habe ein paar Anfragen, die ich im Frühling an dich weiterleiten werde. Wenn du vorher was brauchst, melde dich.

Luke dachte nicht zu viel darüber nach. Die Einladung war nun wirklich nichts, worüber er sich Gedanken machen musste – die Gala könnte die Ranch retten. Er musste unbedingt dorthin. Es war nicht seine Schuld, dass Bert nicht auf dem Laufenden war, dass Penny und er ihre Verlobung abgeblasen hatten.

Er füllte die Anmeldung aus.

Name der Ranch, ihre besten Pferde und Hengste bisher.

Persönlicher Hintergrund.

Name des (Ehe)partners – Luke hielt inne.

Penny kontaktieren und sie bitten, ihm einen Gefallen zu tun? Möglich, aber riskant. Sie war unvorhersehbar, und er vertraute ihr nicht. Außerdem dachte er nicht, dass er es ertragen könnte, wieder ganz kuschlig mit ihr umzugehen, nachdem er alles beendet hatte, und *Familien*-Event hieß wohl, dass sie zumindest so tun mussten, als würden sie einander mögen.

Nein, es gab eine viel einfachere Lösung direkt in seiner Reichweite. Er füllte die Leerstelle und haute dabei in die Tasten.

Kelli James.

Er drückte auf Senden.

New York Times-Bestseller-Autorin Vivian Arend lädt ein nach Heart Falls, zu modernen Ranchern in einem Städtchen in Alberta, ab vom Schuss in den Ausläufern der Berge. Es ist ein wilder Ritt, bis sie alle ihr Lebens- und Liebesglück finden.

Die Stones aus Heart Falls
Das Herz des Ranchers
Das Lied des Ranchers
Die Braut des Ranchers
Die Liebe des Ranchers
Der Schwur des Ranchers

Vivian lässt derzeit ihre vielen Serien übersetzen. Bitte besuchen Sie deren Website für alle aktuellen Informationen.
www.vivianarend.com/de

ÜBER DIE AUTORIN

Mit über 3 Millionen verkauften Büchern ist Vivian Arend eine *New York Times*- und *USA Today*-Bestsellerautorin von mehr als 70 zeitgenössischen und paranormalen Liebesromanen.

Ihre Bücher lassen sich alle einzeln lesen und haben keine Cliffhanger. Sie sind witzig, aber auch emotional, es gibt heiße Szenen und glückliche Enden. Für Vivian ist das der beste Job der Welt. Sie lebt in British Columbia, Kanada, zusammen mit ihrem langjährigen Mann – der Inspiration für alle Helden ist und ein bereitwilliger Gefährte auf Abenteuern aller Art.

9 781990 674143